Diogenes Taschenbuch 23140

de
te
be

Robert Richardson

# *Schlagzeilen*

*Roman*

*Aus dem Englischen von*
*Matthias Fienbork*

Diogenes

Titel der 1995
bei Victor Gollancz, London,
erschienenen Originalausgabe:
›Significant Others‹

Die deutsche Erstausgabe
erschien 1998 im Diogenes Verlag
Umschlagillustration nach einem Filmplakat
aus den dreißiger Jahren

*Zur Erinnerung an*
*Trevor Murray Jones*

Veröffentlicht als Diogenes Taschenbuch, 2000

120/00/8/1
ISBN 3 257 23140 7

## *Vorbemerkung*

Die Frage, welche die Hausjuristen interessieren könnte, lautet: Sind die hier dargestellten Journalisten reale, identifizierbare Personen? Nach mehr als dreißigjährigem Berufsleben wäre es absurd, so zu tun, als hätte ich all die Menschen vergessen, denen ich in den Redaktionen von zwölf Zeitungen, vier Zeitschriften und zwei Presseagenturen begegnet bin. Meine Romanfiguren sind jedoch entweder völlig frei erfunden oder ein Verschnitt aus unterschiedlichen Charakteren und Typen, die es überall in der Branche gibt. Sollte jemand versucht sein, Bezüge zu realen Personen herzustellen, so ist das ganz allein seine Sache.

Die meisten der hier erwähnten Zeitungen tragen tatsächlich existierende Namen, da es mir sinnlos erschien, Phantasienamen zu verwenden (die ohnehin nie ganz richtig klingen). Die dem einen oder anderen Blatt zugeschriebenen Praktiken sind jedoch nicht völlig aus der Luft gegriffen.

*Erstes Buch*

## *Cornwall und London*

Metallisch tickende Pendelschläge drangen aus dem Mahagonigehäuse der Standuhr, hallten wider von weißgetünchten Wänden. Es war das einzige Geräusch im Cottage, nur gelegentlich kamen durch das geöffnete Fenster des hinteren Zimmers auch andere Laute herein – das Geschrei vorübersegelnder Möwen, in der Ferne das tiefe Muhen einer Kuh, das an- und abschwellende Brummen eines Traktors, der in der Nähe vorbeifuhr. Und über allem das endlose Rauschen des Meeres unten bei den Klippen, das tosend über die blanken Felsen donnerte.

Dann war noch etwas anderes zu hören, ein Kater, nervös, unwirsch miauend. Irritiert stapfte er über die steinerne Diele in das vordere Zimmer, sprang, menschliche Nähe suchend, auf die Lehne des Sofas am Fenster. Eine leere Landschaft zog sich von der See über heckendurchzogene Felder bis hinauf zum offenen Heideland, verwitterter, grauknochiger Granit bohrte sich durch die grobe Grasnarbe. Der Kater schnurrte leise, sprang hinunter und kehrte in das stille Hinterzimmer zurück, trat vorsichtig ein, um zu sehen, ob inzwischen der gewohnte Zustand wiederhergestellt war.

Die Frau lag auf dem Teppich vor dem Herd, die Augen geschlossen, ein Bein über dem anderen, sterbend. Der dunkle Fleck neben ihrer Schläfe wurde immer größer, tränkte den weichen grünen Teppich wie Tinte, die sich in Wasser ausbreitet. Der Kater hob den Schwanz, rieb sich an einem Stuhlbein, bevor er schnurrend durch den Raum schlich. Er schnupperte an dem Blut und legte dann eine weiße Pfote sanft fordernd auf das Gesicht. Keine Reaktion. Daraufhin putzte er sich und hockte sich hin, geduldig und vertrauensvoll. Irgendwann würde es Milch und ein Stück Fisch geben, einen einladenden Schoß oder den Luxus eines sonnengewärmten Fenstersimses, auf dem er schlafen konnte. Später würde er losziehen und Mäuse jagen, eine als Geschenk mitbringen oder auf den Bauernhof zurückkehren, wo er wohnte, und anderntags wiederkommen. Ignoriert zu werden, das hatte er noch nie erlebt, und er war etwas verärgert, daß ihm die angemessene Beachtung vorenthalten wurde. Wieder putzte er sich und schreckte plötzlich hoch, als das Faxgerät auf dem Schreibtisch eine weitere Nachricht zu dem Papierberg im Ablagekorb ausspuckte.

*Bist du da? Muß dich dringend sprechen. New York hat Probleme mit der Lesereise, wir müssen uns selbst darum kümmern. Melde dich möglichst bald. Emma.*

Blaßgelbe Augen beobachteten aufmerksam, wie das Papier herauskam, und zuckten bei dem schrillen Ton, der das Ende der Übertragung anzeigte. Dann wieder Stille. Der Kater streckte sich, trottete zu einem kleinen Tischchen, sprang auf den Sims des geöffneten Fensters, fixierte unverwandt die Amsel, die auf der Wiese gelandet war und im Gras herumpickte, aber der Vogel war zu weit weg, als daß es sich gelohnt hätte, heranzupirschen. Er balancierte auf dem Fensterbrett, bevor er, elegant wie ein wehender schwarzer Pelz, auf den schmalen Kiespfad hüpfte, sich zur Seite drehte, um sich schnell die Flanke abzulecken und schließlich durch ein Loch im Gartenzaun zu verschwinden. Im Innern des Hauses klingelte das Telefon, bevor sich der Anrufbeantworter einschaltete.

»Hallo. Hier ist das Ferienhaus von Katrina Darcy. Ich bin entweder nicht da, schlafe oder habe gerade zu tun. Sprechen Sie nach dem Pfeifton eine Nachricht auf das Band, ich rufe dann zurück.« Eine Pause, dann kam der Pfeifton. »Katrina, ich bin's noch mal, Miranda... Es ist jetzt Freitag... Viertel vor sechs. Ruf mich unbedingt an, sobald du dein Band abhörst. Ich habe den Computer auf den Kopf gestellt, aber ich kann deine Kolumne für diese Woche nirgends finden. Melde dich. Bei uns bricht langsam Panik aus.«

Die Amsel flatterte neugierig und tollkühn auf das Fensterbrett, auf dem kurz zuvor der Kater gesessen hatte. Unruhig sah sie sich um, ihr Zwitschern erfüllte das Zimmer, bevor sie sich umdrehte und wieder davonflog. Die Todesstille kehrte zurück, im Rhythmus des immergleichen Tikkens der Uhr.

»Ruhe!« fuhr Steve Hamilton einen Reporter an, der zu laut über einen Witz lachte, und brüllte dann wieder ins Telefon. »Was? Verdammt noch mal, von wo aus rufst du an? Scheißverbindung... Ja, der Text ist angekommen, aber er ist völlig unleserlich... Was? Vergiß die Fotos, die haben wir... Okay, gut. Versuch, den Text noch mal durchzugeben, und ruf mich dann zurück. Und zwar von irgendwo, wo dein Scheißtelefon funktioniert.«

Er warf den Hörer hin und fuhr sich mit beiden Händen frustriert durch den kupferroten Haarschopf. Es war Freitag abend, kurz vor sechs, und von den vorproduzierten Seiten des *Sunday Register* standen fünf noch immer nicht.

»Verflucht, wenn das so weitergeht, haben wir auf der zwölf ein Riesenloch von dreihundert Zeilen. Mike, woran sitzt du?«

»Profile.«

»Mist, das hätte schon vor einer Stunde rausgehen sollen. Speicher es ab, sollen die Schlußredakteure es hinfummeln.«

Lärm und Hektik verliehen der Redaktionsetage eine Atmosphäre, die Hamilton zynisch als schöpferisches Chaos bezeichnete. Die Schreibtische standen so dicht beieinander, daß man, außer im Mittelgang, nicht mehr als sechs Schritte in einer geraden Linie gehen konnte. Dazu kam die allgemeine Unordnung: Fensterbänke und Aktenschränke, auf denen sich Nachschlagewerke und längst vergessene Untersuchungsberichte stapelten, überquellende Papierkörbe, Pinnwände mit alten Bekanntmachungen, Anzeigen von Wohnungssuchenden, Einladungen zu Pressevorführungen, ein Autoangebot, Topfpflanzen, die überlebten, obwohl sie kaum je gegossen wurden. Der graue Auslegteppich, voller Kaffeeflecken, war mit Zeitungen übersät, und an der Wand zwischen zwei hohen Schiebefenstern hing ein ausgeblichener Aufruf von 1992 zu einer Demonstration für die Pressefreiheit. Eine Ecke des Raums wurde von älteren Büromöbeln abgeteilt, verfallene Ruinen inmitten von Computertechnologie.

Als Hamilton zu einer Packung Zigaretten griff und sich eine anzündete, fauchte die Kollegin, die ihm gegenübersaß: »Wir haben hier für ein Rauchverbot gestimmt!«

»Ich habe dagegen gestimmt«, antwortete er barsch.

»Das interessiert mich nicht.«

»Mich schon.«

»Hast du die Broschüre über passives Rauchen nicht gesehen?«

»Doch. Gesehen und weggeworfen. Ungelesen.« Er blies ihr Rauch ins Gesicht. »Stirb!«

Sie stand auf und wedelte sich mit einer Handbewegung den Rauch aus dem Gesicht. »Ich werde mich beim Betriebsrat beschweren, Steve.«

Hamilton beachtete sie nicht weiter, sondern wandte sich wieder seinem Bildschirm zu, um ungeduldig einen Artikel durchzugehen, bevor er ihn speicherte.

»Okay, Mark, Basis für die neun. Viel zu lang, aber es läßt sich gut zusammenstreichen. In Zeile 26 ist ein Tippfehler, und check noch mal, wie MacGregor geschrieben wird.« Er drehte sich auf seinem Stuhl herum, um die Redaktionssekretärin zu fragen: »Wann schickt Emily ihren Bericht?«

»Um sieben ... und sie sagt, die Schwester hat ausgepackt.«

»Gott sei Dank gibt's hier noch ein paar Profis, die ihr Handwerk verstehen.« Er warf einen Blick auf den tonlos laufenden Fernseher an der Wand. Mit der Fernbedienung stellte er lauter, versehentlich aber so laut, daß die Erkennungsmelodie der BBC-Nachrichten durch den ganzen Raum dröhnte.

»Sorry!« rief er, stellte den Ton leiser und verfolgte dann die Schlagzeilen. »Mist! Sie haben die Umweltkatastrophe. Kannst es vergessen, Alan. Jeder Arsch wird es morgen bringen.«

»Gibt es Stellungnahmen von Greenpeace?«

»Bestimmt. Schau's dir trotzdem an. Ich muß zur Konferenz.«

Hamilton schnappte sich ein metallenes Clipboard mit kurzen Zusammenfassungen der potentiellen Storys, ursprünglich sauber ausgedruckt, jetzt durchgestrichen, verbessert, ergänzt, mit Fragezeichen und Anmerkungen in einer Art Kurzschrift versehen, die nur er lesen konnte. »Gute Fotos«, »Alistair überarb.«, »Schrott«, »Aufm. li.«, »Jenny telefon. Kontakt Samst. früh«, »Agenturmeldung«, »unt. Bruch«, »langweilig, aber wirkungsvoll«, »gute Forts.«, »gekillt wg. jurist. Bedenken«. Er blieb stehen, drückte seine Zigarette aus und sah einem Reporter über die Schulter, der auf seinem Monitor eine Patience spielte.

»Hat sich dein Abgeordneter schon gemeldet?«

»Ich rechne jeden Moment damit.«

»Gut. Dreißig Zeilen in der Warteschlange bis spätestens halb sieben. Die schwarze Sieben auf die rote Acht.«

Hamilton kam als letzter in das Konferenzzimmer, ein Refugium, in dem es relativ ruhig und geordnet zuging. Acht Stockwerke weiter unten ertönte das Horn eines Themsedampfers durch den tosenden Feierabendverkehr. Er schloß die Tür und setzte sich zwischen Bild- und Sportredakteur an den langen ovalen Tisch. Die Besprechung wurde von Malcolm Kendall geleitet, dem stellvertretenden Chefredakteur, da Charlie Taylor widerstrebend die Forderung seiner Frau akzeptiert hatte, daß der *Register* zwei Wochen lang ohne ihn auskommen müsse. Ferien mit der Familie waren ein unvermeidlicher Bestandteil seines Privatlebens.

»Also«, verkündete Kendall. »Die schlechte Nachricht ist die, daß der *Observer* uns die Bennett-Autobiographie weggeschnappt hat, die gute, daß Trevor Marshall vom *Independent* zu uns kommt. Fragt mich nicht, für wieviel. Und jetzt zu unserem kleinen Problem, Ausgabe Nummer sechstausendachthundertvierundzwanzig zu füllen ... Steve?«

Hamilton warf einen kurzen Blick auf sein Clipboard. »Titelseite kein Problem. Exklusivbericht über die Veränderungen im Schulsektor und von Claire ein toller Artikel über die Vendetta in französischen Dörfern, den wir weiter hinten fortsetzen können. Gerald liefert eine total abgefahrene Story über den Bischof, der ein Horoskop für Jesus Christus erstellt hat, und wir haben ein phantastisches Farbfoto vom Premierminister, wie er mit einem sechsjährigen Genie Schach spielt. Brian schwört, daß es sonst niemand hat. Sicher vier Spalten wert. Auf den nächsten Seiten die üblichen Katastrophenmeldungen. Emily will ihren Bericht in einer Stunde schicken, damit wäre die Kolumne ›Moderne Gesellschaft‹ abgehakt. Aber ansonsten ...«

Ein leises Knarren, ein mechanisches Surren, wenn alle Viertelstunde die Uhr in der Diele schlug und der Klang bis in jedes der lautlosen Zimmer drang, immer schwächer werdend, bis nur noch die Phantasie ein Echo registriert hätte. Die schon etwas tiefer stehende Spätnachmittagssonne warf einen zitronengelben Streifen über die Stirn der Frau und schimmerte in dem Blut, das kaum noch floß. Das Telefon klingelte wieder, und eine stark dialektgefärbte Männerstimme sprach auf den Anrufbeantworter: »Katrina? Ted hier. Sind Sie nach London zurückgefahren? Falls Sie noch da sind, ich hab in Newlyn heute Krebse bekommen, für die Hälfte. Wenn Sie ein paar haben wollen, rufen Sie an, dann bring ich sie morgen vormittag vorbei, ja? Wenn ich nicht da sein sollte, Madge nimmt Ihre Bestellung entgegen. Also dann. Tschüs.«

Der Brustkorb der Frau hob und senkte sich jetzt noch stärker, fast so, als wollte sie unbedingt wieder zu Bewußtsein kommen, sackte dann aber wieder zusammen. Der Atem war jetzt so flach, daß man ihn kaum bemerkte.

»Augenblick, Steve. Es gibt noch was zu besprechen.«

Hamilton, der schon halb aufgestanden war, setzte sich wieder. Jetzt, da die Konferenz vorbei war, galt seine unmittelbare Sorge den zu füllenden Löchern, so daß ihm nicht der Sinn nach Diskussionen über irgendwelche anderen Dinge stand. Unaufgefordert blieb auch Miranda Webb, die Feature-Redakteurin. Er rechnete also mit dem üblichen Streit, wer von ihnen beiden das Niemandsland von Seite vierzehn besetzen sollte. Die Nachrichten flossen so kümmerlich, daß er durchaus bereit war, diesmal einzulenken, um den Platz in der nächsten Woche zurückzufordern. Kendall wartete, bis alle anderen gegangen waren.

»Es geht um Katrina«, sagte er. »Sie ist verschwunden.«

»Was?« Hamiltons Interesse war begrenzt. Katrina Darcy schrieb, weit entfernt vom Redaktionsstreß, eine wöchentliche Kolumne und, sofern ihr danach war, gelegentlich auch eine Sonderreportage. Er hatte keine Macht über sie. Niemand konnte ihr etwas sagen, mit Ausnahme des Chefredakteurs. Sie war die bestbezahlte Journalistin des *Register*, eigensinnig und umhätschelt, und konnte einen Tobsuchtsanfall bekommen, wenn sie merkte, daß ein Komma in ihrem Manuskript gestrichen worden war. Hamilton fand, daß sie überschätzt wurde, aber die *Mail on Sunday* hatte ihr 120 000 Pfund, ein unbegrenztes Spesenkonto und einen Daimler plus Chauffeur geboten. Eine solche Offerte hätte der *Register* niemals überbieten können, und wie es dem Blatt gelungen war, Katrina Darcy zu halten, war ein von den wildesten Gerüchten umranktes Betriebsgeheimnis.

»Sie ist heute morgen nicht erschienen, um ihre Kolumne zu schreiben«, erklärte Webb.

»Was soll das?« rief Hamilton. »Ich hab keine Zeit, mir wegen einer blöden Gastkolumnistin den Kopf zu zerbrechen.«

»Mußt du auch gar nicht«, erwiderte Webb scharf. »Für das Feature-Ressort bin nämlich ich zuständig.«

Unter den Kollegen wurden Hamilton und Webb spöttisch das Liebespaar genannt. Er war mit sechzehn von der Schule abgegangen und hatte sich bei Provinzblättern hochgearbeitet, während sie in Somerville Altphilologie und Englisch studiert hatte und nach nicht einmal einem Jahr bei *Time Out* zum *Register* übergewechselt war. Jeder verachtete den anderen als ignorant.

»Verschont mich mit euren Streitereien«, schimpfte Kendall ungeduldig. »Der Punkt ist einfach der, Steve: Wo steckt Katrina? In ihrer Wohnung meldet sich niemand, und in Cornwall meldet sich nur ihr Anrufbeantworter. Wir haben niemanden aufgetrieben, der sie seit Montag gesehen oder von ihr gehört hat.«

Hamilton zuckte mit den Schultern. »Wahrscheinlich hat sie beschlossen, Ferien zu machen.«

»Unmöglich«, fauchte Webb. »Wenn Katrina Urlaub macht, sagt sie mir Bescheid und schreibt ihre Artikel im voraus.«

Hamilton spürte, daß Kendall ebenfalls verärgert war, und hielt es für klüger einzulenken. »Was ist mit Anthony Delamere? Er kennt sie besser als irgend jemand sonst.«

»Er war einer der ersten, die wir gefragt haben«, sagte Kendall. »Er ist in Birmingham, um dort für einen Artikel über die Balti-House-Restaurants zu recherchieren, aber ich habe ihn gerade noch erwischt, bevor er sich auf den Rückweg machte. Er hat keine Ahnung, wo sie sein könnte – und ist ebenfalls besorgt.«

»In ihrer Wohnung seid ihr ja vermutlich schon gewesen.«

»Ich war vor ein paar Stunden dort.« Webb schien Hamiltons Einlenken nicht entgangen zu sein. »Der Portier hat sie am Montag nachmittag noch gesehen, aber am Dienstag morgen stand ihr Auto nicht mehr auf dem reservierten Parkplatz. Er hat sie nicht hinausgehen sehen, es könnte aber sein, daß er sie verpaßt hat, weil er gelegentlich Kontrollgänge im Gebäude machen muß und dazu sein Büro verläßt. Als ich dort war, hat er versucht, ihr Apartment über Haustelefon zu erreichen, aber es hat sich niemand gemeldet. Er hat zwar einen Schlüssel, den darf er aber nur auf polizeiliche Anweisung benutzen.«

»Dann verständigt die Polizei! Katrina könnte krank sein.«

»Ihr Auto ist nicht da, Steve«, erinnerte ihn Kendall. »Vermutlich ist sie damit irgendwohin gefahren.«

»Und ihr Freund?« fragte Hamilton. »Irgendein Typ von der *Sunday Times*, nicht wahr?« Er verkniff sich einen geringschätzigen Ausdruck.

»Mit Ray ist sie schon seit Monaten nicht mehr zusammen«, sagte Webb ungehalten. »Soviel ich weiß, hat sie im Moment niemanden.«

»Mal was Neues.« Das mußte kommen. Webb fauchte: »Dazu sag ich überhaupt nichts.«

»Hört auf, ihr beiden«, warnte Kendall. »Und Steve, Sie behalten Ihre Meinung für sich. Ich weiß, Katrina ist in Ihren Augen eine Primadonna, aber sie ist genauso ein Profi wie Sie. Miranda hat den Platz für ihre Kolumne schon gefüllt, es geht also nicht darum. Das Problem ist, wir müssen Katrina finden.«

Hamilton zuckte mit den Schultern. »Wenn das Loch gefüllt ist, warum warten wir dann nicht, bis Katrina wieder auftaucht?«

»Weil mir nicht gefällt, daß wir sie nicht finden können. Kapiert?«

»Okay, aber was ist mit ihrer Familie? Sie hat doch eine Tochter... Stephanie, stimmt's?«

»Ja«, sagte Webb. »Sie wohnt aber nicht mehr zu Hause, und ich weiß nicht, wo sie ist. Katrinas Mutter wohnt in

Manchester, aber sie besucht sie kaum noch. Jedenfalls wollen wir sie nicht beunruhigen.«

»Dann ihr Verlag… oder Channel Four?«

»Mein Gott, Steve, dort haben wir schon nachgefragt«, erwiderte Webb ärgerlich. »Ich kenne jemanden bei Drabble & Farrant, sie erwarten das nächste Manuskript von ihr nicht vor Ende Dezember. Und falls es dir entgangen sein sollte, *Spiked Copy* wird im Moment nicht gesendet.«

»Hören Sie zu, Steve«, sagte Kendall. »Miranda und ich beschäftigen uns schon den halben Nachmittag damit. Katrina hat einen Termin bei ihrem Friseur sausenlassen und ist am Mittwoch nicht zum Lunch bei Joe Allen's erschienen. Keine Anrufe, keine Erklärungen. Wir drücken jetzt auf sämtliche Alarmknöpfe.«

Hamilton musterte ihn. »Woran denken Sie?«

»Daß ihr was passiert ist. Möglicherweise etwas Ernstes.«

»Was soll ich jetzt tun?«

»Ich möchte, daß Sie jemanden nach Cornwall schicken. Er soll sich ihr Cottage ansehen. Vielleicht ist sie dort, kann aber aus irgendeinem Grund nicht ans Telefon gehen. Wie Sie schon gesagt haben, vielleicht ist sie krank.«

»Wenn Sie meinen«, sagte Hamilton. »Ein Korrespondent von uns sitzt in Exeter. Von dort sind es sicher noch mal hundertfünfzig Kilometer.«

»Niemand näher dran?«

»Wüßte niemanden. In der Gegend passiert nicht so viel. Plymouth ist näher. Ich könnte es dort bei einer Agentur versuchen.«

Kendall nickte. »Okay. Unsere offizielle Version lautet:

Wir glauben, daß sie dort ist, aber ihr Telefon ist vermutlich kaputt, und wir müssen dringend Kontakt mit ihr aufnehmen.«

»Warum schicken wir ihr kein Fax?«

»Wer weiß schon, daß sie ein Faxgerät in ihrem Cottage hat? Tun Sie ganz locker. Falls irgendeine Nachrichtenagentur erfährt, daß Katrina Darcy verschwunden ist, werden die sämtliche Boulevardzeitungen alarmieren.«

»Okay.« Hamilton zögerte. »Und was machen wir sonst noch?«

»Was meinst du?« fragte Webb.

»Wie Malcolm sagt: Wenn sie ohne Erklärung verschwunden ist, könnte das eine Story sein.«

»Die wir aber nicht bringen müssen.«

Hamilton erwiderte achselzuckend: »Rate mal, was Charlie davon halten würde. Sehr förderlich für deine Karriere.«

»Konzentriert euch darauf, sie zu finden, Steve«, sagte Kendall. »Momentan deutet nichts darauf hin, daß es eine Story gibt.«

»Und wenn doch?« sagte Hamilton. »Wenn wir einen Tip bekämen, daß Katherine Whitehorn oder Lynda Lee-Potter rätselhafterweise verschwunden sind, würde ich ein paar Leute daransetzen. Und wenn es Bernard Levin wäre...«

Webb schimpfte: »Besteht die Welt für dich eigentlich nur aus Nachrichten?«

»Ja. Das ist mein Job.« Hamilton wandte sich an Kendall. »Haben Sie Charlie informiert?«

»Fürs erste ist das noch nicht notwendig«, wehrte Kendall ab.

»Sie sind der Chef. Aber er wird fuchsteufelswild sein, wenn sich herausstellt, daß es eine Story gibt und wir sie nicht als erste bringen.«

»Setzen Sie sich mit dieser Agentur in Verbindung, Steve. Und behaltet die Sache für euch.«

## *Montag abend*

Ich weiß nicht, ob ich ein Geständnis, eine Rechtfertigung oder einen Hilferuf schreiben soll. Klar ist nur, daß ich schreiben muß. Mein Analytiker sagt, daß ich mich mit Wörtern vor Gefühlen schütze, weil ich Wörter kontrollieren kann. So grauenhaft und schrecklich diese Geschichte ist, wenn ich sie erst einmal aufgeschrieben habe, vielleicht bin ich dann imstande... *Was* aufgeschrieben? Nicht bloß die quälenden Ereignisse der vergangenen Woche, denn um sie verständlich zu machen, muß ich erklären, was davor passiert ist... und weiter davor, muß weit zurückgehen... Um alles zu erklären, muß ich fast mein ganzes Leben beschreiben.

Weiß der Himmel, wieviel Menschen ich begegnet bin, Namen, die ich eine Zeitlang kannte, weil wir Kollegen waren oder unsere Wege sich zufällig kreuzten, anderen, die Spuren hinterlassen haben, an die ich mich gelegentlich erinnere, und jener Handvoll Menschen, die entscheidend waren. Es ist bei jedem dasselbe. Wer hat einen beeinflußt, geliebt, verletzt oder verraten, daß man davon geprägt wurde, unmerklich, aber unauslöschlich? Wäre ich in meinem Leben anderen Menschen begegnet, wäre ich jetzt eine andere, nicht der Mensch, der ich bin. Es gibt zwei Seiten dieser Katrina Darcy, eine öffentliche und eine private. Die öffentliche Person ist die erfolgreiche Bestsellerautorin und Moderatorin von *Spiked Copy* auf Channel Four, die bei *Private Eye* nur »Katrina Bossy« heißt, nachdem ihnen jemand gesteckt hat, daß meine wöchentliche Kolumne im *Sunday Register* weder gekürzt noch geändert werden darf. Die private Person ist eine sechsundvierzigjährige Frau, die in ihrem Schlupfloch in Cornwall versucht, sich Klarheit darüber zu verschaffen, was mit ihr passiert ist, was sie getan hat.

Mein Fotoalbum hier ist ein hervorragender Katalysator. In den Schnappschüssen, die zum Teil dreißig Jahre alt sind, habe ich viel Schmerz, Glück und Verwirrung wiederentdeckt. Einige Fotos aus der jüngeren Zeit sind noch in Tüten, aber bei den eingeklebten Bildern stehen meist kurze Notizen darunter – Datum, Name, manchmal eine Ortsangabe –, die Erinnerungen auslösen, welche um so deutlicher werden, je länger ich die Bilder betrachte. Man könnte sie für ein illustriertes biographisches Porträt verwenden, als Material für eine Doppelseite, der ein findiger Redakteur die Überschrift *Wichtige Personen in ihrem Leben* geben würde. Ich muß jedoch einen viel ausführlicheren Text dazu schreiben.

Mir fällt gerade ein, was Joe Mellor, der Chefreporter der Wochenzeitung, bei der ich angefangen habe, einmal zu mir gesagt hat. Ich war höchstens sechs Wochen im Job, als ich mit einem Stapel Papieren in der Hand an seinen Schreibtisch trat; er las gerade in der Mittagsausgabe des *Manchester Evening Chronicle.*

»Na, was gibt's in der Welt?« fragte ich interessiert, um zu beweisen, wie sehr mich der Journalismus begeisterte.

»Nichts«, brummte er. »Es ist bloß anderen Leuten passiert.«

In meiner ganzen Karriere habe ich immer wieder feststellen müssen, wie wahr das ist; und jetzt ist es, unfaßbar, mir selbst passiert.

Was hat Joe immer gesagt, wenn ich nicht wußte, wie ich eine Story anpacken sollte? »Fang einfach an, schreib bis zum Schluß, und sieh zu, daß du fertig bist, bevor die Kneipen zumachen.«

Also gut, es ist Montag abend, halb zwölf, morgen früh fange ich sofort an, Abgabetermin Freitag. Wenn Joe noch am Leben wäre, würde er mir das Manuskript als viel zu lang um die Ohren hauen – er hat immer gesagt, daß sich die Geschichte der Welt in fünf Absätzen darstellen läßt, zur Not auch in vier. Aber ich möchte so viel aufschreiben, bevor aus der Verunsicherung über mein Verschwinden ein Ausnahmezustand wird, nicht eine Zeitungskrise, sondern – Schock, Horror, Drama – eine Mörderjagd. Dann wird es eine heilsame Erfahrung sein, die unangenehmere Art von Journalismus am eigenen Leibe zu erleben, und einige alte Rechnungen werden beglichen sein. Doch bevor sie anfangen, die ganzen Lügen und Gerüchte zu verbreiten – ich beklage mich nicht, ich selbst habe es oft genug getan –, werde ich meine Geschichte erzählen. Es ist alles da – mein Macintosh PowerBook und zur Stärkung Wodka, Tonic und Zigaretten. Jetzt muß ich nur noch schreiben. Ich bin schon eine Million mal hier gewesen.

Punkt, Absatz, später mehr – wie ich sagen würde, wenn ich den Text telefonisch durchgäbe.

# *Judith*

*Sie sitzt unter einer Rotbuche, in beigefarbenem Sommerkleid, auf dem sich die Schatten von Zweigen und Blättern abzeichnen, und wendet das Gesicht von der Kamera ab. (»Du sollst mich fotografieren, nicht festnageln«, sagte sie.) Als gelernte Schauspielerin nahm sie unwillkürlich eine Pose ein, die rechte Hand ruht auf der graugrünen Wolldecke, das Buch von Gerard Manley Hopkins haltend, aus dem sie mir an jenem Nachmittag vorlas. Wenn das Foto sepiabraun wäre, könnte es eine Szene aus der Zeit um die Jahrhundertwende sein. Glattes kastanienbraunes Haar, in der Mitte gescheitelt und nach hinten gekämmt, dann herabfallend, als hätte sie den Knoten gelöst, kein Make-up. Der Gesichtsausdruck versonnen, etwas abwesend. Wenn jemand ihren Charakter bestimmen wollte, was würde er sagen? Das Buch läßt auf Kultiviertheit schließen, das schlichte, langärmelige Kleid vielleicht auf Bescheidenheit, die ruhigen Gesichtszüge auf Selbstbeherrschung und Intelligenz. Wahrscheinlich würde man sie für jünger halten; sie war fünfundzwanzig damals, und wir hatten uns zwei Jahre zuvor kennengelernt, als ich sechzehn war.*

Vor mehreren Jahren war ich einmal bei einer Preisverleihung für Journalisten; im Rahmenprogramm trat ein Imitator auf, der einige der anwesenden Berühmtheiten nachahmte. Als er irgendwann auch meine Handbewegungen und Eigenheiten karikierte, lachte alles, doch ich hörte ihn nur die kleinen Unebenheiten imitieren, die sich in meiner Aussprache gehalten haben. Meine Stimme, die man im Radio oder im Fernsehen hören kann, der Hochsprache so weit angenähert, daß sie makellos erscheint, klang nicht immer so. Ich bin in Bramhall bei Stockport geboren, in der Nähe von Manchester, also kurze Vokale und hörbarer Auslaut bei den -ing-Formen. Bramhall, snobistisch und nicht arm, lag jedoch in Cheshire und hielt sich für etwas Besseres als das Nordengland mit seinen Music-Halls, den Black Puddings und Blackpool. Es gab einen Cheshire-Akzent, andeutungsweise kultiviert, aber dennoch deutlich provinziell. Judith brachte mir eine andere Aussprache bei und entfremdete mich damit meinen Wurzeln. Wenn ich, was sehr selten vorkommt, dorthin fahre, werde ich als Fremde aus dem tiefen Süden angesehen.

Über diese Entfernung habe ich schon öfter geschrieben, aber ich sollte es noch einmal tun, ausführlich. Ich bin die Tochter eines Chemotechnikers und einer Krankenschwester, komme aus einer stinknormalen Familie der Mittelschicht. Wir wohnten in einem pseudogeorgianischen Haus in einer Vorortsiedlung, in der die Straßen Close, Avenue, Road und Crescent hießen (niemals Street, was einen proletarischen Klang hatte), mit Geschäften, Schulen, Parks und einem Kino. Meine Kindheit war behütet und unspektakulär. Ich hatte keine besonderen Begabungen, meine Eltern waren weder exzentrisch noch kreativ. Mein jüngerer Bruder, den ich kaum mehr sehe, lebt heute als Versicherungskaufmann und Rotarier in Lytham St. Anne's. Bei Interviews habe ich immer verschwiegen, daß uns beide ein grundsätzliches Problem verband: Meine Eltern hingen ihr ganzes Leben lang aneinander, und die Kinder von Liebenden sind Waisen. Um nicht mißverstanden zu werden: Wir wurden geliebt und versorgt, aber je älter wir wurden, desto deutlicher spürten wir, daß unsere Eltern, wenn wir eines Tages auszögen, uns keineswegs vermissen würden. Der Vorteil war, daß wir viele Freiheiten hatten, unsere eigenen Wege gehen konnten; was uns fehlte, war ein gewisses Maß an familiärer Wärme.

Sie sprachen nie von bestimmten Zielen, die ich verfolgen sollte, sondern nahmen, glücklich wie sie waren, vermutlich an, daß ich genau die gleiche Art von Glück anstreben würde. Irgendein Job für eine Weile, dann eine gute Ehe und ein Zuhause wie die Leute, die in der Oberstadt wohnten (einer ihrer Lieblingsschlager). Am besten kann ich es mit einem Wort von Paul McCartney ausdrücken, der einmal gesagt hat: »In jedem berühmten Menschen steckt eine kleine Person, die einfach sehr gut in ihrem Job ist.« Irgendwo in dieser eleganten, weltläufigen Persönlichkeit verbergen sich die Reste eines einsamen Mädchens mit beschränktem Horizont, das sich bis zur Unkenntlichkeit verändert hat. Diesen Prozeß setzte Judith in Gang.

Wir lernten uns 1963 kennen, als sie als neue Schauspiellehrerin an die Elizabeth Harmer School nach Stockport kam. Ich war gerade in die Abschlußklasse gekommen. Es war eine Privatschule (meine Eltern waren Snobs), und Schauspiel wurde als Wahlfach angeboten. Mein Vater war sofort einverstanden, für die zusätzlichen Kosten aufzukommen, als ich ihn darum bat. Aus seiner Sicht wäre die Schauspielerei, wie alles andere auch, ein akzeptabler Beruf gewesen, wenn ich talentiert gewesen wäre. Ich war tatsächlich nicht unbegabt, und vielleicht ist es bezeichnend, daß ich am Ende meinen Lebensunterhalt mit einer anderen Art Lügnerei verdiente. Es war Judiths erste Stelle, und wenn sie auch mit dreiundzwanzig jünger war als die meisten anderen Lehrer, so war sie für uns Teenager natürlich erwachsen. Sie war nicht besonders groß, aber schlank und anmutig als Tänzerin, hatte ausdrucksvolle Hände und kurioserweise eine etwas rauhe Stimme. Sie kam aus Surrey und hatte vor ihrer Lehrerausbildung an der Royal Academy of Dramatic Arts studiert. Der Auftritt der Beatles im Odeon in Ardwick, ihr einziges Konzert in Manchester, war für mich der Höhepunkt der sechziger Jahre gewesen. Alles andere schien in London zu passieren, und da Surrey aus meiner Sicht London war, umgab Judith der Glanz einer aufregenden Welt.

Neue, junge Lehrerinnen waren immer Gegenstand von Klatsch. Waren sie verheiratet? Wenn nicht, hatten sie einen Freund? Und vor allem: Hatten sie *es* getan? Es mögen die befreiten sechziger Jahre gewesen sein, aber wir waren Kinder der Fünfziger, noch immer geprägt von den Konventionen und Verhaltensmustern unserer Eltern. Unsere Angeberei war eher Wunschdenken. (Eine Mitschülerin schwor, sie habe ihre Jungfräulichkeit verloren, aber wir glaubten ihr nicht, bis sie urplötzlich die Schule verließ und wir sie später auf dem Markt von Stockport einen Kinderwagen schieben sahen.) Während wir noch spekulierten, bemerkten wir, daß Miss Hurst – ich werde sie zunächst noch so nennen – sich anders verhielt als die übrigen Lehrer. Sie behandelte uns als die Erwachsenen, die wir gern sein wollten. Sie sah Menschen in uns, was dazu führte, daß wir uns ihr gegenüber ebenfalls anders verhielten.

»Haben Sie einen Freund, Miss?« fragte ein Mädchen sie eines Tages. Wir anderen, die wir sie dazu angestachelt hatten, kicherten verlegen. Einer anderen Lehrerin eine solche Frage zu stellen wäre einem Skandal gleichgekommen.

»Ja, Susan. Aber er lebt in London.«

»Werden Sie ihn heiraten?«

»Ich weiß nicht. Vielleicht.« Sie musterte Susan mit amüsiert herausforderndem Blick. »Na los... frag schon.«

»Was soll ich fragen, Miss?«

»Ob ich schon mit ihm geschlafen habe. Das willst du doch wissen, stimmt's?«

Mein Gott, was für unschuldige Dinger wir waren. Wir wagten es kaum, sie anzusehen. In Sexualkunde ging es noch immer um Kaninchen. Eine derart aufgeschlossene, einfühlsame Lehrerin war unglaublich und auch ein bißchen irritierend. Wir waren es gewöhnt, von Erwachsenen bevormundet statt verstanden zu werden.

»Und wenn, würde es dich jedenfalls nichts angehen«, fügte sie hinzu. »So, jetzt wieder an die Arbeit.«

Es war aber nicht bloß ihre Haltung, durch die sie sich von den anderen unterschied; im Gegensatz zu ihren Kolleginnen, denen es vor allem darauf ankam, Prüfungsergebnisse zu erzielen, die die Schulgebühren rechtfertigten, forderte sie uns ständig auf, unseren Horizont zu erweitern. Manchmal mußten wir uns vorstellen, wir seien leblose Objekte – eine Stehlampe, eine Zitrone oder ein Loch in der

Wand –, und beschreiben, wie wir uns fühlten. Wir lasen Shakespeare und sollten dabei bestimmte Figuren als zeitgenössische Personen sehen – Romeo und Julia als Prinz Edward und Mrs. Simpson, Ophelia als Cilla Black und Puck als David Frost. Zuerst verstanden wir überhaupt nichts, doch allmählich kamen wir dahinter, und es fing an, uns Spaß zu machen. Eines Tages sollten wir Schuhe und Söckchen ausziehen und uns dann, möglichst weit voneinander entfernt, im Schneidersitz auf den Boden setzen.

»Tastsinn!« verkündete sie, als alle saßen. »Macht die Augen zu. Dann dreht euch fünfmal um die eigene Achse, so schnell ihr könnt.« Wir drehten uns alle herum. »Ihr wißt nicht mehr genau, wo ihr seid. Ihr seht nichts mehr, Blinzeln verboten. Wenn ich ›Los‹ sage, bewegt ihr euch vorwärts, bis ihr auf jemanden stoßt. Damit es aufgeht, werde ich ebenfalls mitmachen. Sobald ihr jemanden berührt, nicht hinschauen! Versucht, euer Gegenüber mit geschlossenen Augen zu ertasten, ganz vorsichtig. Die Füße und die Hände, das Gesicht, die Haare. Bitte kein Gekicher! Konzentriert euch! Ein paar Minuten später wird der Wecker auf meinem Tisch klingeln. Ihr macht die Augen noch nicht auf, und jede sagt, wen sie glaubt, vor sich zu haben. Und zwar in der üblichen Reihenfolge, Sylvia fängt also an, ich komme zuletzt. Los jetzt, bewegt euch!«

Ich kroch langsam voran, mit einer Hand den Fußboden vor mir erforschend, den Wunsch, ein wenig zu blinzeln, mühsam unterdrückend, bis ich etwas berührte, was sich wie eine Wade anfühlte. Eine andere Hand ergriff meine, dann bewegte sich diese andere Person, und ich merkte, daß sie vor mir kniete. Ich versuchte, einen Geruch zu erkennen (nicht daß ich jemanden mit einem bestimmten Geruch hätte in Verbindung bringen können). Ich hörte andere, die noch immer rutschten, und gelegentliches Kichern. Ich hob die Hände und stieß, blind tastend, auf ein Gesicht; gleichzeitig berührten Finger mein Gesicht, meinen Mund, meine Lippen. Ich war völlig darauf konzentriert, die Gesichtskonturen, die Haarbeschaffenheit zu erkennen. Angela war es nicht, denn sie hatte ganz kurzes Haar... Daphne? Nein, ihre Lippen waren sehr dünn... Vielleicht war es Marjorie... oder Jennifer...? Die Hände der anderen glitten an mir entlang, über Hüfte und Schenkel bis zu den Füßen, sanft streichelnd, und dann schnell wieder zurück zum Kopf. Niemand kicherte mehr, es war ganz still, fast als wäre ich mit dieser anderen Person allein im Zimmer. Ich nahm die Hände; Elizabeth kaute ihre Nägel, also... Sanft, aber entschlossen wurden meine Hände hochgehoben und gegen Brüste gedrückt, so flüchtig, daß es unbeabsichtigt gewesen sein mochte, dann lösten sich unsere Finger wieder und kehrten zum Gesicht zurück. Ich hörte einen leisen Atem, der nach Zahnpasta roch, und spürte eine zärtliche Berührung meiner Ohren und der geschlossenen Lider... Da rasselte der Wecker, und nach einer kurzen Pause rief Sylvia: »Ich glaube, es ist Wendy.«

»Meine Partnerin ist Bernice.«

»Katrina«, rief jemand am anderen Ende des Zimmers.

Immer weitere Namen wurden genannt, bis ich schließlich an der Reihe war; ich hatte keine Ahnung und mußte ebenfalls raten. »Ich weiß nicht... Frances?«

Schließlich erklang, direkt vor mir, fest und sicher, die Stimme von Miss Hurst. »Eine von euch hat völlig danebengetippt. Katrina ist hier bei mir. Ihr könnt die Augen jetzt aufmachen.«

Inmitten des allgemeinen Gelächters trafen sich unsere Blicke, amüsiert und etwas spöttisch sah sie mich an, ehe sie aufstand und sich entfernte.

»Also«, sagte sie, »wer hat sein Gegenüber erkannt? Einige von euch waren wirklich gut. Versteht ihr, was das bringt? Je vertrauter euch die anderen Schauspieler als Menschen sind, desto besser könnt ihr mit ihnen zusammenarbeiten. Ihr müßt alles über die anderen wissen, auch wie sie aussehen. Schön. Jetzt wieder zu *Richard III.* Wollen mal sehen, wie ihr die Szene spielt, wo Richard an König Heinrichs Sarg um Anne wirbt. Zuerst Sarah und Marjorie, Sarah als Richard. Ab *Herrin, Ihr kennet nicht der Liebe Recht.*«

Im weiteren Verlauf dieser Stunde erinnerte ich mich daran, daß Miss Hurst in dem Moment, als ich die Augen zugemacht hatte, neben ihrem Tisch stand, und mindestens sechs Mädchen waren zwischen ihr und mir gewesen. Bildete ich mir etwas ein? Nein. Ich war sehr jung. Ich fand es nur seltsam.

Am Ende des Ostertrimesters standen die Theateraufführungen auf dem Programm, allen voran die Schauspielgruppe der sechsten Klasse unter der Regie von Miss Hurst. Sie hatte Shaws *Heilige Johanna* ausgewählt, was für eine Mädchenschule recht ungewöhnlich war, denn das Stück hatte zwar eine klassische Frauenrolle, ansonsten aber nur Männerpartien. Wir glaubten alle, daß Bernice (die später übrigens Schauspielerin wurde) die Hauptrolle bekommen würde, doch aus irgendeinem Grund kriegte sie beim Vorsprechen einer Textstelle (Johannas *Wo wärt ihr jetzt alle, wenn ich mich nach dieser Art Wahrheit gerichtet hätte*) kein Wort heraus, und ich erhielt die Rolle.

Sobald alle Rollen verteilt waren, verfiel Miss Hurst in große Hektik. Es sollte ihre erste Schulaufführung sein, eine öffentliche Demonstration ihrer Fähigkeiten, und sie probte gnadenlos mit uns. Sie schmeichelte, brüllte, stauchte uns zusammen, motivierte uns, analysierte den Text und zeigte uns, wie wir uns bewegen sollten. Sie nahm weder auf unsere Jugend noch auf unsere Unerfahrenheit Rücksicht, für sie zählte nur eines: absolute Perfektion.

»Was macht ihr anderen da?« rief sie während einer der letzten Proben. »Ihr steht einfach rum! Mein Gott, wie oft muß ich es euch noch sagen? Schlaft nicht ein!«

»Aber wir haben doch nichts zu sagen«, beschwerte sich jemand.

»Von wegen! Ihr habt wunderbare Sachen zu sagen – aber ihr sagt sie nicht. Hört zu. Ihr seid lauter Kerle, die Johanna dazu bringen wollen, alles zu widerrufen, woran sie glaubt, bevor ihr sie auf den Scheiterhaufen schickt. Also steht nicht einfach rum wie eine Schlange vor der Supermarktkasse. Noch einmal ... ab *Eminenz, Ihr Ringen mit dem Teufel um die Seele dieses Weibes ist vergebens.*«

Kurz darauf fuhr sie schon wieder auf. »Nein! Katrina, du bist nicht ... Komm her!«

Sie nahm meine Hand, drückte sie fest auf einen Heizkörper. Ich stöhnte auf, wollte die Hand wegziehen, aber sie drückte sie noch fester an das Metall. Ihre Stimme war hart vor Ungeduld.

»Spürst du das? Das tut weh, ja? Wie lange könntest du

das aushalten, bis du vor Schmerzen schreien und mich anflehen würdest, dich loszulassen? Was dir bevorsteht, ist tausendmal schlimmer. Sie wollen dich bei lebendigem Leib verbrennen, und du hast unglaubliche Angst. Diese Angst muß das Publikum spüren!«

So hatten wir sie noch nie gesehen. Wir waren erschrokken, aber an diesem Abend funktionierte es. Ich achtete auf die kleinen Kopfnicker, die sie machte, wenn sie zufrieden war. Schließlich stand sie auf und klatschte sogar.

»Prima. Gut gemacht. Es wird langsam. Ich danke euch allen. Also, noch drei Proben, dann am Nachmittag des vierzehnten die Generalprobe. Denkt einfach an alles, was wir in den Proben erarbeitet haben. Und jetzt, Schluß für heute.« Sie ließ das Manuskript auf einen Stuhl fallen. »Katrina, kanst du noch einen Moment bleiben...? Oder wirst du abgeholt?«

»Nein. Ich nehme den Bus.«

»Gut. Es dauert nicht lange.«

Nachdem die anderen gegangen waren, ging sie mit mir in die Aula und blieb neben der Bühne stehen.

»Also, das bleibt unter uns. Ich gehe jetzt hinaus auf den Flur« – sie zeigte zum anderen Ende des Saals – »und mache die Tür hinter mir zu. Ich möchte, daß du so laut schreist, daß ich dich hören kann, besser gesagt, daß ich vor Schreck zusammenfahre. Bei der eigentlichen Aufführung sollst du am Ende der sechsten Szene, wenn sie dich verbrennen, wie am Spieß brüllen. Da die anderen nicht damit rechnen, werden sie genauso erschrocken sein wie die Zuschauer. Bei den Proben beschränken wir uns auf eine Andeutung, aber bei der Premiere wird es sie voll erwischen.«

Sie ging hinaus und zog die schwere Tür hinter sich zu, dann hörte ich von weitem ihre Stimme, die mich aufforderte anzufangen. Es dauerte zwanzig Minuten, und ich war völlig heiser, ehe sie zufrieden war.

»Diese Lautstärke ist nicht schlecht«, rief sie, als sie wieder hereinkam. »Während der Vorstellung wird es etwas leichter sein, weil sich bis dahin eine Spannung in dir aufgebaut hat. Morgen üben wir noch einmal ... Oh, wann fährt dein Bus?«

Ich sah auf meine Uhr. »Der letzte fährt ... Schon gut. Ich rufe meine Eltern an, einer von ihnen wird mich abholen.«

»Nein, nein.« Sie klang erschrocken. »Tut mir leid, Katrina. Ich hätte dich nicht so lange dabehalten sollen. Wo wohnst du?«

»Bramhall.«

»Dann bringe ich dich. Kein Problem. Ich wohne in Heaton Mersey.«

»Aber das ist doch ein Umweg.«

»Egal. Pack deine Sachen, ich warte draußen auf dem Parkplatz auf dich. Ich werde Mr. Grangewood sagen, daß wir fertig sind und daß er abschließen kann.«

Sie hatte einen verbeulten Ford Prefect – »Zweifarbig: gelb und rostig«, scherzte sie – mit einem Auspuff, der so klang, als würde er im nächsten Moment explodieren, und am Rückfenster klebte ein Sticker vom Edinburgh Festival 1961. Sie fuhr so, wie sie unterrichtete: fordernd, drängend, waghalsig, pausenlos redend. Sie erkundigte sich nach meinen Eltern, fragte, was ich werden wollte, ob mir das Theaterspielen Spaß machte und welche Musik mir gefiel. Als wir bei uns ankamen, warf sie einen bewundernden Blick auf das Haus.

»Besser als eine kleine Wohnung mit kaputter Heizung.«

»Wollen Sie noch mit reinkommen?« fragte ich. »Meine Eltern möchten sich bestimmt bei Ihnen bedanken...«

»Nein, nein, Katrina, ich bin hundemüde. Wir sehen uns morgen. Augenblick, der Türgriff klemmt.« Sie beugte sich herüber und machte sich an der Beifahrertür zu schaffen. »Komm schon, verdammt!«

Ihre freie Hand lag auf meinem Oberschenkel, ich spürte einen leisen Druck ihrer Finger, dann machte es klack!, und die Tür ging auf.

»So, raus mit dir.« Beide Hände legten sich wieder auf das Lenkrad.

»Gute Nacht, Miss Hurst«, sagte ich beim Aussteigen.

»Gute Nacht.« Sie ließ den Motor aufheulen, und was sie dann sagte, war so undeutlich, daß ich es mir auch eingebildet haben mochte. »Sag ruhig Judith zu mir.«

Ich sah ihr hinterher. Ich glaube nicht, daß ich in diesem Stadium schon verliebt in sie war, und wenn, dann war es nichts Sexuelles; schließlich hatte sie einen Freund. Aber sie hatte sich in meine Persönlichkeit gegraben und half mir, meine Bühnenfigur zu ergründen. Es war alles Teil der Probenarbeit, aber wir hatten aus unserer Lehrer-Schüler-Beziehung ein persönliches Verhältnis gemacht. Zwischen uns entwickelte sich eine Art Freundschaft.

Am nächsten Abend übten wir den Schrei wieder, und diesmal war ich selbstsicherer.

»Bravo!« rief sie begeistert, als sie wieder in den Saal zurückkam. »Die Leute werden hin und weg sein. Komm, ich bring dich nach Hause.« Vom Bus war keine Rede, obwohl ich ihn noch mühelos erreicht hätte.

An diesem Abend erzählte sie mir, daß sie eigentlich Schauspielerin werden wollte, aber erkannt hatte, daß sie nicht gut genug war, um groß herauszukommen, und Engagements an irgendwelchen mickerigen Provinzbühnen hätte sie nicht ertragen. Sie fragte, ob ich einen Freund hätte, und meinte, daß mit den Jungs hier etwas nicht stimmen könne, als ich sagte, daß ich keinen hätte.

Die *Heilige Johanna* war ein Riesenerfolg. An jedem Abend war der Saal gerammelt voll, mit treuen Eltern natürlich, aber wir wußten auch, daß unsere Aufführung viel besser war als alles, was unsere Schule bisher gezeigt hatte. Am Premierenabend erschraken alle bei meinem unerwarteten Schrei, und hinterher kam Miss Hurst mit einer gigantischen Pralinenschachtel in das Klassenzimmer, das wir als Garderobe benutzten, und lobte uns überschwenglich. Fünfmal wurde das Stück gegeben, und nach jeder Aufführung, außer nach dem zweiten Mal, als meine Eltern da waren, fuhr Miss Hurst mich nach Hause. Nach der letzten Aufführung, es war ein Samstag, feierten wir eine Party, spielten Schallplatten und tranken Coca-Cola. Miss Hurst, die die ganze Woche unermüdlich auf den Beinen gewesen war, sah müde und leer aus, als ob ein innerer Druck von ihr gewichen war. Sie fuhr langsamer als sonst, und als wir zu Hause ankamen, legte sie den Kopf auf die Rückenlehne und seufzte: »Mein Gott, ich bin fix und fertig, aber es hat sich gelohnt. Vielen Dank, Katrina. Du warst toll.«

»Vielen Dank, daß Sie mir so geholfen haben. Ohne Ihre Hilfe hätte ich nie...«

Ich hielt inne, denn sie hatte meine Hand genommen. Sie starrte noch immer an das Autodach, und es entstand eine Stille, bevor sie etwas sagte.

»Ich hatte eine Freundin in der Schauspielschule. Sie hieß Chris. Ich hab sie sehr gemocht.«

Ich war ganz still, verunsichert. Sie sah mich an. »Bist du jetzt schockiert?«

Ich hatte ihre Augen schon vorher bemerkt, Herbstbraun mit Spuren von Dunkelgrün; im Halbdunkel sah sie etwas nervös aus. Ich glaube, in dem Moment war mir klar, daß ich sie liebte.

»Nein«, antwortete ich leise.

»Gut.« Sie ließ meine Hand los und sah weg. »Die Tür kriegst du inzwischen ja bestimmt allein auf.«

Sie bot mir einen Ausweg, aber ich rührte mich nicht, starrte nur hinaus in die Dunkelheit, auf das gelbe Licht einer Straßenlaterne. Ein Nachbar fuhr vorbei und bog in seine Auffahrt. Dann merkte ich, daß sie näher kam. Ich verkrampfte mich, schloß die Augen. Ganz zart, ohne jedes drängende Verlangen, küßte sie meine Lippen.

»Gute Nacht, Katrina«, sagte sie leise. »Geh jetzt. Es ist schon spät. Wir sehen uns am Montag in der Schule.«

Die Uhr in der Diele schlug drei, ehe ich in jener Nacht endlich einschlief.

Am Montag bekamen wir von Miss Hurst unsere Hefte zurück, die sie übers Wochenende durchgesehen hatte. In meinem war ein kleiner blauer Zettel, auf dem ihre Adresse stand. Vielleicht hatte sie ihn versehentlich darin liegenlassen, aber ich steckte ihn sofort in meine Blazertasche. In den nächsten Tagen sah ich oft verstohlen auf diesen Zettel, und jedesmal erinnerte ich mich noch deutlicher daran, wie wir zuletzt im Auto nebeneinandergesessen hatten. Ich wußte nicht recht, was ich machen sollte, aber am Samstag erklärte ich meinen Eltern, daß ich mit einer Schulfreundin Hausaufgaben machen wollte, und radelte nach Heaton Mersey. Miss Hurst wohnte im ersten Stock eines dreigeschossigen, viktorianischen Hauses. An der Tür waren fünf Klingeln, und neben einer war ein Stück Papier, auf dem in Schreibmaschinenschrift »J. M. Hurst« stand. Ich klingelte, wartete und hörte dann eine Stimme.

»Ja bitte? Wer ist da?«

Ich trat unter dem breiten Vordach hervor und sah hoch. Direkt über mir beugte sie sich aus dem Fenster, ein aprikosenfarbenes Handtuch turbanartig um den Kopf gewickelt. Wir schauten uns sprachlos an.

»Augenblick. Ich mach dir auf.« Sie verschwand, dann sah ich sie durch das geriffelte Glas der Haustür näher kommen. Sie trug Jeans und ein beiges Leinenhemd mit hochgekrempelten Ärmeln, dessen Brusttasche mit stilisierten Bäumen bestickt war, die Ärmel hochgekrempelt. Ihre Füße waren nackt. Sie zeigte auf das Handtuch. »Hab mir gerade die Haare gewaschen.«

»Ich wußte nicht, ob Sie da sind.«

»Wie du siehst, bin ich da.« Sie fragte nicht, weshalb ich gekommen war. »Du kannst dein Fahrrad in der Diele stehenlassen.«

Ich folgte ihr nach oben, über einen Treppenabsatz in einen kurzen Flur. Ihr Zimmer hatte eine altmodische Stuckleiste und ein hohes Fenster, von dem aus man über freies Land blickte und eine stillgelegte Eisenbahnlinie sah. Ein Dreißiger-Jahre-Sofa biß sich mit einem modernen muschelförmigen Sessel; eine Wand war zur Hälfte mit einem vollgestopften Bücherregal bedeckt, auf einem Eichen-eßtisch, inmitten von Papieren, stand eine Reiseschreibmaschine. Dunkelbraune Töne, die Tapete hellbeige mit feinen Streifen, schwere Brokatvorhänge, und in einer Ecke bemerkte ich eine alte Singer-Nähmaschine.

»Tee?«

»Bitte? O ja, gern.«

Sie ging in die Küche, und ich betrachtete die Bilder. Gerahmte Stiche von Westminster Abbey, von Jane Austens Haus und Alnwick Castle. Ein Ausstellungsposter der Tate Gallery mit Dalís *Zerrinnender Zeit* und ein altes Aufführungsplakat der *Lustigen Weiber von Windsor* mit Ellen Terry. Eine Beardsley-Reproduktion, ein Foto von jungen Leuten, die in übertriebener Pose auf den Stufen des Old Vic stehen. Während ich gerade herauszufinden versuchte, ob sie zu der Gruppe gehörte, rief sie mir zu: »Zucker?«

»Danke, nein.«

Sie kam mit zwei Bechern – auf einem prangte ein schwarzes kursives J – wieder in das Wohnzimmer zurück. »Hier. Warte einen Moment, ich bin gleich fertig.«

Sie ging durch eine andere Tür hinaus. Während irgendwo ein Fön summte, sah ich mir ihre Bücher an, Klassiker, Gedichte, ein paar Kriminalromane, Schauspielerbiographien, Theaterstücke und fernöstliche Philosophie. Ich blätterte durch den *Fänger im Roggen,* ein Buch, das ich noch nicht gelesen hatte. Dann hörte ich, wie der Fön ausgestellt wurde.

»Katrina.« Nur mein Name, kein Befehl, sondern eine Einladung. Sie hatte seit meinem Eintreffen nicht versucht, Konversation zu machen, und ich hätte auch nicht gewußt, was ich hätte sagen sollen.

Ich stellte meinen Becher auf eines der Buchregale und ging zur Schlafzimmertür, nervös, aber ich sagte mir, daß ich aus eigenem Antrieb da war. Die Vorhänge waren zugezogen, lichtdurchlässiges Ochsenblut, das die Aprilsonne in ein tiefes Rot verwandelte, Judith saß auf dem Bett, den Blick gesenkt, und fuhr die rautenförmigen Stickmuster des sandfarbenen Bettüberwurfs entlang. Ihr schulterlanges Haar war trocken, aber noch ungebürstet. Ich stand unsicher in der Tür.

»Den Freund gibt es natürlich nicht«, sagte sie ruhig. »Wußtest du das?«

»Ich hab mir keine Gedanken darüber gemacht.«

»Doch, Katrina. Trotzdem bist du gekommen. Warum?«

»Weil ich es wollte. Mehr kann ich dazu nicht sagen.«

Sie überlegte einen Moment. »Das ist verständlich.« Ihre Stimme klang noch rauher als sonst. Sie räusperte sich. »Die Griechen hatten wie immer ein Wort dafür. Sie nannten es lesbische Liebe. Seit uralten Zeiten gibt es sie... aber es wird jetzt nur passieren, wenn du es wirklich willst.«

Ich nickte nur, außerstande, jetzt noch einen Rückzieher zu machen, und fand schließlich meine Stimme wieder. »Ja... Judith.« Vor meinen Augen verschwamm alles, und ich zitterte, als sie aufstand.

Ihre Küsse waren jetzt hungrig, ihre Finger wurden immer drängender. Sie wußte jedoch, daß ich unerfahren war, und lenkte mich behutsam, sanfte Liebkosungen, Ermunterung und Aufforderung, unvorstellbare Wärme und süßer Schmerz, stockende Proteste meinerseits, während ihre Lippen, beruhigende Worte murmelnd, mein Gesicht mit zärtlichsten Küssen bedeckten. Erst als ich bereit war, kam das Verlangen, die Sehnsucht erregter Körper, die zueinander drängten. Als es vorbei war, lag ich mit geschlossenen Augen da, dankbar, glücklich, leise weinend. Mit ihrer geschickten Hilfe hatte ich zum erstenmal körperliche Liebe erlebt.

»Ach, meine süße Vestalin!« Ihre Hand fuhr mein Profil entlang, entdeckte eine Träne und wischte sie weg. »Hab ich dich verdorben?«

»Nein. Sag das nicht. Ich liebe dich.«

»Ich dich auch. Sag noch mal meinen Namen.«

»Judith ... Judith ...« Ich wurde von Schluchzern geschüttelt. »Judith... Judith.«

»Genug.« Finger legten sich fest auf meine bebenden Lippen. »Komm zurück auf die Erde.« Sie schwang die Beine aus dem Bett und warf sich einen weißen Bademantel über, der auf einem Stuhl neben dem Bett lag. »Tee jetzt. Nein, Wein.«

Ans Kopfende gelehnt, lagen wir aneinandergeschmiegt da und tranken Weißwein aus billigen Gläsern, es war so schön und befriedigend, wie die nackte Lust es gewesen war. An diesem Nachmittag liebten wir uns nicht noch einmal, obwohl ich glaube, daß Judith es gern gehabt hätte. Wir zogen uns an und gingen wieder ins Wohnzimmer und plauderten, als wären wir richtige Freundinnen geworden. Sie zeigte mir noch mehr Fotos aus ihrer Studentenzeit, erzählte mir von ihrer Vergangenheit, machte lustige Bemerkungen über die anderen Lehrer. Als ich widerwillig sagte, daß ich gehen müßte, brachte sie mich zur Tür und küßte mich in der leeren Diele noch einmal.

»Tschüs, Katrina.« Sie fuhr mir zärtlich durchs Haar. »Kannst mich ruhig besuchen, wenn du Lust hast. Fänd ich schön.«

Privater Sprechunterricht war der ideale Vorwand, um jeden Freitagabend bei ihr zu sein. Sie achtete strikt darauf, daß wir die erste Stunde damit verbrachten, wofür sie von meinem Vater bezahlt wurde. Zwanzigmal mußte ich »good luck« wiederholen, wenn es auch nur annähernd wie »look« klang. Sie ließ mich Prosa lesen, spielte mir die Tonbandaufnahme anschließend vor, so daß ich mich krümmte, wenn sie verzweifelt den Kopf schüttelte. Sie bleute mir ein, wie man »sugar« und »one« aussprach (»das reimt sich auf ›won‹ und nicht auf ›gone‹, Dummerchen«). Dann lachte sie und hielt mir ihre Hand hin. Sie konnte wunderbar Stimmen nachmachen. Wenn wir eng umschlungen im Bett lagen, preßte sie den Mund an mein Ohr und brummte in starkem nordenglischem Akzent »Du bist mein kleines Pferdchen, niemand sonst«, so daß wir hilflos kicherten und herumbalgten, bis unsere Blicke sich trafen und wir hungrig und mit bebenden Lippen übereinander herfielen. Aber es war nicht nur Sex. Judith machte mich mit Schriftstellern bekannt, von denen ich noch nie etwas gehört hatte, schlug mir vor, einen anderen Lippenstift zu benutzen und öfter warme Brauntöne zu tragen, ließ mich ihre Sachen anprobieren und brachte mir bei, wie man sich anmutig bewegt. Sie machte einen anderen Menschen aus mir.

Als meine Eltern einmal zu einem Firmentreffen wollten und mein Bruder zu Besuch bei Freunden in Wales war, verbrachte ich ein ganzes Wochenende mit Judith. Am Samstag fuhren wir nach Chester, wanderten in der Nähe der römischen Ruinen herum und kauften vegetarische Lebensmittel, die wir abends gemeinsam zubereiteten. Der Sonntag war wunderschön, wir beschlossen, nach Alderley Edge zu fahren, einer eindrucksvollen Steilwand, von der aus man einen Blick über die weite Ebene von Cheshire hat. Wir aßen in einem Pub etwas zu Mittag, gingen dann durch den Wald, bis wir eine einsame Stelle fanden, und ich protzte mit meinen botanischen Kenntnissen. Judith war miserabel in Naturkunde. Sie hatte eine Ausgabe von Gerard Manley Hopkins dabei, aber *Gescheckte Schönheit* und *Wie Eisvögel Feuer fangen, Libellen eine Lichtspur ziehen* konnte sie auswendig. Ich machte ein Foto von ihr und schenkte ihr ein Zweiglein Mädelsüß, das sie in diesem Buch trocknen wollte. Plötzlich hatte ich großes Verlangen nach ihr, ich drängte mich an sie, doch sie wehrte ab.

»Nicht hier«, murmelte sie. »Es sind Leute unterwegs.«

»Es ist wichtig.«

»Es ist Wollust, du kleiner Teufel«, rief sie spöttisch.

Ich schüttelte den Kopf. »Nein. Es ist viel mehr.«

Wenn ich mir selbst gegenüber ehrlich gewesen wäre, hätte ich erkannt, daß es zu Ende gehen mußte. Was mich verletzte, war die grausame Beiläufigkeit, mit der sie Schluß machte. Vielleicht wollte sie nur ihre Gefühle schützen. Fast den ganzen Sommer fuhr sie mit einer Truppe befreundeter Schauspieler durch Europa, und wochenlang sehnte ich mich danach, mitmachen zu dürfen, beneidete jeden in ihrer Umgebung. Als wir uns im September wiedersahen, war sie eine Fremde geworden. Sprechunterricht, sagte sie, sei nun nicht mehr nötig, sie habe mir alles beigebracht, was ich wissen müsse, ich solle jetzt einfach üben. In der Schule fragte ich sie nach einer Stunde einmal, wann ich sie besuchen könne.

»Nicht hier.« Es klang unwirsch. »Etwas mehr Diskretion bitte.«

»Aber ich möchte dich sehen.«

Ohne mich eines Blickes zu würdigen, steckte sie ihre Unterlagen in die Mappe. »Na gut, Sonntag nachmittag.« Sie schloß die Mappe und ging hinaus. Ich überlegte, daß sie sich vielleicht nicht wohl fühlte oder aus irgendeinem Grund schlechte Laune hatte. Am Sonntag verließ ich unter dem Vorwand, Tennis spielen zu wollen, das Haus, das heißt, ich kreuzte mit Sportsachen und Schläger in Heaton Mersey auf.

»Ich spiele kein Tennis«, sagte Judith, als sie die Tür öffnete. »Weißt du nicht mehr?«

»Es war nur ein Vorwand, das Haus zu verlassen.« Ihre Kälte erschreckte mich.

»Komm rein. Wir müssen reden.« Sie machte auf dem Absatz kehrt, ging hinauf, ließ mich einfach stehen. Ich folgte ihr. Als ich ihr Zimmer betrat, zündete sie sich gerade eine Zigarette an.

»Ich wußte nicht, daß du rauchst.«

»Hab ich auch nie, wenn du hier warst. Ich weiß, du magst es nicht.«

»Aber jetzt bin ich hier.«

»Ja... Setz dich.«

Ich schüttelte den Kopf. »Schreib mir nicht vor, was ich zu tun habe.«

»Na schön, dann bleib stehen. Es ändert nichts.« Sie zog an der Zigarette. »Ich habe lange darüber nachgedacht. Wir sollten es einfach hinter uns bringen. Ich werde die Schule zur Jahresmitte verlassen.«

»Aber du hast doch immer gesagt, daß es dir hier gefällt.«

»Das war auch so, aber ich habe einen Job in London angeboten bekommen.«

Sie hielt die Arme über der Brust verschränkt, und plötzlich kam mir die Zigarette wie eine Art Bühnenrequisit vor. Sie spielte eine Szene.

»Und was gibt es sonst noch in London?« fragte ich.

»Was meinst du?«

»Ich meine, wer ist sonst noch in London?«

Sie biß sich seufzend auf die Lippen. »Ich könnte dir jetzt sagen, daß es niemanden gibt... aber du würdest mir vermutlich nicht glauben. Ich hatte wirklich gehofft, daß du während meiner Abwesenheit einen Freund findest.«

»Einen *Freund*?« Ich machte eine Handbewegung in Richtung Schlafzimmer. »Nach allem, was dort passiert ist?«

»Ja.« Sie schüttelte den Kopf. »Katrina, du bist keine Lesbe. Glaub mir, ich weiß es. Als ich dich kennenlernte, hattest du keine Freunde – weiß der Teufel, warum –, aber dein Körper war vollgepumpt mit Sexualhormonen. Du bist sehr attraktiv, und du gefielst mir. Nein, das klingt grauenhaft... Mein Gott, warum schreibt das Leben keine Drehbücher, so daß wir Szenen wie diese mit ein paar markanten Sätzen abhandeln können, und dann wird ausgeblendet.«

Ich blinzelte ein paar bittere Tränen weg. »Sag mir einfach, wer es ist. Ich glaube, ich habe ein Recht, das zu wissen.«

»Es wird dir nicht viel helfen, aber...« Sie zögerte. »Na schön. Es ist Chris. Ich habe dir von ihr erzählt.«

»Die du von der Schauspielschule her kennst?«

»Genau. Sie war in der Gruppe, mit der ich weggefahren bin, und... Na komm, du brauchst keine statistischen Details.«

»Und das war's dann? Ihr seid in den Ferien wieder ins Bett gegangen, und jetzt bin ich die dumme kleine Göre, die sich von dir hat verführen lassen?« Ich wurde allmählich wütend.

»Du bist keine dumme Göre, Katrina. Du bist ziemlich erwachsen geworden in der Zeit, seit wir uns kennen. Und verletzt zu werden gehört zum Erwachsenwerden.«

»Du verletzt mich nicht.«

»Doch, nur anders, als du denkst.«

»Du lügst.«

Zum ersten Mal sah ich Sympathie in ihren Augen. »Nein. Aber ich kann es dir nicht verdenken. Tut mir leid, Liebes, wirklich. Ich wußte von Anfang an, daß es nicht lange dauern würde, daß wir nie gemeinsam Möbel aussuchen würden. Ich hatte bloß gehofft, daß es nicht so beschissen laufen würde wie jetzt.«

»Und das war's? Du brichst mir das Herz und gehst?«

»Sei nicht so melodramatisch. Ich habe dir nicht das Herz gebrochen. Ich habe deine Gefühle verletzt. Das kommt vor in Beziehungen.«

Ich blickte zu Boden. »Ich hab dich geliebt.«

»Ich weiß. Ich hab dich auch geliebt – und irgendwie werde ich dich immer lieben. Glaub mir, Katrina, wir können viele Menschen lieben.«

»Und sie hassen?«

»Ja, das auch. Das liegt oft nahe beieinander.« Sie drückte ihre Zigarette aus. »Komm, es ist sinnlos, weiter darin rumzustochern, ich möchte dir etwas schenken.« Sie nahm ein kleines Kästchen vom Bücherregal. »Wahrscheinlich wirst du es zuerst wegwerfen wollen, aber warte bitte ein paar Wochen, vielleicht haben sich deine Gefühle bis dahin verändert.«

Es war ein schmales silbernes Armband mit einem eingravierten Weinblattmuster.

»Viktorianisch«, sagte sie. »Nicht gerade ein Vermögen wert, aber es soll ein kleines Dankeschön für ein wunderbares Jahr sein. Ich möchte es dir schenken. Hier!«

Ich nahm das Armband und behielt es; nach einer Weile fing ich an, es zu tragen. Judith war der erste Mensch, den ich geliebt habe, und ihr Verrat verletzte mich so sehr, daß ich niemanden mehr so nahe an mich heranließ, nicht einmal meinen Mann. Erst wieder ... Nein, das kommt sehr viel später, und Geschichten wie diese sollten der Reihe nach erzählt werden, so, wie sie passiert sind. Wie auch immer, selbst wenn ich wundersamerweise in die Zukunft hätte blicken können, ich hätte es nie geglaubt. Noch heute kann ich es kaum glauben.

## *London und Cornwall*

Bei bestimmten Mitarbeitern des *Register* war es sehr beliebt, im internen Kommunikationssystem herumzuhacken, meist um vertrauliche Informationen oder irgendwelche peinlichen Dinge aufzuschnappen, die man an *Private Eye* oder eine andere Zeitung weitergeben konnte. Nachdem ein Redakteur eine Nachricht von Webb an Kendall gelesen hatte, erklärte er beiläufig, daß er in die Kantine gehen wolle. Im Untergeschoß benutzte er das öffentliche Telefon neben dem Getränkeautomaten.

»Die Nachrichtenredaktion, bitte. Richard? Hier Alex McIntyre. Hab vielleicht was Interessantes für dich. Katrina Darcy ist verschwunden.«

»Was soll das heißen?«

»Sie ist seit einer Woche nicht mehr gesehen worden. Freitags kommt sie immer, um ihre Kolumne zu schreiben. Heute ist sie nicht im Haus. Hier bricht langsam Panik aus.«

»Was sagt man denn so?«

»Die Leute wissen nicht recht, was sie davon halten sollen. Man hat offenbar überall nachgefragt, aber sie ist nirgendwo.«

»Interessant. Wo wohnt sie denn?«

»Stanmore Mansions.«

»Welche Gegend ist das?«

»Bayswater Road irgendwo. Exklusives Apartmenthaus. Stark bewacht, wahrscheinlich kommt man nicht so leicht rein.«

»Das schaffen wir schon. Und sie sollte ganz bestimmt heute kommen?«

»Der Hinweis auf Seite eins steht noch. Soweit ich sehe, wird aber jemand anders ihren Platz einnehmen.«

»Irgendwelche Gerüchte?«

»Keine. Sie wollen die Sache nicht aufbauschen.«

»Ah ja? Okay, wir kümmern uns darum. Ist Charlie Taylor da?«

»Nein, er macht Urlaub. Kendall vertritt ihn.«

»Ich werd ihn anrufen. Danke, Alex. Wir zahlen, wenn was daraus wird.«

Richard Harvey legte auf und wandte sich an den zweiten Nachrichtenredakteur der *Sunday Times.*

»Ist Ray Morgan noch immer mit Katrina Darcy zugange?«

»Seit seine Frau es herausgefunden hat, nicht mehr. Wieso?«

»Hab eben einen Tip bekommen. Wo ist Ray?«

»Auf dem Weg nach Sevenoaks. Er ist vor etwa zwanzig Minuten gegangen. Was für einen Tip denn?«

»Der *Register* scheint sie verloren zu haben.«

»Sie ist gegangen? Oh, là, là! Wohin denn?«

»Nein, nein. Sie ist verschwunden. Versuch, Ray über sein Mobiltelefon zu erreichen, bevor er zu Hause ankommt, und frag ihn, ob ihm was dazu einfällt. Und jetzt …«, Harvey griff wieder zum Hörer, »wollen wir mal sehen, was Mr. Kendall zu sagen hat.«

Im Cottage klingelte das Telefon wieder, doch die Tonbandkassette des Anrufbeantworters war inzwischen voll.

Der Cursor des Computerbildschirms stand auf dem letzten Buchstaben eines unvollendeten Satzes:

*Liebe Stephanie, ich schicke Dir diesen Brief, bevor ich nach London zurückfahre. Die Presse wird jede Menge Lügen über mich verbreiten und …*

Der Wecker neben dem Computer auf dem Eichentisch begann zu piepsen, eine Erinnerung, Channel Four einzuschalten und die Nachrichten zu sehen – das typische Bedürfnis der Journalisten, immer wissen zu wollen, was passiert ist. Lautlos schaltete sich der automatische Backofen für die Makrele ein.

Während Kendall mit dem Anzeigenchef des *Register* über eine Sonderbeilage zum Thema Privatschulen sprach, wurde ein Anruf durchgestellt.

»Mr. Kendall? Richard Harvey von der *Sunday Times.* Haben Sie einen Moment Zeit?«

»Worum geht's?«

»Um Katrina Darcy.«

»Sekunde.« Kendall schaltete sich aus der Leitung. »Privates Gespräch, Nigel. Komm später noch mal. Und mach die Tür zu.« Inzwischen allein, wartete er noch einen Moment, ehe er sich wieder einschaltete.

»Entschuldigung, ich hatte noch jemanden auf der anderen Leitung. Was ist mit Katrina?«

»Wir haben gehört, sie soll verschwunden sein.«

Kendall lachte. »Wer hat Ihnen denn das erzählt?«

»Zuverlässige Quelle.«

»In unserem Haus?«

»Vielleicht.«

»Dann schlage ich vor, Sie überprüfen das noch mal.«

»Soll das heißen, sie ist nicht verschwunden?«

»Genau das.«

»Ihre Kolumne wird also am Sonntag erscheinen?«

»Nein.« Kendall reagierte blitzschnell. »Sie ist krank. Das ist alles.«

»So krank, daß sie ihren Artikel nicht mal faxen kann?«

»Ihr Arzt sagt, sie braucht absolute Ruhe.«

»Ist das Ihre offizielle Version?«

»Wir brauchen keine offizielle Version.«

»Aber wir können Sie zitieren?«

»Hören Sie, Richard, ich weiß nicht, was der Betreffende Ihnen erzählt hat, aber er versucht, aus einer Mücke einen Elefanten zu machen. Katrina hat heute morgen angerufen und gesagt, daß der Arzt ihr unbedingte Ruhe verordnet hat.«

»Sie war demnach so gesund, daß sie anrufen, ihren Artikel aber nicht faxen konnte?«

Kendall verzog das Gesicht, ärgerte sich über die Blöße, die er sich dem Journalisten gegenüber gegeben hatte. »Das Telefon steht neben ihrem Bett.«

»Und sie hat Sie heute morgen angerufen. Ein bißchen spät, nicht? Was ist los mit ihr?«

»Ich spreche nicht über das Privatleben meiner Angestellten.«

»Na gut. Und Sie sind nicht in Panik?«

»Natürlich nicht. Machen Sie sich und Ihr Blatt nicht lächerlich, Richard. So was kann schon mal passieren, nicht wahr?«

»Sie sagen also, wir sollen nicht darüber berichten.«

»Es gibt nichts zu berichten.«

»Können Sie mir verraten, wo wir Katrina erreichen?«

»Nein.«

»Würden Sie sie dann anrufen und sie bitten, mich zurückzurufen?«

»Wieso das denn?«

»Damit wir wissen, daß bei ihr alles in Ordnung ist.«

»Bei ihr ist alles in Ordnung.« Kendalls Stimme wurde schärfer. »Und wenn Sie anfangen, ihr auf die Pelle zu rükken, werde ich mit Dave Godshaw sprechen müssen.«

»Möchten Sie sofort mit ihm sprechen?« fragte Harvey freundlich. »Ich kann Sie verbinden.«

»Im Moment ist das nicht notwendig. Und das wird es auch nicht sein, wenn Sie schlicht und einfach die Fakten akzeptieren.«

»Nämlich, daß Katrina Darcy krank ist.«

»Genau. Zufrieden?«

»Sofern wir nicht etwas anderes hören.«

»Werden Sie nicht, Richard. Wiedersehen.«

Harvey schaute verdutzt, als Kendall auflegte. Daß ein so erfahrener Journalist damit gedroht hatte, sich bei Godshaw zu beschweren, war erstaunlich ungeschickt, fast ein unverhülltes Eingeständnis, daß Katrina Darcy verschwunden war und der *Register* die Sache nicht publik machen wollte.

»Haben Sie Ray erwischt?« fragte er.

»Schon, aber er hat sie seit Monaten nicht mehr gesehen. Anscheinend hat sie einfach Schluß gemacht.«

»Aha, mit wem ist sie dann zugange? Mrs. Darcy zeigt sich doch gern in Begleitung.«

»Ray hat keine Ahnung, und ich habe auch von niemandem gehört. Sie?«

»Nein, aber wir werden uns umhören. Penny soll Darcys Nachbarn ausquetschen. Hier ist die Adresse, möglicherweise ist es nicht ganz einfach reinzukommen. Und sagen Sie der Bildredaktion Bescheid, sie sollen alles ausgraben, was wir über sie haben.«

»Sie wollen es groß rausbringen?«

Harvey tippte auf seinen Notizblock. »Ich denke, ja. Kendall lügt.«

## *Tom*

*Das ist das einzige Hochzeitsfoto, das ich aufgehoben habe. Wir hielten uns völlig an die sozialen Konventionen meiner Schicht – ich in weißem Satin und langem Schleier, Tom in einem Cut, den er bei Moss Bros. ausgeliehen hatte, und einem grauen Zylinder, mit dem er nichts anzufangen wußte. Die Brautjungfern in Pink, ein traditioneller Gottesdienst und ein Fotograf mit Stativ. Dieses Foto gefiel meiner Mutter besonders gut, es stand eingerahmt bei ihr auf dem Sideboard – eine Nahaufnahme von uns beiden, draußen vor der Kirche, wie wir einander in die Augen schauen. Wir sehen schwärmerisch aus, und ich war sehr glücklich. Ich war zwanzig Jahre alt und glaubte naiv, die große Liebe meines Lebens gefunden zu haben.*

Angesichts meiner erfolgreichen Karriere ist es schon merkwürdig, daß der Journalismus im Grunde eine Verlegenheitslösung war. Angefangen habe ich als Banklehrling. Nach der Sache mit Judith wollte ich sofort von der Schule abgehen, und ich entschied mich für das erstbeste Angebot. Meine Aufgabe bestand darin, täglich die Portokasse abzurechnen, und eines Abends mußte ich mit zwei Vorgesetzten länger bleiben und nach einem Fehlbetrag forschen (es ging bloß um fünf Shilling, aber die beiden glaubten offenbar, daß ich das gesamte englische Bankwesen gefährdete). Ich langweilte mich bald, hatte aber keine anderen Berufsvorstellungen. Die meisten meiner Schulfreundinnen studierten oder hatten einen Beruf, der mich nicht interessierte. Irgendwann erwähnte mein Vater, daß einer seiner Golfpartner der Direktor des Verlages war, dem der *Stockport Courier* gehörte. An so eine Tätigkeit hatte ich noch nie gedacht, aber sie erschien mir ganz reizvoll... Es ergab sich wirklich wie von selbst, obwohl ich auch andere Leute kennengelernt habe, die zufällig in diese Branche geraten sind. Heutzutage werden nur noch Leute mit Hochschulabschluß eingestellt, doch damals konnte man, sofern man in Englisch nicht allzu schlecht war, bei einer Provinzzeitung mit mittlerer Reife anfangen. Es war der übliche Weg. Einige der bekanntesten Namen im britischen Journalismus haben bei lokalen Käseblättern angefangen.

Der *Courier* war ein richtig altmodisches Blatt, das ausführlich über die alltäglichsten Lappalien berichtete: Polizei- und Feuerwehreinsätze, Gerichtsverhandlungen, Berichte von den Sitzungen des Frauenverbands und der Mütterunion, über die Angst von Leuten, die an gefährlichen Straßenkreuzungen wohnen, Hochzeiten, Besprechungen von Aufführungen der Laienspielgruppe (mit namentlicher Erwähnung der Damen, die den Tee ausschenkten), Prüfungsergebnisse der örtlichen Schule, in der Sauregurkenzeit Berichte über Riesensonnenblumen. Wichtig waren auch Sterbefälle – einer meiner ersten Aufträge war, beim Begräbnis eines Gemeinderats im Regen vor der Kirche zu stehen und die Namen der Trauergemeinde zu notieren. Ziemlich rasch lernte ich, daß Diskretion mehr zählte als der Wert einer Nachricht. Als ich entdeckte, daß die Frau des Friedensrichters ein Verhältnis mit einem Pfadfinderfunktionär hatte, wurde die Story nicht gebracht, denn der Friedensrichter war der lokale Ford-Repräsentant, und das Anzeigengeschäft lief über uns. Ich rede jetzt nicht von einflußreichen Blättern wie der *Sun.* Die Leute beim *Courier* waren entweder ältere Leute, die am Ende ihrer Karriere standen und keinen Ehrgeiz mehr hatten, oder unterbezahlte jüngere Kollegen. Herausgegeben wurde die Zeitung von einem methodistischen Laienprediger, der zugleich leidenschaftlicher Hobbyangler war. Eine bemerkenswerte Anzahl von Wettbewerben fand immer am Erscheinungstag statt.

In gewisser Weise fühlten wir uns wie Studenten, wir erlernten das Handwerk, besuchten ab und zu einen Aufbaukurs, wobei ich die juristischen Vorlesungen allerdings oft versäumte, weil auf der anderen Straßenseite ein Kino war und wir lieber in die Matinee gingen. Privat passierte nicht viel, ich verliebte mich nicht einmal andeutungsweise, aber es gab ein paar Jungen, wie etwa Duncan Walsh (oder hieß er Welsh?), der mich auf dem schmalen Bett in seiner schäbigen Bude mit der Heterosexualität bekanntmachte. Unerfahren und nach Bier riechend, erzeugte er in mir das Gefühl, daß ich womöglich doch lesbisch war. Bei Alan Forrester, dem stellvertretenden Leiter der Anzeigenabteilung, Mitte dreißig und verheiratet, war ich mir nicht mehr so sicher. Er sprach mich bei der Abschiedsfeier irgendeines Kollegen an, schaffte es mit Hilfe einiger Wodka-Tonics, daß sich mein ohnehin geringer Widerstand auflöste, und bumste mich auf dem Rücksitz seines Triumph Herald. Später benutzten wir die Wohnung eines Bekannten von ihm, meist in der Zeit, wenn ich ein Interview führen und er Anzeigen akquirieren sollte. Drei Monate später meinte er, daß seine Frau schwanger sei, was mir das Problem ersparte, mit ihm Schluß zu machen. Er hatte seinen Zweck erfüllt: Meine sexuelle Neigung stand fest.

Stockports großer Vorteil besteht darin, daß es in der Nähe von Manchester liegt, damals dem größten Pressezentrum nach London. Alle überregionalen Zeitungen hatten dort eigene Redaktionsbüros und Druckereien – der *Mirror* und der *Telegraph* in Withy Grove, die *Daily Mail* in Deansgate, der *Guardian* in Cross Street, der *Express* in einer Kopie der Londoner Zentrale – und wir kamen oft mit den Reportern dort zusammen. Ich fing an, inoffiziell für sie zu arbeiten, um meinen miserablen Lohn aufzubessern und weil ich bei der Spesenabrechnung kaum schummeln konnte. Und wenn der *Courier* ausnahmsweise eine halbwegs brauchbare Geschichte ausgegraben hatte, gab ich ihnen einen Tip (für die Frau des Friedensrichters und den Pfadfinderfunktionär bekam ich dreißig Pfund vom *Mirror*, damals viel Geld). Ich beschloß, es bei einer der überregionalen Zeitungen zu versuchen – welche, war mir egal –, und der Durchbruch kam, als ein Reporter vom *Express* mich nach einer Pressevorführung bei Granada TV noch in den alten Club am Albert Square mitnahm. Ich war die großäugige Naive, die gelangweilt tat, es aber furchtbar aufregend fand, Journalisten zu begegnen, die für richtige Zeitungen arbeiteten. Ich muß ziemlich lächerlich gewirkt haben, aber die meisten Clubmitglieder waren Männer mittleren Alters, die einem hübschen jungen Ding alles verziehen. Jemand lud mich zu einer Partie Billard ein, wahrscheinlich um mir, während ich mich über den Tisch beugte, unter den Minirock glotzen zu können.

Gegen Mitternacht, das heißt nach Redaktionsschluß der Spätausgabe, kamen noch mehr Leute, und ich wurde einem Tom Darcy vorgestellt. Er war Redaktionsassistent bei der *Daily Mail,* Anfang dreißig, hatte lange braune Haare und trug ein geblümtes Hemd – Flower Power war in. Ich hatte seit sieben Uhr getrunken und war ziemlich unerfahren, und so kam es wohl, daß ich ihm vorschwärmte, was für einen super Job er hätte.

»Dachte ich zuerst auch«, sagte er. »Aber am Ende ist es so aufregend wie in einer Bank.«

»Glaub ich nicht«, sagte ich. »Ich hab in einer Bank gearbeitet. Und sei nicht so zynisch. Du arbeitest bei einer großen Zeitung, nicht bei einem Provinzblatt.«

»Angefangen hab ich genau wie du. Beim *Accrington Observer.*«

»Aber du hast es geschafft. Ich hab mich bei den Nordengland-Redaktionen der großen Zeitungen beworben, kein Interesse.«

Natürlich sprachen wir auch über andere Dinge, er richtete die üblichen Blicke auf meinen gewagten BH – und irgendwie muß ich ihn wohl beeindruckt haben, denn er stellte mich Neville Jarvis vor, dem Nachrichtenredakteur der *Mail.*

»Das ist Katrina Smith. Arbeitet beim *Courier* in Stockport. Erinnerst du dich an diese Mutter, die bei einem Brand vor ein paar Wochen ihre beiden Kinder verlor? Wir haben Katrinas Reportage verwendet.«

Neville nickte. »War nicht schlecht. Exklusivbericht, stimmt's?«

»So war's doch abgemacht. Übrigens, Katrina sucht einen Job«, sagte Tom. »Irgendwas in Aussicht?«

»Wie lange sind Sie denn schon beim *Courier*?« fragte Neville.

»Knapp drei Jahre.« Ein präzises *gut ein Jahr* würde ihn nicht beeindrucken.

»Vertraglich gebunden?«

»Ja, aber das scheint niemanden weiter zu interessieren.«

»Kurzschrift?«

»Hundert Wörter pro Minute.« Solange es ganz einfache Wörter waren. Er würde diese Angabe ebensowenig prüfen wie die tatsächliche Dauer meines Arbeitsverhältnisses beim *Courier.*

Neville drehte sich kurz um, als jemand ihn ansprach. Ich hätte die beiden umbringen können. Dann wandte er sich wieder an mich. »Melden Sie sich am Montag in meinem Büro. Elf Uhr.« Im nächsten Moment war er verschwunden und ließ eine ziemlich verdutzte Jungreporterin zurück.

»Danke«, sagte ich zu Tom. »Das war klasse. Ich besorg uns was zu trinken.«

In weniger als zwanzig Minuten hatte meine berufliche Entwicklung einen großen Sprung gemacht, und ich war meinem zukünftigen Ehemann begegnet. Als Tom mich in dieser Nacht nach Hause fuhr, knutschten wir noch ein bißchen und verabredeten uns für die kommende Woche. Am Montag sprach ich mit Neville, er bot mir einen Job an – nichts Besonderes, aber immerhin *Daily Mail* –, und als ich dort anfing, hatten Tom und ich schon miteinander geschlafen. Ich zog in seine Wohnung in Fallowfield, er kam jeden Abend nach der Arbeit nach Hause, er machte mir im Bett einen Antrag, und ich willigte ein, was, wie mir später klar wurde, viel über unsere Beziehung aussagte, aber ich glaubte ehrlich, daß ich ihn liebte. Gefangen in den Erwartungen und Normen meiner Erziehung, gab es für mich natürlich nichts anderes als die traditionelle Hochzeit in Weiß, mit sentimentalen Frauen, nervösen Brautjungfern, einem stolzen Vater, Glückwunschkarten, Toms Freund riß Zoten, und der *Courier* brachte eine Meldung. Unsere Hochzeitsreise machten wir nach Schottland, und ich gewöhnte mich an meine neue Rolle. Wie er aussah? Er hatte einen schmalen Kopf, der durch das spitze Kinn noch länger erschien, und die Nasenflügel waren eingedellt. Im Profil sah er asketisch aus, seine Augen waren selten warm, und nur wenn er erregt war, funkelten sie. Er hatte die Attraktivität eines hochgewachsenen Kobolds.

Wir zogen an den Stadtrand, nach Didsbury, richteten uns ein, Marke Eigenbau, einmal die Woche der Supermarkt, Besuche bei Nachbarn, die über ihre Kinder redeten (zarte Andeutungen der Frauen, wann es denn bei uns soweit sei), und ein Garten, in dem wir beide arbeiteten. Es war ein nüchternes, aber ganz annehmbares Leben, ab und zu Geldsorgen, unsere Eltern kamen zu Besuch, gelegentlich stritten wir uns, kauften weitere Möbel, ich ließ ein paarmal das Essen anbrennen, Tom hatte Probleme mit der Heizungsanlage, irgendwann legten wir uns einen Kater zu. Ich arbeitete weiterhin bei der *Mail,* kompetent, aber unspektakulär, und Tom stieg zum Redakteur auf.

Die Situation änderte sich grundlegend, als Tom 1971 eine

Redakteursstelle in London angeboten wurde. Wir sprachen darüber, fanden beide, daß es eine tolle Chance war, und ich blieb in Manchester, bis wir eine bezahlbare Wohnung in Barnet fanden. Da es bei der *Mail* nichts für mich gab, nahm ich ein Angebot der *Barnet Press* an, also zurück zu einer kleinen Wochenzeitung, aber in diesem Stadium wollte ich eigentlich nur Mutter sein. In meinem Tagebuch schrieb ich von den »süßen Schmerzen« des Gebärens – eine romantische Illusion, die von neun Stunden Wehen im Kreißsaal erschüttert wurde, als 1974 unsere Tochter Stephanie zur Welt kam. Aber sie war entzückend, und Tom hatte sich ja immer eine Tochter gewünscht. Mein Leben schränkte sich zwar ein, doch für mich war es die natürlichste Sache der Welt, Ehefrau und Mutter zu sein, während der Mann die Familie versorgte. Nicht, daß ich eine typische Hausfrau war. Tom und ich gingen ins Theater, und ich begleitete ihn zu diversen Empfängen. Ich hatte meinen eigenen Freundeskreis und hielt die Verbindung zum Journalismus aufrecht, indem ich eine wöchentliche Kolumne für ein kleines Frauenmagazin schrieb und für eine andere Zeitschrift eine Ratgeberspalte betreute. Ich legte vor allem Wert darauf, mein Äußeres nicht zu vernachlässigen.

In einer Ehe schleichen sich neue Verhaltensmuster so langsam ein, daß man gar nicht merkt, wieviel sich bereits verändert hat. Die Mutterpflichten, der Haushalt, die wenigen, für mich aber wichtigen sozialen Kontakte und die Zeitschriftenartikel – das alles miteinander zu vereinbaren führte dazu, daß meine Beziehung zu Tom von allein lief und ich mich nicht mehr genug um ihn kümmerte. Er war ein passabler Vater, der seiner Tochter vorlas, sie jeden Morgen in den Kindergarten brachte und sich mit ihr beschäftigte, wenn ich zu tun hatte, doch es gab große Bereiche seines Lebens, von denen ich nichts wußte oder für die mich zu interessieren meine Zeit nicht reichte. Die Ehe verband uns in vielerlei Hinsicht schon nicht mehr, sondern reduzierte sich auf gemeinsam getragene Verpflichtungen. Ich muß jedoch gestehen, daß mir das alles damals nicht klar war. Ich führte ein Leben wie jede andere Frau, die an ihrer Identität festhält, während der Mann Karriere macht. Zum Ausbruch kam es 1977, an dem Abend, als Stephanie die Treppe hinunterfiel und sich am Bücherregal unten in der Diele den Kopf aufschlug. Von ihrem Gebrüll aufgeschreckt, schaltete ich auf mütterliche Fürsorge, versuchte mit einem Handtuch, das ich ihr mit der einen Hand an die Schläfe preßte, das Blut zu stillen, während ich mit der anderen bei Janet anrief, einer Krankenschwester, die gegenüber wohnte.

»Komme sofort«, sagte sie und stand schon vor der Tür, während ich noch am Schloß herumfummelte. »Zeig mal. Zumindest ist sie nicht bewußtlos. Sie muß in die Klinik. Mein Auto steht draußen.«

»Danke … Kannst du meine Tasche nehmen? Sie ist im …« Stephanie bewegte sich plötzlich nicht mehr. »Nicht einschlafen! Ruf einen Krankenwagen!«

»Mit dem Auto geht es schneller.« Während Janet mich hinausschob, spürte ich das Blut meiner Tochter durch das Handtuch warm an meiner Hand. Unterwegs beugte ich mich über sie, flehte sie an, nicht zu sterben, der Alptraum einer jeden Mutter. Janet redete beruhigend auf mich ein, wenn sie nicht gerade, Geschwindigkeitsbegrenzungen mißachtend, ungeduldig aufs Gaspedal trat.

»Es wird schon werden ... Halt sie aufrecht ... Wir sind gleich da ... Aus dem Weg, du Lahmarsch ... Spürst du ihren Puls? ... Gut ... Einem von meinen Kindern ist das mal passiert, zwanzig Minuten später ruft sie schon nach Smarties ... Zur Notaufnahme dort entlang ... Komm, schnell!«

Die schlimmsten Horrorvisionen schossen mir durch den Kopf. Janet todtraurig, die mitfühlende Ärztin, die freundlichen Schwestern, der unvorstellbare Schmerz, der kleine leblose Körper, der winzige Sarg, meine Mutter, in Tränen aufgelöst ... In meiner Phantasie sah ich Stephanie unmittelbar nach der Geburt, in ihrem Laufställchen, zum erstenmal auf den Beinen stehend, das rührend plumpe Clownsgesicht, das sie im Kindergarten gemalt hatte und das dann am Küchenschrank hing, ihr klagendes »Mami, mach heile, heile!«, als sie sich das Knie aufgeschürft hatte. Sie nahmen sie mir weg, dann saß ich allein in einem Zimmer mit einer Tasse Tee und wartete und wartete, bis Janets Stimme wie von einem anderen Stern zu mir drang.

»Es ist alles in Ordnung mit ihr. Nichts gebrochen, aber vorsichtshalber lassen wir sie röntgen. Die Wunde muß genäht werden, und über Nacht bleibt sie hier. Morgen früh wird sie schon wieder herumtollen wie ein junges Fohlen.«

»O Gott!« Die Erleichterung war fast so schmerzhaft wie die Sorge. »Ich muß bei ihr bleiben.«

»Kein Problem, aber was ist mit Tom?«

»Gibt es hier ein Telefon, das ich benutzen kann?«

»Im Büro. Ich fahre unterdessen rasch zu dir und hole ein paar Sachen, wenn du mir sagst, wo ich was finde.«

»Danke.« Ich gab ihr meinen Hausschlüssel. »Rote Zahnbürste, Pyjama in der Schlafzimmerkommode, oberste Schublade rechts... Frische Unterwäsche ebenfalls dort... Ein Handtuch aus dem Badezimmer... Schminkzeug habe ich dabei... Ich denke, das ist alles.«

»Wenn mir noch was einfällt, pack ich's ein«, sagte sie, während wir das Büro betraten. »Dort steht das Telefon. Bin gleich wieder hier!«

Ich saß einen Moment da, um mich zu sammeln, doch die Nummer von Toms Apparat fiel mir nicht ein, so daß ich in meinem Kalender nachschauen mußte. Während des Wählens sah ich auf die Uhr an der Wand: kurz vor Redaktionsschluß der ersten Ausgabe. Fast im selben Moment nahm jemand ab, eine fremde Stimme.

»Hallo, kann ich mit Tom Darcy sprechen? Hier ist seine Frau.«

»Tom? Der ist heute abend nicht da.«

»Wie bitte? Er hat Spätdienst. Er ist um fünf von zu Hause weggegangen.«

»Oh, warten Sie... ich habe ihn nicht gesehen, aber ich schau mal nach, vielleicht ist er auf dem Klo.« Ich hörte Stimmengewirr. »Tut mir leid, er ist nicht hier. Sind Sie sicher, daß er hier sein soll?«

»Ja. Er hat gesagt, er ist um drei wieder zu Hause.« Noch immer im Schock, spürte ich eine Kälte in mir hochsteigen. »Wenn Sie von ihm hören, richten Sie ihm bitte aus, daß seine Tochter einen Unfall hatte. Ich bin mit ihr im Krankenhaus... Ach ja, mit wem spreche ich, wenn ich fragen darf?«

»Peter Matlock.« Er war ein Redakteur, dem ich mal auf

einer Weihnachtsfeier begegnet war, aber ich konnte mich nur noch vage an ihn erinnern.

»Entschuldigen Sie, daß ich Ihre Stimme nicht erkannt habe.«

»Macht nichts.« Er fing an, nervös zu werden. »Hören Sie, vielleicht hab ich irgendwas falsch verstanden... Tom kommt möglicherweise später... Ich...«

»Richten Sie es ihm einfach aus, wenn er kommt.«

Ich legte auf, versuchte, gegen schrille Verdächtigungen und explodierende Wut anzukämpfen, mußte aber alles beiseite schieben, als ich hörte, daß Stephanie vom Röntgen kam. Ich hielt ihre Hand, während sie in das Krankenzimmer geschoben wurde, sie war etwas durcheinander, aber hellwach und hatte einen Verband um den Kopf. Ich versprach ihr, daß ich nicht fortgehen würde, und blieb an ihrem Bett sitzen. Schließlich nickte sie ein. Als Janet zurückkam, hatte sie neben meinen Sachen auch einen Teddybären und einen Stoffhasen dabei.

»Wußte nicht, was ihre Lieblingstiere sind«, flüsterte sie. »Diese beiden hier schienen einen Vorzugsplatz auf ihrem Kissen zu haben.«

»Danke.« Ich schob sie unter die Bettdecke. »Sie ist gerade eingeschlafen.«

»Hast du Tom erreicht?«

»Ich hab's ihm ausrichten lassen. Wo kann ich schlafen?«

»Ich zeig's dir. Die Schwester wird dich rufen, sobald Stephanie aufwacht.«

Mehr als eine Stunde lang war ich die hysterische, liebevoll umsorgte Mutter gewesen. Jetzt war ich die mißtrauische Ehefrau, allein in einem leeren Krankenzimmer.

Ich versuchte zu überlegen, eins nach dem anderen. Hatte Tom frei, aber vielleicht einen anderen Termin? Nein, daran hätte ich mich erinnert. Wie auch immer, in dieser Woche hatte er Dienstag frei, und jetzt war Freitag. Falsch: Er hatte erklärt, daß er am Dienstag frei hat, hatte im letzten Moment aber doch gehen müssen, weil jemand krank geworden war. Als sie ihn angerufen hatten, war ich nicht zu Hause gewesen. Natürlich... Ich fand keinen Schlaf.

Als ich morgens bei Stephanie saß und darauf wartete, daß man mir erlauben würde, sie mit nach Hause zu nehmen, kam plötzlich Tom zur Tür hereinspaziert.

»Hallo, Papi, ich hab mir am Kopf weh getan.«

»Ich weiß. Geht's dir schon besser?«

Ich hielt ihre Hand, während er sich über das Bett beugte und sie küßte. Dann sah er mich unsicher an. »Janet hat mir erzählt, was passiert ist.«

»Das ist nett von ihr. Ich hab gestern abend versucht, dich zu erreichen.«

»Ja... ich... ich war nicht da.«

»Diesen Eindruck hatte ich auch.«

»Teddy ist auch da. Er muß einen Verband kriegen.«

»Du kannst ihm einen machen, wenn wir wieder zu Hause sind.« Er wandte sich wieder an mich. »Die Schwester sagt, sie kann nach Hause.«

»Wenn die Ärztin einverstanden ist. Sie muß jeden Augenblick hier sein.«

»Gut.«

Die nächsten Minuten ignorierten wir uns. Tom plauderte mit Stephanie darüber, was es im Krankenzimmer alles zu sehen gab, dann trat die Ärztin ein, und wir warteten draußen auf dem Flur. Er sah zum Fenster hinaus.

»Tut mir leid, das mit gestern nacht.«

»Ich dachte, sie stirbt.«

»Bißchen übertrieben, was? Sie hat sich nur den Kopf gestoßen.«

»Woher wolltest du das wissen? Du warst nicht da. Wo bist du gewesen?«

»Auf einer Party.«

»Ach ja? Wessen denn?«

»Ein Typ vom *Telegraph,* den ich kenne.«

»Und warum hast du gesagt, daß du zur Arbeit gehst?«

»Weil du was dagegen gehabt hättest, wenn ich an meinem freien Tag weggehe.«

»Hättest mich mitnehmen können.«

»Es war ein reiner Männerabend. Tut mir leid, daß es genau in dieser Zeit passiert ist. Wirklich.«

»Wann bist du nach Hause gekommen?«

»Wie üblich. Ich hatte keinen Schimmer, wo du bist. Es war zu spät, um noch herumzutelefonieren, ich war in heller Aufregung.«

Ich hielt meine Hände hoch. »Ach nein, wie rührend.«

»Du hättest Janet bitten können, einen Zettel unter der Tür durchzuschieben.«

Ich lächelte sarkastisch. »Tja, warum habe ich nur nicht daran gedacht? Vielleicht, weil ich nicht wußte, wo mir der Kopf stand.«

»Wir müssen uns deswegen doch nicht streiten. So was kommt vor.«

»Ja, vermutlich.« Eine Weile standen wir stumm da, drei

Meter und mehrere Lichtjahre voneinander entfernt. »Wer beim *Telegraph*?«

»Du kennst ihn nicht.«

Die Antwort war mir zu glatt, und sie kam zu schnell. »Wie heißt er?« fragte ich scharf.

»Ist das so wichtig?«

»Für mich schon.«

»Bloß ein Typ, den ich von der Kneipe her kenne.«

»Wer war noch da? Jemand, den ich kenne?«

»Meine Güte, was soll das? Stephanie hat einen Unfall gehabt, und wir ...« Er wandte sich um, als hinter ihm die Tür aufging. »Alles in Ordnung, Frau Doktor?«

»Ja, aber behalten Sie sie im Auge. Wenn sie einnickt, bringen Sie sie sofort wieder her. Und lassen Sie sich in der Ambulanz einen Termin zum Fädenziehen geben.« Sie lächelte ermunternd. »Unangenehme Sache für Sie, aber Kinder sind ja schnell wieder auf den Beinen.«

Tom ging schon wieder in das Krankenzimmer, noch ehe die Ärztin ausgesprochen hatte. Er benutzte Stephanie, um sich hinter ihr zu verstecken. Als wir nach Hause kamen, spielte er den aufmerksamen Vater, rief im Kindergarten an, um zu erklären, was passiert war, ging hinüber zu Janet, um ihr Bescheid zu sagen, schlug Stephanie vor, im Garten ein Zelt aufzubauen und Krankenhaus zu spielen. Es hätte nicht penetranter sein können, wenn er einfach die Wahrheit gesagt hätte. Als ich Stephanie nach dem Mittagessen ins Bett bringen wollte, meinte er: »Ich bleibe bei ihr, für alle Fälle.«

Da reichte es mir. »Nein«, sagte ich. »Du bleibst hier unten und übst noch ein bißchen lügen.«

Nachdem ich Stephanie versorgt hatte, brauchte ich Zeit,

um nachzudenken. Ich blieb oben, entfernte einen Fleck von der Badewanne, stellte die Kommode anders hin, legte neue Decken auf die Nachttische. Ich weinte, leise, sachlich. Dann ging ich wieder hinunter, an ihm vorbei und ließ einen Armvoll Wäsche auf den Küchenboden fallen.

»Jetzt werden wir nicht gestört, wir können zur Sache kommen«, sagte ich, während ich die Waschmaschine belud. »Von wegen Party, diesen Quatsch nehm ich dir nicht ab. Ich glaube, du warst gestern abend mit jemand im Bett. Hab ich recht?«

Einen Moment dachte ich, er streitet es ab, doch er sah den Ausdruck in meinen Augen. »Ja, aber es ist nicht wichtig. Nichts Ernstes.«

»Na, da bin ich aber beruhigt.« Ich richtete mich auf und stellte den Waschgang ein. »Und wer ist es?«

»Du kennst sie nicht. Sie arbeitet in einer PR-Agentur.«

»Wie lange geht das schon?«

»Ist das wichtig?«

»Eher nicht«, räumte ich ein. »Aber ich nehme mal an, daß du mich nicht ihretwegen verlassen wirst.«

»Nein… sie ist ebenfalls verheiratet.«

»Kinder?«

»Nein. Sie will keine haben.«

Ich nahm eine Strumpfhose, die ich vergessen hatte. »Ist sie jünger als ich?«

»Warum willst du das wissen?«

»Einfach so. Neugier.«

»Na gut… Sie ist zweiundzwanzig.«

»Natürlich. Du hast deine Midlife-Krise ein bißchen früh. Oder stelle ich dich nicht mehr zufrieden?«

»Unser Sexleben ist okay.«

Ich lachte bitter. »›Okay‹ – prima Umschreibung für einmal Ficken die Woche.«

»Du hast dich nie beklagt.«

»Oje. Der Herr ist empfindlich, wenn's um seine Potenz geht. Mein Gott, was bist du für ein Jammerlappen.«

Ich hatte mir nie klargemacht, oder nie wahrhaben wollen, wie schwach er im Grunde war. Im Büro der große Macker, aber zu Hause das schwankende Rohr. Statt sich zu wehren, fing er an zu betteln.

»Du, es tut mir leid. Ich will dich nicht verlieren.«

»Natürlich nicht. Ich bin eine billige Wäscherin, Reinemachefrau, Kindergärtnerin, Mutter, Köchin und Hausangestellte, die du gelegentlich vögelst. Zum Geburtstag kriege ich Geschenke, und in den Ferien fahren wir zusammen weg. Du dagegen gehst praktisch jeden Tag aus dem Haus, triffst dich regelmäßig mit den Jungs in der Kneipe und hast eine willige Kuh aufgegabelt, mit der du dich amüsieren kannst. Und wer schaufelt jetzt diese ganze Scheiße in unsere Ehe?«

Er sah mich unruhig an. »Was hast du vor?«

»Dir die Eier abzuschneiden wär fürs erste keine schlechte Idee«, fauchte ich ihn an. »Aber ich krieg meine Tage nicht, seit knapp zwei Wochen bleiben sie aus.«

»Was? Wieso hast du mir nichts gesagt?«

»Weil es nicht das erstemal ist, aber sonst war es höchstens eine Woche. Ich hoffe, deine Freundin hat sich geschützt, sonst könnte es nämlich sein, daß du uns beide zur gleichen Zeit geschwängert hast.«

»Wenn du recht hast, wann würde es denn soweit sein?«

»Ich weiß nicht. Ich müßte einen Test machen. Acht Monate?«

»Also keine Trennung.« Er klang erleichtert.

Heutzutage hätte ich mich von ihm trennen können, aber dies hier war lange vor der Child Support Agency. Ein Gericht hätte mir nur so viel zugesprochen, wie Tom hätte erübrigen können, und wenn er wieder geheiratet hätte, würde an erster Stelle seine Frau kommen – und mögliche Kinder. Damals lief das eben so. Ich selbst hatte kaum Geld und wollte mit zwei Kindern nicht auf Sozialhilfe angewiesen sein.

»Nein … aber ich stelle Bedingungen. An diesem Wochenende kaufen wir zwei Einzelbetten, und ich werde dich jeden Abend, den du angeblich im Büro bist, dort anrufen. Ich werde schon einen Grund finden. Und wehe, ich erwische dich ein zweites Mal!«

»Okay.« Er guckte betreten. »Ich hab's verdient. Tut mir leid, Katrina. Ich sag ihr, daß es aus ist. Ich liebe dich.«

»Pah.«

Diese Nacht und dieser Tag hätten jede Frau verändert. Betrogen zu werden, das konnte ich verkraften. Ich kannte viele Frauen, die mit einem gelegentlichen Seitensprung ihrer Männer fertig werden mußten – aber am meisten ärgerte ich mich darüber, daß mein Lebensstil fast völlig von meinem Mann abhing. Ich hatte eine kleine Tochter zu versorgen, und ein zweites Kind war unterwegs. Ich saß in der Falle und haßte mich, weil ich es zugelassen hatte.

Jedenfalls schlossen wir eine Art Waffenstillstand. Ich überlegte mir das mit den getrennten Betten noch einmal und ließ ihn sogar wieder an mich ran, während mein Bauch immer größer wurde. Tom war in der ersten Zeit durchaus bemüht, auch wenn die Blumen, die er mir mitbrachte, nicht mehr waren als das Zeug, das vor U-Bahn-Stationen an Männer mit schlechtem Gewissen verkauft wird. Nach einigen Wochen ließ auch das nach, aber er war immer im Büro, wenn ich dort anrief, und irgendwann hörte ich damit auf. Er bekam eine Gehaltserhöhung, und wir schafften uns ein zweites Auto an. Als ich schon wie ein Fesselballon aussah, hatten wir zumindest die Risse überklebt, und als kurz nach Weihnachten die Wehen einsetzten, war er zu Hause, so daß er mich ins Krankenhaus fahren konnte. Benjamin wurde am 29. Dezember um halb vier Uhr morgens geboren und starb sechs Stunden später. Sein kleines Herz war unvollständig ausgebildet. Den Kummer, den ich seitdem erlebt habe, führe ich immer darauf zurück. Ich war überzeugt, daß ein zweites Kind unsere Ehe kitten und Toms Affäre in Vergessenheit geraten würde, daß wir eine andere Form von Glück finden würden. Hoffnung kann trügerisch sein.

Als ich nach Hause kam, riß ich in dem Zimmer, das für Benjamin gedacht war, die neue Tapete ab und schenkte das Bettchen einer Wohltätigkeitsorganisation. Die Ärzte hatten mir versichert, daß ich weiterhin Kinder bekommen könne – ja sie schienen fast zu glauben, daß es mir guttun würde –, doch ich war nicht bereit, diesen Schmerz noch einmal zu riskieren. Ich ging viel spazieren mit Stephanie, die ein Mitgefühl erkennen ließ, das ich bei einem kleinen Kind nie für möglich gehalten hätte. Freundinnen kamen zu Besuch, und Tom verhielt sich so, daß ich ihm dankbar war, auch wenn ich nicht mehr mit ihm schlief. Der Frühling, von dem ich mir neue Kräfte erhofft hatte, war unerwartet deprimierend. (Später erfuhr ich, daß in England besonders viele Selbstmorde in dieser Jahreszeit passieren.) Der Neubeginn überall erinnerte mich ständig an ein Leben, das keine Chance gehabt hatte, und die Freude anderer Menschen über die ersten warmen Tage riß bei mir nur Wunden auf.

Dann, Anfang April, stand eines Nachmittags plötzlich Phil Underwood vor der Haustür, einer der außenpolitischen Redakteure der *Mail.* Er und seine Frau wohnten in Hadley Wood, nicht weit von uns entfernt, und wir hatten einander schon öfter zum Abendessen besucht. Mit teigverschmierten Händen öffnete ich die Tür.

»Grüß dich, Phil, hoffentlich willst du nicht Tom sprechen. Er hat diese Woche nämlich Frühdienst, für Andy.«

»Ich weiß.«

»Oh... Komm rein.«

Ich ging mit ihm in die Küche, freute mich richtig, ihn zu sehen. Wir hatten uns nur ein paarmal getroffen, aber ich mochte ihn, er war unkompliziert, er verstand sich mit Stephanie und lobte immer meine Kochkünste. Nie wäre ich auf den Gedanken gekommen, er könne mit einem spontanen Besuch – zu einer Tageszeit, da der Ehemann bekanntermaßen außer Haus war – irgendwelche versteckten Absichten verfolgen.

»Was zu trinken?« fragte ich. »In der Speisekammer ist Wein. Entschuldige, meine Hände sehen schlimm aus. Wie geht's Patricia?«

Während er die Tür öffnete und sich nach der Flasche bückte, sagte er: »Gut.« Es klang gleichgültig.

»Gläser sind im Schrank. Entschuldige, ich muß das schnell fertig machen.« Meine Hände fuhren wieder in den Teig. »Stell es irgendwohin, wo gerade Platz ist. Danke. Schön heute. Was macht euer Garten?«

»Alles bestens.«

»Du hast uns noch immer nicht die versprochenen Ableger vorbeigebracht, ich habe einen guten Platz für sie... Gib mir bitte mal die Schüssel. Und wir haben ein paar Geranien, die ich teilen muß. Interesse?« Ich merkte, daß ich Small talk machte und Phil wortkarg reagierte. Er starrte in sein Weinglas, während ich überlegte, was ich sonst noch sagen konnte. Das Thema Kinder schied als Gesprächsstoff aus, da er und Patricia keine hatten. Ich konnte fragen, wie es ihm beruflich ging... wo sie in den Ferien gewesen waren...

»Du weißt nicht, weshalb ich hier bin, stimmt's?«

Ich griff zum Mehlsieb. »Vermutlich, um Tom zu besuchen.«

»Ich hab doch gesagt, ich weiß, daß er im Büro ist. Deshalb bin ich ja hier.«

»Oh.« Irritiert legte ich das Sieb hin. Plötzlich kam mir der Gedanke, Phil könnte ... Nein, er verhielt sich überhaupt nicht so, als wollte er sich an mich ranmachen. »Weshalb dann?«

Er schaute verlegen. »Du hast keine Ahnung?«

»Was für eine Ahnung?«

Er trank einen großen Schluck Wein. »Entschuldige, Katrina, ich weiß nicht, wie ich es dir schonend beibringen soll... Tom und Patricia haben ein Verhältnis.«

»Oh.« Noch heute kann ich meine unmittelbare Reaktion nicht analysieren. Es war eine Mischung aus Bestürzung, Angst, Haß... Das einzige, was ich nicht empfand, war Ungläubigkeit. Ich blinzelte schnell und wischte mir mit mehligen Fingern ein paar Tränen weg, die er nicht sehen sollte. »Kannst du mir das Nudelholz geben? Oberste Schublade. Ich hab vergessen, es bereitzulegen, ich... Und komm mir nicht zu nahe!«

Er blieb stehen. »Ich dachte, du wüßtest es.«

»Warum sollte ich?« Ich schluckte und schniefte und fuhr mir wieder über das Gesicht. »Ich hab keine Ahnung. Ich weiß nicht, was los ist... Seit wann weißt du es?«

»Patricia hat es mir vor sechs Monaten gebeichtet. Damals sagte sie, daß du nichts weißt, und ich hielt es für besser, dich wegen Stephanie nicht mit reinzuziehen, während wir versuchen wollten, die Sache wieder hinzubiegen. Das klingt bestimmt egoistisch.«

»Nein, es war rücksichtsvoll... Seit sechs Monaten. Als ich schwanger war.«

»Ein weiterer Grund, warum ich dir nichts sagen wollte.«

»Und warum sagst du es mir jetzt?« Ich sah meine mehligen Hände und fing an, sie von klebrigen Teigresten zu befreien.

»Die Zeit reicht nicht für die ganze Geschichte«, sagte Phil. »Nachdem ich es herausgefunden hatte, erklärte ich Patricia, daß sie mit Tom Schluß machen muß, damit wir unser Verhältnis klären können. Sie war einverstanden, aber es ging weiter. Ich fühlte mich miserabel, weil ich dich ja irgendwie auch betrog, indem ich dir nichts davon sagte. Wir hatten immer wieder Streit, und gestern abend habe ich ihr gesagt, daß ich genug habe.«

»Die beiden waren gestern abend zusammen?«

»Ja. Patricia hat mir zwar erklärt, daß es vorbei ist, aber ich habe ihr nicht geglaubt. Ich bin absichtlich früher aus dem Büro gegangen und sah, wie er aus unserem Haus kam.«

»Er wollte in den Rugbyclub. In der letzten Zeit ist er oft dort gewesen.«

»Praktische Ausrede«, meinte Phil. »Jedenfalls, ich habe Patricia die Hölle heiß gemacht und ihr gesagt, daß ich auf dem Weg zum Anwalt bei dir vorbeischaue.«

»Wirst du Tom erwähnen?«

»Nein. Wozu? Mir wird's nicht bessergehen, wenn ich eure Ehe noch weiter kaputtmache.«

Ich brachte ein dünnes Lächeln zustande. »Das klingt sehr edel, Phil.«

»Ich weiß. Es ist nicht meine Art, aber in extremen Situationen verhält man sich manchmal anders. Die Details erspare ich dir, ich würde sonst wie ein Trottel dastehen, aber meine Ehe ist im Eimer. Tut mir leid, daß du mit drinsteckst.«

»Ist nicht deine Schuld. Aber wieso hast du gedacht, daß ich Bescheid weiß?«

»Patricia sagte, daß sie dich vor ein paar Wochen auf der High Street getroffen hat, und ich weiß nicht, irgendwie entnahm sie deiner Reaktion, daß du Bescheid wüßtest.«

»Ich war vermutlich nur müde. Wenn ich es gewußt hätte, hätte ich ihr eine runtergehauen.« Ich hielt ihm mein Glas hin. »Kannst du noch mal nachschenken, bitte?«

»Du nimmst das ja ziemlich gelassen auf«, bemerkte er.

»Das scheint nur so. Hör zu, Phil, ich muß darüber nachdenken. Besuch mich wieder – du weißt ja, wann Tom im ... Verdammt, du mußt ja mit ihm arbeiten. Das hatte ich ganz vergessen.«

»Im Moment ist das kein Problem. Ich arbeite in einer anderen Redaktion. Nächsten Monat hör ich sowieso auf, ich fange beim *Mirror* an.« Er trank sein Glas aus. »Und jetzt gehe ich zum Anwalt. Keine Kinder und kein Bedürfnis, die Sache noch zu retten, vielleicht wird es gar nicht so kompliziert.«

Ich schloß die Tür hinter ihm, lehnte die Stirn für einen Moment an den Türpfosten und drehte mich dann um, auf der Suche nach einem beweglichen Gegenstand. Mein Blick fiel sofort auf die Staffordshire-Figur, die Toms Eltern gehört hatte. »Scheißkerl, verfluchter!« brüllte ich, während ich das Ding an die Wand donnerte, und lief dann nach oben, zerrte seine Anzüge und Hemden aus dem Kleiderschrank, trug alles in den Garten und warf es auf den Komposthaufen. Ich wollte das Ganze anzünden, aber es war nicht genug Benzin dafür da.

Nachdem der erste Zorn verflogen war, ging ich wieder ins Haus und blätterte mein Adreßbuch durch. Ich mußte Stephanie irgendwo unterbringen. Und zwar sofort. Es gab mindestens drei Möglichkeiten. Ich entschied mich für Amanda, die eine meiner Brautjungfern gewesen war und Tom interessanterweise noch nie hatte leiden können. Sie hatte einen Bauern in Bedfordshire geheiratet, bis dorthin waren es gut zwei Stunden mit dem Auto, sie hatten ein großes Haus, in dem ich jederzeit willkommen war. Als ich sie anrief, reagierte sie auf ihre gewohnt nüchterne Art.

»Er ist ein größeres Arschloch, als ich dachte. Natürlich

kannst du bei uns bleiben, so lange du willst… Kannst du in deinem Zustand überhaupt Auto fahren?«

»Ich werd schon aufpassen.« Ich sah auf meine Uhr. »Stephanie kommt in einer Stunde aus dem Kindergarten. Ich werde das Nötigste einpacken, die anderen Sachen hol ich später. Wir sind zwischen sechs und sieben da. Danke dir.«

»Ich werd Roy sagen, er soll einen großen Empfang vorbereiten.«

Ich überlegte kurz, ob ich Tom einen Zettel dalassen sollte, hielt es dann aber für besser, ihn ein wenig schmoren zu lassen. Stephanie wunderte sich, war aber ganz aufgeregt und sprach unterwegs über die Tiere. Als ich vor dem Bauernhof hielt, kletterte sie hinaus und lief zu Amandas Kindern, die gerade die Hühner fütterten. Amanda erschien in der Tür, und ich sah, daß sie ein Glas in der Hand hielt.

»Ärztlich empfohlen«, sagte sie, als ich zu ihr kam. »Scotch und Soda. Gut für das Herz.«

Sie war dicker geworden, wirkte zufrieden, bäuerlich. Ihre Hände waren eine einzige Katastrophe, und ihre Haare sahen aus, als hätte sie sie frühmorgens hastig zu einem Pferdeschwanz zusammengebunden und sich ansonsten nicht mehr darum gekümmert. Aber sie war so warm und so wohltuend wie ein weiches Bett.

»Ich hab's dir gleich gesagt, und jetzt erinnere ich dich daran, daß ich's dir gleich gesagt habe. Ich darf das. Und jetzt komm und setz dich zu mir an den Herd, während ich das Essen mache, und erzähl mir, was du für die Zukunft vorhast.«

In bestimmten Situationen braucht eine Frau nur eine richtige Freundin.

Am späten Abend kam mir der Gedanke – nachdem Amanda und Roy mir mehrmals nachgeschenkt hatten, ein ziemlich benebelter Gedanke –, daß Tom die Polizei einschalten könnte, doch es beschäftigte mich nicht weiter, und ich war viel zu sauer auf ihn, um ihm Bescheid zu sagen. Tatsächlich rief Patricia ihn nach Phils Rückkehr im Büro an, so daß er sich schon denken konnte, warum ich nicht zu Hause war. Er mußte es einfach aushalten. Wir blieben länger als eine Woche in Bedfordshire, und Amanda ergänzte meine hastig zusammengepackte Garderobe mit Sachen, die ihr, wie sie felsenfest behauptete, eines Tages wieder passen würden. Ich machte lange Spaziergänge über die Felder, während Stephanie unter Amandas mütterlichen Augen auf dem Hof spielte. Ich dachte viel über mich nach, stellte fest, daß ich nicht weinen mußte, daß ich mit distanziertem Blick auf das zurückschauen konnte, was passiert war, ich erkannte meine eigenen Fehler, meinen eigenen Anteil daran, daß ich hinter meinen Möglichkeiten zurückgeblieben war. Ich war eine gute Mutter gewesen, eine dumme Frau und ein bescheuerter Mensch. Das mußte sofort aufhören, oder ich würde völlig in dem Loch verschwinden, das zu graben ich mitgeholfen hatte. Wenn ich Amanda von meinen Überlegungen erzählte, nickte sie in dieser Du-bist-auf-dem-richtigen-Weg-Art.

Ich richtete es so ein, daß Tom bei unserer Rückkehr im Büro war, und empfand eine große Befriedigung, als ich die vielen leeren Tiefkühlpackungen im Mülleimer sah. Ich staunte, wie schnell ein Haushalt verwahrlosen kann, registrierte aber erfreut, daß er ohne eine Frau im Schlepptau offensichtlich nicht zurechtkam. Bevor ich schlafen ging, bezog ich mein Bett neu, brachte einen Zettel an der Tür an, auf dem *Wir sind wieder da. Du schläfst im Gästezimmer* stand, und schloß die Tür ab. Gegen drei Uhr früh hörte ich ihn am Türgriff rütteln, doch ich drehte mich bloß auf die andere Seite und schlief weiter.

Als ich Stephanie am nächsten Morgen zurechtmachte, war nichts von ihm zu sehen, erst als ich mit ein paar längst notwendigen Einkäufen vom Kindergarten zurückkam, war er aufgestanden. Unrasiert und in einem ungewaschenen Hemd stand er da.

»Guten Morgen«, rief ich munter, »du siehst echt aus wie ein Stück Scheiße« und hievte drei Tragetüten auf den Küchentisch. »Kein Wunder, du bist ja auch eins.«

»Wo warst du?«

»Weg. Bei Menschen, die mir lieb sind. Lange Gespräche geführt, viel nachgedacht. Mich daran erinnert, wie es ist, wenn man sich glücklich fühlt.«

»Okay«, brummte er. »Schieß los. Ich werde keine Szene machen.«

»Sehr vernünftig«, sagte ich. »Aber ganz so schnell wird es nicht gehen. Als erstes will ich, daß du ausziehst.«

»Wie bitte? Ich wohne in diesem Haus.«

»Nicht mehr, Tom. Ich war diejenige, die sich um das Haus gekümmert hat, du hast mich nur als Fußabtreter benutzt. Damit ist jetzt Schluß. Troll dich zu deiner Patricia oder wie dein Betthäschen auch heißt. Ich werde einen Anwalt finden, der sich um den Unterhalt kümmern wird.«

»Und was wird aus Stephanie?«

»Wenn du sie sehen willst, werde ich mich einer vernünftigen Regelung nicht widersetzen. Als Ehemann kannst du mir gestohlen bleiben, aber du bleibst natürlich ihr Vater. Irgendwann wird sie dich durchschauen.«

Er spielte mit einem losen Faden an seiner Manschette. »Ich habe auch über einiges nachgedacht.«

»Glaub ich gern, aber verschwende nicht meine Zeit damit.«

»Es gibt etwas, was du nicht weißt.«

Ich fing an, betont gleichgültig die Einkaufstüten auszupacken. Auf einmal war er absolut zu durchschauen, unfähig, egoistisch, verkommen, eine Karikatur des Mannes, den ich glaubte geheiratet zu haben.

»Sie haben mich rausgeschmissen. Der Neue ist schon da und... Mensch, du weißt doch, wie's ist.«

»Mir blutet das Herz.«

»Verdammt noch mal, zwanzig Jahre bin ich bei der *Mail* gewesen.«

»Leid tut es mir um die zehn Jahre, die wir zusammengelebt haben. Jedenfalls wirst du bestimmt in der Lage sein, dir einen neuen Job und gleichzeitig eine neue Bleibe zu suchen. Tut mir leid, wenn dich das bei deinen Frauengeschichten stört.«

»Du kannst mich nicht einfach vor die Tür setzen!« Aus seiner Aggressivität hörte ich die Verunsicherung heraus.

»Und wie ich das kann. Ich habe mit einem Anwalt gesprochen, einem Bekannten von Amanda – ich war übrigens bei ihr. Er meint, daß ein Gericht vermutlich mir das Haus zusprechen wird, wegen Stephanie. Du solltest zur Abwechslung mal mit etwas anderem als deinem Schwanz denken. Es wird die Sache für alle Beteiligten erleichtern, wenn du einfach gehst.«

Ach, wie er sich empörte, protestierte, die alte Ich-weiß-ich-habe-nicht-Besseres-verdient-Leier probierte, es mit moralischer Erpressung versuchte, aber er machte sich nur noch lächerlicher. Da ich inzwischen meine eigenen Pläne hatte, stand er mir bloß im Weg. Schließlich sagte ich, daß ich mit Stephanie zu meinen Eltern führe und er bei meiner Rückkehr verschwunden sein solle. Ich beauftragte einen Anwalt, ihm einen Brief zu schreiben, in dem meine Bedingungen standen und daß wir uns vor Gericht wiedersehen würden, falls er sie nicht annahm. Schließlich dämmerte ihm, daß er es mit einer anderen Person zu tun hatte. Genau das war der Punkt. Wenn ich eine halbwegs normale Ehe geführt hätte, und selbst wenn der Mann zur Gewohnheit geworden wäre, ich wäre wahrscheinlich noch immer bei ihm, würde mich auf die Enkel freuen und auf die Kreuzfahrt, die wir im Alter auf der ›Queen Elizabeth II.‹ unternehmen würden. Trotz allem Schmerz, den er mir zufügte – Tom hat mich verändert, und ich habe mein Leben geändert.

## *London und Cornwall*

Miranda Webb hatte sofort ein ungutes Gefühl, als sie hinter Hamilton das Büro des Chefredakteurs betrat. Kendalls wütendes »Sofort zu mir!« hatte sie kurz zuvor am Telefon aufgeschreckt. Normalerweise hob er nie die Stimme. Jetzt merkte sie, wie erregt er war, spürte sie diesen ungeheuren Zorn, der nur ganz selten aus diesem beherrschten Mann herausbrach.

»Tür zu!« rief er. »Die *Sunday Times* erkundigt sich schon nach Katrina.«

»Was?« Webb klang entsetzt. »Wieso wissen die davon?«

»Jemand muß es ihnen erzählt haben«, sagte Hamilton trocken. »So was nennt man einen Tip.«

»Aber nur wir drei wissen davon.«

»Ich war es jedenfalls nicht und Malcolm bestimmt auch nicht... Bleibst nur noch du.«

»Halt du dich da raus, Steve. Ich habe niemandem etwas erzählt.«

»Aber jemand weiß etwas, das heißt...« Hamilton hielt inne, schüttelte dann den Kopf. »Nein. Nicht einmal du würdest so blöd sein und eine Nachricht durchs System schicken.«

»Nur die...« Webb sah Hamilton die Augen zusammenkneifen und wandte sich an Kendall. »Nur die an Sie.«

»Na toll!« Hamilton klang resigniert.

»Wann haben Sie sie abgeschickt?« Kendalls Stimme entsprach Hamiltons Gesichtsausdruck.

»Vor etwa einer Stunde. Jackie war bei Ihnen im Büro, und ich wollte nicht... Haben Sie sie nicht gelesen?«

»Ich hab ewig nicht mehr auf den Monitor...« Kendall wandte sich seinem Bildschirm zu, auf dem ihm die Warnung TO AVOID LOG-OFF PRESS A KEY entgegenblinkte. Er drückte auf eine Taste, und es erschien MESSAGE PENDING. Fünf Nachrichten hatten sich angesammelt, die dritte war von Webb:

*Bei Channel Four weiß niemand, wo Katrina sein könnte, und ich finde niemanden, der sie seit letztem Freitag gesehen hätte. Ich habe auf ihrem Anrufbeantworter im Cottage noch einmal eine Nachricht hinterlassen, aber langsam wird es ernst. Haben Sie irgendwas erreicht?*

»Ach du liebe Scheiße!« Pedantisch löschte er den Text. »Und jemand hat hier rumgeschnüffelt.«

»Wer denn?« Webb wußte im selben Moment, wie töricht ihre Frage war.

»Sie haben die Wahl. Und er hat es so gemacht, daß wir ihn nicht zurückverfolgen können. Nicht, daß es groß was ändert. Menschenskind, Miranda! Manchmal glaube ich, unser internes System hat mehr Leser als unsere verdammte Zeitung.«

»Ist meistens auch interessanter«, murmelte Hamilton.

Webb kratzte sich am Ohr – eine unwillkürliche, seit

Kindesalter beibehaltene Reaktion der Dreißigjährigen, die Kritik so schlecht vertrug, daß sie nur selten von allein einen Fehler zugab. Sie hatte nicht die Absicht, sich in Hamiltons Gegenwart zu entschuldigen.

»Und was machen wir nun?«

»Ich habe versucht, die *ST* mit dem Hinweis abzuwimmeln, daß Katrina krank ist, aber das glauben die mir natürlich nicht. Miranda, Sie verschwinden und überlegen sich, was an Schadensbegrenzung möglich ist. Ab sofort nehmen Steve und ich die Sache in die Hand.«

Webb wollte schon protestieren, da sie als Feature-Redakteurin von Katrinas Abwesenheit direkt betroffen war, doch Kendall und Hamilton nahmen bereits keine Notiz mehr von ihr. Verlegen und wütend verließ sie das Zimmer.

»Wen haben Sie zum Cottage geschickt, Steve?«

»Einen Freien in Plymouth. Er schätzt, daß es mindestens anderthalb Stunden bis Penzance sind, und dann muß er das Haus noch finden. Ich hab ihm die Adresse gegeben, aber es wird sicher eine Weile dauern.«

»Sagen Sie mir Bescheid, sobald Sie etwas hören.« Kendall lehnte sich zurück. »Und wer wird als nächstes über uns herfallen?«

»Wir haben zwei ehemalige Wapping-Leute hier«, sagte Hamilton. »Wir sollten also mit der *Sun* und mit *Screws of the World* rechnen. Und warten Sie nur, bis die *Mail* Wind davon kriegt. Die haben Katrina nie verziehen, daß sie ihr Angebot ausgeschlagen hat.«

»Wird es sie so sehr interessieren?«

»Das wissen Sie doch selbst. Katrina ist keine x-beliebige Journalistin. Sie hat ihre eigene Talk-Show und schreibt sexy

Romane. Im August ist das ein Gottesgeschenk.« Hamilton zögerte. »Und wer weiß alles von Ihnen und Katrina?«

Kendall schüttelte den Kopf. »Das werden sie nicht ausgraben.«

»Sie meinen, Sie wollen nicht, daß es so weit kommt – aber Sie müssen damit rechnen. Hier im Haus weiß es fast jeder. Es war eines der ersten Dinge, von denen ich hörte, als ich hier anfing.«

Kendall stöhnte. »Mein Gott, die Sache ist seit Jahren vorbei.«

»Aber Sie sind beide noch hier, und Katrina ist inzwischen ein Star.«

»Nur, weil sie wirklich gut ist. Mit etwas anderem hat das nichts zu tun.«

»Verklickern Sie das der *Screws*.«

Kendall starrte durch das Fenster auf das Parlamentsgebäude am anderen Themseufer. Widerstrebend fügte er sich in das Unvermeidliche. Katrina Darcys Verschwinden war ein Medienereignis, und weil die Öffentlichkeit ein Interesse hatte, alle Einzelheiten zu erfahren, bedeutete dies, daß private Beziehungen nicht länger privat bleiben würden. Er dachte daran, wie dankbar Carol – und er selbst – gewesen war, als er alles derart überzeugend bestritten hatte, daß sie ihm geglaubt hatte. In gewisser Weise würde sie ihn eher dafür hassen, daß er gelogen hatte, weniger dafür, daß er ihr untreu geworden war. Geständnisse konnten Wunden heilen, Unaufrichtigkeit eiterte fort. Den ersten Schritt hatte allerdings Katrina gemacht... Nein, das war Selbstbetrug.

»Und wie soll es weitergehen?« fragte Hamilton.

»Wir wissen nicht, was für eine Story es ist.«

»Doch. Katrina ist verschwunden. Wir wissen nur nicht, was sie konkret in der Hand haben. Was immer die anderen bringen, Charlie wird verlangen, daß unsere Version die bessere ist. Wir müssen uns langsam etwas ausdenken.«

Kendall schwieg. »Na gut«, sagte er schließlich. »Aber kein Wort von mir und Katrina in unserer Zeitung! Das ist ein Befehl, Steve, halten Sie sich dran!«

»Und wenn die anderen es bringen?«

»Das lassen Sie meine Sorge sein ... Sie arbeiten an unserer Darstellung. Formulieren Sie es irgendwie vage, und arbeiten Sie in einer Warteschlange mit dem Kennwort Adler – und streichen Sie das Kennwort aus Ihrem Gedächtnis. Es wird sowieso jede Woche geändert, und selbst die Hacker sind noch nicht darauf gekommen. Ich werde Ihre Arbeit am Computer verfolgen, und wenn mir etwas einfällt, sag ich Ihnen Bescheid.«

»Okay.« Hamilton klang zögernd. »Gibt es irgend etwas, was Sie mir noch nicht gesagt haben? Off the record?«

Kendall schüttelte den Kopf. »Nein. Ich weiß weder, wo Katrina ist, noch, warum sie nicht hier ist.«

»Warum sind Sie dann so nervös?«

»Kein Kommentar.« Kendall grinste gequält. »Aber zitieren Sie mich nicht!«

Hamilton wollte schon gehen. »Ach ja, ich möchte Katrinas Schreibtisch durchsuchen. Vielleicht gibt es irgendwelche Anhaltspunkte.«

»Zum Beispiel? Sie schließt immer ab.«

»Man kann das Schloß leicht aufbrechen.«

»Das gefällt mir nicht, Steve.«

»Ich dachte, Sie wollten herausfinden, wo sie ist.«

Kendall starrte ihn an. »Okay, aber überlassen Sie es mir. Ich werde beim Sicherheitsdienst fragen, ob die einen zweiten Schlüssel haben. Wenn ich etwas Aufschlußreiches finde, melde ich mich.«

»Woher wollen Sie wissen, was aufschlußreich ist?«

»Überlassen Sie das mir.«

Der Chefredakteur der *Sunday Times* band sich gerade eine kastanienbraune, samtene Smokingschleife um, als Harvey sein Büro betrat.

»Machen Sie's kurz, Richard.«

»Wir haben möglicherweise eine prima Geschichte über Katrina Darcy. Sie ist beim *Register* nicht aufgetaucht, und niemand weiß, wo sie steckt.«

»Vielleicht gibt es einen Grund.«

»Ja, aber ich habe mit Malcolm Kendall telefoniert. Er hat mit dem Hinweis abgewiegelt, daß sie krank ist, aber unser Kontaktmann hat eine Mitteilung der Feature-Redakteurin aufgeschnappt. Die Jungs fangen an, sich in die Hose zu machen.«

Die Schleife schien richtig zu sitzen. »Und was machen wir?«

»Geoff hat Ray Morgan angerufen. Er und die Darcy hatten mal was miteinander.«

»Das habe ich auch schon gehört. Was sagt er?«

»Nichts. Er hat sie seit Monaten nicht mehr gesehen.«

»Gab es Probleme damals?«

Harvey machte eine wegwerfende Bewegung. »Sie sind ab und zu miteinander ins Bett gegangen, und irgendwann ließ der Reiz des Neuen nach. Katrina Darcy ist keine Frau, die sich in Durchschnittsreporter verknallt.«

»Vor allem, wenn sie erheblich jünger sind. Und sonst?«

»Penny ist in ihrem Apartmentblock, um sich bei den Nachbarn umzuhören, und wir rufen jeden an, der sie kennt.«

»Wird eine Weile dauern. Was ist Ihrer Meinung nach denn passiert?«

»Keine Ahnung. Aber als ich mich beim *Register* umgehört habe, erfuhr ich, daß sie ihre Manuskripte immer pünktlich abliefert, selbst wenn sie mit Gastritis und Fieber im Bett liegt. Sie kann unangenehm sein, aber sie arbeitet ausgesprochen professionell.«

»Weiß noch jemand davon?«

»Wenn nicht jetzt, dann bald.«

»Wohl wahr. Na schön, Sie sagen mir morgen vormittag Bescheid, was Sie erreicht haben. Wenn Kendall noch immer ausweichend reagiert, werde ich mit ihm sprechen. Mir wird er keine Märchen erzählen. Könnte ein ziemlicher Hammer sein, wenn es stimmt.«

»Wo findet das Dinner statt?«

»Carlton Club, mit dem Innenminister, dem Parteivorsitzenden und unserem lieben Jeffrey, und zum Nachtisch ein fettes Exklusivinterview.« Er warf einen letzten prüfenden Blick in den Spiegel. »Sie wollen uns bei Laune halten.«

Eine Schmeißfliege kam durch das geöffnete Fenster hereingeflogen und brummte kreuz und quer im Zimmer herum, bis sie das Blut lokalisiert hatte, dessen Geruch die warme

Abendluft erfüllte. Das Insekt landete auf dem Teppich und saugte einen Moment an den Wollhaaren, bevor es über den dunklen Fleck krabbelte, schließlich die Wange der lautlos sterbenden Frau erreichte und sich über die frische Mahlzeit hermachte.

## *Dienstag abend*

Seltsam, wie unwesentliche Details und längst vergessen geglaubte Namen wieder auftauchen. Wenn ich mich an jeden von ihnen erinnern könnte, würde die Besetzung von *The Katrina Darcy Story* in die Tausende gehen, größtenteils Nebenrollen. Wie viele Leute mich wohl beneiden, weil sie überzeugt davon sind, daß das Leben anderer Menschen aufregender, reicher und glücklicher ist als ihr eigenes? Vermutlich eine ganze Menge, denn ich stehe in dem zweifelhaften Ruf, berühmt zu sein. Mit Medienstars verhält es sich wie mit Filmstars: Die einfachen Leute glauben, Prominente seien andere Wesen. Russell Harty hat einmal erzählt, wie er beim Einkaufen von zwei Frauen erkannt wurde und die eine »Stell dir vor, er kauft Unterhosen!« flüsterte, als ob Talkmaster in einer exotischen, exklusiven Welt leben, außerhalb jeglicher Realität.

Wie auch immer, nach einem Tag konzentrierter Arbeit habe ich erste Leidenschaft und gescheiterte Ehe geschafft, obwohl ich viel Zeit damit vertrödelt habe, aus dem Fenster zu starren. Es war ein so klarer Tag, daß man die äußerste Landspitze sehen konnte, die sich jetzt im Dunst des Sonnenuntergangs auflöst. Das Cottage – in Wahrheit sind es zwei zusammengelegte, ausgebaute Bauernkaten – habe ich mit dem Vorschuß für *Die Leopardin* gekauft. Es ist genau das Richtige für mich, grauer Granit und Schiefer, der originale schwarze Küchenherd (nur zu Dekorationszwecken, geheizt wird mit flachen Heizkörpern), getünchte Wände, abgezogene und versiegelte Dielen. Ich habe mich für Cornwall entschieden, weil ich als Kind in den Ferien hier war und weil diese Gegend noch heute eine Ursprünglichkeit besitzt, die in London nirgends zu haben wäre. Jetzt gehe ich ins Pub, Fish Pie essen und ein Bier trinken. (Was sie wohl bei *Bibendum* dazu sagen würden?)

Es ist jetzt elf Uhr, für Fernsehnachrichten ist es zu spät, und Videotext bringt auch nichts; so schnell wird es ohnehin nicht entdeckt werden. Den Anrufbeantworter habe ich nicht abgehört, aber Miranda hat schon ein Fax geschickt: »Kann dich in deiner Wohnung nicht erreichen. Bist du in Cornwall? Ruf mich an.« Sie wird erst am Freitag in Panik geraten.

Im ›Miner's Hammer‹ bin ich inzwischen ein gerngesehener Gast (großzügige Spenden für ein neues Rettungsboot und für das Kinderhilfswerk haben wohl das Ihre dazu beigetragen). Maggie Trevarthick hat mir wieder von ihren Enkeln erzählt. Ted war, wie jede Woche, mit seinem Fischerboot draußen, morgen will er mir Makrelen vorbeibringen. Judy, die Frau hinter dem Tresen, gab mit ihrem Verlobungsring an. Sid, der Betty einen Wintergarten bauen will, ist mit seinem »Schuppen« (wie hier alle sagen) noch immer nicht fertig. Der gute Stan starb vor drei Monaten, Herzinfarkt: Nach einem letzten Abend mit allen Freunden kippte er einfach um, fast genau um Mitternacht, und lieber Gott, mach, daß er keine Schmerzen hatte. Ihre selbstverständliche Freundschaft habe ich noch nie so genossen wie heute abend. Eingebildet auf ihre große Bekanntheit, auf ihre regelmäßigen Kolumnen, ihre guten Beziehungen zu den Mächtigen, geben sich Journalisten der Illusion hin, daß sie wichtig sind. Im ›Miner's Hammer‹ bin ich einfach ein Mensch, den sie akzeptieren und mögen.

Ich habe natürlich kein Monopol auf Tragödien. Während meiner Lehrzeit hatte ich mit einem Reporter zu tun, einem ehrgeizigen, amüsanten, nüchternen Kerl. Dann machte er Karriere bei einem Provinzblatt. Das letzte Mal sah ich ihn bei seiner Hochzeit. Der Weihnachtsgruß ein paar Jahre später war ein Foto von ihm und seiner Frau und den blonden Söhnen. Dazu hatte er geschrieben: *Melde dich, wenn du zufällig hier in der Gegend bist. Pauline und ich sprechen oft über dich.* Dann hörte ich, daß man seine Leiche aus dem Humber gefischt hatte. Und vor einem Jahr etwa stieß ich bei der Durchsicht von Agenturmeldungen auf einen Namen, den ich von der *Mail* in Manchester her kannte. Unscheinbarer Typ, jemand zum Bemuttern, großer Fußballfan, wurde dann Sportredakteur bei einer der überregionalen Zeitungen, bestimmt sein Traumjob. Jetzt saß er wegen Beteiligung an einem massiven Versicherungsbetrug im Gefängnis. Oder Sara, eine Nachbarin von uns in Barnet, lebendig, hübsch, Tochter eines Geschichtsprofessors und mit einem Anwalt verlobt. Jahrelang hörte ich nichts mehr von ihr, bis ich dann erfuhr, daß sie in Johannesburg gestorben war, vollgepumpt mit Heroin und was weiß ich womit. Diese jungen Menschen waren alle glücklich und zufrieden, als ich sie kennenlernte. Warum hat das Leben sie so mitgenommen, so zerrissen, sie mit seinen

Wahrheiten ebenso verletzt wie mit seinen Lügen? Was hat sie zerbrochen, während so viele andere sich arrangierten? Was hat mich zerbrochen? Vielleicht ist es das, was ich herausfinden will.

Es ist ganz still, nur das leise Rauschen des Meeres, draußen ist es stockfinster. Das nächste Haus ist einen halben Kilometer entfernt. Ich habe geweint. Kein heftiges Schluchzen, nur Tränen, die wie von selbst fließen. Es ist ein wohltuender Schmerz, ein kurzes Bluten, das Erleichterung bringt.

# *Anthony*

*Er steht im Hyde Park, auf einen Stock gestützt, unglaublich elegant in seinem hellblauen Hemd und der grauen Hose, dem etwas schräg aufgesetzten Panamahut. Er sieht nach seiner Krebsoperation noch furchtbar schwach aus, aber diese ungeheure Lebenslust hat er nicht verloren. Es war an dem Tag, als er mir erzählte, er habe die Bestellung eines spitzenbesetzten Designerleichentuchs rückgängig gemacht. Schon bei dem Gedanken, ihn zu verlieren, bin ich viel trauriger, als ich bei dem tatsächlichen Tod irgendeines anderen Bekannten von mir sein würde. Die Ärzte meinen, der Krebs könne eines Tages zurückkehren, aber ich weigere mich, daran zu glauben.*

Noch immer sehr verletzlich – so eine Häutung ist ein traumatischer Prozeß –, nahm ich langsam mein neues Leben in Angriff. Tom hatte einen Job bei der *Times* gefunden und sich bereit erklärt, für Stephanies Unterhalt zu zahlen. Er wohnte jetzt irgendwo in Deptford, für Wochenendbesuche meiner Tochter nicht gerade ideal, aber die fanden ja nur einmal im Monat statt. Ich räumte das große Schlafzimmer aus, so daß ich es untervermieten konnte, und fand auch nach gründlicher Suche jemanden: eine junge Frau von der Polizeischule in Hendon, was mir sicher erschien. Von ihrer

Miete konnte ich ein Kindermädchen bezahlen, und so hatte ich Zeit, meine eingerosteten journalistischen Fähigkeiten wieder einzusetzen. Das Schreiben hatte mir ja immer mehr Spaß gemacht, als Hausfrau und Mutter zu sein, und es war das einzige, was ich konnte. Ich telefonierte herum, schrieb Briefe, erneuerte eingeschlafene Kontakte, und in den Ferien und bei Stephanies gottlob seltenen Kinderkrankheiten war mein Einfallsreichtum besonders gefordert.

In der ersten Zeit gab es wenig zu tun, aber immerhin konnte ich für Press Association und einige kleinere Nachrichtenagenturen als Freie arbeiten. Bei einer Agentur machte ich sofort Schluß, als der Boss mich fragte, ob mein BH gepolstert sei. So was fand er wohl furchtbar komisch, offensichtlich glaubte er, daß geschiedene Frauen, genau wie er, nichts anderes als Sex im Kopf hätten. Im Sommer bekam ich gelegentlich Aushilfsjobs bei der einen oder anderen überregionalen Zeitung (Stephanie schlief dann bei verständnisvollen Freunden), und so hatte ich zwar wieder einen Fuß in der Tür, aber finanziell sah es noch immer ziemlich mau aus. Mit längeren Beiträgen, die ich überall anbot, hatte ich eine Trefferquote von eins zu zehn, doch diesmal ließ ich nicht locker. Ich hatte schon zu oft kapituliert.

Dann, eines Augustabends, während ich im *Daily Telegraph* saß und auf Arbeit wartete, fiel mein Blick auf ein kleines Inserat in der *UK Press Gazette.*

*Kultivierter Journalist sucht Mitarbeiter/in für Recherche zu einem halbwegs interessanten Sachbuch (Einzelheiten auf Anfrage). Gemessen an den üblichen Hunger-*

*löhnen absurd gute Bezahlung. Arbeitsplatz Südlondon, daher ungeeignet für transpontinische Snobs.*

Die Formulierung gefiel mir, und es gab eine Telefonnummer.

»Toby Lawrence.«

»Entschuldigen Sie, daß ich so spät anrufe. Es geht um die Anzeige in der UKPG. Der Job.«

»Ah ja, das müssen Sie mit Anthony besprechen, einen Moment.«

Eine kurze Pause, dann meldete sich eine der sympathischsten Männerstimmen, die ich je gehört hatte.

»Guten Abend. Ich bin Anthony Delamere. Nett von Ihnen, daß Sie anrufen. Sie sind an dem Job interessiert? Erzählen Sie mir von sich.«

»Oh.« Darauf war ich nicht vorbereitet. »Tja, ich bin Journalistin… Fleet Street… Ich arbeite für…« Ich plapperte drauflos, schmückte aus, wo es nötig war, bis er mich unterbrach.

»Und was machen Sie im Moment?«

»Ich arbeite als Freie für den *Daily Telegraph*, ich sitze gerade im Büro.«

»Ihr Geheimnis ist gut bei mir aufgehoben. Hätten Sie morgen Zeit? Sehr schön. Die Adresse ist Cromer Road Nummer sechs in Clapham. Wäre Ihnen elf Uhr recht?«

»Sicher. Vielen Dank.«

»Danke gleichfalls. Entschuldigen Sie, ich habe Ihren Namen nicht notiert.«

»Katrina Darcy.«

»Katrina? Fast die Widerspenstige. Ich freue mich darauf, das Gesicht zu sehen, dem diese Stimme gehört. Au revoir.«

Cromer Road lag am Common, zwei Reihen solider edwardianischer Häuser mit winzigsten Vorgärten, aber langen schmalen Gärten nach hinten raus. Vor Nummer sechs standen jede Menge Rosenbüsche, und die Klingel war eine große Messingeichel an einem Draht. Ich zog daran und hörte ein leises Läuten. Wenig später wurde die Tür geöffnet von einem etwa dreißigjährigen Mann: schwarze Haare, breite Schultern, Shorts und ein farbverschmiertes T-Shirt vom National Theatre, das so aussah, als hätte er Pinsel daran abgewischt.

»Katrina Darcy?«

»Ja. Sind Sie Anthony Delamere?«

»Nein, Toby Lawrence. Ich war am Apparat, als Sie hier anriefen. Anthony ist draußen im Garten.«

Vom Flur aus sah ich, daß das vordere Zimmer ein Künstleratelier war, abgezogene Dielen und weißgestrichene Wände, zwei Staffeleien, ein Tisch, auf dem lauter Farben, Pinsel und verschiedene Flaschen standen, vergrößerte Fotos an einer Pinnwand, wie zu Studienzwecken. Als wir durch die Küche kamen, fiel mein Blick auf abgebeizte viktorianische Kiefernmöbel, orangefarbene Le-Creuset-Tiegel, Knoblauchzöpfe, eine altmodische gußeiserne Waage, französische und italienische Poster und Dutzende von Kochbüchern. Toby führte mich vier Stufen hinunter, hinaus auf die gepflasterte Terrasse, vor der sich ein langer Rasen erstreckte, rechts und links davon Blumenbeete, gesäumt von einem Holzzaun, und am hinteren Ende ein kleines Gewächshaus sowie ein Gemüsebeet. Anthony saß in einem Liegestuhl unter einem Sonnenschirm, in der Hand das Leseexemplar eines Romans von Iris Murdoch, auf einem Beistelltischchen ein Drink, der mit Minzblättern dekoriert war. Er trug ein strohfarbenes Baumwollhemd von Sea Island, eine leichte Leinenhose und cremefarbene Segeltuchschuhe, alles nagelneu, wie mir schien.

»Wie pünktlich Sie sind!« rief er uns entgegen und stand auf. »Gefällt mir! Kaffee?«

»Ja, bitte.«

»Könntest du wohl, Toby? Oder küßt dich dann die Muse nicht mehr?«

»Ich bin gleich fertig. Viertelstunde noch«, sagte dieser und ging ins Haus zurück.

Anthony bot mir, freundlich lächelnd, den Stuhl neben sich an. Er besaß die Fähigkeit (die ich im Laufe der Jahre noch oft beobachten sollte), einem wildfremden Menschen das Gefühl zu geben, als sei er für ihn der wichtigste Mensch auf der Welt. Und das war keineswegs aufgesetzt. Es machte ihm wirklich Freude, mit Menschen zusammenzukommen, und bei fast jedem konnte er etwas finden, was ihn amüsierte oder interessierte. Er war, wie er mir später erzählte, ein Sammler von Menschen.

Er war achtunddreißig, als wir uns kennenlernten, schlank, Federgewicht, allerdings sehr muskulöse Unterarme. Später stellte ich fest, daß nur Profis ihn beim Squash schlagen konnten. Seine ockerfarbenen Haare waren kurz und fast in der Mitte gescheitelt, und seine Haut hatte eine natürlich wirkende Bräune, als hielte er sich ständig in der Sonne auf. Seine Lippen waren dünn, die Nase schmal, und sein Gesicht erinnerte mich an einen Renaissanceprälaten: aufmerksam, kultiviert und sehr viel klüger als seine Oberen. Und erst die Stimme … Ich hätte entzückt zugehört, selbst wenn er aus dem Telefonbuch vorgelesen hätte.

»Also, ich weiß jetzt ein wenig von Ihnen, aber ich nehme an, der Name Anthony Delamere sagt Ihnen nicht viel, hab ich recht?« fragte er.

Ich schüttelte den Kopf. »Leider nein.«

»Keine Entschuldigungen, den meisten Menschen geht es ähnlich. Ich schreibe für den *Sunday Register,* eine Zeitung, die gern lange Wörter verwendet und deshalb nicht von einem Massenpublikum gelesen wird.«

»Ich kenne den *Register,* habe aber noch nichts von Ihnen gelesen.«

»Wie auch, wenn Sie sich nicht gerade für Kunst oder Essen und Trinken interessieren – und seit neuestem, Gott sei's geklagt, für Lifestyle, was immer das heißen soll. Ich betreue ein paar aufwendig gestaltete Seiten im Magazin, die ein bißchen langweilig sind, wenn man für das Thema nichts übrig hat.«

»O ja … ich glaube, ein paar habe ich schon gesehen.«

»Seien Sie nicht so servil. Es steht Ihnen nicht. Sie sind Reporterin und finden wahrscheinlich, daß das Feuilleton großer Quatsch ist – meist ist das ja auch so. Doch nun zu Ihrem Job. Ich soll ein Buch über die Küche der britischen Regionen schreiben, *Tripe and onions,* schottische *Pancakes* und so weiter. Es wird sich um eines dieser Coffeetable-Books handeln, die zu Weihnachten verschenkt werden, deswegen ist die Zeit ziemlich knapp, aber ich bekomme ein geradezu fürstliches Honorar. Ich brauche jemanden, der in der British Library oder sonstwo vergessene Rezepte ausgräbt und alte Illustrationen erbittet, ausleiht oder mitgehen läßt. Ich werde dann meine erlesene Prosa darübergießen. Tut mir leid, wenn ich es nicht aufregender darstellen kann, aber der Job ist ziemlich gut bezahlt.«

»Wie gut?«

»Tausend Pfund für einen Monat. Die Hälfte im voraus, der Rest bei Abgabe. Ihnen müßte noch genug Zeit für ihre anderen Sachen bleiben.«

Fünfhundert Pfund auf die Hand – das war sehr verlokkend in diesem Moment, denn die Gaswerke drängelten. »Na schön, wenn Sie sicher sind, daß ich geeignet bin. Meine Kochkenntnisse sind elementar.«

»Sie selbst brauchen nicht vor dem Herd zu stehen. Ich bin der Testkoch, hoffentlich überlebe ich es. Ihr Job besteht darin, die Informationen für mich zusammenzutragen.«

»Wenn Sie glauben, daß ich es schaffe...«

Zum erstenmal sah ich ihn diese typische Handbewegung machen, die mir so vertraut werden sollte – mit beiden Händen machte er dreimal eine rasche Kreisbewegung in der Luft, dann hielten sie an, die ausgestreckten Finger zeigten nach oben.

»Natürlich. Gar keine Frage.« Er lächelte. »Bitte sagen Sie zu.«

Sein Charme war überwältigend. »Na gut. Vielen Dank. Wann fange ich an?«

»Ab wann können Sie? Möglichst bald.«

»Freitag und Samstag habe ich noch Termine bei der Press Association, aber danach bin ich frei.«

»Also Montag. Ich werde Ihnen einen offiziellen Brief

für die Bibliothek mitgeben, bevor Sie sich an die Arbeit machen … und Ihren Scheck natürlich.« Ich saß mit dem Rücken zum Haus, und plötzlich sah er an mir vorbei. »Du hast doch nicht etwa geschludert, Toby? Die Viertelstunde ist noch nicht vorbei.«

»Alles bestens.« Toby brachte dünne Porzellanschalen mit Goldrand und Anemonenmuster, frischen Kaffee, Sahne, bunt schimmernden Zucker, einen Glasteller mit Süßstoff und Vanillekeksen.

»Schön, setz dich zu uns«, sagte Anthony und wandte sich dann wieder mir zu. »Toby ist Bühnenbildner. Er schuftet im Moment für eine Opernfassung von *Titus Groan* in … Wo gleich? Irgendein Kaff.«

»Watford Palace«, sagte Toby.

»Ich werde nicht hingehen. Es liegt nördlich von Hampstead, und ich weiß nicht, welche Farbe dieses Jahr dort angesagt ist. Wo kommen Sie her, Katrina? Ich meine, wo geboren?«

»Bramhall. In der Nähe von Manchester.«

Er guckte erschrocken. »Wie *peinlich*! Ich nehme die Bemerkung über die Farbe uneingeschränkt zurück.«

»Wer's glaubt«, sagte Toby. »Du hast unvorstellbar rüde über Welwyn Garden City geurteilt, als wir uns kennenlernten.«

»Das ist was anderes.« Er wandte sich wieder an mich. »Dieser Ort ist mir zum erstenmal auf einer Cerealpackung der Welgar Shredded Wheat Company begegnet. Jahrelang dachte ich, daß das in Wales liegt. Es hatte mit Welco Ice Cream zu tun, an die ich mich von Ferien in Prestatyn her erinnerte. Ich wäre nie von mir aus dorthin gefahren, ich hatte eine Tante, die dort lebte. Na jedenfalls, Welco war eine Abkürzung von Welsh Coast, und in meiner kindlichen Phantasie waren Welgar und Welco...«

Ich beschreibe Anthony so, als hätte er nur von sich gesprochen, doch das ist völlig unzutreffend. In manchen Nächten meines Lebens sollte Anthony das einzige Licht sein; ich kenne niemanden, der seine Freunde so sehr geliebt und so wenig von ihnen dafür verlangt hat.

Die Arbeit war ideal – tagsüber saß ich in der Bibliothek, und abends, nachdem ich Stephanie zu Bett gebracht hatte, tippte ich meine Notizen ab. Im Laufe des Monats kam ich etwa sechsmal mit Anthony zusammen, um die Kochrezepte abzuliefern, die ich zusammengetragen hatte. Jedesmal sah er sich alles gründlich an, wollte genau wissen, aus welcher Quelle das Material kam, und manchmal, wenn ich nicht mehr sicher war, schickte er mich verärgert zurück. Einmal fiel ihm sofort auf, daß ich beim Abschreiben der Zutaten einen Fehler gemacht hatte, obwohl er das betreffende Gericht gar nicht kannte, und zum erstenmal bekam ich am eigenen Leib zu spüren, wie ungehalten er wurde, wenn jemand schluderte. Danach machte ich keine Fehler mehr. Aber er beglückwünschte mich auch, freute sich, wenn ich ihm etwas Außergewöhnliches zeigte oder eine Darstellung elisabethanischer Köche beim Füllen von Pfauen mitbrachte. Und unsere Gespräche waren nie bloß höfliche Konversation. Ich erfuhr wenig von ihm, während er mir viel Persönliches entlockte.

»Es muß schwer sein, Job und Kind miteinander zu vereinbaren«, sagte er eines Tages.

»Ach, ich bin eine von Millionen von Frauen, die damit

fertig werden.« Ich grinste gequält. »Für Ehefrauen sind wir eine gefährliche Konkurrenz bei Tischgesellschaften – nicht daß ich für so was noch Kraft hätte. Zu viele von uns sind unterwegs, auf der Jagd nach dem alleinstehenden Mann.«

»Sie auch?«

»Eigentlich nicht. Ich hatte geglaubt, mir würde der Sex fehlen, aber ich finde es nicht so wichtig. Ich würde einfach gern regelmäßig in den Arm genommen werden und abends meinen Gin-Tonic nicht immer allein trinken müssen. Aber das ist der Preis der Unabhängigkeit. Selber schuld.«

»Also, wir sind bald fertig – und dann gibt es zur Feier des Tages ein Essen bei uns. Nur wir drei, es sei denn, Sie wollen Stephanie mitbringen. Sie kann sich so lange im Gästezimmer vergnügen, bis Sie wieder nach Hause fahren.«

»Vielen Dank, aber das mit Stephanie geht in Ordnung. Sie ist schon ganz wild darauf, bei Freundinnen zu übernachten.«

»Unverwüstlich, Kinder«, sagte er. »Und ich wette, sie hat etwas von Ihnen. Sagen wir, in ein paar Wochen. Umarmungen kann ich nicht versprechen, aber Toby wird Ihnen einen Drink servieren.«

Zum Essen gab es einige der Gerichte, die ich gefunden hatte, aber jedes war mit Gewürzen, Wein oder exotischen Früchten leicht verfeinert. Etwas verlegen servierte Anthony Holunderwein als Aperitif, Apfelwein vom Faß zum Hauptgericht und Wacholderschnaps zum Kaffee.

»Ich weiß, es ist scheußlich«, sagte er, »aber es sind regionale Getränke. Seid froh, daß ich euch nicht etwas vorgesetzt habe, wozu man eine Brühe namens Newcastle Brown trinkt.«

Anschließend saßen wir im Septemberabendlicht auf der Terrasse, Toby spielte Oboe, während Anthony mit seinem warmen Bariton Songs von Cole Porter, Gershwin und Jerome Kern sang. Die beiden Männer waren sympathische, kultivierte Menschen. Als ich aufbrach, begleitete Anthony mich zum Auto und fragte, was ich als nächstes vorhätte.

»Ich weiß noch nicht«, sagte ich. »Möglicherweise bekomme ich eine Urlaubsvertretung beim *Mirror,* etwas anderes ist im Moment nicht in Aussicht.«

»Also, das geht wirklich nicht«, sagte er. »Donnerstag bin ich im *Register*. Kommen Sie zum Lunch, dann kann ich Sie jemandem vorstellen.«

»Im *Register*?« Eine feste Stelle bei einer der großen überregionalen Zeitungen, das war mein Traum. »Im Ernst?«

»Sonst hätte ich es nicht gesagt. Es gibt eine Vakanz, nichts Besonderes, aber es wäre eine Chance.«

»Vielen Dank, nur: Was hält man dort von Frauen mit kleinen Kindern?«

»Das weiß ich nicht, aber die leitende Nachrichtenredakteurin ist in einer ähnlichen Situation, sie wird also Verständnis haben.«

»Eine Redakteurin?« Eine Frau in einem solchen Job, das war damals fast undenkbar.

»Wußten Sie nicht? Der *Register* ist sehr fortschrittlich. In puncto Frauenemanzipation finden wir sogar den *Guardian* ein bißchen rückständig.«

Ich lachte. »Na schön. Vielen Dank, aber glauben Sie wirklich, ich bin gut genug, oder sind Sie einfach nur nett zu mir?«

»Ich bin nett zu Ihnen. So bin ich nun mal«, sagte er. »Und ich *glaube* nicht nur, daß Sie gut genug sind. Ich *weiß* es.«

Ich war eher überrascht, als daß ich mich geschmeichelt fühlte. Anthony wollte mir nicht schmeicheln, wozu auch, und das einzige, was ich bewiesen hatte, war, daß ich simple Recherchen erledigen konnte.

»Warum sagen Sie das?«

»Instinkt«, erwiderte er. »Das kann man nicht erklären, aber eines Tages werden Sie das auch haben. Man weiß, daß bestimmte Menschen es schaffen werden. Es hilft einem, diejenigen zu erkennen, mit denen man es noch einmal zu tun haben wird.«

»Und ich bin so jemand?«

»Spielen Sie nicht die Naive, Katrina.« Er zögerte. »Ich kann offen mit Ihnen sprechen?«

»Natürlich.«

»Gut. Ob Sie es wissen oder nicht, Sie haben etwas Knallhartes an sich. Resultat Ihrer Ehe, vermute ich. Sie wissen, was Sie wollen, und Sie werden niemandem erlauben, sich Ihnen in den Weg zu stellen.«

»Mein Gott, das klingt ja so, als wäre ich ein rücksichtsloses Monster.«

»Das haben Sie gesagt. Aber in dieser Branche kommt man nur mit Rücksichtslosigkeit weiter.«

Ich musterte ihn im Schein der Straßenlaterne. Es hatte nicht bedauernd geklungen, er hatte nur eine Tatsache beschrieben.

»Und was will ich?« fragte ich.

»Völlige Unabhängigkeit, das Beste für Stephanie natürlich, Anerkennung, Neid, vielleicht auch ein bißchen gefürchtet werden. Sie wollen... berühmt sein.«

»Haben Sie keine Angst, daß Sie es mit mir zu tun kriegen könnten, wenn ich einen Job bekomme?« fragte ich.

Jetzt lachte er. »O nein, ich bin dreifach abgesichert. Und außerdem brauchen selbst die schlimmsten Biester ein paar Leute, die auf ihrer Seite stehen.« Er gab mir einen Kuß auf die Wange. »Wir sehen uns am Donnerstag, gegen halb eins. Fragen Sie am Empfang nach mir. Fahren Sie vorsichtig.«

Auf dem Heimweg war ich in gelöster Stimmung, aber auch erschüttert. Hatte mich die Erfahrung mit Tom wirklich so hart gemacht? Für mich war es schlicht ums Überleben gegangen, und ich war wild entschlossen gewesen, mein Kind zu beschützen. Doch ich erkannte, daß ich mittlerweile mehr wollte als nur genug zum Überleben, um bloß nicht wieder von einem Ehemann abhängig zu sein. Ich wollte uneingeschränkte Freiheit, wollte für meine Entscheidungen ganz allein verantwortlich sein. Ich hatte einen ziemlichen Schlag einstecken müssen und war unzufrieden, wenn ich überlegte, was aus mir geworden war. Irgendwann hätte ich es von selbst erkannt, aber Anthony hatte den Weg dorthin geebnet – und sein Vertrauen in meine Fähigkeiten beschleunigte die ganze Sache. Ich fand es jammerschade, daß ich ihn nur als Freund haben konnte, aber wie sich zeigen sollte, war er wertvoller – und oft ehrlicher, schmerzhaft ehrlicher – als viele meiner Liebhaber.

## *London*

Die Presse zu belügen ist dumm. Diesen Leuten mehr von der Wahrheit zu erzählen als unbedingt notwendig ist unklug. Reporter versuchen, einem halbe Geständnisse zu entlocken, aus denen peinliche Zitate werden, sie verweisen auf Widersprüche, schweifen ab, als hätten sie das Interesse verloren, nur um urplötzlich wieder auf das Thema zurückzukommen. Malcolm Kendall, der als alter Hase dieses Spiel natürlich beherrschte, spielte es, jetzt mit vertauschten Rollen, mit einem Reporter von der *Daily Mail,* während auf einer anderen Leitung schon der *Express* wartete.

»Ich kann Ihnen nichts sagen, weil wir nichts wissen. Katrina sollte heute eigentlich im Haus sein, aber sie ist nicht erschienen. So sieht's aus.«

»Sind Sie beunruhigt?«

»Natürlich. Wären Sie es nicht, wenn es um einen von Ihren Leuten ginge?«

»Doch, vermutlich schon. Und, was wollen Sie tun?«

»Sie suchen. Was denken Sie denn?«

»Wo haben Sie es schon versucht?«

»Überall.«

»Haben Sie die Polizei eingeschaltet?«

»Noch nicht. Die können auch nicht mehr tun als wir, außerdem gibt es sicher eine plausible Erklärung.«

»Könnten Sie sich eine vorstellen?«

»Zum Beispiel?«

»Ich weiß nicht... Familiäre Probleme?«

Kendall hatte sich schon gedacht, was kommen würde; erste Fragen über Katrinas Privatleben hatte er abgewehrt, doch er wußte, daß es weitergehen würde. Um zu sehen, ob die *Mail* mehr in der Hand hatte als nur ein Gerücht, präsentierte er der Einfachheit halber eine naheliegende Theorie.

»Möglich. Sie hat ein Privatleben, wie wir alle. Vielleicht ist etwas Unvorhergesehenes passiert.«

»Apropos Privatleben, Mr. Kendall. Gibt es irgendwelche Querverbindungen zu Ihnen?«

»Was wollen Sie damit sagen?«

»Sie und Miss Darcy kennen sich doch schon eine ganze Zeit.«

»Wir arbeiten seit langem zusammen.« Er betonte das Verb.

»Mehr haben Sie dazu nicht zu sagen?«

»Nein.«

»Mr. Kendall, ein Fotograf hat uns Bilder angeboten, die er auf einem Parteitag der Liberalen gemacht hat. Sie und Miss Darcy sind gemeinsam in einem Hotel zu sehen.«

Kendall entspannte sich. Wenn sie nicht mehr hatten – damit würde er schon fertig werden. »Ach ja? Soweit ich mich erinnere, wollte Katrina einen längeren Beitrag über Politikergattinnen schreiben, und was mich angeht, ich bemühe mich, auf allen Parteitagen zu sein.«

»Na ja, ich persönlich habe diese Fotos zwar noch nicht gesehen, aber Sie scheinen sich gut zu verstehen.« Eine schöne Formulierung, die man nach Belieben interpretieren konnte.

Es muß an einem dieser Abende in der Bar des Hotels gewesen sein, in dem die meisten Journalisten abgestiegen waren. Kendall erinnerte sich vage an das Blitzlicht. Es wurde so oft fotografiert, daß niemand weiter darauf achtete. Was die *Mail* wohl hatte? Er und Katrina, lachend, sich gar berührend? Es war nichts gewesen, aber eine geschickt formulierte Bildzeile konnte etwas anderes suggerieren: *Eastbourne: Katrina Darcy führt an der Hotelbar ein politisches Gespräch mit ihrem Chef.*

»Wenn es solche Bilder sind, wie ich sie schon gesehen habe – wir waren eine ganze Clique. Ihr Anwalt wird Kopfschmerzen bekommen, wenn Sie die Sache in eine bestimmte Ecke stellen wollen, ohne etwas beweisen zu können.« Er hätte »vor Gericht« hinzufügen können, aber mit juristischen Schritten zu drohen war nie klug.

Wieder eine kurze Pause, die ihn vermuten ließ, daß die *Mail* im trüben fischte.

»Mr. Kendall, ich muß Sie das fragen. Ist Miss Darcy Ihre Geliebte?«

»Nein.« Ein simples Dementi, das einen doppelten Vorteil bot: Es entsprach der Wahrheit, und es lieferte ihm einen ausgezeichneten Vorwand, das Gespräch zu beenden. »So, jetzt habe ich Ihnen erklärt, wie die Situation aussieht, ich habe nämlich noch jemanden auf der anderen Leitung.«

»Sie sagen uns Bescheid, wenn Sie Miss Darcy finden?«

»Selbstverständlich.« Kendall hängte ein und gab dann einer Redaktionssekretärin durch die Glasscheibe ein Zeichen.

»Nehmen Sie den Anrufer auf der Acht entgegen«, sagte er. »Es ist jemand vom *Express.* Wir bestätigen nur, daß Katrina nicht erschienen ist, wir wissen nicht, wo sie ist und wo wir sie finden können. Ansonsten: kein Kommentar. Das gilt für jeden Anrufer. Sagen Sie den Leuten, wenn etwas Wichtiges passiert, werde ich der Press Association ein Statement übermitteln.«

»Gerade hat eine Frau von *Today* angerufen, angeblich eine Bekannte von ihr.«

»Weiß sie, wo Katrina sein könnte?«

»Nein. Sie wollte herausfinden, was wir wissen. Ich hab gesagt, daß ich ihr nicht weiterhelfen kann.«

»Und genau das sagen Sie auch allen anderen.«

Hamilton wußte, daß es große Aufmerksamkeit im Haus erregen würde, wenn er die Nachrichtenredaktion seinem Stellvertreter überließ, doch das war eine akademische Überlegung. Die Story würde so oder so für Wirbel sorgen. Er bat das Archiv, ihm die Pressemappe über Katrina Darcy heraufzuschicken, und rief dann ihre Agentin an, die sich seit Webbs Anruf nicht mehr gemeldet hatte.

»Emma Sullivan.«

»Hallo, Steve Hamilton vom *Register.* Haben Sie eine Ahnung, wo Katrina steckt?«

»Nein, wieso?«

»Sie ist heute nicht gekommen. Wann haben Sie sie zuletzt gesehen?«

»Vor zehn Tagen etwa. Ich habe schon öfter versucht, sie zu erreichen. Es gibt ein Problem mit ihrer Lesereise in Amerika. Als Sie anriefen, dachte ich, sie ist es.«

»Wo haben Sie es denn probiert?«

»Das Übliche. In ihrem Apartment, in Cornwall. In der Redaktion hab ich auch schon mal angerufen, aber jemand sagte mir, daß sie nicht da ist. Was ist los?«

»Wir wissen es nicht. Sie ist einfach verschwunden. Hatten Sie den Eindruck, daß etwas nicht stimmte, als Sie sie das letztemal sahen?«

»Überhaupt nicht. Wir haben in Chinatown gegessen, und sie erzählte mir…« Sullivan zögerte. »Es ging um etwas Privates, Steve.«

»Könnte das erklären, warum sie nicht gekommen ist?«

»Vielleicht, aber Sie haben es nicht von mir, ja?«

»Okay.« Hamilton malte ein Fragezeichen auf seinen Notizblock. »Also?«

»Kennen Sie Leonard Drummond?«

»Den Schriftsteller? Was ist mit ihm?«

»Er und Katrina haben was miteinander.«

»Seit wann?«

»Lange Geschichte. Sie erzählte mir, daß sie vor Ewigkeiten mal eine Affäre mit ihm hatte, dann haben sie sich getrennt. Jetzt sind sie wieder zusammen, und es ist ernst. Sie sagte, daß er sich von seiner Frau scheiden lassen will und daß sie heiraten wollen.«

»Heiraten?« Hamilton staunte. »Wer weiß sonst noch davon?«

»Nur Anthony – sie erzählt ihm doch alles. Na, wie auch immer, jedenfalls erwähnte sie, daß Leonard verreisen wollte. Wohin gleich? Ich glaube, nach Wales. Vielleicht hat sie ihn begleitet.«

»Aber dann hätte sie doch gesagt, daß sie ein paar Tage

frei nimmt, und wär nicht einfach abgetaucht«, wandte Hamilton ein.

»Ich weiß, Steve, aber die Sache mit Leonard ist ernst. Sie meinte, es sei das Wichtigste in ihrem ganzen Leben.«

»Wenn es wichtiger ist als ihre Kolumne, dann muß es ja ganz was Tolles sein«, meinte Hamilton skeptisch. »Und wo in Wales?«

»Tut mir leid, kann mich nicht mehr erinnern.«

»Ob sein Verlag etwas weiß?«

»Wahrscheinlich, aber freitags werden Sie um diese Zeit niemanden mehr erwischen«, erklärte Sullivan. »Ansonsten fällt mir nur noch seine Frau ein, die man fragen könnte. Dürfte ziemlich schwer sein.«

»Wissen Sie, wo er wohnt?«

»Harrow. Daran erinnere ich mich noch. Wahrscheinlich steht es im *Who's Who* oder in *People of Today.*«

»Ich werde nachsehen. Okay, danke. Und Sie, könnten Sie sich in der Zwischenzeit umhören und mir Bescheid sagen, falls Sie was erfahren?«

»Sicher. Die übliche Nummer?«

»Nein, diesen Anschluß.« Hamilton nannte eine Nummer. »Wenn ich nicht da bin, fragen Sie nach Malcolm Kendall. Sprechen Sie mit niemandem sonst. Die Geschichte ist schon bis zur *Sunday Times* durchgesickert.«

»Werden die es veröffentlichen?«

»Ist Pavarotti fett? Jeder wird sich als nächster dranhängen. Deshalb schreibe ich eine eigene Darstellung für unsere Zeitung. Wir wissen nicht, was passiert ist, aber irgendwie ist es nicht ihre Art. Immerhin könnte sie krank sein.«

»Stimmt.« Sullivan klang besorgt. »Sind Sie in der Wohnung gewesen?«

»Da kommt niemand rein.«

»Und Stephanie?«

»Die können wir auch nicht finden. Wir wissen nicht, ob sie überhaupt bei Katrina wohnt. Wissen Sie etwas?«

»Mir ist, als hätte Katrina mir erzählt, daß sie zu einer Freundin nach Islington gezogen ist, aber ich weiß nicht, wo. Es gibt ein paar Leute, die ich anrufen könnte, aber… Steve, ich bin jetzt wirklich beunruhigt. Was ist mit dem Cottage? Nein, dort habe ich es ja selbst schon probiert. Nur der Anrufbeantworter hat sich gemeldet.«

»Dort haben wir sie auch nicht erreicht. Wir haben jemanden aus Plymouth hingeschickt, er soll mal nachschauen. Wenn sie krank ist, könnte sie zusammengebrochen sein oder so.«

»O Gott. Weiß er, wo das Cottage ist?«

»Ich habe ihm die Anschrift gegeben.«

»Das nützt ihm nicht viel, es ist ziemlich abgeschieden. Mein Freund und ich haben dort mal gewohnt, es dauerte eine Ewigkeit, bis wir es gefunden hatten. Können Sie ihn erreichen?«

»Über sein Handy.«

»Haben Sie was zu schreiben? Dumme Frage. Also: In Penzance soll er die A30 nach Land's End nehmen. Etwa acht Kilometer hinter St. Buryan kommt eine scharfe Rechtskurve, dort ist ein Pub namens ›Miner's Hammer‹. Da muß er links abbiegen. Das Sträßchen führt mitten durch zwei Bauernhöfe, und nach dem zweiten stößt er auf eine Abzweigung. Er nimmt den Feldweg. Nach etwa hundert Metern erreicht er ein Tor. Dahinter befindet sich das Cottage, es sind eigentlich zwei Häuser, sie sind aber zusammengelegt worden.«

»Alles klar.« Hamilton hatte schnell mitgeschrieben. »Wir hören voneinander.« Er rief den Reporter an, gab ihm die Wegbeschreibung durch und ging dann in Kendalls Büro.

»Emma Sullivan meint, sie könnte in Wales sein«, sagte er.

»Warum denn gerade dort?« fragte Kendall.

»Weil Leonard Drummond dort ist.«

Hamilton merkte, daß Kendall ebenso erstaunt war, wie er es gewesen war. Katrina Darcy war als eingefleischter Single bekannt.

»Ich versteh's noch immer nicht«, sagte Kendall, als Hamilton fertig war. »Sie würde doch nicht einfach … Ist Emma sicher?«

»Katrina hat es ihr erzählt. Wußten Sie das nicht?«

»Sie hat mir nie etwas gesagt. Und Emma weiß nicht, wo in Wales?«

»Nein, aber wahrscheinlich weiß es Drummonds Frau. Ich werde sie anrufen und sagen, daß wir einen Artikel von ihm haben wollen. Wenn sie sagt, daß er verreist ist, werde ich sie um eine Telefonnummer bitten, unter der wir ihn erreichen können.«

»Wenn ihr Mann sie wegen Katrina verläßt, wird sie nicht mit uns sprechen wollen.«

»Das muß ich riskieren.«

## *Malcolm*

*Das eine Foto zeigt ihn in der Nachrichtenredaktion. Es waren die letzten Aufnahmen eines Films in meiner Kamera. Er steht neben Dennis Bruce, der damals Chefredakteur des* Register *war, und beide schauen überrascht in die Kamera. Ich muß einen beim Namen gerufen und auf den Auslöser gedrückt haben, als sie sich umdrehten. In einer Hand hält er die unvermeidliche Zigarette, die Krawatte ist gelockert, der oberste Hemdknopf geöffnet, die Hemdsärmel sind etwas hochgekrempelt, und zur Vervollständigung des Klischees vom Journalisten fehlt nur noch der grüne Augenschirm. Das zweite Foto zeigt ihn in seinem Garten in Barnet. Es war sehr warm an dem Abend, er trinkt aus einer Bierdose und trägt nur Shorts. Er war sauer über diesen unerwarteten Schnappschuß, weil alle sehen würden, daß sich sein Haar schon lichtet. Vielleicht ist er ja durch mich eitel geworden.*

Verglichen mit den großen britischen Tageszeitungen ist die Wirtschaft Kubas solide wie die Weltbank; der *Sunday Register* ist 137 Jahre alt, und schwarze Zahlen hat man dort in einer Zeit geschrieben, als noch behauptet wurde, daß die *Titanic* nicht untergehen könne. Jahrelang wurde das Blatt von reichen Liberalen am Leben erhalten, und erst in den sechziger Jahren mußte man wohl oder übel erkennen, daß das zwanzigste Jahrhundert nicht eine vorübergehende Laune war. Angesichts von drohendem Bankrott und der Aussicht, von der Thomson-Gruppe übernommen zu werden – um vor dem endgültigen Begräbnis eine symbolische Existenz im Impressum der *Sunday Times* zu führen –, verkaufte das Blatt seine Seele an Sir Jack Hepplewhite, einen entfernten Verwandten jenes ehemaligen Möbeltischlers, der mit der »größten Kette von Fleischereien in der Geschichte von Yorkshire« reich geworden war. Hepplewhite hatte die Tochter eines hohen Labourpolitikers geheiratet, und Harold Wilsons hauchdünner Wahlsieg von 1964 soll der bereitwilligen Unterstützung durch den *Register* zu verdanken gewesen sein.

Als Hepplewhite 1970 in finanzielle Schwierigkeiten geriet, verscherbelte er das Blatt, was sich als erstaunlich unkluge Entscheidung erwies. Einige Jahre zuvor hatte die Zeitung (nur deswegen, weil der Mann der Kusine des Herausgebers bei Shell arbeitete) zum allgemeinen Gespött angefangen, sich für das verrückte Projekt Nordseeöl einzusetzen, und entsprechend investiert. Es heißt ja, daß Gott Betrunkene, kleine Kinder und Journalisten schützt, wahrscheinlich weil er sie nicht auseinanderhalten kann. Mit ihrem neuen Reichtum konnte die Zeitung die Sandringham-Court-Gruppe aufkaufen, die Zeitschriften auf den Markt bringt, die in den achtziger Jahren so lukrativ waren, daß man es sich hätte leisten können, sie auf Geldscheinen zu drucken. Das Unternehmen mischt inzwischen auch im europäischen Kabel- und Satellitenfernsehen mit, hat drei sehr erfolgreiche regionale Pressegruppen aufgekauft und besitzt einen landesweit operierenden Fertigmenüservice, woraufhin dem Blatt von *Private Eye* der Spitzname *Sunday Roast* angehängt wurde. Ohne die kostspielige Sonntagszeitung, das Flaggschiff des Konzerns, würde der Konzern ganz ansehnliche Gewinne verzeichnen.

Sitz der Zeitung ist Gladstone House, ein denkmalgeschütztes, im Inneren völlig umgebautes viktorianisches Gebäude. Von Anfang an empfand man sich als etwas Besseres, wollte nichts mit Fleet Street zu tun haben und etablierte sich daher am Südufer der Themse, kurz hinter Westminster Bridge, mit dem Parlament und Lambeth Palace im Blick. Inzwischen sieht man auch den exklusiven Apartmentblock, in dem Jeffrey Archer wohnt.

All das hat mit meiner Geschichte nur am Rande zu tun, aber der *Register* ist untrennbar mit meinem Leben verbunden; meine Kolumne hat mich berühmt gemacht, auch wenn Anthony immer wieder versuchte, mich auf den Boden der Tatsachen zurückzuholen.

»Denk an die prominentesten Namen, die es gibt«, sagte er. »All die Edelfedern, all die legendären Fotografen und Redakteure. Eines Tages sterben sie, die Wellen schlagen über ihnen zusammen, und es ist, als hätten sie nie existiert. Zeitungen bleiben bestehen, Journalisten vergißt man.«

Er hatte natürlich recht. Wie immer.

Als ich beim *Register* anfing, war Dennis Bruce Chefredakteur, ein besonders nutzloses Relikt aus jener Zeit, als solche Führungspositionen von Gentlemen bekleidet wurden, die wußten, welches Messer man benutzte, und mindestens einen Onkel im *Debrett* hatten. Er hatte sich mit einer Prätorianergarde von Oxbridge-Absolventen und Athenaeum-Leuten umgeben, deren Karrieren von seinem Wohlwollen abhingen. Alle besaßen wunderbare Titel, fuhren edle Firmenschlitten und hatten nur vage umrissene Aufgaben, deren Bedeutung in keinem Verhältnis zu ihren horrend hohen Gehältern stand. Bruce besaß aber ein untrügliches Gespür – nie stellte er Leute ein, deren Fähigkeiten ihm hätten gefährlich werden können. Jedesmal, wenn es finanziell eng wurde, entließ er ein paar Reporter und Redakteure. Die Regel hieß: zwei Häuptlinge pro Indianer. Seit Dennis einen Reporter, der schon über drei Jahre bei der Zeitung war, einmal gefragt hatte, ob er sich schon eingewöhnt habe, lächelte er jedem zu, dem er im Haus begegnete – es konnte ja ein Mitarbeiter von ihm sein. Seinen wöchentlichen Leitartikel stimmte er mit dem Parteichef der Konservativen ab. (Im Laufe der Zeit ist der *Register* für jede politische Richtung eingetreten – ausgenommen die Monster Raving Loonies.)

Weiß der Himmel, wie Dennis es geschafft hat, aber neben den opportunistischen Managern, die sich als Journalisten aufspielten, gab es echte Talente. Cathy Trent, die Nachrichtenredakteurin, war früher eine der besten Reporterinnen des *Daily Express* gewesen. Sie hatte ein ausgeprägtes Vorurteil gegenüber studierten Leuten.

»Zumindest haben Sie den Job von der Pike auf gelernt«, sagte sie, als ich ihr vorgestellt wurde. »In meiner Redaktion sind ein paar Trottel, die kluge Sachen über Chaucer schreiben können, aber den Großen Eisenbahnraub verpennt hätten.«

»Und warum nehmen Sie sie dann?« fragte ich.

Sie verzog das Gesicht. »Politik der Geschäftsführung. Sie

wollen mehr Universitätsabsolventen einstellen. Sie glauben, es hebt das Niveau.«

»Ich habe aber nicht studiert.«

»Gott sei Dank. Aber Anthony sagt, daß Sie professionell arbeiten. Stimmt das?«

»Ich bemühe mich… Und Sie wissen von meiner Tochter?«

»O ja. Wie alt ist sie eigentlich?«

»Knapp sechs.«

»Schwieriges Alter«, grinste Cathy. »Obwohl, eine Bekannte von mir sagt, daß es so lange dauert, bis sie zwanzig sind und ausziehen. Es dürfte aber kein Problem sein. Wir haben hier eine starke Gewerkschaftsvertretung, die sich um weibliche Mitglieder kümmert, und in manchen Bereichen ist die Geschäftsführung durchaus vernünftig. Sie akzeptieren meine beiden Kleinen, die ein ausgesprochenes Talent haben, immer zur unpassendsten Zeit krank zu werden. Also, füllen Sie die Formulare aus und sagen Sie mir Bescheid, wann Sie anfangen können.«

»Danke.«

»Danken Sie mir mit den Beiträgen, die Sie schreiben… und wir werden uns darüber austauschen, wie man in diesem Betrieb bei Verstand bleibt.«

Da mir klar war, daß ich so eine Chance kein zweites Mal bekommen würde, gab ich mir große Mühe. Ich war höflich zu allen, selbst gegenüber den popeligsten Redakteuren, und biß mir auf die Lippen, wenn Cathy mich anbrüllte – was ihr von Zeit zu Zeit notwendig erschien, *pour encourager les autres.* Dennis lobte mich, als er erfuhr, daß ich eine Story gebracht hatte, die der *Sunday Telegraph* übersehen hatte. Ich habe aber auch – es ist eine gute Zeit für Geständnisse – eine tolle Story verschenkt, und gnädigerweise ist es niemandem aufgefallen. Es fing damit an, daß Toby mir erzählte, er habe Anthony überredet, für einen Tag mit ihm aufs Land zu fahren. Sie waren in St. Paul's Walden gewesen, einem Dorf in Hertfordshire, wo die Familie der Königinmutter einen Landsitz hat.

»Eigenartig«, sagte er. »Alle Leute reden davon, daß sie dort aufgewachsen ist, aber niemand sagt, daß sie dort geboren wurde.«

»Wurde sie denn dort geboren?« fragte ich.

»Alle vermuten es, aber wieso machen sie nicht ein großes Ding daraus?«

»Du solltest das mal prüfen«, sagte Anthony beiläufig, aber es war offensichtlich, daß ihn das Thema langweilte.

Vage interessiert rief ich immerhin den Standesbeamten in Hitchin an, der mir erklärte, daß er noch die vom Vater, Lord Glamis, unterzeichnete Geburtsurkunde habe, aus der hervorgehe, daß sie in St. Paul's Walden geboren sei; wenn ich wolle, könne ich eine Abschrift haben. Und genau an dieser Stelle hakte ich blöderweise nicht nach. Mir fiel einfach nicht ein, zu fragen, warum die Dorfbewohner denn nicht voller Stolz darauf hinwiesen, daß St. Paul's Walden der Geburtsort der Königinmutter sei. Erst 1980 klemmte sich jemand hinter die Sache und fand heraus, daß die Königinmutter in London geboren war und daß Glamis mit seiner Unterschrift gewissermaßen Urkundenfälschung begangen hatte, wenngleich niemand eine Erklärung dafür wußte. Die *Sunday Times* brachte die Sache als Titelgeschichte, und alle anderen hängten sich dran. Ich verhielt mich ganz still. Ein Nachrichtenredakteur des *Daily Mirror,* der die Reuters-Sondermeldung vom Ausbruch der ungarischen Revolution übersehen hatte, soll als Hühnerzüchter geendet haben.

Ansonsten lief ich mir die Hacken ab und suchte überall nach Ideen; obskure Zeitschriften sind eine wunderbare Quelle – Journalisten verhackstücken oft nur, was andere Journalisten geschrieben haben. Man muß die dürren Fakten nur unter einem neuen, interessanten Aspekt betrachten. Kaum zu glauben, was man mit ein wenig Geschick und einem halbwegs sprachgewandten Botaniker aus einer Wasserkäferplage in Wiltshire alles machen kann. Mein Privatleben verlief in geordneteren Bahnen, und ich konnte mir ein Au-pair-Mädchen für Stephanie leisten. Ich wußte, daß ich nicht die Sorte Mutter war, die ich gern gewesen wäre, doch Stephanie bekam all die Liebe und Zuwendung, die ich hatte, und sie stellte sich erstaunlich schnell auf die neue Situation ein. Cathy und ich tauschten Geschichten von rätselhaften Fieberschwankungen aus, unsere Kinder waren oft zusammen, beaufsichtigt von der einen, während die andere arbeitete. Mein Selbstvertrauen kehrte wieder – und ich wurde immer ungeduldiger.

Eines Tages überfiel mich das mit dem Sex wieder, wie ein unstillbares Verlangen nach Schokolade, nachdem man lange Zeit ohne sie ausgekommen ist. Ich errechnete, daß neunzehn Monate, drei Wochen und vier Tage seit dem letzten Mal vergangen waren, und das war mit Tom gewesen, während ich in einer Ich-warte-einfach-bis-er-fertig-ist-

Stimmung dagelegen hatte. Ich war dreiunddreißig und hatte wie eine Nonne gelebt, weil mich wichtigere Dinge beschäftigten. In Gang gesetzt wurde das Ganze wohl, als ich eine Sekretärin und den Kirchenreporter miteinander plaudern sah; ihre Körpersprache hätte einem Bischof die Schamröte ins Gesicht getrieben. Offen gestanden, ihr Anblick erregte mich, und ich merkte, daß ich völlig aus der Übung war. Ich wußte nicht mehr, was ich tun sollte. Seit über zehn Jahren hatte ich mit keinem Mann mehr geflirtet.

Mein Lebensstil bot nur beschränkte Möglichkeiten. Die meisten meiner Bekannten waren Frauen – größtenteils alleinstehende Frauen –, und mein gesellschaftliches Leben war gleich Null. Nach der Arbeit fuhr ich sofort zu meiner Tochter, während die anderen noch ein Glas Wein tranken – und mit Erwachsenen abends auszugehen, das gab es in meinem Leben nicht. Im Jahr zuvor war ich achtmal im Kino gewesen, immer mit Stephanie, um mit ihr den neuesten Walt-Disney-Film oder ähnliches zu sehen. Essen gehen, das war ein Big Mac mit einem Lollipop für das Wegräumen des Tellers und ein Luftballon zum Mitnehmen. Ich fand, daß mir eine Belohnung zustand.

Malcolm Kendall war Produktionsredakteur und verantwortlich für den technischen Ablauf, Kalkulation, Sonderprojekte, Verträge mit Papierlieferanten, juristische Fragen – all die Dinge, um die sich Dennis oder einer seiner Mitarbeiter hätte kümmern müssen. Er war Cathys Vorgänger gewesen, und seine eigentliche Heimat war noch immer die Nachrichtenredaktion; oft blieb er bis spätabends, um Artikel durchzulesen, Interviewpartner vorzuschlagen, an die wir nicht gedacht hatten, oder anzuregen, womit man eine Story zusätzlich aufpeppen konnte, was er vorsichtshalber vom Archiv überprüfen ließ. Cathy war nicht sonderlich begeistert, aber er bewahrte sie ein paarmal vor einer Katastrophe.

Malcolm verhielt sich mir gegenüber ebenso nüchtern und distanziert wie gegenüber allen anderen Kollegen auch, in der Mittagspause gingen wir auf einen Drink ins Pub, und seine Erklärungen, wie er sich einen bestimmten Beitrag vorstellte, begleitete ich mit einem Kopfnicken. Er war so umgänglich, daß man leicht vergaß, daß er im Innern aus Stahl sein mußte, um so weit nach oben zu kommen. Manchmal trat er an einen Schreibtisch, sagte ganz ruhig »Bitte kommen Sie in mein Büro«, woraufhin wir anderen auf die geschlossene Tür starrten, bis der Betreffende fix und fertig wieder herauskam. Er war Ende Vierzig, was aber nur ein leichter Bauchansatz und ein paar graue Haare verrieten, und er witzelte, daß er mittlerweile mit Journalisten arbeite, die noch nicht geboren waren, als seine Laufbahn begann. Er hatte eine Frau und zwei Kinder in Leicestershire und außerdem ein Apartment in London, in dem er von Dienstag bis Samstag wohnte. Ich weiß, ich hätte daran denken sollen, wie sehr Toms Untreue mich verletzt hatte, ich hätte mir jemanden suchen sollen, der frei war. Aber so funktioniert es eben nicht immer.

Zu meiner Verteidigung muß ich sagen, daß ich mich nicht offen an ihn herangemacht habe – wenn man außer acht läßt, daß meine Bluse etwas zu weit aufgeknöpft war, als ich sein Büro betrat. Er hatte keinen speziellen Ruf, doch ich spürte, daß er mich aufmerksam ansah, neugierig, als ob eine überraschende Möglichkeit vor ihm aufgetaucht wäre. Dann fiel mir auf, daß er nicht mehr die üblichen Bemerkungen über Frau und Familie in ein Gespräch einfließen ließ, und mittags setzte er sich in der Kantine zu mir, obwohl er sich zu vielen anderen hätte setzen können. Aber es ging nie weiter, jedesmal, wenn ich dachte, jetzt schlägt er gleich vor, daß wir uns abends mal treffen sollten, machte er, vielleicht erschrocken über die Situation, in die er sich hineinmanövriert hatte, einen Rückzieher.

Dann kam die Zeit, als Stephanie bei einer befreundeten Familie in Dorset am Meer war, wo sie den größten Teil der Sommerferien verbrachte. Ich sollte in den letzten beiden Wochen nachkommen. Es war ein Gefühl von ungeahnter Freiheit – mein ganzes Leben schien sich um meine Tochter zu drehen –, und ich genoß die einfachsten Freuden: abends ausgehen und nicht daran denken, wann ich nach Hause kam, morgens lange im Bett bleiben. Eines Freitags ging ich mit ein paar Kollegen in den ›Swan With Two Necks‹, die Stammkneipe der Redaktion. Im Laufe des Abends kamen immer mehr Kollegen hinzu, bis irgendwann Malcolm neben mir an der Bar stand. Inmitten des fröhlichen Stimmengewirrs und der hin und her fliegenden Satzfetzen beachtete ich ihn nicht weiter, es hätte ihm nur angst gemacht, wenn er gewußt hätte, wie genau ich ihn wahrnahm.

»Noch einen?« fragte er und zeigte auf mein Glas, als er dran war, eine Runde zu schmeißen.

»Ich weiß nicht...«, sagte ich unsicher. »Aber es gibt zu viele Dinge, die wir nicht tun sollten. Doch, gern.«

Und dann wandte ich mich wieder der Gruppe zu, die an der Bar stand, beteiligte mich an dem Klatsch, rief Anthony, der irgendwann kam, einen überschwenglichen Gruß zu und war sofort einverstanden, als jemand vorschlug, noch etwas essen zu gehen.

»Die ganze Mannschaft!« rief ich und wandte mich an Malcolm. »Sie auch. Und Sie, Anthony. Wie viele sind wir? Zwei, vier, acht... elf, fünfzehn. Harry, können Sie uns vier Taxis bestellen? Danke.«

Der Wirt griff schon zum Telefonhörer. Malcolm hatte keine Chance abzulehnen. Im Taxi saßen wir zu dritt auf dem Rücksitz, Malcolm neben mir, Körperkontakt war unvermeidbar.

Anthony dirigierte uns zu einem italienischen Restaurant in Covent Garden, wo man ihn kannte – das heißt, wir bekamen VIP-Behandlung. Mehrere Tische wurden zusammengestellt, die Kellner schenkten den Mädels Nelken, und der Besitzer spendierte Hauswein. Es war einer dieser spontanen, unkomplizierten Abende, alle waren entspannt, redeten laut durcheinander, lachten, machten anzügliche Witze und spülten den Streß des Tages mit Chianti hinunter. Ich hatte es so eingerichtet, daß Malcolm mir gegenübersaß, aber ich sprach mit ihm nicht mehr als mit den anderen auch und tat, als wäre er für mich nur einer von vielen Kollegen. Irgendwann an diesem warmen Abend fächerte ich mir mit dem Revers meiner Bluse Luft zu. Ich sah, daß er mich dabei beobachtete, und lächelte ihm mehrdeutig zu, wandte mich dann wieder ab und beschwerte mich laut, daß die Leute am anderen Tischende die Grissini horteten.

Es war schon nach elf, als wir die Rechnung kommen ließen, Geld und Schecks zusammenlegten und aufbrachen.

Grüppchenweise gingen wir hinaus, um nach Taxis Ausschau zu halten. Anthony verschwand allein, während sich die anderen geographisch aufteilten, so daß Malcolm und ich schließlich gemeinsam Long Acre hinuntergingen.

»In welche Richtung müssen Sie?« fragte er.

»Nach Barnet… Northern Line. Und Sie?«

»Uttoxeter Street. Nicht weit von Euston.« Er sah ein Taxi, aber es war schon besetzt. »Wir könnten uns ein Taxi teilen.«

»In Ordnung… wenn wir eins finden.«

»Wir gehen am besten zum Trafalgar Square.«

Ich überlegte, ob ich seine Hand nehmen sollte, war mir aber nicht sicher, wie er reagieren würde. Vor der National Gallery fanden wir ein freies Taxi, wir stiegen ein, und dann fragte er mich, ob ich noch Zeit für einen Schlummertrunk hätte. Er klang sympathisch zögernd.

»Ich will nicht, daß Sie Ihren letzten Zug verpassen.«

»Schon gut. Ich kann mir ja ein Taxi nehmen.«

»Notfalls können Sie es auf die Spesenrechnung setzen.«

Ich saß neben ihm, enger ging es kaum noch, er hätte schon aussteigen müssen. Ich sah hinaus, in den Straßen war es inzwischen dunkel geworden, und ich wußte, daß er nicht sofort über mich herfallen würde. Sein Apartment war sehr klein, ein Zimmer, Bad und eine winzige Kochnische von der Größe einer Telefonzelle, alles im ersten Stock eines Reihenhauses, aber geschmackvoll eingerichtet. Er erklärte, er habe die Wohnung gekauft, als er in London zu arbeiten anfing, und sie dann einfach behalten… Weißwein oder Rotwein?

»Was gerade offen ist… Das ist aber ein schöner Sessel!«

»Den hab ich auf einem Flohmarkt in Archway gefunden. Zwei gleiche. Der andere ist in... Was haben Sie gesagt, rot oder weiß?«

Es war wie in einer Boulevardkomödie, wenn er seine Sätze, die in Richtung Leicestershire gingen, abbrach. Er schenkte uns ein, fragte, welche Musik ich gern hörte. Er hatte Jazz, Klassik, Sechziger-Jahre-Rock ... die Beach Boys. Ich entschied mich für Johnny Mathis, mit Streichern und leisen Trompeten, das romantischste Album, das er hatte. Danach wußte er nicht mehr, was er sagen sollte, außer nach Stephanie zu fragen, die offen gestanden der letzte Mensch war, an den ich in diesem Moment dachte. Und ich wußte genausowenig, wie ich es anstellen sollte. Das Szenario war offensichtlich, aber nach so langer Zeit hatten wir beide unseren Text vergessen und wußten nicht mehr, wie wir uns zu bewegen hatten, und eine Affäre war Neuland für uns beide.

»Wir stellen uns ganz schön ungeschickt an, stimmt's?« sagte ich, als wir schließlich nur noch banales Zeug redeten.

»Bitte?«

»Ich meine, Sie werden nie einen Preis als Verführer gewinnen, und ich weiß nicht mehr, wie man auf Vamp macht.«

»Hm.« Er guckte verlegen. »Es ist eine ungewohnte Situation für mich.«

»Das hatte ich mir schon gedacht.« Ich sah ihn freundlich an. »Ich kriege meinen Zug bestimmt noch.«

»Ja... vielleicht... Tut mir leid, Katrina, das war keine tolle Idee. Heute abend hatte ich noch ein so gutes Gefühl. Enttäuscht?«

Ich grinste. »Überhaupt nicht. Dabei wäre ich so leicht zu haben gewesen.«

»Sehr schmeichelhaft. Sie sind sehr attraktiv. Ehrlich gesagt, ich bin ein richtiger Trottel.«

»Schon okay. Ich finde es eher sympathisch. Meine Erfahrungen mit Männern sehen anders aus.« Ich leerte mein Glas. »Ich muß noch mal aufs Klo, bevor ich gehe.«

Kaum hatte ich hinter mir abgeschlossen, packte mich eine riesige Frustration. Seine Schüchternheit machte ihn nur noch attraktiver. Ich war so nahe dran gewesen, und jetzt stand mir der letzte Zug nach Barnet bevor, die ganzen Betrunkenen. Dann würde Stephanie wieder nach Hause kommen, und ich war wieder gefangen in der Rolle der pflichtbewußten Mutter ... Ich sah in den Spiegel, meine Wangen waren gerötet.

Ich pinkelte, malte mir dann die Lippen neu an, ließ die hochgesteckten Haare herunter und schüttelte sie. Da ich ganz sicher sein mußte, daß er anbeißen würde, zog ich meine Bluse aus, streifte die BH-Träger von den Schultern, so daß der BH nur von meinen Brüsten gehalten wurde. Ich holte tief Luft.

»Es wird schon nichts passieren«, sagte ich zu meinem Spiegelbild. »Er kann dich nicht entlassen.«

Er saß mit dem Rücken zur Tür, als ich zurückkam. Ich merkte, daß mein BH schon ein wenig rutschte, zog ihn einen Zentimeter hoch.

»Darf ich etwas sagen? Nicht umsehen. Keine Versprechungen, keine Forderungen, keine Privilegien im Büro, keine Drohungen... Okay?« Er saß ganz still, während ich um seinen Sessel herumging und vor ihm stehenblieb. »Nur wir beide, einfach so, zum Vergnügen. Das letzte, was ich will, ist, daß wir uns verlieben. Es geht um etwas viel Primitiveres. Etwas, was ich einfach brauche.«

Er blieb sitzen, aber seine Augen bewegten sich, und in ihnen lag so etwas wie Erleichterung. Ich zog meinen BH herunter, so daß er mir bis zur Hüfte rutschte, und setzte mich auf seinen Schoß. Wenig später lagen wir auf dem Teppich, der Traum für einen Mann fortgeschrittenen Alters, ich konnte es kaum noch aushalten.

»Jaa... tiefer... Ich zieh rasch meinen... Moment, das tut weh... so ist es besser... Mmh, gut... Meine Güte, ist der groß... Schön so?... Bleib liegen, laß mich machen... Ich möchte auf dir liegen... O Gott... Nimm meine... Ich fühl mich wie eine Hure... Noch nicht, ich bin noch nicht soweit... Langsamer... Klar ist es sicher, du Blödmann, glaubst du, ich würde dich sonst reinlassen?... Komm... Ich will dich tief spüren... Schneller... Bist du soweit, ich... Komm jetzt... Ja!... Mach's mir... Jetzt... Ja, ja, jaaa!!«

Als ich mich endlich von ihm rollte, durchströmte mich ein Gefühl unbeschreiblicher Erfüllung. Abstinenz macht den Körper empfindlich. Wir lagen nebeneinander, er sagte kein Wort, und ich überlegte, was ihm wohl durch den Kopf ging. Frauen müssen sich damit abfinden, daß Männer unmittelbar nach dem Sex an etwas anderes denken – ein verheirateter Mann hat mir einmal erzählt, daß er nach dem Akt an solche Dinge wie das Streichen der Garagentür denkt –, aber ich wußte, daß Malcolm überrascht und durcheinander war und von Schuldgefühlen beherrscht wurde, so daß ich ihm etwas Nettes sagen mußte. Ich stützte mich auf die Ellbogen, den Kopf in der Hand, und musterte ihn, bis er sich schließlich mir zuwandte.

»Bring mich zum Lachen«, sagte ich.

»Wie bitte?«

»Frauen stehen auf Männer, die sie zum Lachen bringen. Wußtest du das nicht?«

»Mir fällt nichts Lustiges ein.«

»Ach, du bist hoffnungslos.« Ich streckte ihm die Zunge raus.

»Ich könnte dich kitzeln«, schlug er vor. Schon besser.

»Berühren verboten«, warnte ich und entfernte mich etwas. »Nur Worte. Los!«

Er schüttelte den Kopf. »Zum Beispiel?«

»Ich weiß nicht. Wie wär's mit: ›Setz das ja nicht auf die Spesenrechnung‹? Komm, sag schon.«

»Na schön... Setz das ja nicht auf die Spesenrechnung.«

»Warum nicht«, fragte ich keck. »Sex mit dem Produktionsredakteur, Abendessen elf Pfund siebzig, Taxi zehn Pfund, Parfüm zwanzig Pfund...«

»Zwanzig Pfund?« protestierte er.

Ich hielt ihm mein Handgelenk unter die Nase. »Riech mal! Ich hab mir was Besonderes gegönnt. Was noch? Parken sechs Pfund.«

»Du bist doch Taxi gefahren!«

»Mist. Ich hatte gehofft, es würde dir nicht auffallen. Na gut, streich das. Das macht also elf... einundzwanzig – alles in allem einundvierzig Pfund. Auf die siebzig Pence verzichte ich.«

»Aber wo ist dein Artikel?« Er kapierte allmählich.

»Auf welcher Seite wird er stehen?«

»Wie wär's mit dem Sportteil?«

»Genau!« Ich lachte. »Bodenturnen, natürlich.«

»Oder vielleicht die Freizeitrubrik?«

»Gerry wird Fotos haben wollen.«

»Wir werden ihm eine künstlerische Zeichnung liefern.«

»Das wird kaum gehen«, kicherte ich. »Wir haben nicht lange genug stillgehalten.«

»Du vor allem.« Zum erstenmal, seit wir die Wohnung betreten hatten, brachte er ein anständiges Grinsen zustande. »Was kostet es?«

»Nichts, Dummkopf!«

»Ein Glück. Ich wollte die Zeitung nicht in den Ruin stürzen.« Er streichelte mir leicht über die Wange. »Wieso gerade ich?«

Ich nahm seine Hand und küßte sie. »Weil du mich zum Lachen bringst. Ich danke dir.«

Ich verführte ihn mit meinem Körper, aber mit diesem Gespräch gewann ich ihn. Es nahm ihm die Schuldgefühle. Solange Stephanie bei ihren Freunden war, verbrachte ich jede Nacht in Uttoxeter Street, wenn er in London war, und später kam er hinaus nach Barnet, wobei er taktvollerweise frühmorgens aus dem Haus ging, um unangenehme Fragen zu vermeiden. Doch irgendwann begegneten sie sich; Stephanie war es nicht gewohnt, daß ihre Mami einen Freund hatte, aber sie akzeptierte es, und er war sehr gut zu ihr. Wir fingen an als hungrige Tiere, wurden zärtliche Liebhaber und schließlich gute Freunde – keine schlechte Entwicklung.

Ich kam Malcolm nicht mit Forderungen, das wäre gegen die Abmachung gewesen, die ich anfangs formuliert hatte. Doch mit jedem Artikel von mir brachte ich mich in Erinnerung, auch wenn ich mich während der Arbeit ihm gegenüber nicht anders verhielt als früher. Ich entdeckte, daß es viele schöne Dinge für beide Seiten gibt, wenn man eine aufgeschlossene und begeisterungsfähige Geliebte ist.

Zur Palastrevolution kam es anderthalb Jahre später, als der Vorsitzende des Aufsichtsrats und sein Stellvertreter abgesetzt wurden, weil sie sich gegen erhebliche Investitionen von Henry Cuningham III. gewandt hatten, einem kalifornischen Medienmogul, der auf dem britischen Markt einsteigen wollte und der Meinung war, daß der *Register* pflückreif sei. Er kaufte so viele Geschäftsanteile und Stimmen, wie er brauchte, um Vorsitzender zu werden, erschien anschließend in den Redaktionsräumen und begrüßte alle herzlich, bevor er Dennis innerhalb von drei Minuten klarmachte, daß er entlassen sei. Sein Nachfolger war Charlie Taylor, ein Vertreter der brutalen Murdoch-Schule.

Sobald sich die erste Aufregung gelegt hatte, kehrte eine merkwürdige Ruhe ein. Charlie verordnete die eine oder andere Änderung, schien ansonsten aber nichts anderes zu tun, als in der Redaktion herumzuschlendern; bei Redaktionskonferenzen meldete er sich kaum zu Wort, so daß er bald der Große Schweiger genannt wurde. Nach der vierten Ausgabe trat eine gewisse Entspannung ein, bis ich eines Tages beim Betreten des Hauses förmlich roch, daß etwas in der Luft lag.

»Was ist los?« fragte ich Anthony nervös.

»Im Moment...« – er suchte, ohne von seiner Schreibmaschine aufzublicken, nach dem passenden Wort – »... nichts. Aber es wird mit dem ersten Blutbad gerechnet.«

»Mein Gott.«

»Sei nicht kindisch. Gute Leute wird Charlie nicht entlassen. Und es gibt genügend andere Leute, mit denen er seinen Hunger stillen kann.«

Es war ein eindrucksvolles Massaker. Fünf leitende Angestellte, der Feature-Redakteur, der Cheffotograf, der stellvertretende Magazin-Redakteur, der Theaterkritiker sowie der erste Leitartikler, der dienstälteste Kolumnist und ein politischer Korrespondent wurden, wie jemand es formulierte, auf dem Zenit ihrer Spesenkonten gefeuert. Weitere sieben Leichen gab es im Wirtschaftsressort und unter den Kolleginnen der Frauenseite. Nach vorsichtigen Schätzungen wurden anderthalb Millionen Pfund Ablösung gezahlt. Um elf fing es an, und nachmittags um vier hingen schon überall die Namen der neuen Stelleninhaber (zumeist Leute von außerhalb). Charlie engagierte seine eigenen Henker. Zu meiner Verwunderung wurde Cathy in die Feature-Redaktion versetzt, aber Anthony behielt seine Stelle, und Malcolm wurde stellvertretender Chefredakteur; auf dem Flur sagte er seelenruhig zu mir, daß er mich in dieser Nacht nicht sehen könne, er müsse mit Charlie essen gehen. Ich hatte keine andere Gelegenheit, mit ihm zu sprechen, und fuhr nach Hause, erleichtert, daß ich es überlebt hatte. Am nächsten Tag blieb mir fast das Herz stehen, als Charlies Sekretärin mich anrief und sagte, daß er mich sprechen wolle. Ich war völlig fertig.

»Setzen Sie sich«, sagte er, als ich eintrat. Seine Stimme, der man seine Herkunft aus Clydeside noch immer anhörte, obwohl er die meiste Zeit seines Berufslebens in London verbracht hatte, klang, als hätte er mit Eisenspänen gegurgelt. Es hieß, er habe mit vierzehn beim *Glasgow Herald* als Redaktionsbote angefangen und sich nach oben gekämpft, ohne Rücksicht auf Verluste. Er beachtete mich nicht weiter, während er in meiner Personalakte las, die er natürlich so hielt, daß ich mitkriegte, was es war. Schließlich legte er sie hin und sah mich an. Mit diesem Blick schaffte er es, daß sich kräftige Männer die Hände vor den Schritt hielten. Irgendwie starrte ich zurück.

»Malcolm sagt, Sie sind gut. Stimmt das?«

»Ich bin lange genug hier.«

»Das haben auch andere gesagt, die in diesem Moment Klinken putzen müssen.« Er zündete sich die ich weiß nicht wievielte Zigarette an. »Ich will, daß Sie ab nächste Woche eine Kolumne für die Meinungsseite schreiben. Vier Spalten, mit Ihrem Foto. Sie können sich die Themen selbst aussuchen, sprechen es aber mit mir ab. Hauptsache, es provoziert. Sie haben sechs Wochen, um zu beweisen, daß Sie gut sind. Wenn ja, bestätige ich Ihren Vertrag, und Sie kriegen das Doppelte Ihres jetzigen Gehalts. Wenn nicht, fliegen Sie raus. Okay?«

Ich wußte, es konnte nicht bloß Malcolms Empfehlung gewesen sein; Charlie mußte mehr von mir bemerkt haben, als ich ahnte... und Charlie war niemand, der anderen Leuten einen Gefallen tat. Ich schaffte es, ruhig zu bleiben.

»Okay«, sagte ich. »Danke.«

»In sechs Wochen werden Sie mir nicht danken, wenn Sie Scheiße gebaut haben. Ihre ersten drei Themen liegen auf meinem Schreibtisch, bevor Sie heute nach Hause gehen.«

Ich brauchte unbedingt einen Drink, aber damals machten die Pubs noch nicht so früh auf, so daß mir nichts anderes übrigblieb, als in der Kantine mit Anthony einen Kaffee zu trinken.

»Immer mit der Ruhe«, sagte er. »Er kann dich nicht abschießen.«

»Erzähl mir keine Märchen.«

»Hör auf«, sagte er energisch. »Dein Problem ist, daß du Angst vor deiner eigenen Courage hast. Du mußt Tom vergessen.«

»Wie bitte? Das hab ich längst.«

Er schüttelte den Kopf. »Nein. Nicht ganz. Ein kleiner Teil von dir ist noch immer mit ihm verheiratet. Du mußt dich davon befreien.« Seine Augen wurden hart. »Wenn du diese Geschichte vermasselst, werde ich dir das nie verzeihen, Katrina. Du hast dich zu oft mit Zweitklassigem zufriedengegeben, und du kannst von Glück reden, daß du noch einmal eine Chance bekommen hast.«

»Na ja, es hilft mir schon, daß du an mich glaubst.«

Da schlug er mit der Hand auf den Tisch, daß ich zusammenfuhr. »*Du* mußt an dich glauben. Das hier ist doch nicht passiert, bloß weil Malcolm ein gutes Wort für dich eingelegt hat. Bei Mr. Taylor funktioniert so was nicht.«

»Oh«, sagte ich zögernd. »Du weißt von mir und Malcolm?«

»Mach dich nicht lächerlich, die halbe Zeitung weiß davon. Ist doch unser Beruf, immer alles wissen zu wollen.«

»Und ich dachte, wir sind vorsichtig gewesen.«

»Die Illusion der Liebenden«, sagte er. »Das alte Lied. Das Dumme ist nur, einige Kollegen werden denken, daß die Bettgespielin Vorzugsbehandlung genießt. Das heißt, du wirst wirklich beweisen müssen, daß du was kannst.«

»Und dann geht's los?«

Er nickte. »Und dann geht's los. Zur Feier des Tages gibt's ein Essen in Clapham Towers. Du bringst den Wein mit.«

# *London*

Hamilton überflog, was in *People of Today* unter dem Stichwort Leonard Drummond stand, und prägte sich die wichtigsten Fakten ein. Geboren 1939 in Ruislip, Vater Träger des MBE, Oberschule, Studium in Birmingham. 1976 erscheint sein erstes Buch, das 1977 für den Whitbread Prize vorgeschlagen wurde. 1978 Heirat, Ehefrau mit eindrucksvollen medizinischen Qualifikationen, eine Tochter. Hobbys: Wandern, Literatur des 19. Jahrhunderts, Reisen. Wichtig war vor allem, daß seine Privatnummer genannt wurde. Hamilton stöhnte ungeduldig, als er einen Anrufbeantworter hörte, wartete aber bis zum Ende der Ansage: Eine Frauenstimme nannte eine Mobilfunknummer, unter der Frau Dr. Drummond erreichbar sei. Sofort meldete sich jemand.

»Hallo.« Trotz des Verkehrslärms im Hintergrund bemerkte er die Nervosität in ihrer Stimme.

»Guten Abend, Frau Dr. Drummond. Der *Sunday Register* hier. Entschuldigen Sie, daß ich Sie störe, aber...«

»Der *Sunday Register*? Was wollen Sie?«

Hamilton notierte »mißtrauisch/nervös?« auf seinem Block. »Ich versuche, Ihren Mann zu erreichen. Wir haben ein Leseexemplar einer umstrittenen Biographie über George Eliot und möchten gern, daß er den Autor für uns interviewt.«

»Mit wem spreche ich?«

»Mein Name ist Steve Hamilton.«

»Und warum rufen Sie *mich* an, Mr. Hamilton?«

»Ich habe die Nummer von Ihrem Anrufbeantworter.«

»Das dachte ich mir schon, aber ich bin nicht die Sekretärin meines Mannes.«

»Natürlich nicht, aber es ist ziemlich dringend. Wenn Sie mir sagen könnten, wo Ihr Mann...«

»Er ist nicht zu Hause«, fuhr sie dazwischen.

»Das haben wir schon gehört. Soviel ich weiß, ist er in Wales. Ich dachte, Sie könnten mir sagen, wo genau.«

»Ich könnte, aber ich will nicht. Hören Sie, es ist sehr wichtig, daß dieser Anschluß frei ist. Bitte rufen Sie mich nicht mehr an.«

»Wo sind Sie, Frau Dr. Drumm...« Weg war sie. Hamilton starrte den brummenden Hörer eine Weile an, bevor er auflegte. Er konnte sich ihre Unfreundlichkeit nur damit erklären, daß sie von dem Verhältnis wußte, ihr anfänglicher Tonfall aber und die Tatsache, daß sie sofort abgenommen hatte, deuteten darauf hin, daß sie einen wichtigen Anruf erwartete. Er kehrte wieder in Kendalls Büro zurück.

»Frau Dr. Drummond hat mich gerade höflich abblitzen lassen – und sie will mir nicht verraten, wo ihr Mann ist. Ich glaube übrigens, daß sie genau weiß, was Sache ist.«

»Das braucht uns nicht zu interessieren«, sagte Kendall. »Aber momentan ist er der beste Anhaltspunkt, den wir haben, wenn wir Katrina finden wollen. Schicken Sie jemanden los, er soll ihr die Bude einrennen.«

»Sie ist nicht zu Hause. Ich habe sie im Auto erreicht.« Hamilton schaute auf seine Notizen und erinnerte sich an den Klang ihrer Stimme. »Aus irgendeinem Grund ist sie nervös. Sie wollte wirklich nicht reden.«

»Ich hab's Ihnen ja gesagt. Wenn sie von dem Verhältnis zwischen ihrem Mann und Katrina weiß, dann sind wir mit Sicherheit nicht ihr Lieblingsblatt.«

»Nicht nur das. Ich glaube, sie wartete auf einen Anruf. Sie sagte, es ist wichtig, daß die Leitung frei bleibt. Mir ist nicht klar, was das mit ihrer Ehekrise zu tun hat.«

Kendall legte die Stirn in Falten. »War sie möglicherweise in Wales? Oder auf dem Weg dorthin?«

»Sie kann überall gewesen sein.« Hamilton klappte sein Notizbuch zu. »Wie auch immer, wir sind bei unserer Suche nach Drummond keinen Schritt weiter. Haben Sie Katrinas Schreibtisch schon untersucht?«

»Die Leute vom Sicherheitsdienst probieren gerade ein paar Schlüssel. Ich geb Ihnen Bescheid.«

Judith Drummond wußte, daß sie zum Überholen der drei Wohnwagengespanne, die im Konvoi vor ihr herfuhren, mehr brauchte als die hundert Meter bis zur nächsten Kurve. Aber die Caravans hielten sie schon so elend lange auf, und bis zum nächsten Autobahnabschnitt der A303 in Devon war es noch ein ganzes Stück. Sie scherte aus und setzte mit aufgeblendeten Scheinwerfern zum Überholen an. Sie war auf der Höhe des zweiten Caravans, als der LKW vor ihr auftauchte, ein riesiger Koloß aus graublauem Stahl und Glas, der die halbe Straße einnahm. Seine Hupe brüllte laut auf, und die Lücke, in die sie sich quetschen konnte, wurde immer kleiner. Einen schrecklichen Moment lang dachte sie, ihre Ungeduld müsse in einer Katastrophe enden, doch dann warf sie sich nach vorn, gegen den Sicherheitsgurt, als wollte sie auf diese Weise das Auto zu größerem Tempo zwingen. Von irgendwoher hörte sie einen wütenden Schrei, der vorderste Caravan bremste kreischend, dann sah sie nur noch den Kühlergrill des LKW direkt vor sich, bevor sie ihm in letzter Sekunde auswich. Die Straße vor ihr war frei, aber sie war jetzt mitten in der Kurve, sie riß das Lenkrad herum, die Reifen ihres Audi rutschten ein Stück auf dem Asphalt, doch dann griffen die quietschenden Pneus wieder. Sie stöhnte erleichtert auf und sah in den Rückspiegel. Es kam ihr wie eine Ewigkeit vor, bis der erste Caravan in der Kurve erschien. Immerhin hatte es keinen Unfall gegeben. Sie rieb sich die Schulter, mit der sie sich an der Tür gestoßen hatte, fuhr jetzt immer schneller und achtete nicht mehr auf die wütend auf- und abblendenden Scheinwerfer hinter ihr, die immer weiter zurückfielen. Niemand konnte ihre Autonummer notiert haben.

Der Anruf hatte sie irritiert. Warum wollte der *Sunday Register* Kontakt mit Leonard aufnehmen? Sie war instinktiv davon überzeugt, daß Hamiltons Erklärung, er solle einen Beitrag für die Zeitung schreiben, gelogen war. Oder war sie nur mißtrauisch? Aber wenn es nicht um einen Beitrag ging, worum dann? Was wußten sie über ihn und Katrina Darcy? Was wußte die Presse – neugierig, gnadenlos, unsensibel – von ihr? Von Teresa? Was konnte sie noch tun, um ihr Kind zu schützen?

## *Mittwoch abend*

Am frühen Morgen fuhr ich nach Penzance, um bei Gateway einzukaufen – fertige Salate, Brot, Obst, Milch, Kaffee, Wein, Wodka und noch eine Stange Zigaretten. Bei meiner Rückkehr wurde ich schon von Smoking erwartet. Er dehnte sich wie ein Flitzbogen, als ich den Wagen abstellte, kam dann herübergetrottet und strich schnurrend und mit zitterndem Schwanz um meine Beine. Seine Besitzer – ein Landarbeiter und seine Frau – sagen Sooty zu ihm, aber mit diesem weißen Fleck auf der Brust und dem schwarzen Fleck am Hals ist er für mich schon immer Smoking gewesen. Er wird bei mir bleiben, solange ich hier bin, und sich dann ein anderes Plätzchen suchen, wo man ihn verwöhnt.

Ich hatte alle großen Tageszeitungen sowie den *Cornishman* mitgebracht. Ich habe ihm nie ganz verziehen, daß er auf Boulevardformat umgestiegen ist, allerdings bringt er noch immer herrliche Klatschgeschichten aus der Gegend, leider ohne die Ortsnamen in Form von Wegweisern und ohne die winzigen Fotos der Korrespondenten (für einen Penny pro Zeile schreiben sie bestimmt nicht mehr!). Der Seniorenclub vom Goldsithney hat einen Ausflug nach Newquay gemacht. Marazion verzeichnete eine Graffitischwemme, das Blumenfest von Paul war wieder ein großer

Erfolg, und der Karneval von Hayle fand trotz eines »geradezu tropischen Wolkenbruchs« statt...

Interessiert es diese Leute überhaupt, daß es eine weitere Kabinettsumbildung gegeben hat (Schlagzeile der *Times* und des *Telegraph*)? Stört es ihr friedliches Leben, wenn Ungarn von einer rechten Revolution erschüttert wird *(Guardian)*? Ist die Exklusivmeldung der *Daily Mail*, daß irgendeine zweitklassige Filmschauspielerin sich einen neuen Freund zugelegt hat, oder die Enthüllung der *Sun*, daß eine minder prominente TV-Persönlichkeit ein Gewichtsproblem hat – ist das für diese Leute auch nur ansatzweise wichtig? Eine Kollegin von mir, Kolumnistin wie ich, ist zu einer Autorität über britische Architektur avanciert, obwohl sie nicht weiß, was der Unterschied zwischen Neugotik und postmodernen Betonklötzen ist. Und was werden all diese Leute auf den Dörfern denken, wenn mit meinem Erfolg, meinem Reichtum und meiner Berühmtheit Schluß ist, sobald die Leiche in meiner Londoner Wohnung entdeckt wird? Katrina Darcy, der Mittelpunkt dieses Dramas, wird sicherlich für eine Weile in den Nachrichten vorkommen, doch der *Cornishman* wird sehr viel wichtigere Dinge zu berichten haben.

Ted brachte ein Dutzend Makrelen vorbei; was glaubt er wohl, wie lange ich bleibe. Natürlich würde er nie Geld erwarten, aber im Kühlschrank war Bier, und wir tranken ein paar Dosen. Ein Kelte, durch und durch. Früher gehörte ihm eine Autowerkstatt in Penzance, aber jetzt ist er in Rente, er verbringt seine Zeit abwechselnd im Garten, auf seinem Fischerboot und mit Pauschalreisen mit Madge; dieses Jahr waren sie bei ihren Enkelkindern in Florida. Er ist schlank, gebräunt, seine Haut rauh wie ein altes Seil, die Augen leuchten wie blanker Bernstein, und er ist sehr zufrieden. Die Welt, die er im Fernsehen erlebt, ist von Verrückten bevölkert. Wenn er reist, sind Linienflugzeuge und bequeme Reisebusse angesagt, große Hotels und Führer, die ihm alle Sehenswürdigkeiten zeigen. Die Wirklichkeit, das ist dieser kleine Winkel von England, wo er geboren wurde und auch sterben wird; er wird niemandem etwas zuleide getan haben, und seine Angehörigen und Freunde werden seinen Tod aufrichtig betrauern. Der *Cornishman* wird melden, wer zur Trauergemeinde gehörte, und die vielen Kränze erwähnen. Das Begräbnis wird in Zennor stattfinden, wo schon Teds Eltern und seine jung verstorbene Schwester in einem Familiengrab liegen. Auch für Madge ist noch Platz. Ted erzählte, wie immer, harmlose Klatschgeschichten.

»Marigold Cottage ist für sechzigtausend Pfund verkauft worden. Ich hätt's nicht geglaubt, die Balken sind so verrottet, daß man die Faust durchstecken kann. Aber Davy Miller arbeitet bei dem Immobilienmakler, und er sagt, es stimmt. Doreen Herbert ist vor drei Wochen gestürzt und hat sich die Hüfte gebrochen. Madge bringt ihr manchmal etwas von ihrem Stew vorbei, und ich füttere den Hund. Und haben Sie von der jungen Marian Faherty gehört – die Tom Pollitt geheiratet hat? Hat ihn sitzenlassen. Wohnt jetzt drüben in St. Ives – mit ihrem Schullehrer, denken Sie nur! Ich hab zu Tom gesagt, er soll rübergehen und die Sache in Ordnung bringen. Aber wir haben ja gleich gesagt, daß es nicht lange hält...«

Ich mußte weggucken, damit er nicht sah, daß mir die

Tränen kamen. In London habe ich oft Witze über ihn und die anderen gemacht, über ihren Dialekt, über ihre Moralbegriffe, ich konnte nicht glauben, daß diese kleine Welt für sie so wichtig ist. Ich habe es nicht so gemeint – ich habe die Leute immer sehr gern gehabt –, aber es war brutal... nein, nicht brutal, sondern dumm. Eine Dummheit, der die Überzeugung zugrunde lag, daß meine Wertvorstellungen die einzig richtigen sind.

»Und haben Sie gehört, daß sie die Schule schließen wollen? Skandal ist das. Fünfzehn Kilometer von hier leben Leute, die keine Autos haben. Darüber sollten Sie mal in Ihrer Zeitung schreiben.«

Aber das interessiert niemanden bei uns, Ted. Wir schreiben für die Leute von Islington, die in einer anderen kleinen Welt leben.

Das Telefon klingelt ununterbrochen, aber ich gehe nicht ran. Das Mistding ist wie eine Nabelschnur, die ich nicht durchtrennen kann. Beim *Stockport Courier* gab es einen alten Reporter, der sich tatsächlich noch erinnerte, daß er seine Fußballberichte per Brieftaube übermittelt hat. Ich drücke auf eine Taste, und eine Maschine, Tausende von Kilometern entfernt, hat alles ausgedruckt, bevor ich mir eine Tasse Kaffee gemacht habe. Die Meldung von Kennedys Ermordung ging 1963 in zehn Sekunden um die Welt; heute könnten wir auf CNN live verfolgen, wie vor dem Krankenhaus das Kommuniqué verlesen wird. Alles ist zum sofortigen Verbrauch bestimmt, dann wird es weggeworfen, und ungeduldig wartet man auf das nächste Drama, so daß keine wirkliche Dramatik mehr aufkommt. Statt

Nachrichten Lärm. Und je größer die Leere, desto lauter der Lärm. Wußten Sie, daß in der Frühzeit des Rundfunks manchmal gemeldet wurde, daß es in den Nachrichten nichts Aktuelles zu berichten gebe und man daher Musik senden werde? Wie naiv. Es gibt immer etwas Neues, es muß immer etwas geben, wir haben acht Seiten oder dreißig Minuten zu füllen. Ganze Kanäle spucken nichts anderes aus.

Und das schlimmste ist, wie das die Menschen verändert hat. Ich erinnere mich an diese ekelhafte Geschichte von der Frau, die am Mont St. Michel ins Meer sprang, um ihre Tochter zu retten. Touristen sahen zu, wie sie sich krampfhaft über Wasser hielt. Niemand half ihr. Im Gegenteil, einige Leute haben den Zwischenfall mit Videokameras aufgenommen und den Film sofort dem nächsten Fernsehsender angeboten – der die Story sendete. Die Frau ertrank, na und? Das war eine Nachricht, und irgend jemand würde Geld dafür bezahlen. Journalisten kennen kein Mitleid, keine Menschlichkeit, keinen Anstand, keinen... Wenn ich nicht aufhöre mit diesen Gedanken, werde ich mich noch von den Klippen dort hinunterstürzen.

Reue, Tränen und Schuldgefühle hatten wir schon; heute ist es Wut. Absurderweise mache ich allen anderen Vorwürfe, nur mir nicht. Warum habe ich meinen Paß nicht mitgenommen? Ich könnte die Bank anrufen und mir Geld überweisen lassen, von hier aus auf die Kanalinseln fahren und dann irgendwohin fliegen, in ein Land, das es mit Auslieferungsabkommen nicht so ernst nimmt. Wenn es dort nur nicht immer so furchtbar heiß wäre. Aber ich würde eine

Villa finden und *Hello!* einladen, tolle Fotos zu machen und beruhigende Worte zu schreiben.

»Exklusiv: Kery Darcy erzählt ihre Geschichte.« Erster Absatz: »Sonnengebräunt und entspannt sitzt die Topkolumnistin von Fleet Street in einem schlichten Baumwollkleid auf der sonnenüberfluteten Terrasse ihrer Villa am Meer und spricht darüber, warum sie London verlassen hat. Sie stellt ausdrücklich fest, daß sie so unschuldig ist wie die süßlich duftende Bougainvillea, deren Blütenpracht sich über ihr entfaltet...«

Ein paar diskrete Worte über die Schwierigkeiten, dann eine ausführliche Reklame für das neue Buch, der Hinweis, daß ich einen neuen Liebhaber hätte finden können, irgendein tiefsinniges Geschwafel nach der Art von »Das Leben ist ein Klassenzimmer, aus dem man nicht einfach davonrennt« – eine Andeutung, daß ich eventuell zurückkehren werde, weil es keinen Grund gibt, der dagegen spricht, »aber es gibt hier so viel, was ich noch tun will«. Und wo soll ich posieren? Am Geländer der Terrasse mit den Bergen im Hintergrund, in einem Rattanstuhl am Fenster, neben mir die Schreibmaschine, im Garten, beim Pflücken einer tropischen Frucht, auf dem Rand eines gemachten Bettes sitzend, die wildesten Phantasien der Leser auslösend, sorgfältig frisiert und geschminkt, der Gesichtsausdruck zwischen versonnen, gesammelt und zufrieden, aber immer unschuldig. Fünfzig Riesen ist der übliche Satz für so einen Mist – aber zumindest behauptet niemand, daß es etwas anderes ist.

Und es wird ein besseres Bild sein als das einer Frau, der man die Vierziger allzu deutlich ansieht, die zu viele Zigaretten raucht, die in Jeans, Sweatshirt und billigen Espadrilles herumläuft, deren Hände nach Fisch stinken, die sich nicht bemüht, ihre Gesichtsfalten zuzukleistern, weil es ihr egal ist, wie sie aussieht. Die mit einem Kater redet.

Ich bin todmüde, will aber nicht wieder einschlafen. Ich bin durch mein eigenes Schreien aufgewacht, die Bilder lassen mich einfach nicht los, wie ein Film, in dem jedesmal ein paar Stellen fehlen, wenn ich ihn mir ansehe. Zuerst war ich mit Tom verheiratet, aber ich arbeitete noch immer in Stockport, ich konnte nicht verstehen, warum ich alles aufgegeben hatte und zurückgegangen war. Dann gab es eine surrealistische Szene mit einer Giraffenherde in den Uffizien, dann kam Stephanie vor, die mit mir ins Bett ging – je rascher ich diese Bilder loswerde, desto besser –, bevor Anthony auftauchte und nicht wußte, wer ich war. Dann wollte ich ein Baby stillen, aber ich hatte keine Brüste… Ich glaube, ich habe ein ganzes Lehrbuch geträumt…

# *Vernon*

*Es ist die Karikatur eines Zeitalters – er mit hervorschauenden scharlachroten Hosenträgern, ich mit Schulterpolstern wie ein Footballspieler. Wir halten Champagnergläser (was sonst) in der Hand, stehen albern grinsend neben einer lebensgroßen Pappfigur von mir, die einladend schaut. Es ist geschmacklos, und heute finde ich es peinlich. Damals fand ich es harmlos. Aber was haben wir nicht alles für harmlos gehalten. Wir konnten nicht sehen, daß das, was so schön glänzte, nur eine schillernde Seifenblase war.*

Niemand hat die Achtziger mit ihrer gnadenlosen Jagd nach materiellem Erfolg und der Annahme, das Geld käme aus einem endlos sprudelnden Wunderbrunnen, vorhersehen können, aber für einen Aufsteiger war es eine tolle Zeit. Der Thatcherismus prägte die Atmosphäre im *Register*, und die redaktionelle Linie hieß »Erfolg verkaufen«. Ich schrieb für die hartgesichtigen, machtbewußten Frauen in Führungspositionen, für all die Leute, die ihre Kreditkarte an der Bar abgaben und sich dann schreiend unterhielten, während aus den Lautsprechern Frankie Goes To Hollywood dröhnte, für die Werbefuzzis mit dicken Bankkonten und dünnen Armani-Anzügen, für all das, was mir später egoistisch und verlogen erschien. Unser Haus in Barnet nahm fast täglich an Wert zu, so daß die Hypothek, die Tom und mir beim Kauf des Hauses unglaublich hoch erschienen war, zusammenschrumpfte. Er war ebenfalls dafür, daß wir verkaufen sollten. Er bezog eine Wohnung in den Docklands, während ich mir in der Stadt ein Haus kaufte. Postalisch gehörte es zwar zu Swiss Cottage, aber für gesellschaftliche Zwecke konnte ich es als Hampstead ausgeben. Und da der Besitzer dringend Bargeld brauchte, konnte ich den Preis entsprechend herunterdrücken. Es war ein spätviktorianisches Haus, das vielleicht für einen Bankangestellten mit kleiner Familie gedacht war, mit originalen Armaturen im Badezimmer und neuer schwedischer Einbauküche. In der Nähe war auch eine Schule, auf die ich Stephanie schicken konnte, ohne mir mitleidige Bemerkungen anderer Yuppies anhören zu müssen.

Charlie, der eine grenzenlose Verachtung für Neureiche hatte, wußte trotzdem, daß sie die Leser waren, die die Waren kauften, deren Anzeigen ihm viel Geld einbrachten, und hob sich seine bösen Kommentare (»dumm wie Bohnenstroh«) für das Büro auf. Er hatte die Zeitung auf einen schärferen Kurs gebracht und ihren Ruf (»verantwortungsvoller Journalismus«) so weit strapaziert, wie es nur ging, ohne ihn völlig zu ruinieren. Raffinierten Enthüllungen über das Privatleben von Politikern oder Reportagen über Sexgewohnheiten wurden seriöse Berichte über Umwelt- oder Drogenprobleme gegenübergestellt. Um die Methode zu bemerken, mußte man wissen, wie eine Zeitung funktioniert. Die letztgenannten Artikel standen immer auf der linken Seite, während die ersteren, versehen mit besseren Fotos, auf der rechten Seite standen. Charlie führte Farbfotos und einen neuen Sportteil ein, widerstand der Versuchung, eine Horoskopspalte zu bringen, verlangte aber ständig hochdotierte Preisausschreiben; das Naturtagebuch, das fast so alt war wie die Zeitung selbst, wurde abgeschafft, und das Alter der Leser, die dagegen protestierten, bestätigte ihn in seiner Entscheidung.

Nachdem meine ersten sechs Kolumnen erschienen waren, rief er mich wieder zu sich und sagte, er wolle mir noch einmal sechs Wochen geben, in denen ich beweisen könne, daß ich über längere Zeit durchhalte. Als ich die Gehaltserhöhung erwähnte, meinte er, daß ich sie mir noch nicht verdient hätte. Daraufhin schrieb ich einen wütenden Angriff auf die Bergleute, ich zog über die Altenhilfe her und stellte die Forderung auf, jeden IRA-Terroristen hinzurichten. Meine Kolumnen waren an Schärfe nicht zu überbieten, auch wenn ich behauptete, von Sorge geleitet zu sein, und darum bat, die Dinge nüchtern zu betrachten. Das Leserecho war drei zu eins gegen mich, aber die Zahl der Briefe war äußerst zufriedenstellend. Entscheidend war ja nicht, daß man mich liebte, sondern daß ich wahrgenommen wurde. Eine Woche nach Beendigung meiner zweiten Probezeit fand ich in meinem Fach einen Brief, in dem Charlie mit seiner unleserlichen Klaue meinen Vertrag bestätigte – und die Gehaltserhöhung zurückdatierte.

»Danke«, sagte ich, als ich ihm vor dem Aufzug begegnete.

»Der Herr gibt, und der Herr nimmt«, erwiderte er überraschend, während die Lifttür aufging. Sein Witz war selten so kultiviert – und zugleich war es eine hübsche Warnung.

Anthony, dessen Position so sicher war, daß er es ablehnen konnte, Dinge zu schreiben, die ihm gegen den Strich gingen, brachte mich mit seiner Haltung auf die Palme.

»Das ist doch nicht dein Ernst?« fragte er und hielt die Seite mit meinem Kommentar über die Todesstrafe in die Höhe.

Ich zuckte mit den Schultern. »Wen interessiert das? Es steigert die Auflage.«

»Mit riesengroßen Brüsten und geistlosen Spielchen für dumme, aber habgierige Menschen schafft man das auch.«

»Ich glaube nicht, daß Charlie das will.« Mir gefiel der vorwurfsvolle Ton nicht.

»Ich hatte eigentlich gehofft, du würdest deine Möglichkeiten erkunden, statt deine Ehrlichkeit zu verkaufen.«

»Hör auf!« erwiderte ich gereizt. »Du warst derjenige, der mich überzeugt hat, daß ich es kann, aber das heißt nicht, daß du mir zu sagen hast, wie ich schreiben soll.«

Er warf die Zeitung in meinen Papierkorb und fuchtelte mit dem Zeigefinger wie ein zorniger Vater. »Ich habe gesagt, ehrgeizig sein, nicht lügen. Es wird noch Tränen geben vor dem Zubettgehen.«

Er ging davon, ich streckte ihm kindischerweise die Zunge heraus. Ich verstand ihn einfach nicht. Es war kein beruflicher Neid, und ich verhielt mich nicht anders als zahllose andere Journalisten auch. Ich hätte bedenken sollen, wie gut er mich kannte.

Möglicherweise als Reaktion auf Anthony, aber wohl eher deswegen, weil ich Geschmack am Hedonismus fand, setzte ich in diesem geschmacklosen Jahrzehnt voll auf meinen

Ruf. Ich war ein umstrittener Gast bei Talk-Shows, der hohe Einschaltquoten garantierte, und bekam bei ITV schließlich meine eigene Sendung, *Spiked Copy.* Die erste Staffel wurde vormittags um elf gesendet und war kein großer Erfolg, aber Channel Four wiederholte sie am späten Abend, was bedeutete, daß wir sie schärfer machen konnten. Ein Frauenmagazin brachte ein schmeichlerisches Porträt von mir, und eine linke Parlamentarierin griff mich an, was natürlich einen enormen PR-Effekt hatte. Geblendet von diesen ganzen Dingen – und einer weiteren Gehaltserhöhung sowie einem Dienstauto –, ließ ich mir nichts mehr entgehen. Ich konnte mir jetzt eine Haushaltshilfe leisten, die sich um Stephanie kümmern sollte, wenn die nicht gerade eine Klassenreise machte, bei Freunden in der Dordogne oder in der Toskana war oder bei Tom, den sie immer langweiliger fand. Entschlossen, die gute berufstätige Mutter zu bleiben – in mehreren Kolumnen schrieb ich darüber, wie man mit diesem Problem fertig wurde, ohne sein Äußeres zu vernachlässigen –, bestimmte ich, daß sie jeden Abend bis zehn Uhr aufbleiben sollte, für den Fall, daß ich früh nach Hause kam, und die Samstage hielt ich mir für sie frei. Das Foto für das Porträt zeigte uns zu Hause – Stephanie zu meinen Füßen, auf dem indischen Teppich kniend, mit ihrem Harrod-Puppenhaus. Zum Zeichen unserer Nähe trugen wir farblich passende Laura-Ashley-Kleider – modisch, aber nicht übertrieben chic –, und die Bildunterschrift lautete: *Häusliche Harmonie: Für Katrina zählt nur das Mutterglück.* Das brachte mir ein paar nette Briefe ein.

Malcolm und ich waren, nachdem sich die erste Leidenschaft gelegt hatte, dazu übergegangen, uns nur dann zu sehen, wenn unsere Terminkalender es zuließen, und das wurde immer seltener, bis wir eines Tages feststellten, daß wir seit vier Monaten nicht mehr miteinander geschlafen hatten und es keinem von uns etwas ausmachte. Bei einem Mittagessen schlug ich vor aufzuhören.

»Einfach so«, fügte ich hinzu. »Wir haben es doch bis jetzt gut hingekriegt, also... Freundschaft? Du weißt, ich wollte nie, daß du Carol und die Kinder verläßt. Mir ist es nie darum gegangen.«

»Ich weiß. Das fand ich ja auch so gut an dir. Du warst die ideale Geliebte. Jeder Mann sollte eine haben.«

Ich bog mich vor Lachen. »Mein Gott, hast du dich verändert. Solche Witze machst du erst, seit ich dich verführt habe.«

»Du mich verführt?« fragte er naiv.

»Dein Gedächtnis läßt nach«, sagte ich trocken. »Und jetzt laß mich bezahlen.«

Abgesehen davon, daß die Trennung von Malcolm so unkompliziert war, für mich löste sich dadurch ein Knoten. Ich hatte vorher immer das Gefühl, ich würde ihm untreu werden, wenn ich eine andere Affäre angefangen hätte. Nicht daß ich sofort mit dem nächstbesten Mann ins Bett gegangen wäre, aber als sich eine passende Gelegenheit ergab, ergriff ich sie. Stephanie war etwa dreizehn und führte allmählich ihr eigenes Leben. Sie übernachtete bei Freundinnen, oder sie waren bei uns in Swiss Cottage. Ich konnte tun, wozu ich Lust hatte. Trieb ich es mit jedem Mann? Ich weiß nicht. An meinem achtunddreißigsten Geburtstag rechnete ich aus, daß ich mit so vielen Männern geschlafen hatte, wie Kerzen auf meinem Kuchen gewesen wären, wenn ich einen geschenkt bekommen hätte. Jedenfalls mehr, als ich meiner Mutter gestanden hätte, doch für einen Eintrag im Guinness-Buch der Rekorde hätte es kaum gereicht. Bei einigen dauerte es ein paar Wochen, bei den meisten sehr viel kürzer, bei einigen war es eine nette Art, den Abend zu beenden. Den einen oder anderen fand ich sehr sympathisch, aber ich verliebte mich nicht und hatte auch nicht den Wunsch, wieder zu heiraten. Als einer sagte, daß er Kinder von mir wolle, ging ich unter einem Vorwand aus dem Zimmer und kam erst wieder zurück, nachdem ich eine zusätzliche Pille geschluckt hatte, vorsichtshalber. Am nächsten Morgen erklärte ich ihm, daß ich für immer nach Buenos Aires gehen würde.

Den zehnten Jahrestag meiner Trennung von Tom feierte ich bei einem Essen im ›Blueprint Café‹ mit einem Fernsehproduzenten, den ich mir für diesen Tag ausgeguckt hatte. Thema der Kolumne dieser Woche war die Scheidung als positive Erfahrung, als Wendepunkt, nach dem Motto: Frauen, erobert die Welt, laßt euch von den Mackern nichts bieten. Einige Leserinnen schrieben mir, daß sie meine Kolumne sehr anregend gefunden hätten.

Vernon Farrant lernte ich 1985 auf einer Party in Notting Hill kennen. Ich weiß nicht mehr, wer der Gastgeber war, aber es war ein großen Haus mit viel Holz und Kunstpostern, es gab Thailändisches zu essen, und ein Mädchen, das den Buddhismus entdeckt hatte, saß in einer Ecke und sang. Vernon war ein Tory-Abgeordneter, der aussah, als hätten ihn die Konservativen in einem Reagenzglas gezüchtet, austauschbar, glatt, eine Kunstfigur mit Rosette am

Revers. Mit wem er auch sprach, seine Augen wanderten unruhig durch den Raum, und nie verpaßte er den Moment für eine höfliche Bemerkung, eine artige Begrüßung. Seine Frau, die an seiner Hüfte angewachsen zu sein schien, steuerte genau das richtige Quantum Konversation bei, bevor sie sich ihm wieder unterordnete. Es schien kein Thema zu geben, zu dem er nicht eine fundierte Meinung hatte.

Als ich ihm vorgestellt wurde – was sich nicht vermeiden ließ, da die beiden systematisch das Haus abklapperten –, kamen all die passenden Floskeln heraus. Katrina Darcy vom *Sunday Register*? Wie schön es sei, mich kennenzulernen, er habe sich schon sehr darauf gefreut. Ganz hervorragende Zeitung. Vor einer Woche erst habe er bei einem Empfang in Downing Street mit meinem Chefredakteur gesprochen. Interessanter Charakter, Selfmademan, sehr vernünftig. Wie es schien, wurde meine Kolumne im Farrantschen Haus regelmäßig gelesen, wenngleich ich instinktiv vermutete, daß er, darauf hingewiesen, daß ich zur Party kommen würde, seinen Pressereferenten angewiesen hatte, ihm eine komplette Liste meiner Themen sowie ausgewählte Zitate zusammenzustellen. Seine Frau, ähnlich präpariert, erkundigte sich nach meiner Tochter und auf welche Schule sie ging, bewunderte mein Kleid und lächelte, während er sie schon weiterschleppte. Wenn ich mich recht erinnere, hieß sie Mary, ein passender Name für seinen Wahlkreis; seiner Karriere hätte es nicht unbedingt genützt, wenn er eine Jokaste geheiratet hätte.

Ehrlich gesagt, im nächsten Moment hatte ich ihn schon wieder vergessen, und ich glaubte, keinen sonderlich großen Eindruck gemacht zu haben. Ich wußte nicht, daß er über ein Sensorium verfügte, mit dem er jede günstige Gelegenheit registrierte. Drei Wochen später rief er mich an und sagte, es gebe da ein Projekt, über das er gern mit mir sprechen würde. Wenn ich Dienstag abend Zeit hätte, könnten wir uns in seiner Stadtwohnung treffen ... Halb acht? Bei diesen Worten verzog ich den Mund zu einer zynischen Schnute; den Torys fiel es nicht schwer, für Familienwerte einzutreten und sich gleichzeitig eine Geliebte zu halten.

»Um was für ein Projekt handelt es sich denn?« fragte ich.

»Eines, bei dem Sie viel Geld verdienen könnten.«

»Und was müßte ich dafür tun?«

Er lachte kurz auf. »Nicht das, was Sie vermutlich denken. Wir würden beide daran verdienen. Es geht um Ihr Buch.«

Ich war platt. *Other Paintings in Other Rooms* hatte ich vor fünf Jahren geschrieben, einen Roman über eine Frau, die sich in den Sohn ihrer besten Freundin verliebt. Der Geschichte lagen teilweise die Erlebnisse einer Bekannten von mir zugrunde. Anthony hatte mir nach der Lektüre des Manuskripts gratuliert, was für mich sehr wichtig war. Er lobte meinen Stil und meinte, daß nur wenige Autoren in der Lage seien, das Dramatische durch Verknüpfung mit dem Alltäglichen glaubhaft darzustellen. Auf seinen Vorschlag hin schickte ich das Manuskript einer Literaturagentin namens Emma Sullivan, die jedoch keinen Verleger fand. Unter all den Absagen fanden sich auch einige wohlwollende Briefe, aber es sei doch nicht ganz das Richtige für den Markt, ihr Programm sei leider voll, vielleicht nächstes Jahr ... Die üblichen Ausreden. Emma hatte darüber geklagt, daß diese Leute Qualität nicht einmal dann erkennen, wenn man sie mit der Nase darauf stößt, und versprach, es weiter zu versuchen, aber seit ich das letztemal von ihr gehört hatte, war mindestens ein Jahr vergangen.

Drabble & Farrant war ein neuer Verlag, der nach dem Niedergang der Druckergewerkschaften, mit dem Aufstieg des Computersatzes entstanden war; das Programm war eine Mischung aus entbehrlichen Lifestyle-Bildbänden, Ratgebern, Sportlerporträts und Taschenbuchromanen. Kein Verlag, der für literarische Qualität bürgte, aber doch ein bemerkenswert erfolgreicher. Ich wußte nicht, daß Emma mein Manuskript dort eingereicht hatte.

»Sie haben es gelesen?«

»Eine unserer Lektorinnen, ich habe ihr Gutachten gelesen. Und darüber möchte ich mit Ihnen sprechen.«

»Dann also bis Dienstag abend.«

Ich war völlig aus dem Häuschen. Ich bildete mir nicht ein, daß *Other Paintings* ein Meisterwerk war, aber es war vermutlich das Beste, was ich bis dahin geschrieben hatte. Ich kramte das Manuskript heraus und las es in der Nacht noch einmal durch. Die eine oder andere Stelle hätte ich inzwischen geändert, aber es gab Formulierungen, die genau saßen, Stellen, wo es mir gelungen war, Gefühle, bittersten Humor und Schmerzen in Sprache auszudrücken. Es standen Dinge da, die ich tatsächlich glaubte, und mir war, als hätte ich mich selbst und die Freundin, der das passiert war, verraten, weil ich Emma nicht stärker gedrängt hatte, sich für das Manuskript einzusetzen.

Irgendwelche Zweifel, daß Vernon die ganze Sache nur als Vorwand benutzte, um mich ins Bett zu kriegen, wurden zerstreut, als ich mich bei unserem Parlamentsreporter über Vernons Privatleben erkundigte. Er hatte eine Geliebte, eine junge Politologiestudentin aus Yale, die in der Parlamentsbibliothek arbeitete. Ich schlug im *Who's Who* nach. Geboren 1943, Ausbildung: Uppingham und Balliol, verheiratet seit 1968 mit Mary Vera Wilbraham, Abgeordneter seit 1979, zwei Kinder, Mitglied des Entwicklungshilfe-Ausschusses, Direktor von Drabble & Farrant, Clubs: Garrick und Carlton. Hobbys: Bücher und Numismatik. Anschrift: Eaton Square SW1, und The Old Manse, Tavistock. Eindeutig ein Kind der Thatcher-Ära.

Seine Frau öffnete mir, als ich am Eaton Square klingelte, und blieb genau so lange, wie sie bleiben mußte, um nicht unhöflich zu erscheinen, bevor sie das Zimmer verließ, die Kinder seien noch klein, sie müsse ihnen eine Gutenachtgeschichte vorlesen. Der Journalistin war das korrekte Bild präsentiert worden, für alle Fälle. Vernon vervollständigte das Bild mit dem Hinweis, daß er gleich kommen werde, um ihnen einen Gutenachtkuß zu geben.

»Noch ein Glas?« fragte er, sobald wir allein waren.

»Gern.«

Er war anders als auf der Party, sein Gesicht wirkte entspannter, aufmerksam. Er trug braune Schuhe, eine bequeme Hose und einen teuren Pullover, ganz der wohlhabende Gentleman vom Land, der in seinem Stadthaus Besuch empfängt. Seine Garderobe war eine Art Uniform für alle Gelegenheiten. Er reichte mir mein Glas, setzte sich dann mir gegenüber in einen Sessel und griff sich einen Aktenordner, der neben ihm auf dem Tisch lag.

»Also, zu Ihrem Buch«, sagte er. Jetzt war Schluß mit dem Small talk.

»Freut mich, daß Sie es interessant finden.«

»Das ist nicht der Fall.« Es klang abfällig.

»Ach.« Ich überspielte meine Verwunderung mit einer kühlen Antwort: »Da muß ich Sie wohl falsch verstanden haben. Ich dachte, es gefällt Ihnen.«

»Das habe ich nicht gesagt.« Er öffnete den Aktenordner. »›Ganz nett, aber kommerziell uninteressant‹, lautet der Tenor. Solches Zeug wird von *Guardian*-Kolumnisten geschrieben und bei Virago verlegt.«

»Dort wurde es abgelehnt.«

»Erstaunlich … aber viele andere haben es ebenfalls abgelehnt.«

»Ich glaube trotzdem, daß es gut ist. Ich denke, die Leute würden es kaufen.«

»Maximal tausendfünfhundert im Hardcover, wenn Sie Glück haben, und ein Jahr später verramscht. Nicht das, was man als Renner bezeichnen würde.«

Ich stellte mein Glas hin. »Mr. Farrant, ich lasse mir nicht gern meine Zeit stehlen. Wenn Sie glauben, daß es nichts taugt, warum wollten Sie dann mit mir sprechen?«

»Das habe ich Ihnen doch gesagt. Um Ihnen einen Vorschlag zu machen.« Er holte eine Klarsichthülle aus dem Ordner. »Wir wollen, daß Sie etwas anderes schreiben. Siebenhundert Seiten, in Amerika wird Qualität nach Umfang bemessen, Erscheinungstermin Herbst, wir benötigen das Manuskript also spätestens Ende April.«

»April? Bis dahin sind es nur noch drei Monate!«

»Also etwa sieben Seiten pro Tag. Jeder Journalist schafft das, aber nicht alle halten es über eine so lange Distanz durch. Sie haben bewiesen, daß Sie es können.« Er stand auf und reichte mir die Klarsichthülle. »Lesen Sie das. Unsere Marketingleute haben sich das ausgedacht. Ich muß meinen Kindern gute Nacht sagen.«

Es waren drei Seiten. Auf der ersten wurde die Zielgruppe definiert: Unter-/Mittelschicht (Männer und Frauen), Alter 20–35, Jahresverdienst £ 15 000 – £ 30 000, Typ Spontankäufer bei der Kette W. H. Smith (Bahnhofs-/Flughafenkioske), ITV-Zuschauer.

Auf der zweiten Seite wurden die Werbemaßnahmen skizziert. Anzeigen in den Sonntagsbeilagen der Boulevardblätter, in Programmzeitschriften, Plakate und Sonderaktionen in umsatzstarken Supermarkt-Filialen, TV-Kampagne zunächst regional, bei entsprechend positiver Reaktion später auch in London. Porträts der Autorin in Anzeigenblättern. Unter »geschätzter Werbeaufwand« stand: »Anfangsbudget £ 50 000. Zusätzliche Mittel anforderbar.«

Die dritte Seite begann mit »Autorenprofil«. Vorzugsweise eine Frau, höchstens vierzig, fotogen, in der Öffentlichkeit schon bekannt (am besten eine TV-Persönlichkeit). Wenn verheiratet, muß der Mann im Hintergrund bleiben. Wohnsitz London unerläßlich. Dann wurde das Buch skizziert:

> Arbeitstitel: *Die Leopardin.* Hauptfigur: junge Frau, rothaarig, reich, bisexuell, skrupellos, unverheiratet. (Über den Namen müßte man sich vorher einigen.) Fährt einen Sportwagen (rot oder schwarz, Sondermodell) und versteht etwas von Schußwaffen.
>
> Hintergrund: Engländerin, geboren in London, besucht exklusive Privatschulen (evtl. auch Schweiz oder

Frankreich). Elternhaus in Sussex, besitzt Apartments in Chelsea o. ä. und Manhattan. Einzelkind, Mutter tot, Vater Chef eines internationalen Konzerns (Juwelen/Mode?), Filialen in London, Rom, New York, Paris usw. Die besten Adressen.

Story: Vater, an den Rollstuhl gefesselt, verliert allmählich die Kontrolle über das Unternehmen. Reiche Araber planen heimliche Übernahme, er ahnt nicht, was sich abspielt. Das Mädchen kommt ihnen auf die Spur, will sich ihnen in den Weg stellen. Exotische Schauplätze, mondänes Ambiente, Swimmingpools usw. Die wichtigsten Figuren fahren Nobelmarken, ab BMW aufwärts. Häufige Erwähnung berühmter Designernamen, ca. alle fünfzig Seiten softpornographische Szenen, überwiegend hetero, aber auch lesbisch, Sex mit mehreren Partnern und Bondage akzeptabel, sofern nicht allzu kraß (nötigenfalls vom Lektorat abzuschwächen). Maximal eine farbige Person. Wenn Amerikaner auftreten, keinesfalls Ganoven, sofern es sich nicht um Politiker handelt. Minimale finanzielle Details, die unbedingt leicht verständlich sein müssen.

Die junge Frau rettet das Familienunternehmen, aber ihr Vater stirbt. Gegen Ende muß es eine Szene geben, wo sie weint und etwas sagt wie »Ich habe es nur für dich getan, Daddy«, damit das Ganze den nötigen menschlichen Touch bekommt. Zum Schluß übernimmt sie die Führung des Geschäfts.

Vernon kehrte zurück, während ich noch las. »Und was bringt Sie zu der Annahme, daß ich solchen Schwachsinn schreiben werde?« fragte ich.

Ein goldenes Feuerzeug funkelte in seiner Hand, die Flamme berührte die Spitze einer dünnen Zigarre. »Würde ein Vorschuß von vierzigtausend Pfund Ihnen die Entscheidung erleichtern?« Das entsprach meinem Jahresgehalt beim *Register.* »Eine Hälfte bei Vertragsabschluß, der Rest bei Abgabe des Manuskripts. Ihre Agentin dürfte Ihnen empfehlen, das Angebot anzunehmen. Wenn wir mit unserer Kalkulation richtig liegen, haben Sie Ihren Vorschuß nach einem Jahr rausgeholt, und eine Fernsehverfilmung ist eventuell auch noch drin. Ich habe die entsprechenden Beziehungen.«

Ich glaubte einen Ausweg erkannt zu haben: »Kann ich ein Pseudonym verwenden?«

»Nein. Ihr Name spielt für uns eine große Rolle. Wir wollen kein unbekanntes Gesicht verkaufen, das wir erst aufbauen müssen.«

»Verkaufen?« wiederholte ich. »Bin ich eine Ware?«

»Sind wir das nicht alle? Es kommt nur darauf an, sich gut zu verkaufen. Wenn es Ihnen nicht gefällt, wir haben noch zwei andere Kandidatinnen. Die eine schreibt für eine zweitklassige Boulevardzeitung, was eigentlich ein besserer Hintergrund wäre, aber wir wissen nicht, ob sie ein Buch schreiben kann. Und sie hat nicht Ihre Fernsehbekanntheit.«

Ich sah mir die Story wieder an. Diese Zyniker wußten genau, wie gern sich die Leute von Sex, einem prominenten Namen und greller Werbung ködern ließen. Vernon wartete. Ich hörte ihn seelenruhig rauchen. Das war der Mann, der kurz vor den letzten Wahlen in der *Daily Mail* gefordert hatte, Pornomagazine als jugendgefährdend zu verbieten. Aber wer erinnerte sich noch daran.

»Ich werd's mir überlegen«, sagte ich.

»Überlegen Sie aber nicht zu lange. Die Zeit drängt. Am neunzehnten muß der Vertrag unterschrieben sein. Sie haben... sagen wir, zwei Tage, um sich zu entscheiden.«

Sobald ich wieder zu Hause war, rief ich Emma an und kommandierte sie geradezu für den nächsten Tag zum Lunch. Sie war enttäuscht, daß *Other Paintings* erneut abgelehnt worden war, betrachtete Vernons Angebot aber ganz nüchtern.

»Vierzigtausend ist ein Wahnsinnsvorschuß, ich werde mich anschließend um einen noch besser dotierten Vertrag über zwei Bücher bemühen.« Mein Gesichtsausdruck verriet ihr, daß ich noch immer skeptisch war. »Weißt du, was? Ich werde versuchen, sie dazu zu bringen, *Other Paintings* ebenfalls zu veröffentlichen. Natürlich unter einem anderen Namen, aber...«

»Wieso?« fragte ich. »Es ist mein Buch.«

»Katrina, sei realistisch. Der Verlag wird den ›neuesten Hit von Katrina Darcy‹ vermarkten wollen und nicht die ›einfühlsam geschilderte Geschichte der Liebe einer Frau‹. Wenn die Leute eine Dose Bohnen kaufen, soll schließlich kein Kaviar drin sein.«

Ich musterte sie unsicher. »Was soll ich tun?«

»Es ist deine Entscheidung, aber du verzichtest auf eine ziemliche Stange Geld, wenn du ablehnst.« Sie zeigte auf die Passanten draußen auf der Straße. »Was wollen die? *Dallas, Denver-Clan.* Es ist der pure Neid. Glaub doch nicht, daß du etwas Besseres bist.«

Vierzigtausend. Zunächst. Meine Verlegenheit konnte ich

mit einem Lachen überspielen. Meine Freunde würden wissen, daß ich bloß Geld machte wie alle anderen auch. Sie würden *Other Paintings in Other Rooms* lesen und meinen wahren Wert kennen. Ich könnte das Haus in Swiss Cottage verkaufen und etwas Zentraleres suchen, ich würde mir ein Ferienhaus leisten können, Stephanie würde nach Aspen zum Skifahren fliegen können, ohne daß ich hin und her rechnen müßte...

Bis dahin hatte ich mich so langsam verändert, daß es kaum aufgefallen war; jetzt traf ich eine bewußte Entscheidung. Vernon hatte zu Ende gebracht, was ich selbst angefangen hatte. Ich nahm meinen Urlaub und noch zusätzlich unbezahlt frei. Ich gab meiner Heldin den Namen Starr Xanadu (der Verlag war einverstanden), und eine Woche vor Abgabetermin hatte ich es geschafft.

*Other Paintings in Other Rooms* wurde veröffentlicht, aber der Verlag ließ sich die Werbung für dieses Buch weniger kosten als die Schutzumschläge meiner Sex-und-Shopping-Romanzen. Zeitungen, die mich normalerweise ignorierten, brachten gute Rezensionen, und einige Leute wollten Helen Southall, als die ich firmierte, sogar interviewen. Mein Vertrag mit Drabble & Farrant enthielt jedoch eine Klausel, wonach ich mich unter keinen Umständen als Autorin zu erkennen geben dürfe, und so wurden die Leute hingehalten, bis sie das Interesse verloren. Vernon hatte recht. Kaum ein Jahr später wurde das Buch verramscht, dreihundert Exemplare konnte ich zu einem Zehntel des Ladenpreises übernehmen. Genauso viele Exemplare von *Eligible Lovers* signierte ich an einem einzigen Nachmittag in Birmingham, und die Paperbackausgabe von *White*

*Queen, Black Knight* führte kurze Zeit die Bestsellerlisten an. Vernon schickte mir ein Armband von Cartier, auf dem die Botschaft *Mehr für andere Geschichten* eingraviert war.

Irgendwann schlief ich auch mit ihm, nicht als seine Geliebte, sondern als wir ein paar Tage in Siena waren, wo man mich in dem Hotel für seine Frau hielt. Es war für uns beide eine ungezwungene, eher angenehme Affäre; was Vernon tut, das tut er richtig. Mehr war an der Sache nicht dran, aber nachdem er angefangen hatte, politisch Karriere zu machen, erinnerte ich ihn manchmal zum Scherz daran. Das gefiel ihm nicht. Der Gedanke, jemand könnte Macht über ihn und seine Ambitionen haben, ist ihm äußerst unangenehm. Ich bin einer derjenigen Menschen, die in seinem Leben eine Rolle spielen.

# *London*

Kendall dachte noch immer, daß Katrina jeden Moment eintreten könne. Leichthin würde sie sich entschuldigen und dann fordern, daß auf der zweiten Meinungsseite Platz für ihre Kolumne geschaffen werde, ohne Rücksicht auf das Durcheinander, das in der Herstellung ausbrechen würde, und damit drohen, daß sie sich bei Charlie Taylor beschweren würde, wenn man ihrem Wunsch nicht nachkam. Sie brauchte sich schon lange nicht mehr an die Regeln zu halten.

»Da!« Mit einem metallischen Geräusch hatte der Sicherheitsbeauftragte die oberste Schublade aufgebrochen. »Alle anderen Schubladen sind jetzt auch offen.«

»Ist gut, lassen Sie nur«, sagte Kendall und wartete, bis der Mann gegangen war, bevor er die Tür verschloß. In der größten Schublade, ganz unten, fand er zwei alte Telefonbücher, eine leere Weinflasche und ein abgetragenes Paar Schuhe. Die mittlere Schublade schien mehr zu versprechen, aber bei den Papieren, die darin lagen, handelte es sich nur um Presseerklärungen, die Katrina unerklärlicherweise aufbewahrt hatte, und um die Korrekturfahnen eines ihrer Romane, deren oberste Seite mit Teeflecken verunstaltet war. In der obersten Schublade lagen lauter halbleere Kugelschreiber, Büroklammern, Modeschmuck und eine kaputte

Swatch, ein Schreibtischkalender des *Sunday Register* sowie mehrere Briefumschläge.

Der Kalender war leer, abgesehen von ein paar Telefonnummern und Namen, die er kannte. Drummonds Nummer war nicht darunter. Zwei Briefumschläge enthielten Presseeinladungen, eine davon etwa fünf Jahre alt, ein dritter enthielt einen Leserbrief. *Spinner* hatte Katrina quer darübergeschrieben. Ein weiterer enthielt eine unbezahlte private Telefonrechnung. Dann entdeckte er die Fotos und den Prospekt eines toskanischen Hotels. Es gab vier Fotos – ein Landschaftspanorama, Katrina vor dem Florentiner Dom und zwei Fotos von ihr mit Vernon Farrant, das eine auf einem Hotelbalkon, das zweite an einem Swimmingpool. Kendall steckte die Fotos ein.

»In ihrem Schreibtisch ist nichts«, sagte er zu Hamilton, als er am Büro seiner Sekretärin vorbeikam. »Ich hatte auch nicht damit gerechnet. Persönliche Gegenstände läßt sie nicht herumliegen. Noch immer kein Glück mit Drummond?«

»Nein, und ich weiß nicht, wen ich noch kontaktieren könnte. Ich habe Emma Sullivan noch einmal angerufen und sie gebeten, sich bei anderen Autoren zu erkundigen. Einer könnte ja etwas wissen.«

»Wollen wir's hoffen. Mir sind auch noch ein paar Leute eingefallen, die ich anrufen könnte. Ich sage Ihnen Bescheid, wenn sich etwas ergibt.«

Kendall studierte zunächst den Hotelprospekt, dessen Preise vier Jahre alt waren, er stammte also aus der Zeit vor Farrants Ernennung zum Minister. Das Balkonfoto mußte nichts bedeuten, sie konnten zu einer Party eingeladen gewesen sein. Aber das andere Foto zeigte sie am Swimmingpool, nebeneinander, seine Hand auf ihrem sonnenölglänzenden Oberschenkel. Daß Katrina mit ihrem Verleger Urlaub gemacht und vermutlich mit ihm geschlafen hatte, war nicht weiter überraschend; er hatte ihr zu viel Geld verholfen. Aber Farrants Vorgänger als Umweltminister war nach einem Skandal entlassen worden, und die Regierung legte keinen Wert auf neuerliche Skandale. Gewisse Zeitungen würden viel Geld für das Swimmingpool-Foto zahlen – und Charlie Taylor würde es zweifellos verwenden. Kendall schlug sein Adreßbuch auf und wählte dann eine Geheimnummer.

»Mr. Farrant, bitte. Hier ist Malcolm Kendall vom *Sunday Register.*«

»Tut mir leid, Mr. Kendall, der Herr Minister ist in seinem Wahlkreis.« Die Sekretärin verwendete Farrants korrekten neuen Titel.

»Danke. Dann versuch ich's dort. Ich habe seine Nummer.«

»Heute abend hat er einen Termin beim Bauernverband von West Devon. Ist es dringend? Er hat natürlich sein Handy dabei, ich könnte versuchen, ihn zu bitten, Sie zurückzurufen.«

»Nein, schon gut. Ich versuch's morgen noch einmal. Danke schön.«

Kendall legte auf, dachte eine Weile nach und drückte dann den Kurzwahlschalter für den Parlamentsreporter der Zeitung.

»Harry? Malcolm hier. Gibt es irgendwelche Gerüchte über Vernon Farrant?«

»In welcher Richtung?«

»Sagen wir, eine Geliebte im Kleiderschrank?«

»Er war mit einer amerikanischen Politologiestudentin zugange, die in der Parlamentsbibliothek arbeitete, aber das ist schon Jahre her. Sie ist längst wieder in den Staaten, und er hat ihr so viel gezahlt, daß sie den Mund hält. *People* hat sich vor einiger Zeit mal drangehängt, aber selbst die konnten sie nicht zum Reden bringen.«

»Sonst niemand?«

»Nicht daß ich wüßte. Was haben Sie denn gehört?«

»Nur so ein Gerücht«, sagte Kendall vage.

»Mit wem hat es zu tun?«

»Keine Ahnung... Ich dachte, Sie wissen etwas.«

»Nein. Farrant macht jedenfalls auf Saubermann, und er wird dafür sorgen, daß ihm nicht durch eine Indiskretion seine Karriere vermasselt wird. Er hätte nicht die leiseste Chance, wenn was herauskäme. Wie stark sind diese Gerüchte?«

»Ganz vage. Ich wollte mich nur vergewissern.«

»Also, sagen Sie Charlie, er soll zusehen, daß seine Fakten stimmen, bevor er irgendwas bringt. Farrant wird ihn auf Unsummen verklagen, weil er zuviel zu verlieren hat. Jemand vom 1922er Komitee hat mir erzählt, daß er sich eine Klientel gefällig macht, die sich eines Tages, wenn Wahlen anstehen, revanchieren soll.«

»Hat er eine Chance?«

»Wenn man sich einige von diesen Leuten ansieht, die eine Chance hatten, dann kann man nur sagen, daß jeder Trottel eine Chance hat. Aber Vorsicht bei ihm, Malcolm. Er wird jeden fertigmachen, der sich ihm in den Weg stellt.«

Ein Reporter des *Daily Mirror* verhandelte gerade mit einem anonymen Anrufer.

»Wenn es was taugt, zahlen wir, aber solange ich nicht weiß, worum es geht, kann ich nichts versprechen.«

»Sie kriegen es exklusiv.«

»Okay. Und was ist es?«

»Fünftausend?«

»Dafür muß es schon sehr gut sein.«

»Worauf Sie sich verlassen können. Ich habe mit ihr geschlafen.«

»So? Da sind Sie nicht der einzige.«

»Aber ich bin bereit, darüber zu sprechen. In allen Einzelheiten.«

»Wir werden Ihren Namen nennen müssen. Anonym bringt es nichts.«

»Deshalb ist es ja so teuer.«

»Fünftausend ist eine Menge Kies.«

»Sie werden es nicht bereuen. Ich könnte zum Beispiel erzählen, daß sie ein paar von diesen Sachen praktizierte, die sie in ihren Büchern beschreibt.«

»Ach ja?«

»Ich könnte mich mit anschaulichen Details daran erinnern.«

Der Reporter wurde langsam neugierig. Katrina Darcys Verschwinden war die Story vom Samstagmorgen; am Sonntag waren intime Details aus dem Privatleben gefragt.

»Woher wußten Sie eigentlich, daß sie verschwunden ist?« fragte er.

»Ich arbeitete bei ihrem Friseur. Jemand vom *Sunday Register* rief heute bei uns an und fragte, ob wir sie gesehen hätten. Der Boss hat es mir erzählt. Meinte, derjenige hat sehr nervös geklungen. Ich dachte mir, vielleicht ist es eine Story.«

»Das mit Katrina und Ihnen, wie oft war das?«

»Nur das eine Mal, vor etwa drei Jahren. Ich hatte im Geschäft mit ihr geplaudert, dann trafen wir uns eines Abends auf einer Party. Wir sind dann gleich zu mir gefahren.«

»Wie alt waren Sie da?«

»Siebenundzwanzig. Ich war einer von ihren Lustknaben.«

»Okay, aber wir versprechen keine fünf Riesen, solange wir nicht wissen, was Sie haben. Wir brauchen alle Details und außerdem Fotos von Ihnen, Sie liegen halbnackt auf dem Bett, sexy Pose, ja?«

»Kein Problem.«

»Wo können wir Sie treffen?«

»Kommen Sie gleich zu mir. Ich bin zu Hause. Ich nehme an, Sie sind selbst dann interessiert, wenn sie wieder auftaucht.«

»Schon möglich. Warum haben Sie Ihre Geschichte nicht schon früher erzählt?«

»Ich wollte warten, bis es sich richtig lohnt.«

## *Leonard*

*Ein miserables Foto. Ich hatte so sehr darauf geachtet, die stillgelegte Windmühle im Hintergrund mit aufs Bild zu bekommen, daß ich den Telegrafenmast gar nicht bemerkte, der ihm aus dem Kopf zu wachsen scheint. Außerdem war ich viel zu weit weg, so daß man sein Gesicht eigentlich nicht erkennen kann, nur, daß er lacht. Er machte einen Witz über das Wetter; Wind und Regen peitschten über East Anglia, der Himmel sah aus wie die Innenseite eines schmutziggrauen Iglus. Ich habe noch andere Fotos von ihm – ein Redaktionsfotograf machte ein wunderbar ausgeleuchtetes Bild für das Porträt, das Anthony über ihn schrieb –, aber dieses Foto ist an diesem Tag und in dieser speziellen Lebensphase entstanden.*

Alles fing mit einer Beleidigung an. Wir beide gehörten zu den Schriftstellern, die sich im Bredon Hall Hotel in Gloucestershire zu einem Wochenende trafen, zusammen mit Leuten, die bereit waren, für Literatur-Workshops, Diskussionen, Lesungen (und lukrative Signierstunden) hundert Pfund plus Übernachtungskosten zu bezahlen. Ich war der Bestsellerstar, der als Zugpferd eingeladen worden war, und mein Vertrag mit Drabble & Farrant sah schließlich öffentliche Auftritte vor. Neben Beth Hope, der Reiseschriftstellerin, war Leonard der einzige, den ich persönlich noch nicht kannte, obwohl ich seine Bücher kannte, intelligente Romane mit einem hintergründigen Humor, oft aus der Sicht einer Frau geschrieben. Zu unserer ersten Begegnung kam es während des Empfangs am Freitag abend, als er versuchte, einem Dozenten aus dem Weg zu gehen, der seine Vortragsnotizen mit einem ernsten Gespräch über Motivation, Einfluß und Dekonstruktion anreichern wollte.

»Gott sei Dank, eine Schriftstellerin«, sagte er, als er das knallgelbe Namensschild an meinem Kleid sah. »Bei Ihnen bin ich sicher.«

»Vor wem?«

Er zeigte mit seinem Weinglas vage in den Raum. »Das großartige englische Publikum. Reizende Menschen, aber sie wollen immer wissen, was man *gemeint* hat. Meistens kann ich mich an die betreffenden Stellen gar nicht mehr erinnern.«

Ich grinste verständnisvoll. »Und dauernd zitieren sie einen, stimmt's?«

»Genau. Aber nie solche Stellen, mit denen man zufrieden ist.« Er sah genauer auf mein Namensschild. »Obwohl das in Ihrem Fall eigentlich nicht zutrifft, oder?«

»Was meinen Sie damit?«

»Ich hab mal mit der *Leopardin* angefangen. Bei Kapitel drei hab ich kapituliert.« Er lächelte. »Geben Sie's zu! Es ist grauenhaft.«

Da ich unter Freunden sehr wohl selbstkritisch sein kann, hätte ich nicht verletzt sein sollen, aber verrückterweise war ich es. Wir kannten uns ja kaum.

»An meine Auflage kommen Sie nie ran.«

»An Jackie Collins werde ich auch nie herankommen oder an Barbara Cartland... Weitere Namen gefällig?«

»Unverschämtheit«, sagte ich. »Scheren Sie sich zum Teufel!«

»Wir sitzen morgen vormittag zusammen auf dem Podium.«

»Dann werde ich Sie zur Schnecke machen.«

»Vielleicht werde ich weinen.«

Die Art und Weise, wie wir miteinander umgingen, erinnert mich an zwei Figuren aus einem Stück von Noel Coward, die einander mit einer Bissigkeit behandeln, unter der sich große Zuneigung verbirgt. Ich wußte, daß er recht hatte, und seine Art hatte nichts Verletzendes. Was durchklang, war: »Du nutzt deine Berühmtheit aus, viel Glück. Aber wir beide sind klug genug, daß wir uns nichts vormachen müssen.« Beim Abendessen saßen wir an einem Tisch, und als jemand abfällig bemerkte, daß jeder solchen Kitsch schreiben könne wie ich, wies Leonard ihn zurecht. Er solle es doch mal versuchen.

»Katrina ist Schriftstellerin«, sagte er. »Und was sind Sie? Schreiben ist immer harte Arbeit.«

Ich bedankte mich anschließend bei ihm und erklärte, daß ich überrascht sei, da er meine Bücher doch offensichtlich für drittklassig halte.

»Als Schriftsteller habe ich das Recht, so etwas zu sagen«, erwiderte er. »Er ist ein Kritiker, der nur über Bücher schreiben kann, was jeder Trottel schafft. Das müssen Sie doch bemerkt haben. Wie auch immer, Sie können sehr gut schreiben, Helen Southall!«

»Was?« rief ich entzückt. »Sie haben *Other Paintings* gelesen? Mein Gott, Leute wie Sie kann ich an einer Hand abzählen. Das Buch wurde nach zehn Monaten verramscht.«

»Es wurde schon bei der Geburt abgewürgt. Ein Freund hat mir ein Exemplar geliehen – immerhin wissen einige Leute in der Branche, daß es von Ihnen ist. Sie sollten mehr solche Bücher schreiben.«

»Irgendwann vielleicht. In meinem Arbeitszimmer liegt noch ein ganzer Stapel, ich werde Ihnen ein Exemplar schicken. Signiert.«

»Darüber würde ich mich wirklich freuen.«

Es war ein guter Anfang, aber ich dachte nicht weiter darüber nach, denn zu dieser Zeit schneite gerade ein anderer Mann in mein Leben, und Leonard ließ nicht das geringste Interesse erkennen.

Etwa ein halbes Jahr später sahen wir uns wieder, als bei Hatchard's in Piccadilly irgendein Buch vorgestellt wurde, und anschließend gingen wir mit ein paar Leuten in den Academy Club in der Beak Street, wo wir den Abend in gelöster Stimmung verbrachten. Eine Frau erzählte von ihrer Familie, Geschichten, die nur in Irland passiert sein konnten, und ein Journalist sprach immer nur über das Buch, das er schreiben würde; als er erklärte, daß er hunderttausend Pfund Vorschuß verlangen werde, meinte Leonard, daß Schriftsteller eben ihre Märchenwelt brauchten. Später kamen noch Anthony und Toby dazu, die irgendeine Premiere besucht hatten (Anthonys Porträt von Leonard geht auf diesen Abend zurück). Kurz nach Mitternacht gingen wir, und er fragte mich, ob er mich ein Stück mitnehmen könne.

»Sind Sie denn noch in der Lage, Auto zu fahren?« fragte ich.

»Aber immer. In diesen Gin-and-Oranges war kein Gin. Ich muß nach Harrow. Und wo wohnen Sie?«

»Bayswater Road.«

»Meine Richtung. Kommen Sie. Mein Wagen steht gleich in der Nähe.«

Es war eine milde Frühjahrsnacht. Die Londoner Innenstadt ist wundervoll zu so später Stunde, überall noch verborgenes Treiben, ruhige Winkel und stille Plätze mit ehrwürdigen Häusern, die vom Licht der Straßenlaternen gestreichelt werden. Durch einen Alkoholschleier ist es sogar noch schöner. Ich war inzwischen wieder allein und war ein bißchen enttäuscht, daß er nicht einmal versuchte, meine Hand zu halten. Ich hätte selbst die Initiative ergreifen können, aber da standen wir schon vor seinem Auto, und die Gelegenheit war vorüber. Wir fuhren Park Lane hinauf, er fing an zu singen, über Lerchen und einen September, der April ist.

»Na ja, so was schreibt heutzutage niemand mehr«, sagte er.

»Was ist das?«

»Titelsong aus *Spring in Park Lane.* Anna Neagle und Michael Wilding, romantische Gefühle und jungfräuliche Bräute. Meine Mutter hat geweint. Jetzt sind stöhnende Leiber und orgiastische Verrenkungen angesagt, spätestens nach der zweiten Rolle.«

»So sind die Leute eben – oder sind Sie ein verkappter Romantiker?«

»Manchmal bilde ich es mir ein. Es ist bestimmt meine

weibliche Seite.« Am Marble Arch überholte er einen Bus und bog in die Bayswater Road ein. »Hier in der Gegend hab ich mal gearbeitet. Haymarket Group, Lancaster Gate.«

»Ich wußte nicht, daß Sie Journalist waren.«

»Nicht lange. Nach dem Tod meines Vaters hatte ich so viel Geld, daß ich aufhören und mich auf die Schriftstellerei konzentrieren konnte. Dann habe ich Judith geheiratet, sie ist eine sehr erfolgreiche Frau.«

»Judith?« Der Name rief Erinnerungen in mir wach. »Ich kannte mal eine Judith. Sie war Lehrerin an meiner Schule.«

»Meine ist Ärztin. Fachärztin. Internationale Kapazität für Hautkrankheiten.«

»Klingt schauderhaft.«

»Zum Glück bringt sie ihre Arbeit nicht mit nach Hause.«

»Haben Sie Kinder?«

»Eine Tochter. Wie weit noch?«

»Wo sind wir? Nächste Straße hinter dem Hotel, und dann gleich links... Haben Sie Lust, noch mit hochzukommen?«

»Lieber nicht. Ich muß morgen in aller Herrgottsfrühe in Heathrow sein. Brasilien, der British Council schickt mich hin.« Er bog ein und hielt vor meiner Wohnung.

»Sie könnten mir etwas Kaffee mitbringen.«

»Ich werde versuchen, daran zu denken. Gute Nacht!«

Er beugte sich herüber und gab mir einen leichten Kuß auf die Wange – das war die einzige Berührung zwischen uns, so höflich und nichtssagend wie die Begrüßung eines flüchtigen Bekannten. Meine anfängliche Enttäuschung war noch größer geworden. Er war genau der richtige Typ für eine Beziehung, ein athletischer Fünfziger, angenehmer Begleiter, klug, attraktiv, aber nicht eingebildet. Und, dachte ich beim Aussteigen, offenbar ziemlich verheiratet. Pech.

Kaffee gab es keinen, nur eine Ansichtskarte aus Rio, von der Christusfigur. *Es ist wirklich sehr heiß*, stand auf der Rückseite. Ich konnte darin kein verstecktes Signal entdekken und wandte mich wieder meinem Alltag zu.

Wir sahen uns ein paarmal vor der Veranstaltung in East Anglia, einmal auf einem Empfang der französischen Botschaft – ich weiß nicht mehr, was wir dort zu tun hatten –, das zweitemal liefen wir uns vor Selfridge's über den Weg. Wir gingen in ein Pub in der Carnaby Street, um dort etwas zu Mittag zu essen, er wollte viel von mir wissen und schien ehrlich interessiert. Irgendwie erinnerte er mich an Anthony, was sehr für Leonard sprach. Drei Wochen später rief er mich im *Register* an.

»Ich habe gerade das Programm von diesem Bibliotheks-wochenende in Norwich gelesen und Ihren Namen entdeckt.«

»Wie bitte?« Ich schlug meinen Schreibtischkalender auf. »Wann soll das sein? Ah ja, hier. Mir war nicht klar, daß es schon so bald ist. Fahren Sie auch hin?«

»Ja. Ich wollte fragen, ob ich Sie mitnehmen soll?«

»Ich hatte mir noch gar nicht überlegt, wie ich hinkomme. Vielen Dank, das ist nett. Können Sie mich abholen?«

»Selbstverständlich. Donnerstag um zehn? Also, bis dann.«

Ich kritzelte seinen Namen in den Kalender ... und schrieb mehrere Fragezeichen dahinter.

Die Schriftsteller wurden im ›Maid's Head‹ einquartiert, was ein großes Loch in das Budget der Kommune gerissen haben dürfte, aber dafür mußten wir auch was leisten. Leonard und ich hatten keine gemeinsame Veranstaltung, und ich war nur ein einziges Mal mit ihm allein, am Samstag gleich nach dem Mittagessen, als wir die Podiumsdiskussion mit Germaine Greer ausließen. Wir sahen uns die Kathedrale an, und im Kreuzgang fing er an... es klingt so blöd, aber mir fällt nichts Besseres ein... mit mir zu flirten.

»Bleiben Sie stehen! Ich möchte Sie fotografieren... Etwas weiter nach links, damit der Turm noch mit draufkommt... Den Kopf nach rechts bitte, ich will Sie im Profil haben... Noch ein bißchen. Ja, so.«

»Ich wußte gar nicht, daß Sie ein so pingeliger Fotograf sind«, sagte ich.

»Nicht bewegen.« Der Auslöser klickte, und der Motor surrte. »Wenn ich etwas Schönes fotografiere, schon.«

Ich drehte mich nach ihm um. »Einen mittelalterlichen Turm, zum Beispiel.«

»Zum Beispiel... Bleiben Sie dort stehen! Lächeln!... Sehr gut. Und jetzt stellen Sie sich neben das Grab von Edith Cavell und schauen Sie respektvoll.«

Im Souvenirshop kaufte er mir ein Halstuch, das ich bewundert hatte, woraufhin ich mich mit einer Krawattennadel revanchierte, dann tranken wir eine Tasse Tee in der Cafeteria. Später dachte ich, daß wir innerhalb kurzer Zeit ein gutes Stück vorangekommen waren. Als wir wieder ins Freie traten, stieß uns der Wind fast um. Leonard sah zum Himmel.

»Willys Mutter sieht schwarz.«

»Wie bitte?«

»Alter Bauernausdruck. Kennen Sie nicht?« Er zeigte auf das tiefschwarze Wolkengebirge, das sich am Himmel auftürmte. »Willys Mutter hat kein Glück mit dem Wetter.«

Als wir das Hotel erreichten, fielen die ersten dicken Tropfen, und mein letzter Vortrag wurde von Donner und Blitz begleitet. Um sechs Uhr, bei unserer Abreise, ging schon ein wahrer Wolkenbruch nieder. Bald mußten wir im Schneckentempo fahren, da die Scheibenwischer nicht mehr nachkamen. Und im Radio wurden die ersten Hochwasserwarnungen durchgegeben. Wir fuhren noch etwa dreißig Kilometer, bis wir vor einer Straßensperre anhalten mußten. Ein Fluß war über die Ufer getreten, an eine Weiterfahrt war nicht mehr zu denken.

»Gibt es noch eine andere Strecke?« fragte Leonard den völlig durchnäßten Polizisten, neben dem wir anhielten. »Wir wollen nach London zurück.«

»Sie könnten umkehren und gucken, ob es in Norwich einen Zug gibt, aber die halbe Grafschaft steht unter Wasser. Bis morgen früh hat es sich vielleicht gelegt, aber versprechen kann ich das natürlich nicht.«

»Vielen Dank.« Leonard kurbelte das Fenster wieder hoch und sah auf seine Uhr. »Bis hierher haben wir mehr als eine Stunde gebraucht. Weiß der Himmel, wie lange es dauert, bis wir wieder in Norwich sind.«

»Und vielleicht fahren auch keine Züge«, gab ich zu bedenken. »Sieht aus, als säßen wir fest. Wir sind doch aber gerade an einem Hotelschild vorbeigekommen. Wir sollten es dort probieren.«

Jeder Anklang an eine romantische Filmkomödie wurde

vom Cranford Crest ruiniert. Laut Drehbuch hätte es ein historisches Landgasthaus sein sollen, geführt von einem freundlichen älteren Ehepaar, das einander wissend zulächelt, während wir, untermalt von eingängigen Rachmaninow-Melodien, vor dem Kamin sitzen (Weichzeichner!) und uns schließlich in die Arme sinken. In Wirklichkeit war es grauenhaft. Ein moderner, steriler Kasten, Blümchentapete, triste Auslegware. Beim Betreten des Hotels mußte man sofort an einen Möbelkatalog denken, Hosenbügler und Wasserkocher auf dem Zimmer, damit man sich am frühen Morgen eine Tasse Tee machen konnte. Gnadenlose Musikberieselung. Das Mädchen an der Rezeption ließ sich offenbar vom Hotelmanager ficken, und außer uns war nur noch eine Gruppe Japaner dort abgestiegen. Der Barmann erzählte uns, daß sie ein nahe gelegenes Landgut kaufen und daraus ein Konferenzzentrum mit Golfplatz machen wollten.

»Doppelzimmer?« Das Mädchen hörte sich an, als wäre es ihr auch egal, wenn wir auf dem Parkplatz übernachteten. »Wir können Ihnen die Tudor-Suite und die Regency-Suite anbieten.« Sie brach sich fast die Zunge ab.

»Welches Zimmer hat das Himmelbett?« fragte Leonard.

»Beide.«

»Welch bemerkenswerte historische Parallele.« Die Ironie war verschenkt. »Vielen Dank. Lieber zwei Einzelzimmer.«

Ich blieb in der Lobby vor einem Spiegel stehen, um meine ruinierte Frisur zu betrachten. Vom Auto bis zum Hoteleingang war ich zwanzig Meter gesprintet, geschützt nur von einer Zeitung, die ich mir über den Kopf gehalten hatte. Ich war enttäuscht, aber seit unserem Besuch in der Kathedrale hatte Leonard mir nicht den leisesten Anlaß für irgendwelche Hoffnungen gegeben.

»Also, wir sehen uns dann in der Bar«, sagte er, als wir unsere Zimmer erreichten, identische Türen in einem tristen Korridor, der mit Anglerdarstellungen geschmückt war. »Auf der Speisekarte stehen bestimmt Krabbencocktail und frisch gefangene Forelle, und in jedem Fall werden sie uns Beaujolais Primeur aufdrängen.«

»Sicher.« Ich war noch immer frustriert. »Also, bis gleich.«

»Ja.« Er schloß seine Tür auf. »Und ziehen Sie das Kleid an, das Sie am Freitag abend getragen haben.«

Das war schon besser, aber noch immer unterkühlt. Mir fiel auf, daß er mir gegenüber nie solche lockeren Anspielungen gemacht hatte, wie sie die meisten Männer und Frauen austauschen. Als ich entdeckte, daß noch ein frischer Slip in meiner Reisetasche war, fragte ich mich, ob meine Freude darüber eher durch mein Begehren ausgelöst wurde als durch die Absichten, die ich ihm zutraute.

Als ich hinunterging, saß er schon an der Bar und blätterte in einer Ausgabe von *Country Life* (alle einschlägigen Zeitschriften lagen aus, auch einige über Motorsport, und ein Hinweis in meinem Zimmer machte diskret auf einen Porno-Kanal aufmerksam; in der Männertoilette gab es bestimmt einen Kondomautomaten). Auf dem Tisch daneben stand sein Whisky und ein Glas Wodka-Lime.

»Danke«, sagte ich, setzte mich in den schweren Sessel neben ihm und griff nach dem Glas. »Sie haben ja bemerkt, was ich trinke.«

»Es gibt viel Bemerkenswertes an Ihnen.« Auf ein Zeichen brachte der Barmann die Speisekarten (grüner Ledereinband, Goldprägung, Hotelsignet). »Hier steht, die Forellen sind alle. Ein seltener Fall von Ehrlichkeit. Als Vorspeise gibt es Zwiebelsuppe. Wollen wir's riskieren? Damit kann man eigentlich nicht viel falsch machen.«

Die japanische Delegation kam höflich lächelnd herein, identische Anzüge, die Andeutung einer Verbeugung, dann setzten sie sich an einen Tisch beim Kamin, leiser, eindringlicher Gesprächston, als wollten sie ganz Norfolk aufkaufen, um in Tokio einen East-Anglia-Park zu errichten. Wir bestellten unser Essen, und Leonard wandte sich zu mir.

»Wer würde denken, daß Sie vor einer halben Stunde wie eine Wasserratte ausgesehen haben – übrigens, das Kleid steht Ihnen. Versace?«

»So gut wie.« Ich roch teures After-shave und erschrak, denn der Wind heulte auf, und hinter uns trommelte Regen an die Fenster.

»Keine Angst!« Er nahm meine Hand, die auf der Sessellehne lag. »Die Götter sind bloß erzürnt, das ist alles.«

Er hielt meine Hand, während wir uns weiter unterhielten, bis man uns aufforderte, unsere Plätze im Restaurant einzunehmen, und plötzlich war alles sehr behaglich. Ich war angemacht, angestarrt, begrapscht worden, war ungeschickten Küssen ausgewichen, hatte mir den ganzen Stuß anhören müssen, der Frauen zugemutet wird. Jetzt saß mir ein unglaublich charmanter Mann gegenüber, der mir den Hof machte. Ich war überwältigt. Das Essen war... Es hätte das Beste sein können, was es im ›Vier Jahreszeiten‹ gibt, oder irgend etwas aus einer Frittenbude. Ich achtete nur auf

Leonard, der mich unterhielt, gut gelaunt, zuvorkommend, aufmerksam. Ich spürte so viel Vertrautheit. Das Wort schien mir eigenartig, denn als wir in den Salon gingen und Kaffee und Cognac tranken, hätte er schon alles mit mir machen können. Punkt elf sagten die Japaner lächelnd gute Nacht, und der Barmann fragte spitz, ob wir noch etwas trinken wollten.

»Danke«, sagte Leonard. »Wir gehen schlafen.«

Als wir wieder vor unseren Zimmern standen, blickte er erst auf die eine, dann auf die andere Tür. »Wollen wir losen?«

»Wie ist die Aussicht bei Ihnen?«

»Fast nichts zu sehen bei diesem Wetter, aber es gibt Bäume, und im Licht eines Blitzes hab ich auch eine Kirche erkannt.«

»Also, dann bei Ihnen. Ich hab den Parkplatz erwischt.« Er steckte den Schlüssel ins Schloß. Ich war... weniger erregt als vielmehr unglaublich glücklich (und auch ein bißchen beschwipst). Dabei hatte er bloß beim Hinaufgehen meine Hand gehalten.

»Also, Mr. Drummond«, sagte ich verschmitzt. »Sie lassen sich aber wirklich Zeit.«

»Wie bitte?«

Ich nickte in Richtung Bett. »Die meisten Männer, die ich kenne, wollen sehr viel schneller zur Sache kommen.«

»Oh.« Er schien bestürzt. »Manchmal finde ich meine Geschlechtsgenossen zum Kotzen.«

»Wie soll ich das verstehen?«

»Ich meine, ich bin nicht an einer schnellen Nummer interessiert, Katrina.«

»Und weshalb sind wir dann hier?« Ich lachte. Eine verrückte Situation. »Um die Aussicht zu bewundern?«

»Wenn ich Sie bloß ins Bett kriegen wollte, hätte ich das schon viel früher versucht.« Er legte die Arme um mich. »Ich will dich lieben.«

»Aber das Bett kommt dabei vor?« fragte ich unsicher.

»Grundsätzlich ja. Dir muß doch aber aufgefallen sein, daß ich dich schon seit einiger Zeit liebe, auf unterschiedliche Art und Weise. Ich kann nur mit einer Frau ins Bett gehen, die ich kenne, nicht mit irgendeiner x-beliebigen Person.«

»Oh... aber du wolltest kein Doppelzimmer.«

»Nein.« Er öffnete den Verschluß meiner Perlenkette. »Dann wärst du plötzlich über mich hergefallen, und zwar nur deswegen, weil wir für die Nacht in einem Zimmer eingesperrt sind. Solche Geschichten habe ich mir schon lange abgewöhnt.«

Ich seufzte. »Mein Gott, Männer wie du sind echt selten.«

»Ist es nicht so?« Behutsam nahm er mir die Ohrringe ab. »Deshalb habe ich nicht an mehr gedacht, als einen schönen Abend mit dir zu verbringen. Aber dann hat sich die Geschichte... weiterentwickelt. Und jetzt sind wir hier. Und nun...«, er hielt mich noch immer, trat ein paar Schritte zurück, »...machen wir das Licht aus, draußen ist es nämlich hell genug, und in meinem Alter ist Dämmerlicht ratsam. Und dann streifst du dir die Schuhe ab... Wo bist du? Ah, da unten... und ich erkläre, warum ich absichtlich nichts mit Knoblauch gegessen habe. Die Weinbergschnecken wären eh tiefgefroren gewesen.«

Ich mußte lachen, als er mich küßte.

Es dauerte eine Ewigkeit, bis er mich vollständig ausgezogen hatte. Jedes neue Stückchen Haut, das er freilegte, wurde gestreichelt, er rieb meine Füße, nachdem ich ihm gesagt hatte, daß ich das gern habe, er erzählte von Dingen, die wir gemeinsam erlebt hatten, sagte witzige Sachen. Ach, er berührte mich ganz tief. Eine Weile war ich überhaupt nicht mehr erregt, ich wollte nur, daß er mich in den Armen hielt und streichelte und... mich liebte. Aber bald konnte ich es nicht mehr aushalten, und als er in mich eindrang, es war irrsinnig.

»Ich hoffe, es ist sicher«, murmelte er.

»Und wenn schon. Ich will einfach, daß du die nächsten dreihundert Jahre in mir bleibst.«

»Sehr verlockende Vorstellung, aber hin und wieder werde ich mich etwas bewegen müssen... Wenn du nichts dagegen hast.«

»Ich glaube... Aah!« Ich erschauderte und schlang Arme und Beine um seinen Körper.

»Aber ich hab mich doch gar nicht bewegt!« flüsterte er.

»War auch nicht nötig.«

Wenn ich sterbe und Gott mir erlaubt, daß ich eine Situation meines Lebens noch einmal erleben kann, dann werde ich mich für das entscheiden, was zehn Minuten später passierte. Schon damals war mir, als müßte ich sterben.

Irgendwann hörte ich den Regen wieder, das unregelmäßige Heulen des Windes, ich bemerkte, daß das Bett nur für einen durchschnittlich großen Westeuropäer gebaut war, registrierte den Geruch von durchdringendem Duftspray und stellte fest, daß ich aufs Klo mußte. Leonard lag ganz am Rand, bäuchlings. Er atmete langsam, aber sehr tief. Als ich mit meinen Fingern sanft über seinen Rücken fuhr, fing er an zu knurren.

»Und, hat sich die Erde für dich bewegt?« fragte ich.

Seine Stimme wurde vom Kissen gedämpft. »Wenn wir durch die Vorhänge schauen, werden wir sicher Wales sehen.«

Ich kicherte. »Ich wette, es ist das Empire State Building.«

»Sehr phallisch. Jedenfalls besser als Kalifornien. Dort haben sie schon genug Probleme, wir brauchen sie nicht noch zusätzlich durcheinanderzubringen.«

»Mein Gott, du hast Ideen... Entschuldige, ich muß mal.«

»Vergiß nicht, eine Spitze in das Klopapier zu falten. Ist hier Vorschrift.«

Als ich wieder zurückkam, lag er da, ein Arm unter dem Kopf. »Dieses Bett ist nicht besonders bequem für zwei.«

»Wenn sie gut miteinander auskommen, doch. Dreh dich zur Seite, dann schlafen wir in Löffelstellung.« Beim Eindösen erinnerte ich mich an das erste Mal mit Judith und wie schön es gewesen war, anschließend ganz eng beieinanderzusein.

Am nächsten Morgen hängte Leonard das Nicht-stören-Schild vor unsere beiden Zimmertüren, und wir schafften es gerade noch zum Sonntagslunch. Es regnete nicht mehr, aber das Land stand noch immer unter Wasser, so daß wir beschlossen, eine zweite Nacht zu bleiben. Wir machten den Spaziergang, bei dem ich das besagte Foto knipste, und als wir wieder im Hotel ankamen, ging Leonard zur Rezeption und sagte, daß wir gern in die Regency-Suite umziehen würden.

»Hatten Sie Probleme mit Ihren Zimmern, Sir?« fragte sie. Gott, war sie bescheuert.

»Nein, nein, aber so schnell werden wir nie wieder ein Regency-Himmelbett bekommen.«

»In jedem unserer Hotels gibt es Himmelbetten, Sir!«

»Ja, richtig. Wie dumm von mir. Wir werden immer daran denken.«

Während unseres Liebesspiels fing er an, das erste Kapitel von *Emma* aufzusagen – er kannte den größten Teil auswendig. Ich sorgte dafür, daß er über Seite zwei nicht hinauskam.

Es dauerte gut ein Jahr. Am liebsten wäre ich jeden Nachmittag und das ganze Wochenende mit ihm ins Bett gegangen, aber er dosierte es so, daß jedesmal neue Wiedersehensfreude in mir entstand. Manchmal hörten wir wochenlang nichts voneinander, dann kam ein Anruf oder eine Karte. Er habe viel zu tun gehabt oder sei verreist gewesen, oder was weiß ich. Er vermisse mich. Ob ich am Soundsovielten zum Lunch oder Abendessen frei sei? Einige Verabredungen sagte ich seinetwegen im allerletzten Moment ab. Ich kaufte alle seine Bücher und las sie immer wieder, doch mich interessierte nicht der Autor, sondern der Mann, der etwas von Frauen verstand. Gott hat nicht genug von diesen Exemplaren erschaffen.

Ich kann mich nicht erinnern, daß ich offene Andeutungen gemacht hätte, im Gegenteil, ich bin ziemlich sicher, daß von mir nichts kam, aber ich wußte, daß diese Beziehung dauern würde, jedenfalls für mich. Er hat nie über seine Ehe gesprochen, doch ich spürte, daß es zwischen ihnen eine gewisse Entfremdung gab. Seine Frau war jedenfalls oft und lange verreist. Vielleicht habe ich unbewußt Signale ausgesendet, doch es kam nichts zurück. Wie auch immer, zum erstenmal seit den Illusionen mit Tom war mir ein Mensch wichtiger als alles andere auf der Welt, und diesmal wußte ich, worauf ich mich einließ. Glück ist ein trügerischer Zauberer.

Weihnachten fand ich mich in der klassischen Rolle der Geliebten wieder, allein bei mir zu Hause, während er das Fest mit Frau und Kind verbrachte. Daraufhin machte ich im neuen Jahr vorsichtig formulierte Andeutungen. Als er nicht reagierte, fing ich an, ihn aufzuziehen, und dann kam meine ganze Frustration hoch, und wir stritten uns. Irgend etwas funktionierte nicht, und ich wußte nicht, warum. Wir liebten uns – wir hatten uns gern, was genauso wichtig war –, und wir waren über viele Brücken gegangen. Ich konnte nicht begreifen, warum er sich nicht scheiden ließ, und konnte mir seine Gewissensbisse nicht erklären. Ich ging auf Distanz, und meine Gereiztheit legte sich.

Im Sommer, als seine Frau einmal verreist war, wollte ich mit ihm für eine Woche nach Paris fahren, doch er meinte nur, es gehe nicht, ohne mir eine Erklärung zu geben. Dann, Ende September, rief er an und sagte, er wolle mich Samstag nachmittag in Kensington Gardens treffen. Ebenfalls keine Erklärung. Er wartete auf einer Bank am Wasser, in der Nähe der Peter-Pan-Statue.

»Warum hast du mich hierher bestellt? Wir hätten uns doch bei mir treffen können. Es ist saukalt.«

»Ich möchte, daß du jemanden kennenlernst.«

»Wen denn?« Er schien allein zu sein.

»Teresa. Meine Tochter.«

»Oh.« Abrupt setzte ich mich neben ihn auf die Bank. »Du hättest mich darauf vorbereiten können.«

»Ich wußte nicht, wie ich es dir sagen sollte.«

»Was denn?«

»Das, was ich dir jetzt sagen muß. Sie wird in einer Minute wieder hier sein. Sie ist mit Marion beim Entenfüttern.«

»Wer ist Marion?«

»Ihr Kindermädchen.«

»Kindermädchen? Ich dachte, sie ist vierzehn.«

»Sie wird nächsten Monat fünfzehn.« Er nahm meine Hand. »Ich glaube, diese ganze Aktion war keine gute Idee, aber jetzt ist es zu spät. Wir hätten uns nie ineinander verlieben dürfen.«

»Aber es ist nun mal passiert.«

»Ja, genau das ist das Problem ...« Er zog seine Hand weg. »Da kommt sie.«

Das Mädchen, das uns da entgegenkam, sah eher wie eine Zehnjährige aus, verwirrte, glänzende Augen in einem unbeschwert fröhlichen Gesicht, ungelenke Bewegungen, schlaff herabhängende Hände. Sie hatte eine Wollmütze auf, die unter dem Kinn befestigt war, und an den Handgelenken baumelten Fäustlinge. In ihrem Mantel sah sie wie ein unförmiges Paket aus. Sie sabberte etwas, und beim Anblick ihres Vaters stieß sie für mich unverständliche Töne aus.

»Hast du die Enten gesehen, Teresa?« fragte er. »Was haben sie gesagt?«

Tränen der Betroffenheit und des Mitleids stiegen in mir

hoch, während sie etwas stammelte und sich umdrehte, wieder zum Teich hinüberschaute, erstaunt, daß die Enten nicht mehr zu sehen waren.

»Genau! Quak, quak machen sie. Kluges Mädchen!«

Eine leicht hinkende Frau war hinter Teresa herangetreten, die jetzt ihre Hand nahm und ihr kindliche Küsse zuwarf. Die Frau war etwa fünfzig, obschon die grauen Haare sie älter machten, und trug Hosen, flache Schuhe und einen Trenchcoat.

»Das ist Marion«, sagte Leonard. »Teresas Nanny. Katrina Darcy, eine Bekannte von mir.«

»Hallo.« Sie holte ein Tempotuch heraus und wischte Speichel von Teresas Mund. »Wir gehen bis zur Brücke, Teresa kann dort Steine ins Wasser werfen.«

»Danke, Marion. Wir fahren bald nach Hause. Ich werde euch schon finden.«

Nachdem sie gegangen waren, saßen wir beide eine Weile stumm da, dann beugte Leonard sich vor, die Arme auf die Knie gestützt.

»Ich habe eine Erklärung vorbereitet.«

»Laß hören.« Ich ahnte, daß etwas Schwieriges kommen würde.

»Du findest es wahrscheinlich unmöglich, Teresa derart zu instrumentalisieren, aber sie versteht es nicht, und für mich war es wichtig, daß du sie siehst. Sie ist, wie sie ist, weil Judith und ich niemals ein Kind hätten bekommen dürfen. Als wir es erfuhren, war es zu spät. Das Ergebnis ist eine Ehe, in der es schon lange keinen Sex mehr gibt...«

»Wieso?« unterbrach ich ihn. »Das ist doch kein Grund, nicht mehr miteinander zu schlafen.«

»Vielleicht hast du recht, aber jeder reagiert eben anders. Judith konzentrierte sich völlig auf ihre Karriere, ich auf die Schriftstellerei. Unsere gemeinsame Aufgabe war Teresa. Marion ist unser drittes Kindermädchen, aber wir beide haben das Gefühl, daß wir Teresa alles geben müssen. Es ist unsere Schuld, daß sie behindert ist.«

»Niemand hat schuld. Es ist...«

»So sehen wir es jedenfalls«, sagte er scharf. »Jeder unserer Bekannten versucht, uns seine eigene Ansicht aufzudrängen, aber es ist zwecklos. Verstehst du?«

»Entschuldige bitte.« Ich hatte Angst vor dem, was kam. »Sprich weiter.«

Er hob den Kopf und schaute in die Ferne, wo man Autos entlangfahren sah. »Also verhielten wir uns wie reife, intelligente, erwachsene Menschen und einigten uns, an der Ehe festzuhalten, weil das hieß, Teresa treu zu bleiben. Ihre Fähigkeiten, etwas zu begreifen, sind sehr beschränkt, aber sie würde es merken, wenn wir uns scheiden ließen, und es würde ihr weh tun.« Er sah mich über die Schulter hinweg an. »Bitte keine Logik! Was unsere Treue angeht, so haben wir vereinbart, daß jeder von uns Freunde haben darf. Enge Freunde. Judith nimmt auf der ganzen Welt an ärztlichen Kongressen teil, und ich gehe auf Lesereisen. Die Regeln sind ganz einfach. Von jeder Reise ein Geschenk für Teresa, und gesprochen wird nur über Berufliches. Bisher hat es jedenfalls funktioniert.«

»Warum erzählst du mir das?«

»Weil es ...« – seine Hand beschrieb den Abstand zwischen uns – »...zu eng wird zwischen uns. Es war nicht meine Absicht. Ich habe nicht viele Affären gehabt – du kennst meine Einstellung –, aber die anderen haben einfach von allein aufgehört. Diese wollte nicht aufhören.«

»Tja.« Ich drückte meine Zigarette auf der Erde aus. »Du bist ein Dreckskerl, Leonard. Du kannst sogar diese Geschichte auf eine Weise beenden, daß ich dir nicht böse sein kann.«

»Es ist nicht gespielt.«

»Ich weiß. Entschuldige. Plötzlich fange ich an, aggressiv zu werden, obwohl du weiß Gott immer ehrlich gewesen bist.« Ich sah ihn an. »Ich hatte wirklich geglaubt... Ach, was soll's.« Ich lachte abwehrend. »Was auch passiert, der Cranford Crest wird uns immer bleiben.«

»Und noch viel mehr.« Er drückte meine Hand. »Wenn es dir hilft – ich kann auch verletzen.«

Ich schüttelte den Kopf. »Sag so was nicht. Du mußt einfach begreifen, mein Lieber, daß Frauen nur ein bestimmtes Maß an Verständnis ertragen können.« Ich wußte nicht, daß man den Tränen so nahe sein konnte, ohne tatsächlich zu weinen. »Wir werden uns aber sehen, ab und zu? Bitte!«

»Natürlich, aber eine Weile erst mal nicht. Ich muß mich ohnehin in mein Zimmer einschließen und mein neues Buch fertigschreiben.« Er stand auf. »Und jetzt muß ich Teresa und Marion nach Hause bringen.«

»Wir verabschieden uns also bei Peter Pan.«

»Ja.« Er guckte bekümmert. »Hab nicht daran gedacht. Blöd von mir. Noch so ein armes Kind, das nicht erwachsen werden konnte. Entschuldige. Mach's gut.«

Wir küßten uns ganz vorsichtig und umarmten uns, dann ging er zur Brücke. Er winkte seiner Tochter zu, die mit

Hilfe des Kindermädchens zurückwinkte. Ich sah ihm hinterher, bis ich es nicht mehr ertragen konnte, ging nach Hause, heulte Rotz und Wasser und betrank mich. Manchmal gesteht uns das Leben nur Klischees zu.

## *London*

Mögliche Aufmacher für die Seiten drei und fünf der *Sunday Times* waren zusammengebrochen, wodurch das rätselhafte Verschwinden des Stars noch vordringlicher wurde; Richard Harvey hatte das Stadium erreicht, in dem eine aufgefundene Katrina Darcy alles durcheinanderbringen würde. Drei Reporter hatte er auf die Story angesetzt, einen, der die Hintergründe recherchieren sollte, die beiden anderen sollten sich auf die Jagd nach allen verfügbaren Fakten machen. Informanten gab es reichlich, die sich aber nur in Spekulationen ergingen. Bis sich jemand an Tom Darcy erinnerte.

»Mein Gott, er ist nebenan bei der *Times.*« Harvey warf Penny Conrad, die mit leeren Händen von Katrinas Wohnung zurückgekehrt war, das interne Telefonverzeichnis zu. »Knöpf ihn dir vor.«

»Die beiden sind doch seit Jahren geschieden.«

»Stimmt, aber sie haben eine Tocher, also werden sie ihretwegen Kontakt gehalten haben, wenn schon aus keinem anderen Grund. Selbst wenn er nicht weiß, wo sie ist, ein brauchbares Zitat wird er bestimmt liefern.«

»Wird er seine Geschichte denn nicht der *Times* erzählen?«

»Das müssen wir riskieren. Für die morgige Ausgabe ist

es jedenfalls zu spät. Erzähl ihm aber nichts, was wir schon wissen.«

Sie sah im Telefonverzeichnis nach und wählte dann seine Nummer. »Ist Tom Darcy zu sprechen?«

»Er macht gerade Pause. Mit wem spreche ich?«

»Penny Conrad, *Sunday Times*. Ist er in der Kantine?«

»Vermutlich. Wollen Sie mit jemand anderem sprechen?«

»Nein, schon gut.« Sie legte auf und wandte sich an Harvey. »Ich kann ihn während seiner Pause abpassen. Wie sieht er aus?«

»Tom Darcy? Groß, Mitte fünfzig, kurzer grauer Bart...«

»Rotgesichtig«, sagte das Mädchen neben ihm. »Und ein ziemlicher Macker. Mal dir die Lippen an, dann erzählt er dir alles.«

»Mann meiner Träume«, sagte Penny Conrad.

Sie ging in das Hauptgebäude und fuhr mit dem Aufzug in den vierten Stock. Als sie die Kantine betrat, sah sie Darcy mit einem Tablett an der Kasse stehen, und während er sich einen Platz suchte, holte sie sich eine Tasse Kaffee. Zuerst konnte sie ihn nicht entdecken, doch dann überlegte sie, daß er wahrscheinlich in der Raucher-Sektion hinter der Holzwand war. Er saß allein unter einem der abstrakten Bilder, die die Wand zierten, und las im *Evening Standard*, der aufgeschlagen neben seinem Teller lag; er hatte die resignierte Ausstrahlung eines älteren Journalisten, der weiß, daß er keine Karriere mehr machen wird und nur noch hoffen kann, mit einer annehmbaren Abfindung in Frührente zu gehen.

»Tom Darcy?«

Fast automatisch wanderte sein Blick zu ihrer Brust und zurück. »Ja. Haben wir uns hier nicht schon mal gesehen?«

»Vermutlich. Penny Conrad, *Sunday Times.* Haben Sie einen Moment Zeit für mich?«

Er zeigte mit dem Messer auf den Stuhl. »Setzen Sie sich. Worum geht's?«

»Um Katrina. Wir versuchen, sie zu erreichen, können sie aber nicht finden. Wissen Sie vielleicht, wo sie sein könnte?«

Sein Gesichtsausdruck, zunächst interessiert, wurde leer. »Nein. Meine berühmte Exfrau und ich haben nichts mehr miteinander zu tun. Was wollen Sie überhaupt von ihr?«

Conrad zögerte. »Off the record?«

»Meinetwegen.«

»Sie ist verschwunden. Im *Register* breitet sich Panik aus, und wir wollen einen Artikel vorbereiten. Wir dachten, daß Sie vielleicht etwas wissen.«

Darcy zuckte mit den Schultern. »Wahrscheinlich fickt sie gerade mit jemand.« Er klang sehr verbittert, was bei der langen Zeit seit der Scheidung überraschend war.

»Aber jeder sagt, sie würde nie verschwinden, ohne Bescheid zu sagen.«

»Da kenne ich sie besser. Sie tut immer nur, was sie will.«

»Sie können uns also nicht weiterhelfen?«

»Nein.« Er wandte sich wieder seinem Teller zu. »Das letztemal habe ich sie gesehen... Muß vor etwa einem Jahr gewesen sein... Ja, genau, es war der achtzehnte Geburtstag unserer Tochter.«

»Sehen Sie Ihre Tochter noch?«

»Wenn sie gerade nichts dagegen hat.« Aus Verbitterung

war Selbstmitleid geworden, und Penny Conrad hatte das Gefühl, daß er zumindest ein verwendbares Zitat produzieren könnte, wenn es ihr gelänge, ihn zum Reden zu bringen.

»Wie lange waren Sie denn verheiratet?«

»Viel zu lang.«

»Was ist passiert?«

»Als sie mich für ihre Karriere nicht mehr brauchte, ist sie ihren eigenen Weg gegangen.« Er musterte sie. »Sie hatte eben bei einer kleinen Provinzzeitung angefangen, als sie mich kennenlernte. Ich war es, der sie an die Überregionalen vermittelt hat. Wenn Sie mich fragen, sie ist eine Kuh.«

»Machen Sie sich keine Sorgen um sie?«

»Das einzige, was mir Sorgen macht, ist, daß sie wieder auftauchen könnte.« Er sah sie provozierend an.

»Könnten Sie uns helfen, Verbindung mit Ihrer Tochter aufzunehmen? Vielleicht kann sie uns sagen, wo...«

»Schluß jetzt. Ich habe keine Lust mehr, darüber zu sprechen.«

Penny Conrad nippte an ihrem Kaffee und beobachtete Tom dabei über den Tassenrand. Er war wütend.

»Warum ist es eigentlich so schwer für Sie?« fragte sie. »Sie sind doch schon lange geschieden.«

»Wer behauptet, daß es schwer ist?«

»Es klingt so.«

»Irgendwas quält Sie. Sie können es nicht vergessen. Ist es das?«

Sie zögerte. »Kann ich Sie zitieren? Sie wissen schon, ahnungsloser Exmann.«

Darcy stieß ein kurzes, sarkastisches Lachen aus. »Was

halten Sie von ›Ist mir scheißegal, ob das Flittchen lebendig oder tot ist‹?«

»Soll das heißen, daß ich Sie so zitieren kann?«

»Meinetwegen.«

Sie sah ihn nachdenklich an. »Sie hat's ja wirklich erwischt.«

Darcy erwiderte nichts, sondern blätterte demonstrativ um und las. Penny Conrad stand auf. »Entschuldigen Sie, wenn ich Sie gestört habe.«

»Haben Sie nicht.«

Auf dem Rückweg in die Redaktion der *Sunday Times* überlegte sie, daß er unfähig war, sich mit seinen eigenen Fehlern und Schwächen auseinanderzusetzen, und sich deshalb hinter seiner Aggressivität verschanzte.

Eine Kollegin, die früher mal mit Darcy zusammengearbeitet hatte, erklärte es so: »Tom war ein Star bei der *Mail*, bis er irgendwann Mist baute. Er wird nie mehr berühmt werden. Er verträgt es nicht, daß Katrina ganz oben ist – und es ganz allein geschafft hat. Aber das verrückteste ist sein Komplex, daß sie noch immer jeden kriegt, den sie haben will. Jämmerlich, was?«

»Das kann doch nicht wahr sein!« protestierte Penny Conrad. »Deswegen haßt er sie?«

»Glaub mir. Ich habe ihn im Pub gehört. Du würdest staunen, wie gehässig er sein kann.«

»So wie er mich angesehen hat, hat er sie bestimmt betrogen, als sie verheiratet waren.«

»Natürlich. Es ist schon Jahre her, und an die Einzelheiten erinnere ich mich nicht mehr, aber er war völlig zufrieden, solange Katrina sein Fußabtreter war und er in der

Gegend rumvögeln konnte. Er hat ihr nie verziehen, daß sie zurückgeschlagen hat.«

»Er sagt, wir können ihn zitieren, daß es ihm egal ist, ob sie tot oder lebendig ist«, meinte Penny Conrad.

»Irrtum – tot wäre ihm lieber.«

## *Donnerstag abend*

Heute nachmittag war so schönes Wetter, daß ich unbedingt rausmußte. Vielleicht wird es eine ganze Weile dauern, bis ich wieder auf diesen heckengesäumten Wegen spazierengehen kann. Ich pflückte wilde Tritonie, die orangefarben in dem dunklen Grün von Weißdorn, Efeu und Winde schimmerte, plauderte mit ein paar Kühen, die neugierig zum Gatter getrottet kamen, an dem ich stand, und gab ihnen Gras zu fressen, lächelte einem jungen Paar mit Rucksack und derben Wanderstiefeln zu, das Hand in Hand ging, winkte einem Mann, der auf einem Traktor an mir vorbeifuhr, las eine weggeworfene Plastiktüte auf, deren Anblick mich störte, zerkratzte mir bei der Suche nach ersten Brombeeren die Hand, weinte ein bißchen und wollte fast schon eine Kirche betreten, aber wozu? Die Tür wäre sowieso abgeschlossen gewesen.

Wie es wohl enden wird? Ein Auto fährt vor, ihm entsteigt ein Kriminalbeamter aus London, er zeigt seinen Ausweis, sagt das offizielle Sprüchlein auf, eine schweigsame Polizistin begleitet ihn, höflich werde ich aufgefordert mitzukommen, nachdem ich meinen Anwalt angerufen und gepackt habe. Smoking wird sauer sein, wenn ich ihn hinausscheuche, aber eine Stunde später wird er mich schon vergessen haben. Jemand wird der Meute einen Tip geben, und vor der Polizeiwache – ich weiß nicht, welche für mich zuständig ist – werde ich von Blitzlichtgewitter, klickenden Fotoapparaten und Fernsehkameras empfangen, die sich mir wie starre Tentakel entgegenstrecken, und Fragen werden gerufen, die ich nicht beantworten kann.

»Katrina, wo sind Sie gewesen? Waren Sie allein? Wie fühlen Sie sich? Können Sie eine Erklärung abgeben? Haben Sie schon mit Ihrer Redaktion Verbindung aufgenommen? Wer ist Ihr Anwalt? Wir wollen mit ihm sprechen. Schauen Sie hierher! Lächeln! Winken Sie! Was wirft man Ihnen vor? Wo werden Sie bleiben? Haben Sie sich freiwillig gestellt?«

Leute, die mich kaum kennen, werden Bruchstücke liefern, Anekdoten feilbieten, die sie zu einer unappetitlichen Story zusammengebastelt haben. Wenn meine lesbische Vergangenheit herauskommt, werden geifernde Nachrichtenredakteure irgendeine Freundin auftreiben, vorzugsweise jung und attraktiv, und sie mit leicht geöffnetem Schmollmund posieren lassen, da sie mit einer männlich wirkenden Lesbierin ihr männliches Publikum nicht locken können. Die Boulevardjournalisten werden ihre Scheckbücher zükken, um an das Exklusivinterview zu kommen, aber das muß natürlich möglichst saftig sein. Keiner von ihnen wird an der Wahrheit interessiert sein, denn die wahre Geschichte ist lang und verwickelt; Sensationen sind gefragt, simple Geständnisse, Reue, gerade so viel prickelnder Sex, daß es keinen Anstoß erregt. Der Schmerz und das ganze Chaos in mir wird in eine Überschrift von sechs Wörtern gepreßt, und für mein Leben werden fünf Folgen zu je 100 Zeilen ausreichen müssen. Die Leser werden es verschlingen, denn die Tragödie eines fremden Menschen bringt Abwechslung in ihr ereignisloses Leben. Einige wenige werden mitfühlen, andere werden Briefe schreiben und mich als undankbares Flittchen bezeichnen, das ein Luxusleben geführt hat, während sie sich kaum über Wasser halten können, und meine Schlechtigkeit wird ihnen das Gefühl geben, daß sie etwas Besseres sind. Verstehen? Was hat das mit Verstehen zu tun? Das hier ist Journalismus, nicht Aufklärung.

Gott, wie rührselig – und heuchlerisch. Wie oft habe ich die Lebensgeschichte eines Menschen zu einer tollen Story verbraten! Tatsache ist, daß ich jemanden getötet habe. Nicht mit Absicht, aber trotzdem ist es passiert. Jetzt verkrieche ich mich und drücke mich davor zurückzukehren. Ich habe den billigen Mut, andere zu verletzen, doch bei dem Gedanken, daß mir selbst Schmerz zugefügt wird, brülle ich laut auf.

Vorhin bin ich losgegangen, um meinen ›Sonnenstein‹ zu betrachten. Vom unteren Ende des Gartens aus kann ich gerade die höchste Stelle der Klippen sehen, die sich über der kleinen Bucht in einem spitz zulaufenden, wettergebleichten Felsen erheben. Im richtigen Moment fallen die Strahlen der untergehenden Sonne zehn Minuten lang zwischen den Hügeln hindurch und lassen die Felsspitze wie eine blasse, erkaltende Flamme erscheinen. Wann werde ich sie wohl das nächste Mal glühen und verschwinden sehen? Wenn ich nicht wütend bin, werde ich sentimental.

# *Anna*

*Sie steht am Chelsea Embankment, kaltes Winterlicht fällt seitlich ein, so daß ihre Gestalt einen ockerfarbenen Schatten wirft, ein stimmungsvolles Foto, wie es Bildredakteure lieben. Man kann nicht erkennen, was sie trägt, aber es waren ein rostroter Hosenrock, braune Lederstiefel und die Wildlederweste, die ich ihr im Covent Garden Market gekauft hatte. Ihr Gesicht ist ziemlich undeutlich, aber ich erkenne die Nase, die ein bißchen zu lang war, was sie sehr störte. Anna war meine Geliebte, völlig unerwartet.*

Die Begegnungen in meinem Leben überschneiden sich natürlich. Sie tauchte in der Leonard-Phase auf, spielte ihren eigenen Part und wurde bei den späteren Ereignissen wichtig. Anna Probert, vierzehn Cousins in Rhondda, Anglistikstudium an der Universität Aberystwyth, nach außen hin ein bißchen verrückt, war clever, witzig, ehrgeizig. Sie wollte alles *sofort.* Nach ihrer Ankunft in London arbeitete sie eine Zeitlang in der Werbung, ehe sie beim *Register* anfing, und zwar als Redaktionssekretärin, um auf diese Weise in den Journalismus einzusteigen, denn sie hatte keine der freien Reporterstellen bekommen. Ich teilte sie mir mit drei schreibenden Kollegen und der Bildredakteurin.

»Was haben Sie denn so vor?« fragte ich sie, kurz nachdem sie angefangen hatte. Sie machte keinen Hehl daraus, daß sie ihre Arbeit langweilig fand.

Sie zuckte mit den Schultern. »Ihr Job würde mir reichen.«

»Nur keine Hemmungen. Und jetzt holen Sie mir bitte einen Kaffee aus der Kantine. Mit Milch, ohne Zucker.« Ich fand sie amüsant.

Sie war ungeheuer aufgeweckt. Nach ein paar Wochen hatte sie jeden in der Redaktion taxiert, und als ich sie einmal bat, einige Kollegen zu charakterisieren, war ihre Einschätzung erstaunlich treffend.

»Malcolm ist schüchtern, früher hat er bestimmt gestottert. Anthony ist ein feiner Kerl, er durchschaut jeden. Mark macht auf knallhart, weil er unsicher ist. Fiona ist ein intellektueller Snob, ich traue ihr nicht. Trevor ist ein Kriecher, Roger ist ein Träumer, nicht ganz zurechnungsfähig, und Sally wartet nur darauf, daß sie jemanden kennenlernt, der sie heiratet und ihr einen Haufen Kinder macht.«

»Wie kommen Sie denn darauf?«

»Gebärfreudiges Becken. Wie bei meiner Schwester.«

Ich lachte. »Merkwürdige Logik, aber Sie haben recht. Und ich?«

Sie spitzte den Mund. »Die Wahrheit oder eine taktvolle Andeutung?«

»Erst mal die Andeutung, dann werd ich Ihnen sagen, ob ich die Wahrheit hören will.«

»Okay... In Ihnen steckt eine Enttäuschung, die Sie aber nicht zeigen wollen.«

»Das kann man doch von den meisten Leuten sagen«, meinte ich.

»Bei Ihnen würde man aber nie eine Enttäuschung vermuten. Starkolumnistin, Bücher, eine eigene Talk-Show. Es muß demnach eine ziemliche Enttäuschung gewesen sein.«

»Die Großmutter eine Wahrsagerin?«

»Es stimmt also.«

»Vielleicht.« Seit Jahren von Menschen umgeben, die mir Komplimente machten, war ich nicht an Fünfundzwanzigjährige gewöhnt, die kein Blatt vor den Mund nehmen. Und es gab tatsächlich immer wieder Phasen der Entmutigung, auch wenn ich nicht wußte, was sie auslöste. Ich sagte mir, daß es womöglich eine Art Midlife-crisis war, die Erkenntnis, daß ich bereits in der zweiten Halbzeit spielte, spekulative Überlegungen, welche Wege ich nicht gegangen war. Vielleicht die Einsicht, daß ich mein Leben in dem alleroberflächlichsten Beruf zugebracht hatte, die ersten Regungen von Zynismus, vor mir lag das Alter, vielleicht ein erstes Bilanzieren, Lustlosigkeit nach ununterbrochener Aktivität. Mehr war ich nicht bereit anzuerkennen. Ohnehin erfüllten mich in dieser Zeit heimliche Träume von Leonard und mir. Es sollte ja alles anders werden.

»Wollen Sie die Wahrheit?« fragte sie.

»Ein andermal. Ich muß los.«

»Verstehe.«

Viele unserer Gespräche liefen so, zum Schluß immer eine knappe Bemerkung und ein rätselhafter Blick von ihr.

Sie begann, Artikel zu schreiben, mit denen unerwartete Löcher im Magazin oder im Feuilleton gestopft werden konnten, ohne Aktualitätsbezug, nach Bedarf abrufbar. Fiona wehrte sich eine Weile – Redaktionssekretärinnen durften bestenfalls eine Liste von Weihnachtsgeschenken (bis maximal zehn Pfund) zusammenstellen – aber irgendwann griff sie doch auf einen von Annas Artikeln zurück. Als ich das nächste Mal ins Büro kam, fand ich auf meinem Schreibtisch einen Ausriß, den Anna unterschrieben hatte.

»Mein erster Beitrag. Signiert«, sagte sie. »Ich schenk ihn dir. Eines Tages ist er vielleicht sehr wertvoll.«

»Ich werde ihn in Ehren halten.«

»Sei nicht so verdammt herablassend. Was war das erste, was von dir veröffentlicht wurde?«

Ich mußte elend lange nachdenken. »Eine kurze Meldung im *Stockport Courier* über eine Veranstaltung des Frauenvereins.«

»Und sieh mal, wo du gelandet bist.« Sie streckte mir die Zunge heraus. »So ein langer Weg!«

»Raus mit dir«, rief ich lachend. Sie fing an, ihre Artikel über ihrem Schreibtisch anzupinnen, und hörte erst auf, als es keinen Platz mehr gab.

Anna klagte immer, daß sie wenig Geld hatte, der größte Teil ihres Gehalts ging für ihre Bude in Chiswick drauf. Ich bot ihr deshalb die Möglichkeit, etwas nebenher zu verdienen.

»Hier«, sagte ich und legte ihr die Korrekturfahnen von *Who Katy Laid Next* auf den Schreibtisch. »Arbeite das für mich durch. Kriegst hundert Pfund dafür.«

»Was ist das?«

»Mein neues Buch.«

Sie schaute überrascht. »Mußt du die Fahnen selbst lesen?«

»Theoretisch ja. Es gibt zwar einen Hauskorrektor, aber

ich muß es ebenfalls durchsehen. Hier ist das Manuskript. Achte darauf, daß nichts fehlt.«

»Knackiger Titel, schiefe Grammatik«, sagte sie spöttisch und überflog die ersten Seiten. »A. S. Byatt darf man wohl nicht erwarten.«

»Stimmt. In zwei Wochen muß ich es wieder abgeben... Und bitte keine literarische Kritik. Lohnt sich nicht. Zumindest ist es nicht so viel. Den Text haben sie groß gesetzt, damit es mit dem Umfang hinhaut.«

Drei Tage später lagen die Fahnen wieder auf meinem Schreibtisch – alle Druckfehler und gelegentlichen Abweichungen vom Manuskript ordentlich markiert, in einer winzigen, aber sauberen Handschrift – zusammen mit einer Karte von der Tate Gallery. Darauf stand:

*Für diesen Schund verlange ich 150 Pfund! Übrigens kannst Du ›Millennium‹ nicht schreiben (zwei n, kommt von anno), und Du weißt nicht, was der Unterschied zwischen* like *und* such as *ist. Na ja, ist nicht so wichtig. Den Lesern ist es sicher auch egal. Und im 7. Kapitel gibt es ein ziemliches Durcheinander (zur Abwechslung mal im Plot, nicht sexuell). Ich werde es Dir erklären, wenn ich wieder zurück bin. Gruß, Anna.*

Ich las das Kapitel noch einmal durch, konnte aber nichts Unstimmiges finden. Ich hätte die Fahnen fast schon zurückgeschickt, behielt sie aber zum Glück, bis Anna zurückkehrte.

»Was stimmt im 7. Kapitel denn nicht?« fragte ich.

Sie schlug den Text in der Mitte des Kapitels auf. »Schau

her. Nachdem die beiden die Nacht zusammen verbracht haben, fliegt er nach Acapulco, ja? Gleich darauf, während sie es mit seinem Vater treibt, ruft er aus Singapur an. Du willst unbedingt so viele heiße Bettszenen einbauen, daß alles an einem Tag stattfindet. Weiß der Himmel, woher sie die Zeit hat, daß sie noch bei Harvey Nichols einkaufen kann.«

»Bist du sicher?«

»Sieh nach! Deine Leser müssen ziemlich bescheuert sein, aber selbst die dürften es bemerken. Na jedenfalls, wenn du hier ein paar Sätze einfügst« – ihr Kuli zeigte auf die betreffende Stelle –, »kaufst du dir genügend Zeit, um ihn ans andere Ende der Welt versetzen zu können. Schick sie zur Darmsanierung auf eine Beautyfarm. Das ist so ungefähr die einzige körperliche Erfahrung, die sie noch nicht kennt.«

»Na gut. Vielen Dank. Das ist hundertfünfzig Pfund wert… und ein Mittagessen.« Ich weiß nicht, warum ich das hinzufügte.

Anna frotzelte: »Mittagessen? Besten Dank, Madame. Gott schenke Ihnen ein langes Leben und viel Glück! Ein Kanten Brot reicht mir. Ich werde meine besten Sachen anziehen.«

»Solange es keine walisische Nationaltracht ist. Bestell für Freitag einen Tisch im ›Criterion‹.«

»Willst du mich nicht ins ›Ivy‹ einladen?«

»Ganz sicher nicht.«

Anna zählte zu den Menschen, die mir sofort sympathisch waren, gewissenhaft, korrekt in ihrem Job und intelligent. Jeder kam gut mit ihr aus, und ein Reporter war ein paarmal mit ihr gesehen worden. Sie war noch ein bißchen provinziell, bemühte sich aber, diese Ecken abzuschleifen. Ihr Geschmack hatte sich zweifellos verbessert. Zum Mittagessen trug sie ein Kleid von Vivienne Westwood, das sie in einem Secondhandladen in West Kensington gefunden hatte, und ein üppig gefranstes persisches Tuch vom Camden Market, das sehr gut dazu paßte.

»Es ist doch nur das ›Criterion‹«, sagte ich, als sie vormittags in die Redaktion kam, und sofort fühlte ich mich schlecht, denn sie hatte sich eigens schöngemacht, und ich hatte sie kritisiert. Ich hätte sie besser kennen sollen.

»Ich weiß.« Ihr blasierter Tonfall war klasse. »Wenn es ›Langan's‹ gewesen wäre, hätte ich mir etwas Besseres angezogen. Trotzdem, vielleicht sehen wir ja irgendeine Berühmtheit, die sich dort inkognito herumtreibt...«

Doch wir sahen nur Emma, meine Agentin, die mit einem Fernsehproduzenten an einem Tisch saß.

»Kurz bevor ich ging, haben die Amis angerufen, sie sind einverstanden«, sagte sie, als sie an unserem Tisch vorbeikam. »Irrsinnig viel Geld. Sie faxen uns einen Vertragsentwurf. Ich ruf dich an.«

Anna schaute Emma beeindruckt hinterher. »Gratuliere. Ich werde meine Ansichten über deine Bücher in Zukunft für mich behalten.«

»Es macht mir nichts«, sagte ich. »Ich weiß, daß sie nichts taugen.«

»Warum schreibst du nicht was Besseres? Du hast das Zeug dazu.«

»Zuviel Arbeit – und es würde nicht so viel Geld dabei herausspringen.«

Ich kann mich nicht mehr genau an unser Gespräch erinnern. Anna erzählte von ihrer Familie, nichts Besonderes, abgesehen davon, daß sie einen Bruder hatte, der ein Radiosprecher war, von dem ich noch nie gehört hatte. Wir sprachen über die Zeitungsbranche, aber da sie mich und alle anderen Kollegen seit dem ersten Tag beobachtet hatte, gab es wenig Neues. Sie wollte mehr von mir wissen, also erzählte ich ihr ein paar ausgewählte Highlights, und dann quatschten wir einfach. Wir waren gerade dabei, die zweite Flasche Wein zu leeren, als sie mich aus der Fassung brachte.

»Warst du mal verheiratet?«

»Früher. Schon lange her.«

»Wie war es?«

Ich zuckte mit den Schultern. »Es hat einfach nicht geklappt... Und du? Irgendwelche Anwärter?«

Sie antwortete mit einem übertriebenen Akzent. »Oh, ein Bursche daheim in den Tälern verzehrt sich nach mir. Er will, daß wir in Weiß heiraten und dann in Swansea in einem Reihenhaus wohnen und Kinder haben, die Megan und Ifor heißen. Sein Traum.«

Ich grinste. »Besucht er dich?«

»Er war mal hier, aber eigentlich wollte er nur das Spiel zwischen den London Welsh und Pontypridd sehen. Er hat nicht verstanden, daß ich keine Lust hatte mitzukommen. Er war stockbesoffen, als er zurückkam, ich hab ihn in den letzten Zug nach Cardiff gesetzt. Der Groschen war noch immer nicht gefallen.«

»Stubenhocker sind meist etwas beschränkt«, sagte ich und schenkte ihr noch ein Glas Médoc ein.

»Ich möchte mit dir schlafen«, sagte sie in diesem Moment. Ich verschüttete etwas Wein und mußte die Flasche absetzen, damit sie mir nicht aus der zitternden Hand fiel. Es hatte so geklungen, als wollte sie nach dem Lunch noch einen Schaufensterbummel in der Regent Street mit mir machen.

»Wie bitte?«

»Du hast es gehört.«

»Also... Paß auf, mir war nicht klar, daß du lesbisch bist, aber wieso glaubst du, daß ich es bin?«

»Sieh mich an.« Sie stützte die Arme auf den Tisch und näherte sich meinem Gesicht. »Erzähl mir doch nicht, daß du noch nie mit einer Frau geschlafen hast!«

Schieferblaue Augen sahen mich spöttisch an. Plötzlich erinnerte ich mich an meinen ersten Eindruck von Anna. Nicht schön, aber durchaus interessant. Die Haare, rabenschwarz und schimmernd, in der Mitte gescheitelt, reichten ihr bis zum Kinn und waren dann nach innen gebogen, zartrote Wangen und elfenbeinfarbener Teint. Ihre Lippen waren dünn, aber sie hob sie mit dunkelrotem Lippenstift hervor. Ich schwieg, woraufhin sie bloß nickte.

»Hättest du mir das gesagt, wenn ich damals um die Wahrheit gebeten hätte?« fragte ich.

»Nicht direkt, aber du hättest mich verstanden.«

»Jedenfalls bist du nicht auf dem neuesten Stand.« Ich rückte ein wenig von ihr weg. »Es war... Mein Gott, du warst noch nicht einmal geboren. Eine Lehrerin hat mich verführt. Seitdem ist es nie mehr passiert. Ich bin jetzt eindeutig hetero – und ich habe einen festen Freund. Okay?«

»Schade. Du bist sehr attraktiv.« Sie lehnte sich zurück.

»Na schön. Einen Versuch war's wert … Und jetzt hätte ich gern einen Pudding.«

Annas Orientierung überraschte mich – ihre Verabredungen mit dem Reporter sollten ihr lediglich die Chance geben, zum Kino oder zum Essen eingeladen zu werden, wobei ihr der walisische Pechvogel als praktischer Vorwand diente, um sich der üblichen Annäherungsversuche zu erwehren. Viel erstaunlicher fand ich jedoch, daß Anna noch Anzeichen davon an mir bemerkt hatte. Judith war Ekstase und Trauma gewesen, doch das war mein einziger Ausflug in die lesbische Liebe. Ich kannte Frauen, die ich attraktiv fand – Fiona hatte super Beine, und in der Anzeigenabteilung gab es eine Blondine mit einer nachgerade sündhaften Figur – aber meine Bewunderung war sachlich, so wie ich ein Kleidungsstück an ihnen bewunderte oder eine neue Frisur … Annas Wahrnehmung irritierte mich.

Ich habe gerade vier Seiten gelöscht, auf denen ich erzählen wollte, was sich in den Wochen darauf alles ereignete. Wichtig ist nur, was schließlich passierte, nicht der Weg dorthin. Ende April bekam ich zwei Karten für eine Theaterpremiere, und da es zufällig Annas Geburtstag war, lud ich sie ein. Hinterher brachte ich sie nach Hause, und sie lud mich noch auf ein Glas ein. Ich hatte nicht den leisesten Verdacht, daß das Mittagessen im ›Criterion‹ etwas anderes als Geschichte sein könnte.

Ihre Wohnung lag im Erdgeschoß eines neueren Reihenhauses: Wohnzimmer mit winziger Kochnische nach hinten raus, vorn das Schlafzimmer, Bad und Toilette teilte sie sich mit den anderen Mietern. Anna legte eine Kassette ein …

ich glaube, es war Ella Fitzgerald... dann setzten wir uns einander gegenüber in Sessel, sprachen über die Aufführung und andere Stücke, die wir gesehen hatten. Ich war schon im Begriff zu gehen, als sie den rechten Schuh auszog, das Bein ausstreckte und mit dem Fuß meinen Schenkel entlangfuhr. Ich schob den Fuß weg.

»Es ist wie beim Fahrradfahren«, sagte sie sanft. »Wenn man es einmal gelernt hat, kommt man schnell wieder rein.«

»Bedaure, Schätzchen«, sagte ich ungehalten. »Dafür bin ich nicht mehr zu haben, und außerdem hab ich dir gesagt, daß es jemanden gibt, der mir wichtig ist – sehr wichtig.«

»Na schön.« Sie zuckte mit den Schultern und stand auf. »Entschuldige. Werd's nicht mehr versuchen. Großes Ehrenwort. Noch ein Glas?«

»Danke, nein. Ich will meinen Führerschein nicht riskieren. Also, es war ein schöner Abend. Freut mich, daß es dir gefallen hat.«

»Es ist immer schön, mit dir zusammenzusein... Na!« Sie gab ihrem Handgelenk einen leichten Hieb. »Ich bin unverbesserlich. Ich bin ein schlimmes Mädchen. Ich komme in die Hölle. Sag Dolores zu mir, wie in den Geschichten.«

»Gute Nacht, Anna«, sagte ich entschlossen. »Such dir jemand anderes.«

Im September kam es dann zu der Szene mit Leonard und Teresa. Ich weinte mir die Augen aus und beschloß, alles zu vergessen. Ich stürzte mich wie eine Verrückte in die Arbeit. Sex interessierte mich nicht, obwohl immer jemand zur Verfügung stand (es steht immer jemand zur Verfügung, wenn man nicht gerade ein grünes Monster mit zwei

Köpfen ist). Niemand erfuhr, was passiert war – Leonard hatte ich immer für mich behalten –, aber eines Morgens fand ich auf meinem Schreibtisch einen Briefumschlag, in dem eine Karte von Anna steckte. *Werd bald wieder gesund!* stand darauf.

»Was soll das?« fragte ich. »Ich bin doch nicht krank!«

»Von wegen«, sagte sie trocken, während sie einen Stapel unwichtiger Post in den Papierkorb warf. »Du hast irgend etwas Chronisches. Herz okay?«

»Nein.« Ich seufzte. Die Aussicht, mich aussprechen zu können, löste plötzlich ein Gefühl der Erleichterung in mir aus. »Ich dachte, so etwas passiert einem nicht mehr. Wie Masern.«

»Masern ist sehr unangenehm bei Erwachsenen.« Anna runzelte die Stirn. »Oder sagt man ›sind‹ unangenehm?«

Ich verzog das Gesicht. Lächeln fiel mir noch immer schwer. »Ich glaube, ich muß mich bei jemandem ausheulen. Würdest du mir deine Schulter zur Verfügung stellen?«

»Sicher. Ich besorge auch Taschentücher.«

»Vielen Dank. Paß auf, heute abend essen wir bei mir. Wir lassen uns Pizzas kommen.« Ich hielt die Karte hoch. »Wann hast du es bemerkt?«

»Ich mußte nicht groß raten. Vor drei Wochen ist etwas passiert. Hab ich recht?«

»Fast auf den Tag genau. Du bist ein schlaues Biest.«

In meiner Verfassung brauchte ich nur liebevolle Aufmerksamkeit, um meinen Gefühlen freien Lauf zu lassen. An diesem Abend brach alles heraus, durch Rotwein verflüssigt, Anna hörte bloß zu, nickte verständnisvoll und sagte nichts, wenn ich weinte, entlockte mir ganz sanft allen Kummer. Es waren gerade Schulferien, Stephanie war bei Tom, so daß ich Anna bitten konnte, bei mir zu bleiben, doch sie unternahm nicht den leisesten Annäherungsversuch, schlief auf dem Sofa und brachte mir am nächsten Morgen eine Tasse Tee ans Bett.

»Entschuldige, daß ich dich so früh wecke. Aber ich muß vor der Arbeit noch nach Hause und mich umziehen. Um zehn muß ich im Büro sein.«

»Ich bring dich«, bot ich ihr an.

»Unsinn! Aber du kannst mir ein Taxi spendieren. Ich bestell eins. Wir sehen uns dann in der Redaktion.«

Eine Viertelstunde später verließ sie mit einem Abschiedsgruß die Wohnung. Als ich in die Küche kam, hatte sie alles weggeräumt, was vom Vorabend noch stehengeblieben war, und abgewaschen. Am Kühlschrank hing ein großer Zettel, auf den sie mit gelbem Filzstift ein fröhliches Kindergesicht gemalt hatte, und als ich am Nachmittag ins Büro kam, standen Blumen auf meinem Schreibtisch. Sie war so schlau. Ich sehnte mich danach, in den Arm genommen zu werden. Eine Woche später liebten wir uns zum erstenmal – ihre Erfahrung machte meine mangelnde Übung wett. Ich hätte nie geglaubt, daß ich es wieder tun würde – und ebensowenig, daß ich mich noch einmal so verlieben würde wie bei Leonard. Allmählich wurden Opfer und Helferin zu guten Freundinnen und, jawohl, zu unersättlichen Bettpartnerinnen. Die Kelten sind sehr leidenschaftlich, so daß sich aus anfänglicher Tröstung heißes Begehren entwickelte. Es war genau die Art Beziehung, die ich brauchte – unverbindlich, ohne Schmerzen oder falsche Versprechungen. Es war … unkompliziert, befriedigend und von hemmungsloser Dekadenz, etwas, worüber man insgeheim lächeln konnte und was bestimmten Gesprächen in Gegenwart anderer Leute eine gewisse Zweideutigkeit gab. Wir waren äußerst diskret, und niemand ahnte etwas.

Es war ein wunderbarer Herbst (außer in der Zeit, als ich Anna nach Cornwall mitnahm und es schüttete), London war in ein Farbenmeer aus Braun, Gold und Zimttönen getaucht, raschelndes Laub bei Spaziergängen, eine metallisch klare Sonne stand an einem diamantkalten blauen Himmel, in nachmittäglichen Parks lange Schatten, wie mit einem Bleistift gezeichnet. Im Winter Vertrautheit, im Frühsommer zunehmende Entfernung. Ich war Anna dankbar für ihre Hilfe, aber wir hatten keine Zukunft, und der Sex hatte den Reiz des Neuen verloren. Anna akzeptierte es so bereitwillig wie ich, und als Abschiedsgeschenk bekam sie ein neues Westwood-Kleid von mir. Bald darauf ging sie zu einer der Zeitschriften der Verlagsgruppe. Sie arbeitete in Clerkenwell, und wir sahen uns nur noch selten. Sie hinterließ gute Erinnerungen.

## *London*

Die Boulevardblätter hätten es lieber gesehen, wenn Katrina Darcy eine junge Darstellerin in einer TV-Seifenoper gewesen wäre oder das mit einem Rockstar befreundete Supermodel, aber im August war man für alles dankbar. Es gab genug Fotos, auf denen sie umwerfend schön aussah, und Hinweise auf scharfe Sexszenen in ihren Romanen paßten gut zu einem Schnappschuß von ihr, wie sie anläßlich einer Filmpremiere in tief ausgeschnittenem Kleid aus einem Taxi steigt.

»Klasse Titten... Wie alt ist sie?... Mitte vierzig?... Erinnert mich an meine erste Frau, ich wollte immer, daß sie so aussieht. Hat jemand dieses Foto in Farbe? Wir zahlen fünfhundert, wenn wir es exklusiv bekommen... Irgendwas mit einem Prominenten drauf?... David Mellor? Besser als nichts. Besorgt euch ein paar Buchumschläge. Es gab doch mal eine Rothaarige mit einem Tiger an der Leine oder so... Nein, das taugt nichts. Da sieht sie zu alt drauf aus...«

Gefragt war die exklusive Story, die Indiskretion eines Freundes, der hämische Hinweis eines Feindes, die Andeutung eines Skandals. Drogen? Möglich, aber davon war nichts bekannt. Aids? Ausgiebig herumgetrieben hatte sie sich ja. Nicht aufgepaßt? Klappert die Kliniken ab! Mit dem Lover das Weite gesucht? Offensichtlich, aber wer ist es? Hatte die *Mail* nicht vor einiger Zeit gemeldet, daß sie mit Rupert Soundso gesehen worden war? Wie heißt er gleich? Dieser Typ, der diese beknackte Talk-Show macht? Halt, stopp, letzte Woche haben wir ja berichtet, daß er sich verloben will. Sprecht mit ihm! Gibt es nicht irgendwo eine Tochter? Treibt sie auf...

Storys für die Frühausgaben nahmen allmählich Gestalt an, und gelegentliche Informationslücken wurden, je nach Bedarf, mit diversen Spekulationen überspielt.

Von der *Daily Mail,* vorgesehen für Seite fünf: ein Artikel, zusammengestellt aus drei Beiträgen verschiedener Reporter. Dazu ein bislang noch nicht verwendetes Foto aus dem Archiv der Zeitung, das Katrina Darcy mit Daniel Day Lewis bei einem Empfang zeigt.

WO VERSTECKT SICH KATRINA DARCY? MACHT SIE ES WIE SUZI SINCLAIR?

Die bekannte Bestsellerautorin Katrina Darcy (46) ist verschwunden.

Darcy, die für den *Sunday Register* eine wöchentliche Kolumne schreibt, ist gestern nicht in der Redaktion erschienen. Wie es heißt, ist sie seit mehreren Tagen nicht mehr gesehen worden. In ihrem Londoner Luxusapartment meldet sich niemand, und die Suche nach ihr erstreckt sich mittlerweile auch auf ihr Landhaus in Cornwall.

Hat Katrina Darcy sich womöglich von einer ihrer exotischen Romanheldinnen inspirieren lassen? Hauptfigur in *Eligible Lovers,* einem umstrittenen, inzwischen auch verfilmten Roman (100 000 verkaufte Exemplare allein im Taschenbuch, 8 Millionen Fernsehzuschauer), ist Suzi Sinclair, nymphomane Frau eines Medienmoguls, die zuerst ihre lesbische Geliebte ermordet, daraufhin verschwindet und später als Mätresse eines japanischen Prinzen wieder auftaucht.

Rupert Rose, der prominente Talkmaster, war mit Katrina Darcy befreundet. Gestern abend erklärte er in Hollywood: »Wir haben uns seit einem Jahr nicht mehr gesehen. Ich hoffe, es geht ihr gut. Wir waren gute Freunde, aber sie hatte ihre Launen. Ich glaube, sie konnte es manchmal nicht mehr ertragen, berühmt zu sein.«

Bettina Warwick, die bekannte Autorin, sagte uns: »Jeder stellt uns als verfeindete Konkurrentinnen hin, aber wir haben uns immer gut verstanden. Eines steht fest – Katrina ist ein Profi. Wenn sie einen Termin nicht einhält, dann nur, weil sie einen guten Grund dafür hat.«

Justin Hammond, der bei Channel Four Katrina Darcys Talk-Show *Spiked Copy* produziert, erklärt: »Wir wollten uns nächsten Monat zusammensetzen, um die nächste Sendung zu besprechen. Ich habe sie vor ein paar Wochen zum letztenmal gesehen, sie schien glücklicher denn je. Ich habe nicht die geringste Vorstellung, was passiert sein könnte.«

Katrina, die als Reporterin bei der *Daily Mail* anfing, ist eine der bekanntesten und bestbezahlten Journalistinnen hierzulande. Sie ist seit langem befreundet mit Malcom Kendall (57), dem stellvertretenden Chefredakteur des *Sunday Register* (mit dem sie anläßlich eines Parteitags der Liberalen in einem Viersternehotel gesehen wurde). Gestern abend soll er sich »äußerst betroffen« über Katrinas Verschwinden gezeigt haben.

Von der *Sun* für Seite elf vorgesehen. Endfassung eines sechsmal umgeschriebenen Beitrags. Dazugehörige Fotos: ein Porträt von Katrina Darcy und eine großformatige Aufnahme von Jackie Hilman in einem nassen T-Shirt.

Sexy Kate fährt die Klauen ein

Bestsellerautorin Kate Darcy ist spurlos verschwunden.

Englands Softporno-Diva, neben der Miss Whiplash geradezu prüde ist, wurde zuletzt vor einer Woche gesehen. Niemand weiß, wo sie sich aufhält. Ihr 250000 Pfund teures Londoner Luxusapartment ist leer, und ein enger Freund erklärte gestern abend: »Sie ist einfach nicht aufzufinden.«

Darcy, der blonde Medienstar, ist in den letzten Jahren mit zahllosen attraktiven jungen Begleitern gesehen worden, u. a. Talkmaster Rupert Rose (29), der inzwischen mit der Hollywood-Schönheit Jessica Martine liiert ist.

»Ich habe sie seit mehr als einem Jahr nicht mehr gesehen«, erklärt Rose in seinem Bel-Air-Hotel. »Keine Ahnung, wo sie sein könnte.«

Während ihrer zweiwöchigen Jamaikatour wurden täglich frische Austern in ihr Liebesnest am Strand geliefert.

Kate Darcys größter Hit war der Porno-Thriller *Die*

*Leopardin* (S/M, flotte Dreier, lesbische Spiele), dessen Filmfassung demnächst von Sky TV ausgestrahlt wird. Busenstar Jackie Hilman, die in der Hauptrolle als Starr Xanadu zu sehen sein wird, verrät: »Die meisten Szenen mußten wir rausnehmen, sonst wäre der Film verboten worden. Ich weiß nicht, woher sie diese ganzen Sachen hat.«

Gestern abend hieß es beim *Sunday Register,* daß die Topjournalistin (die mit Büchern, Talk-Shows und Zeitungsartikeln mehr als £ 150 000 abkassieren soll) völlige Freiheit genießt.

»Es ist bestimmt alles in Ordnung«, erklärte ein hochrangiger Redakteur, »aber natürlich machen wir uns Sorgen.«

Kates Roman *Eligible Lovers,* kirchlicherseits als »unmoralisches Machwerk übelster Sorte« angeprangert, findet weltweit reißenden Absatz.

Vom *Guardian* vorgesehen für Seite drei unten. Unverändert übernommener Beitrag eines Cambridge-Absolventen, der gewöhnlich aus Westminster berichtet. Ohne Bild.

Fakten und Phantasien. Erotische Autorin schenkt Fleet Street eine Story.

Katrina Darcy, die sich nicht nur als umstrittene Kolumnistin und Fernsehmoderatorin, sondern auch als Autorin extrem freizügiger Romane einen Namen gemacht hat, ist unerklärlicherweise von der Bildfläche verschwunden.

Die Tatsache, daß sie nicht in der Redaktion erschienen ist – ein durchaus normales Phänomen bei Journalisten –, wird von ihren Kollegen als ganz und gar untypisch bezeichnet. In den Redaktionen der Boulevardpresse freilich reibt man sich die Hände und stellt, angesichts spärlicher Fakten, die wildesten Spekulationen an, sie könne entführt worden sein, Selbstmord begangen haben oder zusammen mit diversen Liebhabern untergetaucht sein.

Ms. Darcy (46) hat es erstaunlicherweise geschafft, sowohl in Hampstead als auch bei den Rottweilerbesitzern von Essex äußerst beliebt zu sein. Ihre sonntäglichen Kolumnen und ihre Talk-Show auf Channel Four *(Spiked Copy)* faszinieren durch kontroverse Themen, die sie mit Witz und Verve anpackt. Ihre Romane – deren Vermarktung ganz gezielt die Prominenz des Medienstars instrumentalisiert – dienen als Folie für die ungewöhnlichsten, ja abartigsten sexuellen Phantasien. Die Praktiken ekstatisch verschlungener, willig einander entgegenfiebernder Körper werden so drastisch beschrieben, daß zwei TV-Verfilmungen erheblich gekürzt werden mußten.

Zynische Beobachter dürften hinter Ms. Darcys Verschwinden eine geschickte PR-Aktion vermuten, doch wird in der nächsten Zeit kein neues Werk von ihr erscheinen. Malcolm Kendall, stellvertretender Chefredakteur des *Sunday Register,* äußerte sich besorgt. In seinem gestern abend abgegebenen Statement heißt es: »Katrina Darcy ist eine verantwortungsbewußte Journalistin. Seit einer Woche haben wir sie nicht gesehen und auch nichts von ihr gehört, und allem Anschein nach gibt es auch keine Erklärung. Wir tun alles Menschenmögliche, um sie ausfindig zu machen, und sind überzeugt, daß sie bei guter Gesundheit ist.«

Mr. Kendall lehnte zwar jede weitere Stellungnahme hierzu ab, doch verlautete aus seiner Umgebung: »Katrina hat ihre berufliche Tätigkeit und ihr Privatleben immer auseinandergehalten. Es ist überhaupt nicht ihre Art.«

In einigen Redaktionen wird man nicht sonderlich böse sein, wenn Katrina Darcy für die Dauer der Sauregurkenzeit verschwunden bleibt.

## *Stephanie*

*Auf jeder Seite Fotos von ihr, zwanzig Jahre in Schnappschüssen festgehalten. Vor dem Haus in Barnet, neugierig aus dem Kinderwagen schauend; ein bleicher Engel beim Krippenspiel im Kindergarten; im Londoner Zoo, eine kleine Person, die mit mir neben der Statue des Gorillas Gay steht und ängstlich meine Hand hält. Ein Porträt von ihr, spontan in einem Supermarkt aufgenommen; am Strand von Newquay, im Sand eingebuddelt; mit vierzehn Jahren, schüchtern, in ihrem ersten langen Kleid, als ich sie zu einer Filmpremiere mitnahm; wir beide auf Skiern in Val d'Isère; vor der Wohnung, mit dem Auto, das ich ihr geschenkt habe. Ich bin sicher, daß ich auch Fotos von ihr und Tom hatte, aber sie sind nicht mehr da.*

Ich möchte gleich etwas vorausschicken, auch wenn es vielleicht nur der Versuch ist, mein schlechtes Gewissen zu beruhigen. Zuerst war ich wirklich eine gute Mutter, ich habe mit ihr gespielt, auf ihre Bedürfnisse geachtet, ihr die richtigen Bücher vorgelesen, Kränze aus Gänseblümchen geflochten, habe im Schneidersitz mit ausgebreiteten Armen auf dem Teppich gesessen und sie ermutigt, als sie die ersten unsicheren Schritte machte. Selbst als Tom auszog, blieb Stephanie der Mittelpunkt meines Lebens. Es hörte nicht abrupt auf, sondern änderte sich allmählich, und ich könnte es sicher mit irgendwelchen Sachzwängen entschuldigen, auf die ich keinen Einfluß hatte. Stephanie wuchs in den Achtzigern auf, als sich alles nur um Geld drehte und was man dafür kaufen konnte, und warum sollte meine Tochter nicht auch bekommen, was alle anderen Kinder hatten? Es war nicht ihre Schuld, daß meine Ehe in die Brüche gegangen war. Toms Unterhalt reichte nicht, also mußte ich hinzuverdienen. Aber es war eine Tretmühle, die sich immer schneller zu drehen begann. Immer mußte sie Dinge haben, die gerade der letzte Schrei waren, um damit angeben zu können. Und ich selbst fand, daß ich das Recht auf ein eigenes Leben hatte, und das hieß: noch mehr arbeiten, noch weniger Zeit. Jede Frau, die in dieser Lage gewesen ist, weiß, wie schwierig dieser Balanceakt ist.

Aus meiner Sicht rutschte Stephanie übergangslos aus der Kindheit in das Erwachsenenleben. Mit den Problemen eines pubertierenden Teenagers hatte ich kaum etwas zu tun. Die kriegten die diversen Pflegemütter ab, die ich einstellte. Aber ich sorgte immer dafür, daß sie das Beste bekam, was ich ihr geben, na schön: kaufen konnte. Ich bezahlte all die Extras, die von den Schulen angeboten wurden, und sie hat bestimmt mehr von der Welt gesehen als ich in ihrem Alter. Ihre Klamotten kosteten mich ein Vermögen, und sie ging regelmäßig zu meinem Friseur. Ich nahm sie oft mit ins Theater – auf meinem Schreibtisch lagen ja immer irgendwelche Freikarten –, und jahrelang stand *Peter Pan* auf dem Weihnachtsprogramm. Und ich nahm mir Zeit für sie, nie genug, aber immer so viel, wie ich erübrigen konnte. Ich könnte ein Szenario entwerfen, um zu beweisen, daß ich schlicht und einfach nicht schuld bin für das, was später passiert ist... Von allem, was ich bisher aufgeschrieben habe, ist das folgende jedenfalls das Schmerzhafteste.

Zu Stephanies achtzehntem Geburtstag gab ich ein Fest im Keller von Sammy Mac's Weinbar in Covent Garden, mit wilder Musik, Champagner und einem Büffet von Suzanne Carstairs, *dem* Partyservice in jenem Jahr. Der Kuchen war von Fortnum & Mason, ein Riesending mit einer Zuckergußspitze wie ein Berg, achtzehn dunkelgrüne Kerzen wie Kiefern an den Abhängen und eine winzige Spielzeuggondel, darin lag der Schlüssel für den Golf GTI, den ich ihr schenkte. Sie hatte die meisten ihrer Schulfreundinnen eingeladen, und es kamen rund sechzig Freunde von uns – von mir, darunter auch Tom und seine zweite Frau Celia, die als Erdkundelehrerin in Greenwich arbeitete. Die beiden hatten fünf Jahre zuvor geheiratet, aber wir sahen uns zum ersten Mal. Mit großer Befriedigung stellte ich fest, daß sie ihn an der kurzen Leine hielt.

Als ich mit Anthony zu einem der langsameren Titel tanzte, die gelegentlich gespielt wurden, damit man sich etwas erholen konnte, sagte er: »Tolle Party. Für wen ist sie eigentlich?« Er nahm ja nie ein Blatt vor den Mund.

»Was meinst du damit?« Ich hatte schon drei Flaschen intus, war entsprechend beschwipst und registrierte nur, daß sich alle prächtig amüsierten. Ich hatte Stephanie, voller Energie und mit leuchtenden Augen, beim Twist mit einem karibischen Popmusiker beobachtet, der in unserer Nähe wohnte, und gesehen, wie sie es genoß, im Mittelpunkt der Veranstaltung zu stehen. Der Kontrast zwischen dem pummeligen Baby, das ich einmal beim Erdeessen überrascht hatte, und der schlanken, sexy Blondine in einem pflaumenblauen zerknitterten Samtcocktailkleid und schwarzen Gucci-Stilettos hatte mich amüsiert.

»Ich meine, es ist nicht nur Stephanies Party, sondern auch deine.«

»Na und? Für mich ist es genauso ein wichtiger Tag. Stephanie fand die Idee toll... Sei kein Spielverderber...« Ich zog ihn neckisch an den Haaren und gab ihm einen Kuß auf die Wange. »Sie hat sich sehr über die Halskette gefreut, die sie von dir und Toby geschenkt bekommen hat. Edles Stück. Sehr spendabel!«

»Wir kennen sie schon so lange. Sie ist gewissermaßen unsere Lieblingsnichte.«

»Sie könnte keine besseren Onkel haben ... und ich keine besseren Freunde.«

»Ich weiß nicht.«

»Was zum Teufel soll das jetzt heißen?«

»Nicht so wichtig.« Sein Tonfall ließ das Gegenteil vermuten.

Ich hatte gehofft, daß Stephanie studieren würde, aber mit Geld kann man nur kleine Klassen kaufen, keine Lernbereitschaft. Bei Elternabenden wiesen mich ihre Lehrer auf mangelnde Leistungen hin, so daß ich tat, was man als pflichtbewußte Mutter eben tut: Ich redete mit ihr. Sie versprach, sich zusammenzureißen, allerdings in einem Rutsch-mir-den-Buckel-runter-Ton, und ich fand mich damit ab, daß sie die Schule langweilig fand. Für mich war das kein Problem. Es gab jede Menge Jobs, und ich hatte viele Kontakte, die ihr einen Anfang ermöglichen würden – sobald ihr klar war, was sie tun wollte. Eine Karriere als Model wurde erwogen, aber wieder verworfen, Journalismus kam nicht in Frage, weil sie nicht ständig mit mir verglichen werden wollte. Schauspielerei reizte sie, doch das hieß, eine Aufnahmeprüfung zu bestehen und dann wieder zu lernen. Blieb nur noch die Werbebranche und Public Relations, aber für die wirklich guten Stellen wurde ein Universitätsabschluß gefordert. Schließlich erklärte sie sich bereit, in einer Agentur in Soho – nicht gerade eine der besseren – als Volontärin anzufangen, angeregt durch die Überlegung, daß ihre Vorgängerin zu J. Walter Thompson übergewechselt war. Ich war bereit, ihr minimales Gehalt aufzustocken, weigerte mich aber, ihr eine eigene Wohnung zu bezahlen. Sie arbeitete ein paar Wochen in der Agentur, langweilte sich zu Tode, kündigte plötzlich und fing in der Boutique an, wo sie für Kleider meistens ihr ganzes Geld ließ. Ich protestierte, ließ sie aber im Grunde machen. Sie brauchte keinen Beruf zu erlernen, wenn sie es nicht wollte, sie konnte es sich leisten, die Hedonistin zu spielen, bis sie erwachsen war.

Dann, ganz plötzlich, fing es an. Sie trieb sich mit einer Clique von aufgeblasenen Typen herum, verschwand, ohne mir Bescheid zu sagen, und rief von irgendwo aus an – oft aus Paris, und einmal, rätselhafterweise, aus Ipswich –, um mir mitzuteilen, daß sie kein Geld mehr hatte, und ob ich ihr nicht was überweisen könnte. Zuerst ärgerte ich mich nur, doch irgendwann flippte ich aus. Als sie eines Abends hereinspaziert kam und verkündete, daß sie gegen eine Mauer gefahren sei und einen Alkoholtest habe machen müssen, platzte mir der Kragen.

»Und du glaubst, ich bezahle die Strafe und die Autoreparatur? Es wird Zeit, daß du vernünftig wirst, Steffie. Ich hab die Nase voll von dir.«

»Dann sind wir ja quitt.«

»Wie bitte?«

»Mir reicht es auch!« Zorn sprühte aus ihren alkoholverschleierten Augen. »Es kotzt mich an, nur das Modeaccessoire meiner Mutter zu sein.«

»Was soll das jetzt heißen?« fragte ich.

»Du hast wirklich keine Ahnung? Nein, natürlich nicht. Mein Gott.« Sie seufzte. »Es ist sinnlos, darüber zu reden.«

»Komm«, sagte ich. »Setz dich. Spuck's aus, egal, was.«

»Tu doch nicht so, als ob du es ernst meinst.«

»Es ist mein Ernst. Offensichtlich ist alles, was ich für dich getan habe, nicht gut genug gewesen, also komm, pack aus. Ich hör dir zu.«

»Du hörst mir zu?« wiederholte sie. »Wie das?«

»Ich bin deine Mutter, ich höre dir immer zu.«

Sie sah mich mit spöttischen Augen an. »Du hörst mir immer zu? Ist ja irre.«

»Wenn du zur Sache kommen könntest ...?« sagte ich gereizt. »Vielleicht klärt sich ja was.«

»Da wär ich mir nicht so sicher, aber okay ... ich versuch's.« Sie setzte sich und musterte mich, als wäre ich eine unbekannte Person, die sie einschätzen wollte. »Es gibt eine Million Möglichkeiten anzufangen.«

»Ganz von vorn vielleicht«, rief ich ungeduldig.

»Ganz von vorn. Warum nicht. Aber du wirst es nicht verstehen.«

»Versuch's einfach.«

Sie warf sich in den Sessel zurück, und für einen kurzen Augenblick dachte ich, sie würde weinen, doch sie beherrschte sich. »Erinnerst du dich noch an den Tag, als du mich vom Kindergarten abgeholt hast und wir zu Amanda gefahren sind? Raus aufs Land.«

»Natürlich. Ich hatte gerade... Du weißt ja, was passiert war. Es war der Anfang unserer Scheidung.«

»Ich weiß, aber ich meine nicht, ob du dich an den Tag erinnerst. Ich meine unser Verhältnis. Du und ich. Ich wußte, irgend etwas war los, denn du hast nicht von Daddy gesprochen. Aber dann hast du mich auf einen Jahrmarkt mitgenommen und mir Zuckerwatte gekauft, und ich bin auf einem silbernen Pferd geritten, und du warst... einfach da. Alles war in Ordnung. Und später, in Barnet, hat es mir nichts ausgemacht, daß ich bei anderen Leuten war, während du im Büro warst, denn ich wußte ja, daß du zurückkommst, sobald es nur ging. Und du hast mich nie enttäuscht. Du hast dich für mich interessiert, wolltest immer wissen, was ich gemacht habe. Das änderte sich, als wir nach Swiss Cottage zogen. Du warst einfach nicht mehr vorhanden.«

»Du weißt doch, wie es mit meinem Job weitergegangen ist. Wir brauchten das Geld, das ich beim *Register* verdient habe«, sagte ich. »Und ich habe mir immer Zeit für dich genommen.«

»Stimmt... Ich war ein regelmäßiger Termin in deinem Scheiß Filofax. ›Samstag, 13 bis 17 Uhr: Stephanie.‹ Weißt du, wie oft das Telefon an diesen Nachmittagen geklingelt hat?«

»Es hatte mit meiner Arbeit zu tun«, verteidigte ich mich.

»Du hast dich nie beklagt, daß ich viel Geld verdiene – und du hast ja auch deinen Anteil abbekommen.«

»Toll.« Sie klang niedergeschlagen. »Offensichtlich war es leichter, Schecks auszustellen als mit mir zu sprechen.«

»Warum hast du mir nicht schon früher was davon gesagt?« Meine Stimme verriet, daß ich meine Hilflosigkeit mit einem Gegenangriff überspielen wollte.

»Hab ich doch.« Vorwurfsvoll starrte sie mich an. »Seit Jahren versuche ich es. Du hast mir nie zugehört, und auch jetzt hörst du mir nicht zu!« Sie sprang auf, lief hinaus in ihr Zimmer und knallte die Tür hinter sich zu.

Es hätte ein Moment des Bilanzierens sein können, der Ernüchterung, der Erinnerung an all die Dinge, die Anthony mir gesagt und die ich von mir gewiesen hatte. Es wird noch Tränen geben. Aber ich war wirklich fuchsteufelswild. Wohin ich auch sah, überall wurde ich bewundert und beneidet, und meine Tochter, für die ich mich abrackerte, war eine undankbare Zicke. (Heute denke ich, daß ich mich in dieser Situation typisch männlich verhalten habe.) Na gut, dachte ich, sie soll lernen, selbständig zu werden, sie soll sich zur Abwechslung mal ein bißchen anstrengen, statt sich von mir durchfüttern zu lassen. Es war ein Fehler von mir, sagte ich mir, sie nicht so weit erzogen zu haben, daß sie jetzt auf eigenen Beinen stehen konnte. Sie war ein verwöhntes, egoistisches ... Ach ja, ich war eine Weltmeisterin im Erfinden von Ausreden.

Am nächsten Morgen, sie schlief noch, legte ich ihr einen Zettel auf den Frühstückstisch. Ich würde die Autoreparatur bezahlen, aber die Strafe solle sie übernehmen; falls ihr der Führerschein abgenommen würde, dürfe sie nicht auf meine Rechnung Taxi fahren. Ich halbierte den Betrag, den ich ihr per Dauerauftrag überweisen ließ; wenn sie mehr wollte, würde sie mich überzeugen müssen, daß sie es verdient hatte. Alles andere blieb beim alten. Sie hatte ein Zuhause, das sie nichts kostete, und im Kühlschrank war immer etwas zu essen. Es war ein kurzer, schmerzhafter Schlag.

(Diese Beichte ist kein Versuch, mich reinzuwaschen. Wenn ich zugebe, daß ich unfähig war, dem Kind, das ich im Stich gelassen habe, zu helfen, dann nicht, um als unschuldig dazustehen. Ganz am Anfang habe ich mir geschworen, die Wahrheit zu sagen, ganz egal, ob ich eine schlechte Figur dabei mache und was die anderen von mir halten. Von all den Menschen, über die ich hier zu schreiben versuche, ist Stephanie der schwerste Fall. Vielleicht schreibe ich in Wahrheit alles für sie.)

Sie war nicht da, als ich wieder nach Hause kam, da der Zettel aber nicht mehr dalag, nahm ich an, daß sie ihn gelesen hatte. Charlie Taylor hatte mich zum Abendessen mit seiner Frau und ein paar Kollegen vom *Register* eingeladen, ich hatte gerade noch Zeit, mich zu duschen und etwas anderes anzuziehen. Kurz nach Mitternacht kam ich nach Hause, die Wohnung war dunkel. Ich wußte nicht, ob ich abschließen sollte, und sah in Stephanies Zimmer nach. Das Bett war leer, der Kleiderschrank stand offen. Ich machte das Licht an und sah, daß das Zimmer so gut wie leer war.

»Wo bist du hin, verdammt?« sagte ich laut. Ein paar persönliche Dinge – ein signiertes Foto von Duran Duran, ein Ring, den sie von ihrer Großmutter geschenkt bekommen hatte, ein Teddybär, der die Zeiten überdauert hatte, der James-Dean-Spiegel – waren ebenfalls verschwunden. Es war zu spät, um noch bei ihren Freunden herumzutelefonieren, aber sie war bestimmt bei einem von ihnen. Verärgert – ich hatte etwas gegen unerklärtes Fehlen – beschloß ich, die Sache bis zum nächsten Morgen auf sich beruhen zu lassen. Dann fand ich den Zettel neben dem Telefon.

*Ich bin zu Alison gezogen, Du kennst ja ihre Telefonnummer. Ruf mich nicht an, ich melde mich, wenn ich etwas klarer sehe. Steffie.*

»Wenn du kein Geld mehr hast«, murmelte ich, während ich Alisons Nummer wählte. Immerhin war sie eine ihrer intelligenteren Freundinnen, Volontärin bei einer Design-Firma, und sie hatte eine viel zu teure und zu große Wohnung. Ich wollte schon aufgeben und es später noch einmal versuchen, als jemand abnahm.

»Stephanie?«

»Nein, Alison. Katrina?« Sie hatte immer nur Katrina zu mir gesagt.

»Ja. Ist sie da?«

»Sie ist gerade weggegangen. Zur Arbeit.«

»Sie ist bei dir eingezogen, ja?«

»Ja. Gestern abend. Ihr ging's ziemlich mies, aber sie wollte nicht darüber sprechen.« Ich mußte zugeben, daß sie besorgt klang.

»Ist nicht so wichtig, Alison«, meinte ich. »Wir hatten gestern abend ein Gespräch, das ist alles. Anscheinend will sie im Moment nicht mehr bei mir wohnen. Ich bin nicht gerade begeistert, aber es ist nichts weiter. Sie ist alt genug, sie kann tun, was sie will. Ich gebe dir aber einen Rat. Paß auf, daß sie die Miete bezahlt. Ich weiß, daß du das Geld brauchst.«

»Das haben wir schon geklärt.« Sie klang jetzt distanziert, fast angewidert. »Stephanie hat mir einen Scheck gegeben.«

»Ich werde zusehen, daß er gedeckt ist.«

»Ich kann mich auf Stephanie verlassen, Katrina. Sie ist meine Freundin. Soll ich ihr etwas ausrichten?«

»Sag ihr bloß, daß ich angerufen habe und ihre Aktion nicht besonders toll finde.«

»Mach ich«, sagte Alison ruhig. »Alles klar. Auf Wiederhören, Katrina.« Sie legte auf.

Sie machte ihre Sache sehr gut, wurde nicht ausfallend, ließ aber keinen Zweifel daran, was sie von mir hielt. Damals schien sie mir eine sarkastische, allzu selbstsichere junge Frau zu sein. Sie und Stephanie würden gut miteinander auskommen, dachte ich. Ich erinnerte mich an Großmutter und ihr altes Sprichwort, daß manche Leute erst zur Besinnung kommen, wenn sie auf dem trockenen sitzen.

Ich ließ Stephanie gehen, weil ich fand, daß sie nichts taugte, und war in meiner blinden, unerträglichen Arroganz davon überzeugt, daß sie zu meinen Bedingungen zurückkehren würde. Das Schlimmste war, daß ich mir sagte, daß es mir nichts ausmachen würde, wenn sie nie zurückkäme. Aber in der allerersten Zeit war ich tatsächlich eine gute Mutter, und ich habe versucht, es wieder zu werden. Das möchte ich betonen.

Und das sind die Menschen, die in meinem Leben eine Rolle gespielt haben. Von Vernon abgesehen, habe ich sie alle, auf unterschiedliche Weise, geliebt, zumindest eine Zeitlang. Und Tom war der einzige, den ich haßte, aber daraus wurde Gleichgültigkeit, was noch brutaler ist. Anthony hat einmal gesagt, daß in unseren Geburtsurkunden oder Arbeitsverträgen nichts von Glück steht. Auch nichts von Liebe.

Ich bin erschöpft. Joe Mellor würde mich jetzt auffordern, das Ganze auf eine Seite zusammenzustreichen, dann den Polizeibericht runterzuhauen und ihm anschließend bei ›Maureen's‹ gegenüber einen Beefsandwich zu besorgen. Jetzt bin ich am Ende angekommen. Lange Reise, unbekannte Straßen, falsches Ziel. Oje, ich fange an, Phrasen zu dreschen. Es ist Freitag früh, zehn vor halb vier. Ich hab's geschafft, Joe. Rechtzeitig.

Punkt... Ende.

# *London*

Im *Sunday Register* war inzwischen eine ruhigere Atmosphäre eingekehrt. Die meisten Reporter waren gegangen, nur einige Redakteure saßen noch an letzten Ergänzungen des Wirtschaftsteils, der Sportseiten, der Nachrichten. Überall gedämpfte Stimmen, die Atmosphäre konzentriert. Als ein Bote hereinkam und einen Packen fertiger Farbbeilagen auf den Boden warf, wirkte das Geräusch irgendwie störend. Kendall, der wie abwesend den endgültigen Inhalt und das Layout kontrollierte, saß allein im Büro des Chefredakteurs und beobachtete eine Schar von Staren, die sich wie ein riesengroßes flatterndes Tuch am goldschimmernden Himmel bewegten. Fast dreißig Meter unter ihm glitt ein Lastkahn durch das austernfarbene Dämmerlicht, das über der Themse lag, und von Big Ben hörte man es halb neun schlagen. Fast neun Stunden, seit Miranda Webb das Verschwinden von Katrina gemeldet hatte. Seine anfängliche Überraschung hatte sich unmerklich in Angst verwandelt, das Unbekannte, Beunruhigende wurde von dem Aberglauben in Schach gehalten, daß man sich die schlimmsten Dinge nur vorstellen muß, um ihr Eintreten zu verhindern... Er drehte sich um, denn die Tür war aufgegangen.

»Hallo, Anthony.«

»Hat sie sich gemeldet?«

»Nein. Ich habe versucht, Sie zu erreichen, aber...«

»Ich habe mein Handy hiergelassen. Ich dachte, ich brauche es nicht.«

»Ich hätte Ihnen ohnehin nichts Neues sagen können. Wir haben es überall versucht.« Kendall ging zum Wandschrank. »Scotch?«

»Mit Wasser.« Delamere schien kraftlos, als hätte er geglaubt, daß Katrina inzwischen aufgefunden sei, und die Realität, daß sie noch immer verschwunden war, ließ ihn zusammensinken. »Ein Mensch löst sich doch nicht einfach in Luft auf.«

»Es ist aber so, leider.«

»Kein Hinweis?«

»Nur eine Möglichkeit, die wir noch nicht versucht haben... Leonard Drummond.«

Delamere sah ihn erstaunt an. »Woher wissen Sie?«

»Wir haben es von ihrer Agentin. Ich dachte, Sie wüßten es. Offenbar ist er irgendwo in Wales. Ich kann mir nicht vorstellen, daß Katrina mit ihm unterwegs ist, ohne uns Bescheid zu sagen, aber... Na ja, es ist so ungefähr das einzige, was uns noch bleibt.«

»Wo in Wales?« fragte Delamere.

Kendall gab ihm seinen Drink. »Das wissen wir nicht. Steve hat seine Frau angerufen, aber sie wollte ihm nichts sagen. Wenn sie von ihm und Katrina weiß, ist natürlich sonnenklar, daß sie keine Lust hat, uns etwas zu erzählen.«

Delamere erhob sich. »Ich werde mit ihr sprechen. Mrs. Drummonds Gefühle interessieren mich im Moment nicht.«

»Viel Glück! Steve hat die Nummer.«

Hamilton saß an der bislang wenig konkreten Story, als Delamere an seinen Schreibtisch trat.

»Ich möchte Drummonds Telefonnummer haben.«

»Hat Malcolm nicht gesagt, daß...«

»Doch.«

»Okay.« Hamilton schob ihm seinen Notizblock hin. »Die oberste Nummer ist der Hausanschluß, die andere ihr Handy, aber ich glaube nicht, daß es etwas bringt.«

»Ich werde es mit Charme versuchen.« Delamere griff zum Hörer und tippte die erste Nummer ein. Nach wenigen Sekunden probierte er das Mobiltelefon.

»Frau Dr. Drummond? Mein Name ist Anthony Delamere. Tut mir leid, Sie zu stören, es ist sehr wichtig. Ich...«

»Geht es um Marion?« Es klang nervös.

»Pardon... Marion?«

»Ja. Wer sind Sie?«

»Ich bin Journalist, Frau Dr. Drummond. Ein Kollege von mir hat vorhin versucht, Ihren Mann zu erreichen, aber Sie wollten ihm nicht sagen, wo er ist. Wir müssen ihn in einer äußerst dringenden Angelegenheit sprechen...«

»Das interessiert mich nicht. Und jetzt machen Sie bitte die Leitung frei.«

»Nein«, sagte er scharf. »Und wenn Sie auflegen, werde ich die Leitung blockieren. Tut mir leid, aber ich meine es ernst.«

»Mr. Delamere, wenn Sie nicht augenblicklich...«

»Sagen Sie mir nur, wie ich Ihren Mann erreiche, und ich lege sofort auf.«

»Unerhört! Wie können Sie es wagen...«

»Frau Dr. Drummond, wir sollten unsere Zeit nicht mit

dieser sinnlosen Diskussion verschwenden. Sie wollen eine freie Leitung haben, wir müssen Kontakt mit Ihrem Mann aufnehmen.«

»Wieso ist das denn so wichtig?«

»Das zu erklären würde zu lang dauern. Sie müssen es mir einfach glauben.«

»Himmelherrgott, ich ...« Sie stöhnte ungeduldig. »Na gut. Er ist an der Universität Cardiff. Institut für Anglistik. Zufrieden? Und jetzt legen Sie bitte ...«

»Vielen Dank, Frau Dr. Drummond.«

Hamilton sah mit erhobenen Augenbrauen zu, wie Delamere auflegte. »Wenn das Charme ist, wie muß man es sich vorstellen, wenn Sie unangenehm werden?«

»Jedenfalls weiß ich jetzt, wo er ist. Schauen Sie, ob im Anglistik-Institut der Universität Cardiff noch jemand ist, und sagen Sie mir Bescheid.«

»Ist sie noch unterwegs?« fragte Hamilton.

»Ja, ich habe eine Hupe gehört.«

Delamere betrachtete das erste Wort, das er aufgeschrieben hatte. Marion, die Frau, von der Katrina ihm erzählt hatte, das Kindermädchen. Warum hatte Judith Drummond sofort wissen wollen, ob es sie betraf? Während Hamilton schon nach der Cardiffer Telefonnummer fahndete, ging Delamere in sein eigenes Büro, holte sich die Privatadressen der Angestellten der Verlagsgruppe auf seinen Monitor und suchte nach ›Probert‹. Er wählte, ein Anrufbeantworter forderte ihn auf, eine Nachricht zu hinterlassen.

»Anna? Hier ist Anthony Delamere. Würden Sie mich bitte zurückrufen, sobald Sie nach Hause kommen? Es ist wirklich dringend. Ich bin in der Redaktion. Danke.«

Nachdenklich trommelte er mit den Fingern auf den Hörer. Katrina war verschwunden ... Judith Drummond war irgendwo in ihrem Auto unterwegs ... und wollte unbedingt, daß ihre Leitung frei blieb und ... Was war mit dem Kindermädchen? Der Versuch mit Anna war ein spontaner Einfall gewesen, aber möglicherweise wußte sie etwas. Kurz vor neun, Freitag abend. Vermutlich war sie ausgegangen, vielleicht die ganze Nacht, bestimmt würde sie erst spät nach Hause kommen. Durch die Glasscheibe sah er Hamilton und folgte ihm in das Büro des Chefredakteurs.

»Bei Drummond ist sie nicht«, sagte Hamilton. »Jedenfalls hat sie dort niemand gesehen. Ich habe dem Hausmeister gesagt, daß die Sache extrem dringend ist, daraufhin rief er den Direktor des Anglistik-Instituts privat an, und der hat mich gerade zurückgerufen. Er sagt, Drummond ist die ganze Woche dort gewesen, offenbar allein.«

»Haben Sie mit Drummond gesprochen?«

»Er ist momentan nicht da. Er ist mit Martin Ross – dem Amerikaner, der letztes Jahr den Pulitzerpreis gewonnen hat – zu Freunden gefahren, sie wollen dort übernachten. Vor morgen nachmittag werden sie nicht zurück erwartet.«

»Und wo sind diese Freunde?« fragte Delamere.

»Drummond hat nichts gesagt.«

»Moment mal«, sagte Kendall. »Könnten sie zu Katrina gefahren sein? Wie weit ist es von Cardiff nach ...? Aber das würde noch immer bedeuten, daß sie in ihr Cottage gefahren ist, ohne uns Bescheid zu sagen. So eine Scheiße.«

Delamere nahm das Whiskyglas, das er auf dem Schreibtisch hatte stehenlassen. »Wann will sich unser Mann aus Cornwall melden?«

Hamilton sah zur Wanduhr. »Ich habe ihn um halb sieben angerufen. Er dachte, er brauche etwa eine Stunde nach Penzance, aber als ich ihn anrief, um ihm Emmas Wegbeschreibung durchzugeben, sagte er, daß auf den Straßen viel Betrieb sei. Und dann muß er das Haus noch finden... Er wird sich jeden Moment melden.«

»Und wenn sie nicht da ist?« sagte Delamere.

»Dann weiß ich auch nicht mehr weiter... vielleicht noch ihre Mutter. Wir haben es gar nicht erst probiert, um sie nicht zu ängstigen.«

»Katrina besucht sie ohnehin kaum.«

»Ich werde sie anrufen, wenn unser Mann feststellt, daß Katrina nicht im Cottage ist.« Kendall sah Delamere mitfühlend an. »Tut mir leid, Anthony, wirklich keine schöne Geschichte.«

Delamere starrte in sein Glas und murmelte dann, als würde er mit sich selbst sprechen: »Seit einer Woche ist sie nicht gesehen worden, sie ist nicht bei Drummond, niemand weiß, wie man an Stephanie rankommt, ihre Agentin kann uns nicht helfen ...« Er nahm einen großen Schluck. »Es gibt noch etwas, aber ich weiß nicht, ob da ein Zusammenhang besteht.«

»Nämlich?«

»Das erste, was Judith Drummond wissen wollte, war, ob ich wegen einer gewissen Marion anrufe. Ich weiß von Katrina, daß sie das Kindermädchen ihrer Tochter ist. Das Kind ist behindert. Drummond klang panisch, als wartete sie auf eine Nachricht.«

»Aber was hat das mit Katrina zu tun?« fragte Kendall.

»Weiß der Teufel. Vielleicht nichts. Aber anscheinend

sind wir nicht die einzigen, die sich Sorgen machen. Der einzige Mensch, der uns eventuell helfen könnte, ist Anna Probert. Erinnern Sie sich? Sie hat eine Zeitlang bei uns als Sekretärin gearbeitet. Sie und Katrina waren gut befreundet.«

»Hätte ich das gewußt, hätten wir sie angerufen.«

»Sie haben es nicht an die große Glocke gehängt.« Delamere klang abweisend. »Es würde zu lange dauern, es zu erklären, aber ...« Er hielt inne, denn das grüne Telefon auf Kendalls Schreibtisch klingelte.

»Ja... verdammt, ich habe doch gesagt, daß wir Bescheid geben, sobald sich irgend etwas Neues ergibt. Verfolgt einfach die Agenturmeldungen und stehlt mir nicht meine Zeit.« Kendall knallte den Hörer auf die Gabel. »Der *Daily Telegraph* will für die zweite Ausgabe Genaueres wissen. Welcher Heini hat ihnen überhaupt diese Nummer gegeben? Fahren Sie fort, Anthony.«

»Anna und Katrina kannten Marion. Die Details spielen hier keine Rolle. Anna ist im Moment nicht zu Hause, aber wenn wir sie erreichen... Mein Gott!« Das grüne Telefon klingelte wieder. Hamilton ging ran.

»Was gibt's?« bellte er.

»Steve Hamilton? Mike Hay, Plymouth Network News. Ich bin im Cottage. Sie ist tot!«

»Was?« Er legte die Hand über die Muschel. »Es ist unser Mann. Er sagt, sie ist tot.«

»Stellen Sie den Lautsprecher an«, sagte Kendall.

Hamilton drückte auf den Knopf. »Wie war das?«

»Sie ist tot!« Eine aufgeregte Stimme kam verzerrt aus dem Lautsprecher. »Jemand hat ihr den Schädel eingeschlagen.«

»Haben Sie einen sitzen?« rief Kendall.

»Nein... Wer spricht da?«

»Malcolm Kendall, stellvertretender Chefredakteur. Ich höre mit. Also, was zum Teufel ist da unten los?«

»Keine Ahnung. Ich habe sie gerade gefunden und ... Hören Sie, wir sollten nur nachschauen, ob sie da ist. Sie haben nicht gesagt, daß...«

»Wir haben nichts gesagt, weil wir nichts wußten. Und jetzt beruhigen Sie sich wieder.«

»Beruhigen? Die Frau ist ermordet worden!« Es klang hysterisch.

»Sind Sie ganz sicher, daß sie tot ist?«

»Sie war kalt, und überall ist Blut ... Mr. Kendall, ich werde die Polizei rufen. Vielleicht ist hier ein Mörder irgendwo.«

»Haben Sie jemand gesehen?«

»Nein, aber...«

»Steht vor dem Cottage ein Auto?«

»Was? Ja... ein dunkelblauer Rover. Ich sehe ihn von hier aus.«

»Der gehört ihr. Wo befinden Sie sich?«

»Ich hab mich in meinem Auto eingeschlossen. Vorn an der Straße ist eine Kneipe. Ich werde dort auf die Polizei warten.«

»Moment. Im Auto sind Sie geschützt. Wann sind Sie angekommen?«

»Vor zehn Minuten etwa. Ich habe geläutet und bin dann nach hinten gegangen. Ein Fenster stand offen, ich habe hineingeschaut und sah sie auf dem Fußboden liegen.«

»Sind Sie reingegangen?«

»Ja. Ich dachte, vielleicht ist sie bewußtlos. Dann sah ich das Blut.«

»Im Cottage ist niemand sonst?«

»Ich bin nicht so lange geblieben, ich habe nichts bemerkt, ich…«

»Sind Sie ganz sicher, daß es Katrina Darcy ist?« Delameres Stimme war starr. »Na?«

»Ich kenne sie nur vom Fernsehen, aber sie ist es bestimmt.«

»Haben Sie genau hingesehen? Haben Sie das Licht angemacht?«

»Es war ja nicht dunkel.«

»Hier in London wird es jetzt dunkel, und Sie waren im Innern des Hauses. Haben Sie ihr Gesicht *wirklich* gesehen?«

»Ja… na ja, so gut wie. Ich bin nicht lange drin geblieben. Mein Gott, das Cottage gehört doch ihr, oder?«

»Das beweist überhaupt nichts. Trug sie einen Ring mit einem großen Tigerauge? Müßte an der rechten Hand gewesen sein.«

»Weiß nicht. Ich hab nicht hingesehen.«

»Wo haben Sie denn hingesehen? Sie wissen nur, daß jemand auf dem Fußboden liegt. Sind Sie überhaupt sicher, daß sie tot ist?«

»Also, wer ist hier, Sie oder ich?« brüllte Hay. »Ich gehe da nicht mehr rein! Für mich ist die Frau tot, und wenn es nicht Katrina Darcy ist, dann weiß ich auch nicht, wer es sein soll. Und jetzt lassen Sie mich in Ruhe!«

»Schon gut!« Kendall bedeutete dem schäumenden Delamere, sich zu beruhigen, und beugte sich dann über das

Telefon. »Tut mir leid. Wir sind hier alle ein bißchen nervös. Wir wußten von dieser Geschichte nichts, sonst hätten wir Sie natürlich nicht hingeschickt. Wenn Sie mit der Polizei sprechen, geben Sie den Beamten die Telefonnummer, die Sie haben, und sagen Sie, sie sollen mich anrufen. Und jetzt gehen Sie besser ins Pub!«

»Einen Moment, Mike«, rief Hamilton dazwischen. »Ich bin's noch mal, Steve. Die Story gehört uns. Sie sagen niemandem etwas, dann lege ich noch etwas drauf. Eintausend? Okay?« Kendall signalisierte sein Einverständnis.

»Gut ... Vielen Dank.« Sie konnten Hays nervösen, schweren Atem hören. »Wenn es etwas gibt, melde ich mich.«

»Benachrichtigen Sie jetzt einfach die Polizei!« beendete Kendall das Gespräch. Sein Gesichtsausdruck war eine Mischung aus Erschütterung, Skepsis und Trauer.

»Sie brauchen noch einen Drink«, sagte Hamilton ruhig.

»Den brauchen wir alle. Wie fühlen Sie sich, Anthony?«

Delamere, eben noch zornesrot, war ganz bleich geworden, aber seine monotone Stimme klang trotzdem entschlossen, befehlsgewohnt. »Ich muß dorthin.«

»Das dauert Stunden.«

»Nicht mit einem Privatjet. Besorgt mir ein Charterflugzeug.«

Kendall nickte. »Kümmern Sie sich drum, Steve.«

Delamere blieb schweigend sitzen, nachdem Hamilton gegangen war, und reagierte auch nicht, als er sein aufgefülltes Glas entgegennahm.

»Sie glauben, es ist nicht Katrina?« fragte Kendall ruhig. »Wer soll es sonst sein?«

»Ich weiß nicht, aber solange ich es nicht mit eigenen

Augen gesehen habe, bin ich nicht bereit, einem hysterischen Reporter zu glauben.«

»Ich komme mit.«

»Nicht nötig. Sie werden ohnehin mit den Anrufen alle Hände voll zu tun haben. Was auch geschehen ist, es ist keine Exklusivgeschichte mehr. Die Polizei wird eine Erklärung abgeben, und unser Mr. Hay wird sich vermutlich sagen, daß er mehr als tausend Pfund verdienen kann, wenn er ein paar Leute anruft.«

»Ich werde eine Stellungnahme vorbereiten«, meinte Kendall. »Und was ist mit Katrinas Familie? Selbst wenn sie es nicht ist, in ihrem Cottage liegt eine Leiche.«

»Stephanie wohnt bei einer Freundin in Islington, aber ich weiß nicht, wo. In Nordengland lebt neben der Mutter auch noch ein Bruder. Er steht möglicherweise in ihrer Personalakte. Aber Sie dürfen mit niemandem sprechen, solange Sie nichts von mir gehört haben, ja?«

Kendall nickte. »Ich hoffe, Sie haben recht, Anthony.«

»Das hoffe ich auch.« Er trank sein Glas aus. »Mal sehen, wie weit Steve mit dem Flugzeug gekommen ist.«

Während Kendall, inzwischen allein, die Nummer von Charlie Taylor auf Kreta wählte, stellte er fest, daß seine Gedanken sich praktischen Fragen zuwendeten. Delamere hatte vielleicht recht, daß es nicht Katrina war, aber... Ein angemessener Tribut an eine angesehene Kolumnistin, zwei Sätze würden vorerst reichen ... Mitgefühl für ihre Familienangehörigen, uneingeschränkte Zusammenarbeit mit der Polizei... Tragödie... Horror... Sensation... das Interesse der Medien...

»Charlie? Malcom Kendall. Wir haben hier eine Krise.«

Taylor hörte schweigend zu. »Okay. Ich komme, aber vor morgen früh gibt es hier kein Flugzeug. Ich werde den Aufsichtsrat informieren... Und du, wie geht's dir?«

»So lala.«

»Tja.« Sein Mitgefühl war sparsam dosiert. »Tut mir leid, Malcolm. Ihr beide wart gute Freunde.«

»Wir sind noch immer nicht ganz sicher, daß sie es ist.«

»Na hoffentlich, aber...« Er hielt inne. »Wer schreibt unsere Story?«

Kendall seufzte. »Steve. Wir haben alles im Griff, Charlie.«

»Gut. Ruf mich an, sobald du was von Anthony hörst.«

Eine halbe Stunde später klingelte Kendalls Telefon. »Mr. Kendall? Hier ist Chief Inspector David Cheeseman, Kriminalpolizei Cornwall. Ein Mr. Michael Hay hat uns Ihre Telefonnummer gegeben. Ich vermute, er hat sich mit Ihnen schon in Verbindung gesetzt.«

»Ja. Haben Sie irgendwelche neuen Erkenntnisse?«

»Noch nicht, Sir. Ich will mich gerade auf den Weg machen. Das Cottage, in dem die Leiche liegt, soll einer Miss Katrina Darcy gehören, einer Ihrer Mitarbeiterinnen. Stimmt das?«

»Ja... Und Mr. Hay sagt, es ist ihre Leiche.«

»Ich bin nicht verantwortlich für das, was er sagt, Sir. Beamte aus Penzance sind am Tatort und haben bestätigt, daß dort eine Leiche aufgefunden wurde, aber wir wissen noch nicht, wer es ist.«

»Aber Miss Darcy wird seit einer Woche vermißt. Wir haben nach ihr gesucht.«

»Haben Sie die Polizei eingeschaltet?«

»Nein. Wir haben es erst heute bemerkt. Aber seit letzten Freitag scheint niemand sie hier in London gesehen zu haben.«

»Verstehe. Wir brauchen für alle Fälle die Namen ihrer Angehörigen. Wissen Sie, wer da in Frage kommt?«

»Ja, ihre Tochter, ihre Mutter und ein Bruder.«

»Kein Ehemann?«

»Nicht mehr. Sie war verheiratet, aber das ist schon einige Jahre her. Wir haben nur die Adresse ihrer Mutter. Ein Mitarbeiter wird sie Ihnen gleich durchgeben. Ich bin nicht sicher, wo ihre Tochter im Moment wohnt. Wir bemühen uns, sie zu finden.«

»Vielen Dank, und wenn Sie wissen, wo der Exehemann ist, brauche ich auch dessen Adresse. Sie werden sicher verstehen, daß ich Sie bitten muß, keine Verbindung zu diesen Personen aufzunehmen.«

»Selbstverständlich ... Einer meiner Mitarbeiter fliegt heute nacht nach Cornwall. Sein Name ist Anthony Delamere. Er kommt als Freund von Miss Darcy, nicht als Journalist.«

»Dann kann er uns vielleicht bei der Identifizierung helfen. Wann wird er eintreffen?«

»Wir sind noch dabei, ein Flugzeug zu chartern. Ich werde Ihnen Bescheid sagen.«

»Ich werde veranlassen, daß er abgeholt wird, Sir. Wenn Sie die Einzelheiten unter der Nummer Penzance 278564 durchgeben, wird man mich informieren. Die Vorwahl ist 01736. Im Moment habe ich nur noch eine Frage – immer vorausgesetzt, daß es sich bei der Leiche um Miss

Darcy handelt –, wissen Sie, ob irgend jemand sie bedroht hat?«

»Nein. Das soll nicht heißen, daß sie keine Feinde hatte, in unserem Beruf hat man viele Feinde. Aber man bringt einander nicht um.«

»Wir können erst dann von einem Mord sprechen, wenn wir sehr viel mehr wissen, Sir«, meinte Cheeseman. »Drohungen hat es jedenfalls keine gegeben?«

»Nicht daß ich wüßte.«

»Gut, Sir. Möglicherweise schicke ich jemanden nach London, der Ihnen ein paar Fragen stellen wird, und ich werde Mr. Delamere in Empfang nehmen, wenn er hier eintrifft.«

Kendall legte auf und winkte Hamilton herein. »Das war die Polizei. Sally soll diese Nummer anrufen und sagen, wo Katrinas Mutter wohnt.«

»Haben sie bestätigt, daß sie es ist?«

»Nein. Ich würde mir wünschen, daß es jemand anderes ist, aber wer sollte es sein. Anthony wird es herausfinden. Klappt es mit dem Flieger?«

»In anderthalb Stunden, in Radlett.«

»In anderthalb Stunden?«

»Sie müssen einen Piloten auftreiben und Starterlaubnis bekommen, Malcolm«, sagte Hamilton. »Sobald er in der Luft ist, könnte er in einer dreiviertel Stunde auf dem Militärflugplatz Culdrose landen.«

»In Culdrose? Wieso nicht... wie hieß er gleich, dieser Flugplatz bei Land's End, ich bin von dort nach den Scilly-Inseln geflogen... St. Just. Das ist doch bestimmt näher.«

»Die Landebahn ist offenbar zu kurz. Culdrose liegt auf

der anderen Seite der Mount's Bay, aber es sind bestimmt nicht mehr als zwanzig Kilometer. Anthony ist nach Hause gefahren, um ein paar Sachen einzupacken, und will dann direkt nach Radlett, er dürfte also ... sagen wir, zwischen halb zwölf und zwölf in Cornwall sein.«

»Na schön, wenn es keine bessere Möglichkeit gibt. Die Polizei holt ihn ab, also ruf dort an und gib die Details durch.« Kendall hielt inne, da die Sekretärin an der Tür geklopft hatte und wartete, was ungewöhnlich war. »Was gibt's, Sally?«

»Ich klappere alle Hotels ab«, sagte sie. »Anthony muß ja irgendwo übernachten. Es ist Ferienzeit, und alles ist voll, aber ich werd schon was finden. Ich sag Ihnen Bescheid, dann können Sie ihn anrufen, wenn er angekommen ist.«

»Ausgezeichnet«, sagte Kendall, »daran hatten wir gar nicht gedacht.«

»Ich schon.« Sie plinkerte. »Es tut mir so leid, Malcolm. Es ist schrecklich.«

»Tja, wir wissen noch nicht, wie schlimm es ist. Vielen Dank.« Sally kehrte an ihren Schreibtisch zurück, und Kendall sah ihr hinterher. »Katrina konnte sie gut leiden.«

Hamilton fühlte sich unwohl. Seit dem Tod seiner Frau und seines Sohnes hatte er nichts mehr an sich herangelassen, weder privat noch beruflich.

»Haben Sie Neuigkeiten von der Polizei?«

»Sie sind gerade erst im Cottage eingetroffen. Offiziell ist noch nicht von einem Mord die Rede, aber sie vermuten es bestimmt. Es war Verschwendung, Hay so viel Geld zu bieten. Wir können diese Geschichte nicht mehr unter Verschluß halten.«

»Natürlich nicht«, pflichtete Hamilton ihm bei. »Seit Stunden ist überall bekannt, daß sie verschwunden ist. Aber der Versuch, den anderen ein Stück voraus zu sein, war schon einen Tausender wert.«

Kendall musterte ihn. »Gute Story... was?«

»Tja.« Hamilton zögerte. »Ich weiß, für Sie und Anthony ist das sicher schlimm, aber ich brauche eine Entscheidung, wieviel Platz wir dafür bereitstellen. Ich nehme an, Aufmacher auf Seite drei, statt Neunziger Jahre die Nachrufe, eventuell auch ein Beitrag auf der Meinungsseite. Ich habe Fotos, aber wir brauchen eins vom Cottage. Ich werde einen Reporter und einen Fotografen runterschicken. Wenn vor morgen offiziell Anklage erhoben wird, stehen wir ganz schön blöd da, aber...«

»Steve, wir wissen nicht einmal hundertprozentig, ob es Katrina ist.«

»Ja, aber falls doch, müssen wir...«

Kendall hielt die Hand hoch. »Fürs erste Zurückhaltung, ja? Ich bekomme von Charlie einen Nachruf, und ich werde ebenfalls eine Erklärung schreiben. Beides geht an die Press Association, sobald sich die Sache bestätigt hat. Wenn die Anrufer kommen, sagen Sie, daß wir in dieser Phase nichts sagen. Ansonsten geht alles wie üblich weiter. Mein Gott!« Er lachte bitter. »Mir ist gerade eingefallen, was ein amerikanischer Redakteur über Marilyn Monroe gesagt hat. Er bedauerte ihren Tod genau wie jeder andere, aber sie habe der Presse einen großen Gefallen damit getan, daß sie es im August gemacht hat.«

# *Zweites Buch*

## *Eins*

Die Journalisten sprachen noch über den Fall, als er schon längst aus den Medien verschwunden war, über die aufsehenerregenden, unglaublichen Meldungen, über die Schlagzeilen. Sie benutzten all die bekannten Wörter – Haß, Tod, Sex, Mord –, aber von einer Tragödie sprach niemand. In welchem Beruf unterhält man sich schon über Gefühle. Es gab jede Menge Nachrichten, Hintergrundberichte, Reportagen, Interviews mit Trauernden und Schadenfrohen. Vieles davon war erfunden, gleichwohl spannend zu lesen. Die Fernsehrechte an *Fatal Deadline,* einem nur wenige Tage nach dem Prozeß veröffentlichten Taschenbuch, wurden sofort verkauft. Das packend und rasant geschriebene Buch war, im Rahmen seiner Möglichkeiten, ganz ordentlich. Es wurde als wahre Geschichte präsentiert, doch davon konnte keine Rede sein. Es zeigte nur jene vordergründigen Dinge, die bekannt waren und genügend Dramatik besaßen. Das Buch las sich wie eine Zeitung, war leicht verdaulich und geriet ebensorasch in Vergessenheit.

Die ganze Geschichte, zu komplex für die oberflächlichen Medien, reichte weit zurück in das Leben vieler Personen, aber richtig dramatisch wurde sie erst, als das Verhältnis von Anna Probert und Katrina Darcy zu Ende ging. Katrina empfand keinen Verlust, stellte aber fest, daß sie – aus ihr unerfindlichen Gründen – nicht allein sein konnte. Eine innere Rastlosigkeit erfaßte sie, und sie schien wie unter Strom zu stehen. Bei jeder Gelegenheit ging sie aus, und sie hatte jede Menge Liebhaber; die Affäre mit einem Reporter der *Sunday Times* dauerte zwar etwas länger, aber im Grunde lief es nach dem Motto »Du gefällst mir, komm, wir ficken, und wie war gleich dein Name?« Allerdings arbeitete sie auch sehr viel mehr; neben ihrer Kolumne machte sie mehrere Prominenteninterviews für den *Sunday Register* und eine Sondersendung von *Spiked Copy*, die der Produzent in das Rennen um den britischen Film- und Fernsehpreis schicken wollte. Ihre Agentin schlug einen hohen Vorschuß für ihr nächstes Buch heraus, das sie auf Band sprach und von einer Sekretärin tippen ließ. Es zeigte sich, daß die Depressionen nur dann auftauchten, wenn sie nichts tat, also sorgte sie dafür, daß es nie so weit kam.

Als das innere Feuerwerk abgebrannt war, mußte sie erschüttert erkennen, was sie vor lauter Hyperaktivität nicht wahrgenommen hatte: Es machte ihr angst, daß sie nach so vielen Jahren so dünnhäutig war. Diese unglaubliche Wahrheit begann, auf alles abzufärben. Es wurde unmöglich, mit Katrina zusammenzuarbeiten, geschweige denn, ihr nahezukommen. Das führte schließlich dazu, daß sie eines Tages Annas Nachfolgerin, die ihr ein Chicken-Sandwich ohne Mayonnaise mitgebracht hatte, einen Blumentopf entgegenschleuderte. Die Sekretärin knallte die Tür hinter sich zu, und Katrina Darcy stand in der Ecke ihres gläsernen Käfigs und wußte, daß die ganze Redaktion sie beobachtete. Wütend zog sie die Jalousien herunter und trat ans Fenster, die

Arme über der Brust verschränkt, als wollte sie sich vor etwas Schrecklichem schützen.

»Raus!« brüllte sie, als sie die Tür aufgehen hörte.

»Ich wollte nur sehen, ob du gesprungen bist. Mein Auto steht nämlich irgendwo da unten.«

Sie ließ die Schultern sinken; die Stimme versprach Trost. »Nein. Noch nicht. Komm rein und hilf mir.«

Anthony trat hinzu, legte die Hand unter ihr Kinn, drehte ihr Gesicht in seine Richtung und musterte sie wie ein besorgter Arzt. »Zu viele wilde Nächte mit zu vielen falschen Leuten aus zu vielen falschen Gründen.«

Sie fing an zu weinen. »Ich weiß nicht, was mit mir los ist.«

»Dann sollten wir es rausfinden. Ich werde Charlie sagen, daß du ein paar Tage Urlaub brauchst, und dich bei mir zu Hause einquartieren. Gespräche, gutes Essen und ein Bett – zur Abwechslung mal allein. Ich hab es kommen sehen.«

»Warum hast du nichts gesagt?«

»Du hättest mir nicht zugehört. Man kommt ja schon lange nicht mehr an dich heran. Und jetzt bring dein Gesicht in Ordnung. Du kannst deine Kolumne faxen.«

Während der Fahrt sagte er keinen Ton, und als sie in Clapham ankamen, brachte er sie mit einem Glas Pimm's in den Garten, ehe er zu Toby in die Küche ging; durch die offene Tür hörte sie die beiden plaudern und das Abendessen vorbereiten, und aus dem Radio im Hintergrund kam klassische Musik. Es war ein warmer Nachmittag, und sie lag mit geschlossenen Augen im Liegestuhl, dankbar für den Raum, den sie ihr ließen, um darüber nachzudenken, wovor sie geflüchtet war. Wenn sie keine Probleme mit dem Herzen hatte, dann welche mit dem Kopf, und zwar heftige.

»Noch am Leben?«

Sie schlug die Augen auf und sah Anthony vor der Küchentür, mit einer Leinenschürze, die den roten Schriftzug *Kiss the Cook* trug, in der Hand eine halb geschälte Avocado. »Ja, aber ich könnte noch was vertragen.« Sie hielt ihr leeres Glas hoch.

»Nur noch einen«, warnte er. *»In vino melancholia.«*

Er kam mit dem Pimm's-Krug heraus, blieb vor dem Rasen stehen und hob ein Spankörbchen hoch, in dem eine Jäthacke lag.

»Hier.« Er füllte ihr Glas und gab ihr den Korb. »Damit kannst du dir das Abendessen verdienen.«

Später, beim Essen, war sie bereit, alles rauszulassen. Als sie von Anna erzählte, tauschten die beiden Männer wissende Blicke, und Anthony nickte, als sich das wahre Problem allmählich herauskristallisierte. In der Küche wurde es langsam dunkel, keiner der beiden Männer sagte ein Wort, Toby stand nur auf, um die Tiffanylampen anzumachen. Beide wandten nur selten den Blick von Katrina.

»So, Schluß jetzt«, sagte sie endlich, nach einigen Wiederholungen und Tränen und Versicherungen, daß sie es schon packen werde. »Drei Stunden habe ich gebraucht, um etwas zu sagen, was ein Redakteur auf einen Satz zusammengestrichen hätte. Ich bin in Leonard verknallt.« Sie lächelte schwach. »Ich danke euch. Ihr seid die nettesten Männer, die ich kenne.«

»Bis auf einen, wie es scheint.« Anthony lehnte sich zurück, um noch eine Flasche Chablis aus dem Kühlschrank zu nehmen. »Jedenfalls, du kennst die Regel Nummer eins unserer Hausordnung. Keine Ratschläge. Nur Anmerkungen.«

»Okay. Aber vorher noch... Wußtest du von Anna?«

»Ich hatte mir so etwas gedacht, als ich euch ein paarmal in der Redaktion sah«, antwortete er. »Es muß in der Anfangszeit gewesen sein, als du dich in der Öffentlichkeit noch nicht ganz beherrschen konntest. Ich habe Toby davon erzählt, aber da du uns nie gesagt hast, daß du mal lesbisch warst, dachte ich, ich hätte mich geirrt. Jetzt ergibt es Sinn. Es war eine extreme Reaktion auf Leonard... aber das war dir nicht klar, oder?«

»Nein... Es ist einfach passiert.«

Anthony schnaufte. »Na, jedenfalls ist es vorbei, und jetzt bist du hier. Ehrlich gesagt, als ich Leonard zum erstenmal sah, schien er mir nicht anders zu sein als all deine anderen Verehrer. Dann hatte ich so ein Gefühl, daß es doch anders sein könnte. Was du uns erzählt hast, erklärt viel. Aber er wird... wie heißt sie? Judith?... nicht verlassen, wegen des Kindes, und man muß ihm zugute halten, daß er dir nichts vorgemacht hat.«

»Ich weiß.« Sie nahm ein Elizabeth-Shaw-Minztäfelchen, wickelte es aus und faltete das Papier zu einem kleinen Schiffchen, eine Angewohnheit, die sie von ihrem Vater hatte. »Weißt du, was das Schlimmste ist? Der Gedanke, daß er inzwischen eine andere haben könnte. Das macht mich wahnsinnig eifersüchtig.«

»Und das ist ein völlig neues Gefühl für dich«, sagte Toby.

»Ist das alles?«

»Das ist sehr viel.« Anthony klang ernst. »Wann hast du zum letztenmal einen anderen Menschen um etwas beneidet? Es ist ein unreifes Gefühl, und du stehst natürlich völlig darüber. Ich habe Mr. Drummond unterschätzt. Er hat dich wirklich geknackt.«

Sie seufzte. »Schutzlos und nackt im Angesicht meiner Feinde.«

Anthony klopfte mit dem Glas auf den Tisch. »Punkt vier der Hausordnung: Du sollst dich keiner Zitate bedienen. Sag es mit deinen eigenen Worten.«

»Okay«, sagte sie. »Ich liebe ihn. Ich möchte mit ihm alt werden, und wenn ich nicht *mit* ihm sterben kann, dann wenigstens *vor* ihm – und bei dem Gedanken, daß ich ihn nicht haben kann... könnte ich wahnsinnig werden. Es ist verrückt...« Sie lachte. »Oder es sind nur meine Wechseljahre, und ich sollte eine Kolumne darüber schreiben, dann Pillen schlucken und Gott dafür danken, daß ich euch beide habe.«

Sie stützte sich mit den Ellbogen auf den Tisch, preßte die Hände vor den Mund, um nicht zu weinen. »Aber jetzt nützt mir das nicht viel und... und ich kann mir nicht vorstellen, daß es mir irgendwann nützen wird. Helft mir, ihr beiden.«

»Das geht nicht, meine Liebe«, sagte Anthony sanft. »Niemand kann das. Wir können dir auf andere Weise helfen, aber du hast dich selbst in diese Situation gebracht, also mußt du dich schon selbst daraus befreien. Das ist bei jedem Menschen so.«

»Das Schlimmste ist, ich kriege es nicht in den Griff«, sagte sie müde. »Ich komme mir so schwach vor.«

»Du mußt dir Zeit lassen.« Anthony stand auf. »Geh jetzt schlafen, ich mach dir eine heiße Schokolade, wenn du magst, und nimm dir ruhig irgendein Kuscheltier aus unserer Sammlung mit ins Bett. Es hat keinen Zweck, noch länger zu reden. Dadurch wird die Sache auch nicht klarer. Den Abwasch erledigen wir.«

Katrina lächelte dankbar. »Okay, Onkel.« Ihr Blick ging zu Toby, dann wieder zu Anthony. »Wißt ihr eigentlich, wie gut mir eure Freundschaft tut?«

»Freundschaft ist die jüngere Schwester der Liebe.« Anthony schaute irritiert. »Oje, das klingt wie ein Zitat, ist aber keins. Die Formulierung ist mir gerade durch den Kopf gegangen. Und jetzt, ab ins Bett!«

Diese Situation schien eine gute Gelegenheit für Katrina zu sein, über ihre Gefühle nachzudenken, zu akzeptieren, daß jemand den schützenden Panzer ihrer Unabhängigkeit durchbrochen hatte; und sosehr es ihr widerstrebte, sie mußte sich schützen und wieder eigenständig werden. Die Hilfe der beiden Männer war ein Angebot, das sie dankbar in Anspruch nahm. Nachdem sie ein paar Tage bei ihnen verbracht hatte, glaubte sie, sich stabilisiert zu haben, aber es war ein brüchiges Gefühl, das auch sofort in sich zusammenbrach, als sie zwei Wochen später, in einem Taxi die Shaftesbury Avenue entlangfahrend, Leonard Drummond in die Dean Street einbiegen sah, in Richtung Groucho Club. Er wurde begleitet von einer Frau, die Katrina sofort unsympathisch war. Sie haßte jeden, der auch nur einen Augenblick mit Leonard verbrachte, solange sie nicht Teil seines Lebens war. Das Taxi fuhr weiter, aber sie sah nur noch Paare, Familien, Händchen haltend, lachend. Die neuerliche Erkenntnis, wie sehr sie sich nach einem Mann sehnte, erschreckte sie.

Da es ein Freitag war, mußte sie in die Redaktion und ihre Kolumne schreiben, doch sie konnte nur eines der regelmäßig aufgewärmten Themen hinhauen (Frauen als Ernährer, wenn die Männer keine Arbeit haben, ein absolut hoffnungsloses Terrain). Als Miranda Webb sie darauf hinwies, daß neun Zeilen fehlten, sagte sie, sie solle eine zusätzliche Titelzeile einfügen, und ging. Sie fuhr sofort in den Groucho-Club – obwohl sie nicht sicher war, daß er dorthin unterwegs gewesen war –, erfuhr aber an der Rezeption, daß er zwanzig Minuten zuvor gegangen sei. Irgendwann stellte sie fest, daß sie auf der Charing Cross Road stand und in das Schaufenster einer Buchhandlung starrte, und sie erinnerte sich nur daran, was sie Anthony und Toby gesagt hatte; sie war weit über das Stadium hinaus, wo sie mit Leonard einfach nur schlafen wollte, sie konnte sich ein Leben ohne ihn nicht mehr vorstellen. Sie fuhr nach Hause und rief in Harrow an. Eine Frau meldete sich.

»Oh ...« Sie hatte an nichts weiter gedacht als an die Freude, seine Stimme zu hören. »Ist Leonard ... äh, Mr. Drummond da?«

»Nein, aber er wird bald wieder zurück sein. Mit wem spreche ich?«

»Eine Bekannte. Sind Sie ... Frau Dr. Drummond?« Sie versuchte, möglichst locker zu klingen.

»Nein, sie ist im Moment nicht da. Ich bin Marion Blake, das Kindermädchen von Teresa.«

»Ach ja, wir haben uns mal gesehen. Na ja, nur ganz kurz.

In Kensington Gardens. Mein Name ist Katrina Darcy. Sie erinnern sich bestimmt nicht mehr.«

»Doch, doch. Es war letzten September.«

»Richtig. Könnten Sie Leonard bitte sagen, er möchte mich anrufen. Es geht um sein neues Buch. Ich will im *Sunday Register* einen Artikel darüber schreiben.«

»Ich werde es ihm ausrichten.«

»Danke... ach ja, und sagen Sie ihm, ich bin zu Hause. Er hat meine Nummer.«

Sie empfand eine absurde Freude darüber, daß seine Frau nicht da war. Nichts würde ihn abhalten, zu ihr zu kommen. In dieser Nacht... Mein Gott, nicht so schnell. Morgen zum Lunch. Der Hinweis auf den Artikel würde reichen, und wenn sie ihn erst einmal hatte, dann... Sie stieß ihren Kopf an die Wand. »Hör auf!« Sie weinte. Es war hoffnungslos. »Er liebt seine Tochter. Sie braucht ihn, sie braucht beide. *Es ist unmöglich!*« Ein Schluchzer entrang sich ihrer Brust. »Verdammt noch mal, sei nicht so blöd. Werd erwachsen. Du hast mit ihm gevögelt, es war phantastisch und... Lieber Gott, mach, daß er anruft, und ich errichte dir eine Kathedrale!«

Eine halbe Stunde später – es erschien ihr wie drei Tage – klingelte es. »Hallo. Wie geht's?«

»Gut. Ich hab dich heute mittag gesehen. In der Shaftesbury Avenue. Du warst nicht allein.« Kein Geplänkel: Wer zum Teufel ist sie?

»Lucy. Sie leitet die PR-Abteilung bei Cooper Bradlock. Sie wollen mein Buch groß rausbringen.«

»Oh.« Sie war übertrieben erleichtert. »Ich dachte, vielleicht ist es eine Freundin.«

»Wir verstehen uns gut. Und du, was hast du so gemacht?«

»Das Übliche. Geld verdient, paar Interviews, mit Unbekannten getanzt... dich vermißt.« Warum hatte sie bloß ihre Zunge nicht in der Gewalt?

»Oh.« Sie bildete sich ein, aus dieser einen Silbe Verständnis, vielleicht sogar Erleichterung heraushören zu können. »Marion hat etwas von einem Interview gesagt.«

»Ja... Entschuldige, es ist mir nur so rausgerutscht.«

»Lucy meinte, es wäre gut, wenn wir eine Besprechung im *Sunday Register* unterbringen könnten. Sie wird euch ein Rezensionsexemplar schicken.«

War er im Begriff, sich zurückziehen, oder kam er auf sie zu? »Ich werde ein Auge darauf haben. Leonard, wir sollten uns sehen. Neutraler Boden. Ich muß mit dir reden. Nicht am Telefon... Bitte.«

Am anderen Ende Schweigen, dann ein Seufzer der Erleichterung. »Ja. Ich habe dich auch vermißt.«

»Morgen?« Sie war zu ungeduldig, aber sie konnte nicht anders. »Irgendwo, wo wir noch nie gewesen sind... Kew Gardens?« Warum gerade dort, überlegte sie. Herzen und Blumen?

»Morgen geht es nicht. Ich muß das Wochenende bei Teresa sein. Aber Montag mittag hab ich einen Aufnahmetermin im BBC-Studio in White City. Ich könnte um halb drei in Kew sein. Haupteingang, ja?«

»Ich werde dort sein... Ich liebe dich.«

»Ich weiß.«

Sie kam um zwei Uhr, sechsundvierzig Jahre alt und aufgeregt wie ein Kind, dem man eine besondere Belohnung versprochen hat. Ein Studentenpärchen ging vorbei, die Arme umeinandergelegt, ihr Kopf an seiner Schulter, ganz eins, und Katrina, an eigene Erfahrungen erinnert, sah ihnen voller Wärme hinterher. Leonard erschien um 14.49 Uhr. Sie konnte sich nicht erinnern, wann ein Mann sie zum letztenmal hatte warten lassen. Während er den Taxifahrer bezahlte, überlegte sie zum soundsovielten Mal, was sie sagen wollte.

»Entschuldige die Verspätung«, sagte er. »Das Interview hat länger gedauert, als ich dachte.«

»Macht nichts.«

Sie küßten sich mit der unverbindlichen Herzlichkeit von Freunden, aber auch ein wenig verunsichert. Es war ruhig hier draußen, abgesehen von den Flugzeugen, die wenig später in Heathrow landen würden, und ohne besonderen Grund gingen sie in das Kakteenhaus. Sie unterhielten sich eine Weile darüber, was sie gemacht hatten, tauschten Neuigkeiten über gemeinsame Freunde aus, er erzählte ihr von seinem Buch. Schließlich machte er den ersten Schritt.

»Wir haben es beide nicht vergessen können, was?«

»Ich bestimmt nicht. Ich weiß nicht, wie es bei dir war.«

»Ich hab mir dauernd gesagt, daß es unmöglich ist...« – er lächelte schief – »...und daß wir viel zu klug sind, um noch Romeo und Julia zu spielen. Diese Geschichte wäre eine Farce, wenn es uns nicht so sehr erwischt hätte.«

»Total behämmert«, sagte sie. »Aber jetzt sind wir hier.«

»Ja. Man sollte eigentlich annehmen, daß in unserem Alter die Chemie eingetrocknet ist.«

»Vielleicht ist es keine Chemie.«

»Wie auch immer, es sind genauso starke Kräfte. Ich muß

aufhören, mich über romantische Filme und sentimentale Schlager lustig zu machen. Das schadet dem Image.«

»Wir könnten es als Filmszene spielen«, schlug sie vor. »Wie wär's damit: Ich gehe zu der Tür dort drüben, die Kamera steht hinter dir, und dann mache ich die Tür hinter mir zu, und das war's. Abspann über einer Sequenz, wie ich zum Ausgang zurückgehe, die Kamera fährt dann langsam hoch, Panoramablick über London, unterlegt mit melancholischer Gitarrenmusik. Natürlich keine Fortsetzung.«

Er lächelte. »Oder, wenn du noch fünf Schritte von der Tür entfernt bist, rufe ich deinen Namen. Du hältst inne, drehst dich aber nicht um, gehst weiter, bleibst dann stehen und hebst eine Hand. Schnitt. Nahaufnahme, ich ergreife deine Hand, dieselbe Kamerafahrt, aber wir beide zusammen und jede Menge Geigen.«

»Wollen wir's probieren und sehen, was passiert?«

Er schüttelte den Kopf. »Nein. Deswegen bin ich nicht diesen weiten Weg gekommen.«

»Mein Gott, wie schmalzig!« protestierte sie lachend. »Du solltest drittklassige Drehbücher schreiben. Hast du diesen Satz geprobt?«

»Es war einer von vielen. Du kannst die anderen haben, wenn du willst.«

»Danke, nein… Und ich erspare dir meine.« Sie sah ihn unsicher an. »Was wird mit Teresa?«

Er las ein heruntergefallenes Blatt neben seinem Schuh auf und fing an, es in Streifen zu reißen.

»Ich habe sie als Vorwand benutzt. Es war leichter, als zu sagen, daß ich mit der Situation nicht fertig werde. Tut mir leid. Jetzt kann ich es.«

»Und du glaubst, sie wird damit fertig, wenn du...«

Er ließ die Blattreste fallen. »Warum denn nicht. Sie wird zuerst durcheinander sein, aber... normale Kinder müssen doch auch mit solchen Situationen fertig werden. Sie hat ja trotzdem Judith und Marion, und ich werde mir immer Zeit nehmen, sie zu besuchen.«

»Das ist wichtig«, sagte Katrina. Entscheidend war, daß sie selbst einen festen Platz einnahm.

»Und deine? Wie wird sie reagieren?«

»Stephanie?« Sie zuckte mit den Schultern. »Frag mich nicht. Ich bin bloß ihre Mutter. Sie wohnt jetzt bei einer Freundin in Islington.«

»Weiß sie von uns? Ich habe sie nur das eine Mal gesehen.«

»Ich kann mir nicht vorstellen, daß sie auch nur einen Gedanken darauf verschwendet hat. Ich werde es ihr sagen, wenn wir uns das nächstemal sehen. Keine Sorge, sie wird nicht die Brautjungfer spielen wollen.« Sie drückte seine Hand. »Das betrifft uns beide ganz allein. Ich danke dir.«

»Keine Ursache.« Er sah sich um, als wollte er sich vergewissern, daß sie tatsächlich allein waren, dann flüsterte er: »Ich muß dir was gestehen.«

»Was denn?« erwiderte sie, ebenfalls flüsternd.

Er hielt seine Lippen an ihr Ohr. »Ich habe noch nie eine Frau in einem Kakteenhaus geküßt.«

Sie drehte sein Gesicht zur Seite und flüsterte: »Auch nicht mit einer gevögelt?«

»Muß sehr unangenehm sein.«

»Grauenhaft! Also, warum nehmen wir dann nicht mein Bett? Ich habe es heute morgen frisch bezogen.«

Sie sprachen noch lange miteinander, bevor er nach Harrow zurückfuhr. Katrina war sehr vorsichtig, denn sie wußte, daß er noch immer versuchte, mit etwas fertig zu werden, was stärker war als seine Gefühle für Teresa, und wo es ihr notwendig erschien, gab sie nach. Er war überzeugt davon, daß Judith in puncto Besuchsregelung keine Schwierigkeiten machen würde, und sie fanden beide, daß er Teresa allein besuchen sollte. Ihren Vater mit einer anderen Frau zu sehen würde sie nur irritieren. Die üblichen Probleme von Haus und Unterhalt spielten keine Rolle. Beide hatten Geld, und seine Frau würde zweifellos keine überzogenen Forderungen stellen. Er würde weiterhin für das Gehalt des Kindermädchens aufkommen, und bis ein neues Haus gekauft war, konnte er bei Katrina wohnen. Sie zogen Sussex in Erwägung, irgendwo in den South Downs, so daß er mit Teresa an die See fahren konnte...

»Wann wirst du es Judith sagen?« fragte sie.

»Am Samstag fahre ich für drei Wochen als Gastdozent nach Cardiff«, erwiderte er. »Ich werde vor meiner Abreise mit ihr reden. Teresa ist jetzt fünfzehn, und die Situation hat sich verändert. Es gibt jetzt keinen Grund mehr für uns zusammenzubleiben.«

»Wie stark wird sie sich wehren?«

»Das weiß ich nicht. Vielleicht nicht so sehr, wie ich dachte.« Er nahm ihre Hand. »Mach dir keine Sorgen. Ich werde es schon hinkriegen.«

## *Zwei*

Judiths beherrschte Art hatte Leonard schon immer beeindruckt. Sie war ein Mensch, der die komplexesten Situationen auf Schwarz und Weiß reduzieren konnte, sich für eins von beiden entschied und nur selten davon abrückte. Als sie mit neunundzwanzig Jahren zum erstenmal mit ihm schlief, war sie noch unberührt gewesen, und im nachhinein erschien es ihm, als hätte sie völlig rational die Entscheidung getroffen, daß der Zeitpunkt in ihrem Leben gekommen sei, sexuelle Erfahrungen zu machen. Sie war eine leidenschaftliche, ja anspruchsvolle Geliebte, aber dann war Teresa geboren worden, und ihr war sofort klar, daß ihre Tochter absoluten Vorrang vor ihrer beider Bedürfnisse hatte.

»Es gab andere Frauen vor mir«, hatte sie gesagt. »Und du hast mir erklärt, daß ihr oft weiterhin befreundet wart, auch wenn ihr nicht mehr miteinander geschlafen habt.«

»Aber du bist meine Frau!«

»Dann müßte ich ja eine besonders gute Freundin sein, oder? Jedenfalls, ich habe viel darüber nachgedacht. Ich fühle mich Teresa gegenüber schuldig. Das solltest du übrigens auch. Es ist unsere Schuld, daß sie nie so ein selbstverständliches Leben führen kann wie wir, deswegen müssen wir ihr helfen, so gut wir können. Ich meine das nicht nur im materiellen Sinn, sondern auch, daß wir immer für sie dasein müssen. Das sind wir ihr einfach schuldig.«

»Das finde ich auch, aber es ist doch sinnlos, deswegen nicht mehr miteinander zu schlafen. Wir beide wußten nicht, daß unsere Gene...«

»Wir hätten einen Test machen sollen. Ich wußte genug von den Risiken, selbst wenn es bei dir nicht so war.«

Allmählich begriff er; sie glaubte, beruflich versagt zu haben, als hätte sie eine bestimmte Therapie genehmigt, ohne zuvor gewisse Untersuchungen durchgeführt zu haben. Es war keine Frage der Logik, sondern der Moral. Bei einer anderen Frau hätte er vermutlich gedacht, daß es sich irgendwann wieder einrenken würde, aber nicht bei Judith in dieser Situation.

»Liebst du mich noch?« hatte er sie gefragt.

»Ja, und ich werde immer deine Frau sein, nur nicht im Bett.«

»Ich bin mir nicht sicher, ob das funktionieren wird.«

»Es wird gehen müssen, Teresa zuliebe. Ich kann verstehen, daß du Sex haben willst, aber dafür wird sich eine andere Regelung finden lassen. Du bist oft verreist, und ich werde dir keine Fragen stellen, solange du zurückkommst und ihr Vater bleibst.« Überraschenderweise hatte sie gelächelt. »Es gibt nicht viele Frauen, die ihren Männern einen solchen Deal anbieten.«

»Und du – kannst du deinen Körper einfach abstellen?«

»Im Moment tue ich das ja schon, aber... na ja, ich weiß, wie das mit den Hormonen ist.«

»Das heißt also, daß wir gelegentlich Affären mit anderen Partnern haben?«

»Ich erwarte nur Diskretion. Das wichtigste ist, daß wir Teresa treu bleiben. Vergiß das nicht, Leonard.«

Was immer er gesagt hätte, es wäre sinnlos gewesen. Judith hatte die Entscheidung für sie beide schon getroffen. Und es war besser gegangen, als er gedacht hatte. Sie kamen beruflich voran, waren aufmerksame Gastgeber und wurden gern zu Dinnerpartys eingeladen, sie begleiteten einander zu Ärztekongressen oder Literaturveranstaltungen und wurden bewundert als aufopferungsvolle Eltern. Und Leonard war klargeworden, daß viele Männer ihn beneiden würden, wenn sie die Wahrheit wüßten. Es hatte über ein Jahr gedauert, ehe er eine Geliebte gefunden hatte, denn es gab für ihn eine Regel, an die er sich strikt hielt: mit einer Frau erst dann ins Bett zu gehen, wenn er so viel von ihr wußte, daß er mindestens drei Seiten über sie schreiben konnte. Im Laufe von fünfzehn Jahren hatte es fünf Frauen gegeben (eigentlich sechs, aber in einem Fall enthielt seine Niederschrift zu viele Warnsignale). Die Beziehungen hatten durchschnittlich anderthalb Jahre gedauert, waren durchweg angenehm gewesen, an jede hatte er gute Erinnerungen, zwei Frauen waren Romanfiguren geworden. Was an Katrina anders war, konnte er unmöglich sagen. Sie war intelligent, attraktiv, angenehm im Umgang, gut im Bett... aber das waren auch all die anderen gewesen. Eines Tages würde er das in einem Roman ergründen können, jetzt war es ein Berg, den besteigen zu müssen er nie geglaubt hätte.

Auch mit Judiths emotionaler Reaktion hätte er nie gerechnet. Er hatte sich Antworten auf vernünftige Argumente zurechtgelegt, sich auf intellektuelle Auseinandersetzungen mit ihr eingestellt; Judith reagierte zunächst mit

Ungläubigkeit und schien die Sache nicht ganz ernst zu nehmen, doch je mehr er sie zwang zuzuhören, desto mehr verwandelte sich ihre Ungläubigkeit in Wut und Zorn. Plötzlich war sie eine emotionale, verletzliche Frau. Zum erstenmal sah er sie weinen. Fast hätte er eingelenkt, doch dann erinnerte er sich, daß er über zu viele einsame Brükken gegangen war. Als er losfuhr, winkte ihm Judith keinen Abschiedsgruß hinterher. Das hatte es noch nie gegeben. In Cardiff rief er Katrina an und erklärte ihr, daß alles in Ordnung sei. Außerdem mußte er ihre Stimme hören, er brauchte diesen Trost.

»Kommen Sie runter, Marion, wenn Teresa im Bett liegt. Ich möchte mit Ihnen sprechen.«

Das Kindermädchen, das gerade dabei war, Teresa in den Schlafanzug zu helfen, sah auf. »Was gibt's?«

Judith lächelte. »Sie haben wirklich ein feines Ohr für meine Stimme.« Sie strich ihrer Tochter über den Kopf und ließ es zu, daß Teresa drängend an ihrer Hand zog. Nur sie, Leonard und Marion, verstanden dieses Flehen, ein Bilderbuch mit ihr anzuschauen.

»Sieh es dir mit Marion an, Schatz, du kannst mir morgen davon erzählen.«

Weitere unförmige Laute besagten, daß sie es auch ihrem Daddy erzählen würde.

»Er ist verreist. Das weißt du doch. Er hat dir einen dikken Kuß gegeben und gesagt, daß er dir ein Geschenk mitbringt. Marion wird das Licht ausmachen, wenn der große Zeiger auf das Kaninchen zeigt, und dann wirst du schön einschlafen. Versprichst du's mir? Gute Nacht, Liebes.«

Im Wohnzimmer setzte sie sich mit einem Drink in den Sessel am Fenster. Plötzlich fühlte sie sich völlig leer. Sie kannte ein paar Frauen, die das durchgemacht hatten, was ihr bevorstand, aber den Gedanken, daß ihr so etwas mal passieren könnte, hatte sie immer von sich gewiesen. Sie hatte nicht mehr darüber nachgedacht, wie sie reagieren würde, weil es nach so langer Zeit keinen Grund gab, weshalb es passieren sollte. Alles sprach dafür, daß es nicht passieren würde.

»Sie schläft.« Marion schloß leise die Tür. »Übrigens habe ich die Batterien im Kinderalarm ausgetauscht.«

»Vielen Dank. Nehmen Sie sich auch einen Drink.«

Das Verhältnis zwischen Marion Blake und den Drummonds hatte sich im Laufe der fünf Jahre verändert. Anfangs war sie bloß das soundsovielte Kindermädchen, tüchtig, fürsorglich, und sie wußte, daß die Eltern ihrer Tochter etwas ganz Besonderes geben wollten. Mit der Zeit war man sich nähergekommen, sie bewunderte die beiden, und besonders Judith gegenüber empfand sie Zuneigung und Freundschaft: Manchmal fühlte sie sich wie eine Lieblingsschwester, die eingezogen war, um ihr zu helfen.

»Na los! Worum geht's denn?« fragte sie. »Irgendwas bedrückt Sie doch.«

»Leonard will ausziehen.«

Marion hielt beim Einschenken inne. Noch nie hatte Judiths Stimme so bekümmert geklungen.

»Das kann nicht sein Ernst sein!«

»Ich fürchte, doch. Er hat es mir Dienstag abend erzählt, und seitdem streiten wir uns. Er will ausziehen, sobald er aus Wales zurückkommt.«

»Aber…« Marion setzte sich in den Sessel gegenüber und sah, wie müde, und plötzlich auch viel älter, Judiths Gesicht war. »Erzählen Sie.«

»Er hat eine andere kennengelernt und … na, jedenfalls schwört er, daß er sie liebt.« Sie strich eine silberne Haarsträhne aus dem Gesicht. »Ich dachte, wenn überhaupt, dann wäre es schon vor Jahren passiert. Nicht jetzt, nachdem es so lange funktioniert hat. Ich hätte vielleicht besser reagiert, wenn ich es geahnt hätte.«

»Hat er gesagt, wie alt sie ist?«

»Ja, irgendwie macht das die Sache noch schwieriger. Ich weiß, es hat andere gegeben, aber er hat sich immer an die Abmachung gehalten und sie aus unserem Leben ferngehalten. Diesmal hat er mir sogar gesagt, wie sie heißt.«

»Kennen Sie sie?«

»Nein… aber…« – sie lächelte gequält – »…ich sehe mir immer ihre Sendungen an. Es ist Katrina Darcy. Die Journalistin. Ich nehme an, Sie kennen sie.«

»Natürlich.« Marion sagte nicht, daß sie den beiden einmal kurz begegnet war. »Aber er muß doch wissen, daß es Teresa das Herz bricht.«

»Er behauptet, daß es nicht dazu kommen wird.« Ihr Gesicht war ganz zerknittert. »Er will sie heiraten, Marion! Ich werde damit nicht fertig.«

»Aber, aber!« Marion stand auf und legte ihr tröstend die Arme um die Schultern, so wie sie es schon oft bei Teresa gemacht hatte. »Das ist doch nicht Ihre Art.«

»Das ist es ja, was mich so erschreckt. Nein, nein… Sie wissen, was ich meine.« Sie schluchzte in ihren Ärmel. »Ich muß es verhindern, aber ich weiß nicht, wie.«

Marion hielt sie eine Weile, ließ sie dann sanft los und setzte sich wieder in ihren Sessel. »Wie lange kennen sich die beiden?«

Judith nahm ein Taschentuch aus dem Ärmel und wischte sich die Nase. »Er sagt, er kennt sie... Ich weiß nicht, seit wann... Bei einem Schriftstellerseminar irgendwo haben sie sich kennengelernt. Seit ungefähr einem Jahr haben sie ein Verhältnis.«

»Aber er hat doch früher schon Verhältnisse gehabt. Was ist diesmal denn anders?«

»Er sagt, er kann es nicht erklären. Vielleicht ist es seine Midlife-crisis. Ich habe ihm gesagt, daß ich nichts gegen ihr Verhältnis habe, solange er bei mir und Teresa bleibt. Aber es nützt alles nichts.«

»Was wollen Sie tun?«

»Was kann ich denn tun? Ich habe nichts in der Hand gegen ihn. Mein Gott, wenn er nicht so vernünftig gewesen wäre! Er sagt, er will Ihr Gehalt zahlen und für Teresa sorgen, er will sie so oft wie möglich besuchen...«

»Können Sie das nicht verhindern? Er wird es sich zweimal überlegen, wenn er damit rechnen muß, daß er Teresa völlig verliert.«

»Wie denn?« fragte Judith. »Er ist ihr Vater. Ein Gericht würde ihm das Besuchsrecht zusprechen. Und ich würde nicht gut dastehen, wenn ich mich weigerte, oder?«

Marion nippte nachdenklich an ihrem Glas. »Warum sprechen Sie nicht mit ihr? Wenn ihr klar wird, wieviel Kummer sie verursacht, wird sie bestimmt...«

»Er sagt, er hat schon mit ihr darüber gesprochen. Wenn ich sie jetzt damit konfrontiere, wird sie erkennen, daß es mir nicht gelungen ist, Leonard umzustimmen und... Mein Gott, sie muß ein Biest sein! Sie ist so versessen darauf, ihn zu bekommen, daß sie überhaupt nicht an seine Tochter denkt.«

»Irgendwas muß man doch tun können.«

»Was denn? Sie mit Geld abspeisen? Sie verdient sicher ein Vermögen. An ihr Verständnis appellieren? Sie hat bestimmt keins. Ihr damit drohen, daß ich mich umbringe?« Judith schniefte laut und schluckte. »Gestern habe ich sogar mit dem Gedanken gespielt. Dann wurde mir klar, daß ich Teresa ebenfalls umbringen müßte und... Scheiße, Marion! Ich ertrage diese Hilflosigkeit nicht! Ich weiß nicht, was...« Aus einem Lautsprecher neben der Tür drang verängstigtes Kinderweinen. »Sie hat wieder geträumt. Lassen Sie, ich geh schon. Sie hatten einen langen Tag mit ihr. Schenken Sie mir noch einen Drink ein.«

»Zeigen Sie ihr nicht, daß Sie durcheinander sind.«

»Keine Sorge.«

Marion füllte ihre beiden Weingläser, während beruhigende Worte aus dem Kinderalarm kamen. Judiths Reaktion erschütterte sie genauso wie die Tatsache, daß Leonard bereit war, Teresa aufzugeben. Judith, obschon weitaus intellektueller, hatte sie oft an ihre Mutter erinnert – stark, unverwüstlich, überzeugt, daß alles in Ordnung sein wird, wenn man nur die nächsten drei Tage schafft, was ihr natürlich immer gelang. Judith würde nie zusammenbrechen, aber ihre Niedergeschlagenheit erschütterte sie. Sie erinnerte sich an ihre eigene Überraschung, als sie Katrina in Kensington Gardens begegnet war und sich gefragt hatte, ob Leonard dieses Zusammentreffen absichtlich arrangiert hatte. Der Ausflug war seine Idee gewesen, aber weshalb war Katrina erschienen, nachdem er gesagt hatte, er würde auf der Bank sitzen bleiben, während sie Teresa die Enten zeigte? Vielleicht war es Zufall, aber es war keiner von diesen Nachmittagen gewesen, an denen man allein spazierengeht... und Leonard hatte sich während der Heimfahrt ungewöhnlich schweigsam verhalten. Das war vor mehr als einem Jahr gewesen, und jetzt wollte er sie heiraten. Eine Rücksichtslosigkeit, die sie ihm nie zugetraut hätte.

Die Situation hatte allerdings auch einen ironischen Aspekt, von dem Judith nichts wußte. Ob sich Leonard auf diesem Weg zu einem Sinneswandel bringen ließ? Marion wußte seit langem, daß sie Teresa wie eine leibliche Tochter liebte, und ihre tiefen Gefühle für Judith halfen ihr über die eigene Einsamkeit hinweg. Gab es eine Chance, den beiden zu helfen? Sie sah allmählich einen Weg, aber nur, wenn sie ihm auf überzeugende Weise drohen konnte. Wenn es keine andere Wahl gab, mußte man einem Menschen weh tun, um zu verhindern, daß andere noch größeren Schmerz erlitten. Sie hörte, wie Judith ihrer Tochter gute Nacht sagte, aber es dauerte noch ein paar Minuten, ehe sie wieder herunterkam. Die Tränen waren weggewischt, das Make-up erneuert; da war sie wieder, die disziplinierte, außerordentlich tüchtige Frau.

»Es tut mir leid.« Sie klang befangen. »Aber es hatte sich seit drei Tagen in mir angestaut. Überhaupt nicht meine Art.«

»Ja«, sagte Marion. »Und wie geht es weiter?«

»Ich werde mir etwas ausdenken müssen. Im Moment weiß ich noch nicht, was, aber Leonard kann unmöglich einfach gehen. Das ist alles. Vielleicht sollte ich wieder mit ihm schlafen, vielleicht bringt das etwas.«

»Wollen Sie denn, nach dieser langen Zeit?«

»Offen gestanden nein. Ich habe Ihnen ja erzählt, ich habe es mir schon früh abgewöhnt. Aber wenn ich ihn damit behalte...«

»Das gefällt mir nicht«, sagte Marion. »Das ist Sex aus den falschen Gründen.«

»Nein. Ich werde daliegen und dabei an Teresa denken.«

»Und wenn es nicht funktioniert?«

»Dann werde ich ihn noch mehr hassen als sie.« Judith griff zu einer Ausgabe des *British Medical Journal*, das auf dem Sofa lag. »Ich hätte Sie damit verschonen sollen, aber Sie waren gerade in der Nähe. Mir geht's schon besser. Ich danke Ihnen. Wollen Sie heute abend weggehen?«

Bei anderen Frauen wäre Marion noch einmal auf das Problem zurückgekommen, aber Judith Drummond hatte sich wieder voll im Griff und hätte wahrscheinlich sehr unduldsam reagiert.

»Nein. Ich muß ein paar Briefe schreiben und Namensetiketten auf Teresas neue Schulsachen aufbügeln.«

»Schön, und ich möchte noch einen Artikel lesen und dann den Vortrag für die Konferenz in Kopenhagen nächsten Monat fertigschreiben... Morgen fahren wir mit Teresa nach Brighton. Könnten Sie morgen früh ein Picknick vorbereiten? Wenn wir zeitig losfahren, sind die Straßen noch nicht so voll. Ich muß hier raus.«

Als Marion, unterwegs zu ihrem Zimmer, noch bei Teresa vorbeischaute, sah sie, daß Teresa sich im Bett herumgedreht hatte und über den Rand hing. Erst vor einem Jahr war vereinbart worden, daß sie kein Gitterbett mehr benötigte. Andere Eltern hätten sie in ein Heim für behinderte Kinder gesteckt und sie an Wochenenden besucht; wenn sie das gewollt hätten – die Drummonds hätten sich das teuerste Institut leisten können. Statt dessen schickten sie ihre Tochter tagsüber auf eine gute Sonderschule, behandelten sie so weit wie möglich wie ein normales Mädchen – und ließen sie nie allein. Es war eine selbstlose Liebe, die nur mit den kindlichen Gesten eines Teenagers vergolten wurde, in denen Wärme lag, aber kein Verstehen. Marion zog das Laken und die Bettdecke zurecht und gab Teresa einen zarten Kuß auf die Stirn.

»Keine Sorge, mein Herz«, flüsterte sie. »Marion wird schon aufpassen.«

## *Drei*

Liebespaare finden ihre speziellen Lieder durch Zufall. Für Leonard und Katrina war es *Come Rain or Come Shine*, weil sie diesen Song eines Abends in seinem Autoradio gehört hatten. Als sie am Montag, diese Melodie summend, in die Redaktion kam, rief ihr Annas Nachfolgerin zu, daß jemand am Telefon für sie sei. Etwas irritiert – die Leute sollten ihre Kolumne lesen und sie nicht mit ihrer Meinung darüber behelligen – fragte sie, wer es sei und worum es gehe.

»Einen Moment bitte…« Die Sekretärin drückte wieder die Stummtaste. »Eine Marion Blake? Teresas Kindermädchen?«

Ihre unmittelbare Reaktion war Erstaunen, dann schlagartig die Furcht, daß Leonard etwas zugestoßen sein könnte, eine Angst, die sich vor die Überlegung drängte, warum das Kindermädchen anrief. »Stellen Sie durch… Hallo? Katrina Darcy. Was ist passiert?«

»Wie bitte?«

»Ist mit Leon… ähm, Mr. Drummond etwas passiert?«

»Nicht daß ich wüßte. Sie wissen ja, daß er nicht hier ist.«

»Ja, aber …« Sie hielt inne, wußte nicht mehr, was sie sagen sollte. »Was kann ich für Sie tun?«

»Ich möchte etwas mit Ihnen besprechen.«

»Was denn?«

»Darüber möchte ich am Telefon nicht reden. Am besten wäre es, wir treffen uns.«

In ihrer Stimme lag unterkühlte Entschlossenheit. Katrina versuchte, sich ein Bild von ihr zu machen, doch es gelang ihr nicht. »Ich wüßte nicht, was Sie mir zu sagen hätten.«

»Nein, aber Sie wissen bestimmt, worum es geht.«

Unter anderen Bedingungen hätte sie sofort an Erpressung gedacht, an die Drohung, seiner Frau von dem Verhältnis zu erzählen. Aber das hatte nie eine Rolle gespielt und war auch jetzt völlig irrelevant. Er hatte Judith ja gesagt, daß er sich von ihr trennen werde. Was mochte das Kindermädchen damit zu tun haben? Leonard hatte immer gesagt, wie sehr sie Marion schätzten, wie sehr Teresa ihr am Herzen lag und daß Judith mit ihrer Hilfe über den Schmerz hinwegkommen werde. Ob Marion auch seine Geliebte war? Nein, das war eine lachhafte Vorstellung.

»Wenn es mit mir und Leonard zu tun hat, dann weiß ich offen gestanden nicht, was Sie das angeht.« Aus ihrer Stimme war der Ärger über diese Frau herauszuhören.

»Es ist sehr wichtig für mich. Es wird für uns beide nicht einfach sein, aber ich meine es ernst. Haben Sie heute mittag Zeit?«

»Wenn, dann wüßte ich nicht, warum ich mich mit Ihnen treffen sollte.«

»Glauben Sie mir, es gibt einen triftigen Grund. Bitte. Es wird viel Kummer verhindern.«

Sie meinte bestimmt Teresas Kummer – also sollte sie wohl am besten darauf eingehen. Vielleicht wollte sie darüber sprechen, ob Katrina ihr helfen konnte, aber was war daran so schwierig? Sie würde es nur herausfinden, wenn sie einwilligte.

»Ich schau mal in meinem Terminkalender nach. Ja, Sie haben Glück. Hatten Sie an einen bestimmten Ort gedacht?« Milder Spott betonte die Distanz zwischen ihnen, die sich eventuell als notwendig erweisen könnte.

»Kennen Sie die ›Queen Mary‹?«

»Was? Den Ozeandampfer?«

»Nein, das alte Schiff an der Waterloo Bridge. Es ist mittlerweile ein Restaurant mit Bar. Ich dachte, für Sie ist es nicht so weit. Wenn das Wetter schön bleibt, warte ich draußen auf dem Deck. Zwei Uhr?«

»Ich weiß nicht, ob ich Sie wiedererkenne.«

»Keine Sorge. Ich werde Sie wiedererkennen.« Sie legte auf.

Katrina rief sofort in Cardiff an, erfuhr aber, daß Leonard sein Vormittagsseminar beendet hatte und weggefahren war... wohin, hatte er nicht gesagt. Man sei nicht sicher, wann er zurückkomme, könne ihm aber etwas ausrichten...

»Ist gut. Ich probier es später noch einmal.« Vielleicht sollte sie erst einmal herausfinden, worum es ging, bevor sie mit ihm sprach.

Das Kindermädchen hatte an jenem Tag in Kensington Gardens keinen bleibenden Eindruck bei ihr hinterlassen. Katrinas Aufmerksamkeit hatte Teresa und Leonard gegolten, sie hatte nicht besonders auf die Frau geachtet, nur registriert, daß sie und das Kind ein enges Verhältnis hatten, was sie nicht weiter überraschend fand. Sie hatten kaum miteinander gesprochen und sich höchstens ein paar Sekunden lang gesehen. Weil Marion Blake so schwer einzuschätzen war, bekam sie etwas Bedrohliches. Katrina hätte fast noch einmal angerufen und gefragt, worum es ging, doch damit hätte sie Nervosität signalisiert und der anderen einen Vorteil verschafft.

Katrina erkannte sie, trotz Sonnenbrille, wieder: Durch die geöffnete Tür der Schiffsbar sah sie Marion an einem Tisch allein auf dem sonnenbeschienenen Deck sitzen. Sie trug einen zartlila Hosenanzug und eine cremefarbene Bluse; Katrina bemerkte, daß ihre Haare, weißer als in ihrer Erinnerung, von einem Profi geschnitten waren. Offensichtlich verdiente sie gut. Mit einem Blick auf ihre Armbanduhr trat Katrina an den Tisch.

»Etwas Unerwartetes ist dazwischengekommen, ich habe nur eine halbe Stunde für Sie«, sagte sie demonstrativ.

»Das dürfte reichen.« Die Stimme war ebenso gepflegt wie das Äußere. »Ich habe schon gegessen, aber Sie können sich an der Bar etwas bestellen. Ein Glas Wein?« Neben der Flasche stand ein zweites Glas.

»Zum Essen habe ich keine Zeit.« Sie überspielte, während sie sich setzte, ihr Mißtrauen durch scheinbare Ungeduld. »Ich denke, am besten ist es, Sie sagen mir einfach, was Sie auf dem Herzen haben... Miss Blake.«

Marion lächelte überraschenderweise, während sie Katrina einschenkte. »Sie haben noch immer nicht begriffen?«

»Was denn begriffen?« Dieses Spiel ging ihr auf die Nerven.

»Wundert mich nicht. Aufgepaßt!« sagte sie. Sie stellte die Flasche weg, nahm dann die Sonnenbrille ab, und zum erstenmal sah Katrina ihr Gesicht von nahem, alt, aber altvertraut, wie sie erschrocken bemerkte. Instinktiv schloß sie die Augen, in der Hoffnung, etwas anderes zu sehen, wenn sie sie wieder aufmachte.

»Aber wieso nennst du dich Marion?« Es war die banalste, aber naheliegendste von endlos vielen Fragen.

»Weil Leonards Frau Judith heißt und wir fanden, daß es Teresa verwirren würde. Es ist mein zweiter Vorname. Erinnerst du dich nicht mehr?«

»Ich glaube, du hast ihn nie erwähnt... Und Blake? Hast du etwa geheiratet?«

Sie lachte leise. »So weit habe ich mich nicht verändert. Es war nur zum Schutz. Ein anderes Mädchen – vor dir – hat in einem verspäteten Anfall von schlechtem Gewissen ihren Eltern von uns erzählt. Sie zeigten mich an, und ich verlor meine Stelle. Es sprach sich herum, so daß man bei mehreren Vorstellungsgesprächen über Judith Hurst offensichtlich schon Bescheid wußte. Daraufhin habe ich dann den Mädchennamen meiner Mutter angenommen.«

Katrina war noch immer dabei, die Geschichte zu verdauen. »Und was ist aus der Frau geworden, zu der du zurückgegangen bist – ich habe vergessen, wie sie hieß.«

»Chris. Mit ihr wäre ich noch heute zusammen.« Schmerzliche Erinnerung sprach aus ihren Augen. »Sie ist bei einem Verkehrsunfall gestorben. Ich saß bei ihr im Auto. Die Ärzte konnten meine Beine retten, aber... Na ja, die Schmerzen sind erträglich bis jetzt, aber es wird schlimmer, und die Hose trage ich nicht etwa, weil ich sie besonders elegant finde.« Sie zeigte auf ihre Haare. »Und das habe ich mir auch eingehandelt.«

Katrina brauchte dringend einen Schluck Wein. »Aber wieso bist du Krankenschwester geworden?«

»Ich hatte einfach keine Lust mehr, Lehrerin zu sein, und... Ich weiß nicht. Vielleicht hatte es damit zu tun, daß ich so lange im Krankenhaus liegen mußte. Vor sechs Jahren habe ich gekündigt und mich selbständig gemacht. Ein Jahr später bekam ich den Job bei Judith und Leonard.«

Das Schiff schaukelte ein wenig, als eine Jacht vorüberfuhr, und die Wellen klatschten an die Bordwand. »Aber warum hast du mir bei deinem Anruf nicht gesagt, wer du wirklich bist?«

»Ich hatte daran gedacht, aber... Na ja, vergiß nicht, ich war Schauspiellehrerin.« Sie lächelte, schien es aber sogleich zu bedauern. »Dies ist jedenfalls keine Versöhnungsfeier.«

»Was dann?« Das Staunen über einen unglaublichen Zufall machte abermals Nervosität Platz.

»Ich dachte, es ist offensichtlich. Es geht darum, daß Leonard sich deinetwegen von Judith trennen will. Sie hat es mir am Freitag erzählt.«

Katrina wich ein wenig zurück. »Ich habe dir schon am Telefon gesagt, es geht dich nichts an.«

»Und ich habe dir gesagt, daß es mich sehr wohl etwas angeht. Ich will nämlich nicht, daß es dazu kommt.«

»Du willst nicht, daß es dazu kommt?« Katrina starrte sie an. »Meine Güte, sag bloß, du bist in ihn verliebt.«

»Natürlich nicht, auch wenn ich ihn bewundere. Ich denke vor allem an Teresa.« Sie rieb sich eine Handfläche mit dem Daumen der anderen Hand, ein Zeichen von Unsicherheit, an das Katrina sich wieder erinnerte. »Ich weiß nicht, wo ich anfangen soll, aber ich will dir etwas sagen, was du wahrscheinlich nicht weißt. Judith und Leonard haben seit langem nicht mehr miteinander...«

»Das weiß ich«, fuhr Katrina dazwischen. »Glaubst du, wir reden nicht miteinander?«

»Aber hat er dir gesagt, daß sie trotzdem ein gemeinsames Schlafzimmer haben? Getrennte Betten, aber wenn sie beide zu Hause sind, das heißt also die meiste Zeit, dann weiß Teresa, daß sie die beiden morgens dort finden wird. Und das ist sehr wichtig für sie.«

»Wer weiß denn schon, was für sie wichtig ist?«

»Ich weiß es.« Sie nahm ihr Weinglas und drehte es zwischen den Fingern, als brauchte sie etwas, um ihre Hände zu beschäftigen. »Ich hatte kaum Erfahrungen mit behinderten Kindern, als ich bei Teresa anfing, und ich habe oft geweint darüber, welche Kleinigkeiten sie glücklich machten. Dann wurde mir klar, daß sie wirklich glücklich ist. Solange sie alles hat, was sie braucht, ist es nicht wichtig, ob sie auf irgendwelche Dinge verzichten muß. Und zu den Dingen, die sie braucht, gehören ihre Eltern... beide.«

»Leonard weiß das«, wandte Katrina ein. »Er wird sie besuchen, so oft er kann. Er hat viel darüber nachgedacht.«

»Dann denkt er nicht aufrichtig, was gar nicht seine Art ist.« Sie stellte das Glas hin und schenkte nach. »Ich möchte daher, daß du für ihn nachdenkst und ihm sagst, daß er Teresa nicht im Stich lassen kann.«

»Oh, nein!« Katrina wäre beinahe aufgestanden und gegangen. »Auch ich hatte schlechte Zeiten, auch ich brauche einen Menschen, der zu mir hält.«

»Wie Teresa – aber sie ist völlig hilflos.«

»Ich weiß, sie tut mir ja leid, aber... Mein Gott, das darf

doch nicht wahr sein.« Sie schluckte ihren Ärger über Marion hinunter. »Hör zu, ich weiß genau wie Leonard, daß dir Teresa am Herzen liegt. Sie wird ihn in der ersten Zeit vermissen, aber ihre Mutter wird da sein, und du bist ja auch noch da. Verdammt, was wäre denn, wenn er plötzlich stirbt?«

»Er stirbt aber nicht. Er ist ...« Sie griff nach Katrinas Hand. »Bitte, Katrina. Ich wußte, daß ihr beiden ein Verhältnis habt, als ich euch letztes Jahr sah. Für mich war das kein Problem. Judith hatte mir schon vor langer Zeit von ihrem Arrangement erzählt. Gib dich damit zufrieden, daß du seine Geliebte bist. Meinetwegen langfristig. Warum nicht? Das tut niemandem weh.«

»Weil...« – Katrina entzog ihr die Hand – »... weil es inzwischen nicht mehr reicht. Uns beiden nicht. Solche Dinge passieren eben. Es ist uns wichtig. Verstanden?« Sie war erschrocken über den Vorschlag, der ihr gemacht wurde, aber sie durfte sich nichts anmerken lassen.

»Teresa ist sehr wichtig für mich«, sagte Marion, »und für Judith.«

»Ich weiß. Ein Glück für Teresa, daß sie einen so treuen Menschen wie dich hat, aber...« Argumente würden nichts nützen. »Es tut mir leid. Leonard ist genauso entschlossen wie ich. Glaub mir, wir haben lange gebraucht, um dorthin zu kommen, wo wir jetzt stehen.«

»Du sagst also, daß ich meine Zeit verschwende? Daß es dir nicht reicht, die Geliebte zu sein?«

»Genau.« Katrinas Stimme klang härter als beabsichtigt. »Überleg doch mal, Teresa wird nie...«

»Begreifst du nicht, daß das unglaublich egoistisch ist?«

Für einen kurzen Moment war sie wieder die ungeduldige Lehrerin. »Mußt du ausgerechnet einem Menschen weh tun, der sich nicht wehren kann?«

»Hör endlich auf!« rief Katrina empört. »Du gehst mir auf die Nerven mit deiner moralischen Erpressung. Teresa wird schon klarkommen.«

»Teresa hat sehr viel mehr verdient als nur ein Sie-wird-schon-klarkommen. Sie braucht ihren Vater, der zu Hause ist und sie liebt.«

»Ich auch.«

Ein Mann an einem der Nachbartische blickte, irritiert über die Lautstärke ihrer Stimmen, zu ihnen herüber, um dann wieder in sein Handy zu sprechen. Katrina überlegte kurz, ob... Nein, sie war nicht bereit, erneut zurückzustekken, bloß wegen eines Kindes, das sie nicht kannte. Sie zündete sich eine Zigarette an und schaute aus dem Fenster, sah, wie ein Zug langsam über Hungerford Bridge nach Charing Cross einfuhr, und versuchte, sich zu beruhigen.

»Entschuldige«, sagte sie schließlich. »Ich weiß, wie dir zumute ist, aber es ändert nichts an der Sache. Es gibt viele Dinge über Leonard und mich, von denen du nichts weißt. Wir haben einen langen Weg hinter uns.«

»Erspar mir dein Liebesleben. Ich habe in den Klatschspalten genug über deine Affären gelesen.«

»Das ist was anderes. Etwas völlig anderes.«

»Klar.« Marion musterte sie skeptisch. »Du warst schon immer eine Romantikerin. Jedenfalls: Wenn Vernunft nichts bewirkt, werde ich andere Mittel einsetzen müssen, denn ich bin in dieser Sache genauso entschlossen wie du, glaub mir.«

Marion nahm die Handtasche, die neben ihr auf der

Bank lag, machte sie auf und holte zwei Fotokopien heraus. »Hier.«

Die erste war ein Foto von ihnen beiden in Chester, aufgenommen von einem japanischen Touristen, dem sie Katrinas Kamera in die Hand gedrückt hatten. Die Eastgate-Uhr im Hintergrund war deutlich zu erkennen. Sie lachten und hielten Tudor-Puppen in der Hand; Katrina erinnerte sich, daß sie Anne Boleyn gekauft hatte. Die zweite Kopie zeigte die Rückseite, auf die sie die folgenden Worte geschrieben hatte: *Meiner liebsten Judith, die mich die Sprache der Liebe gelehrt hat. Katrina.* Es hatte lange gedauert, bis sie mit der Formulierung zufrieden gewesen war.

»Du hast doch gesagt, es ist kein Versöhnungstreffen«, sagte sie irritiert.

»Ist es auch nicht.« Marion machte eine abwehrende Handbewegung, als Katrina ihr die Fotokopien zurückgeben wollte. »Kannst sie behalten, ich habe das Original. Und jetzt hör gut zu, ich habe nämlich lange darüber nachgedacht. Solltest du nicht bereit sein, ein grundsätzlich anderes Verhältnis mit Leonard zu akzeptieren, werde ich Teresa mit allen mir zur Verfügung stehenden Mitteln schützen. Du erklärst, daß es für ihn kein Problem ist, sich von ihr zu trennen, aber was wird er sagen, wenn ich unsere Beziehung an die Öffentlichkeit bringe? Journalisten sind mir nicht besonders sympathisch, aber ich glaube, es würde sie interessieren.«

Das war zuviel auf einmal. »Wovon redest du?«

»Muß ich noch deutlicher werden? Wenn Leonard sich deinetwegen von Judith trennt, ist das eine gute Story, hab ich recht? Ihr beide seid bekannt, es erregt Aufsehen.

Und wenn außerdem herauskommt, daß du ein lesbisches Verhältnis hattest und er seine behinderte Tochter im Stich läßt... Tja, du bist doch Journalistin. Sag selbst, werden sie nicht alle aufheulen?«

Katrina, sprachlos über diese so ruhig vorgebrachte Drohung, sah schon die Schlagzeilen – von der Starkolumnistin, die eine leidgeprüfte Familie auseinanderreißt, vom treulosen Vater, von den Tränen eines Kindes, das nicht »Komm zurück!« rufen kann. Sämtliche Boulevardblätter würden es auf der Titelseite bringen. Die Meute würde in Harrow auf der Lauer liegen und Teresa auf dem Weg zur Sonderschule fotografieren, ihrer Mutter Fragen zurufen und andere Eltern ausfindig machen, denen man irgend etwas entlocken konnte. Leonard würde es nie und nimmer zulassen. Sie hatten über die mögliche Aufmerksamkeit der Medien gesprochen, waren aber zu der Ansicht gelangt, daß mit Schwierigkeiten nicht zu rechnen sei. Schriftsteller sind keine prominenten Stars, und Teresa konnte man aus der Sache heraushalten. Wenn allerdings ihre eigene lesbische Vergangenheit als Köder ausgeworfen würde...

»Ich glaube dir nicht«, sagte sie. »Einerseits sagst du, daß du Teresa beschützen willst, andererseits findest du nichts dabei, sie den Medien zum Fraß vorzuwerfen.«

»Teresa wird nicht darunter leiden. Sie kann praktisch nicht lesen und versteht nur ihre eigene kleine Welt. Das einzige, was sie treffen wird, ist der Verlust des Vaters – durch den Skandal wird er dich aber sehr viel mehr hassen als mich. Ob er mich haßt, ist mir ehrlich gesagt egal. Ich kann ihn ohnehin nicht mehr ausstehen, seit ich von seinen Plänen weiß.«

»Und was ist mit seiner Frau?«

»Judith und ich sind mittlerweile gute Freundinnen – guck nicht so, es ist nicht so, wie du denkst. Sie glaubt, daß er Teresa im Stich läßt, und will sich auf ihre Weise dagegen wehren, aber sie hat mir gegenüber zugegeben, daß sie kaum Möglichkeiten hat. Ich habe ihr noch nicht von uns erzählt, werde es aber tun, wenn du mir keine andere Wahl läßt. Ich werde ihr berichten, was ich gerade gesagt habe. Sie wird wissen, daß sie ihn damit in der Hand hat. Er wird aufgeben.«

Katrina stand auf. »Ich höre mir das nicht weiter an. Du spinnst ja. Leonard wird das regeln, sobald er wieder da ist.«

»Darauf würde ich mich nicht unbedingt verlassen. Du kennst ihn weniger gut, als du glaubst.« Dieser Satz traf Katrina sehr viel stärker als alles andere. »Und bleib sitzen, ich bin nämlich noch nicht fertig.«

Katrina, die so schockiert war, daß sie jede Chance ergriffen hätte, um aus dieser Situation herauszukommen, hoffte für einen Moment, Marion werde ihr einen finanziellen Deal vorschlagen. Sie setzte sich wieder.

»Das sage ich nur, falls du noch immer nicht überzeugt bist«, fuhr Marion fort. »Aber zuerst muß ich etwas erklären. Ich bin Mitglied im ›Ziggy's‹. Du kennst diesen uralten Lesbenclub in der Nähe von Soho Square?«

»Nicht persönlich, und ich weiß nicht, was mich dein Sexleben angehen soll.«

»Glaub mir, mein Sexleben ist Vergangenheit«, erwiderte sie. »Aber Chris und ich waren quasi Gründungsmitglieder, und ich habe dort ein paar gute Bekannte, die mir nach

Chris' Tod beistanden. Für Männerphantasien sicher frustrierend. Einige Clubmitglieder sind noch älter als ich, wir treffen uns auf einen Drink und plaudern, erzählen den jungen Dingern, wie es im Mittelalter zuging. Es gibt Paare, die sind seit Jahren zusammen – neulich haben wir ein fünfundzwanzigjähriges Jubiläum gefeiert...«

»Auf irgend etwas willst du ja wohl hinaus«, sagte Katrina ungeduldig.

»Ja. Ich bin dort einer Frau begegnet, die du kennst, Anna Probert.«

Katrina reagierte nicht sofort. Daß Anna sich in der Lesbenszene bewegte, überraschte sie nicht, und selbst wenn sie anderen von ihrem Verhältnis erzählt hatte, gab das Marion kein zusätzliches Druckmittel in die Hand.

»Ja. Sie war mal Redaktionssekretärin beim *Sunday Register.* Und jawohl, wir haben miteinander geschlafen. Zufrieden?«

»Das weiß ich. Entscheidend ist, wie ich es herausgefunden habe.« Sie hielt inne, als ein Mann mit einzeln verpackten Rosen an ihren Tisch trat. »Danke schön, wir sind keine Touristen.« Er entfernte sich wieder. »Vor einiger Zeit erzählte Anna uns von einem Mädchen, das sie auf einer Party kennengelernt hatte. Es war ganz harmlos, aber sie verstanden sich gut, und Anna dachte schon, daß vielleicht mehr daraus werden könnte, als sie erfuhr, wer das Mädchen war. Sie meinte, es wäre ja fast wie in einer griechischen Tragödie gewesen, mit der Tochter *und* mit der Mutter geschlafen zu haben.«

Katrina verschlug es die Sprache angesichts dieser Entschlossenheit. War Teresa die Tochter, die Judith sich immer gewünscht hatte und die sie mit allen Mitteln schützen würde? Selbst mit widerlegbaren Lügen? Dabei war Judith Hurst viele Jahre zuvor doch immer grundehrlich gewesen, ganz egal, wen sie verletzen mochte...

»Stephanie ist nicht lesbisch.« Warum fand sie ihren Widerspruch nicht ganz überzeugend? Warum war es ihr überhaupt wichtig, sofort zu widersprechen?

»Nein? Frag Anna, wenn du mir nicht glaubst. Du weißt vermutlich, worauf ich hinauswill.«

»Daß du sie mit hineinziehen würdest.«

»Ja. Glaubst du jetzt, daß ich es ernst meine?«

Sie starrten sich an, das Ebenbild zweier Frauen, die beim Mittagessen über ihre Männer plaudern, über die Kinder, über das unzuverlässige Au-pair, über die neueste Diät, über den Fluch der Wechseljahre.

Katrina schüttelte ungläubig den Kopf. »Wie kann man nur so brutal sein.«

»Ist Leonard gegenüber Teresa nicht auch brutal? Ich habe dir gesagt, ich werde nichts unternehmen, wenn ihr ein Liebespaar bleibt. Das ist nicht das Problem. Finde dich damit ab, und...« – sie lächelte, ein warmes, echtes Lächeln diesmal – »... dann können wir einander wieder als Freunde begegnen. Diese Situation ist wirklich ein saublöder Zufall. Ich habe oft an diese grauenhafte Wohnung in Heaton Mersey gedacht, wenn ich deine Kolumne las oder dich im Fernsehen sah. Ich will niemandem weh tun. Der einzige Mensch, an dem mir liegt, ist Teresa.«

Wäre Marion von vornherein mit Drohungen gekommen, hätte man sich leichter wehren können, aber sie war vernünftig, ja verständnisvoll, und hatte einen Deal angeboten, den viele Frauen akzeptiert hätten. Es gab keine schnelle Antwort.

»Ich muß darüber nachdenken.«

»Selbstverständlich.« Sie nahm einen Kuli aus ihrer Tasche und schrieb eine Nummer auf die Rückseite einer der Fotokopien. »Das ist mein Privatanschluß. Wenn ich dir helfen kann, ruf mich an. Wirklich. Ich weiß, wie es ist, wenn man jemanden sehr liebt.«

Ihr Verständnis war genauso unangenehm wie ihre Drohungen.

Katrina ließ sich sofort von einem Taxi nach Clapham bringen. Anthony war nicht da, wurde aber jeden Moment zurück erwartet. Toby erkundigte sich nicht nach dem Grund ihres Erscheinens, sondern sprach mit ihr über sein neuestes Theaterprojekt, über den Garten und machte Tee. Eine halbe Stunde später traf Anthony schließlich ein. Er kam ins Wohnzimmer und warf Katrina einen forschenden Blick zu.

»Probleme, wie mir scheint«, sagte er. Er legte seine Mappe ab, lockerte die Krawatte und setzte sich Katrina gegenüber in einen Rattansessel. Sie hatte ein schlechtes Gewissen, daß sie ihm schon wieder die Zeit stahl, aber Clapham war seit langem ihr Sanatorium. Normalerweise hätte sie Anthony alles gesagt, doch diesmal vermied sie es, von Stephanie zu sprechen. Sie spürte, daß das der größte Schock für sie gewesen war.

»Wie ungewöhnlich«, sagte er, als sie schließlich fertig war. »Ich meine, das Wiedersehen mit dieser Judith oder Marion oder wie sie sich nennt. Glaubst du, sie meint es ernst?«

»Hätte sie sonst Wert darauf gelegt, mit mir zu sprechen?«

»Ja, natürlich...« Er rutschte hin und her, als fühle er sich unbehaglich. »Laß uns Angebot und Drohung trennen. Sie wird sich nicht einmischen, wenn Leonard bei seiner Frau bleibt, ihr aber für unbestimmte Zeit ein Liebesverhältnis habt. Wird er damit einverstanden sein? Die meisten Männer wären es jedenfalls.«

»Ich weiß nicht, er wird verwirrt sein, wenn ich es ihm bei seiner Rückkehr vorschlage. Welchen Grund kann ich denn anführen?«

»Leonard ist schon seit einiger Zeit verwirrt... und es gibt einen ganz hervorragenden Grund. Du könntest dir während seiner Abwesenheit die ganze Sache noch einmal überlegt haben. Du hast dir Sorgen gemacht, wie es sich auf seine Tocher auswirken wird.«

»Das klingt nach einem Ratschlag«, sagte sie. »Punkt eins der Hausordnung.«

»Ich sage nicht, daß du etwas Bestimmtes tun sollst. Ich weise dich nur auf eine denkbare Begründung hin. Du könntest sagen, du hast einen anderen kennengelernt und dich wahnsinnig verliebt, oder daß du in der Bond Street eine Marienerscheinung gehabt hast und nun ins Kloster gehst. Die Frage ist nicht, welche Begründung du ihm nennst, sondern, ob du eine finden willst. Warum hast du diese Frau nicht abblitzen lassen?«

»Weil ich ganz sicher bin, daß sie es ernst meint.«

»Und dann würdest du Leonard wahrscheinlich ganz verlieren. Tja, was wirst du tun?«

»Im Moment weiß ich das noch nicht.«

»Dann unternimm nichts. Diese Sorte Ratschlag ist erlaubt. Wirst du Leonard anrufen?«

»Ich telefoniere jeden Abend mit ihm, aber am Telefon kann ich darüber nicht mit ihm reden.«

»Also, wenn er in einer Woche nicht zurück ist, dann arbeitet die Zeit für dich. Könntest du diese Frau bitten, sich noch einmal mit dir zu treffen?«

»Ja. Sie hat mir ihre Privatnummer gegeben.«

»Was darauf schließen läßt, daß sie eine vernünftige Lösung anstrebt.« Er beobachtete Katrinas Reaktion. »Das willst du nicht zugeben, stimmt's? Auch nicht, daß sie in einer … absurden, bewundernswerten Weise für Teresa kämpft. Sie setzt sich für ein Kind ein, das niemals imstande sein wird, ihr Engagement zu würdigen.«

»Ich weiß … Aber ich liebe ihn doch, Anthony. Ich liebe ihn wirklich.«

»Dann willst du ihm nicht weh tun, stimmt's?«

Umständlich drückte sie ihre Zigarette in dem muschelförmigen Aschenbecher aus, der neben ihr auf dem blanken Kieferfußboden stand.

»Manchmal wünschte ich, du würdest mich mit deinem Scharfsinn nicht immer aufpiksen wie einen Falter.«

»Aber ich lasse dich wieder frei.«

»Damit ich mir die Flügel verbrenne?«

»Du bist nicht gekommen, um mit Metaphern um dich zu werfen. Geh nach Hause und denk über den Rest deines Lebens nach.«

## *Vier*

Auf einmal war Stephanie wichtiger als Leonard. Diese Erkenntnis war so unerwartet wie aufschlußreich, ein Gefühlsumschwung, der nicht ohne Ironie war. Katrina dachte jetzt vor allem an ihre Tochter. Ihre Einstellung gegenüber Stephanies Sexleben, gegenüber ihrem Privatleben, war sehr ambivalent; sie zu kritisieren war Heuchelei, und so zu tun, als ginge es sie nichts an, wäre ihr wie Gleichgültigkeit erschienen. Besonders beunruhigend fand sie, daß Stephanie im ›Ziggy's‹ gesehen worden war; nicht alle Lesben waren wie Marion und deren Freundinnen, und über eine gefährdete Tochter durfte sie sich zu Recht Sorgen machen. Kurz nach halb sieben traf sie, aus Clapham kommend, zu Hause ein und rief sofort bei Alison an.

»Tut mir leid, sie ist nicht da. Ich glaube, sie wollte nach der Arbeit noch irgendwohin gehen.«

»Wohin genau?«

»Das weiß ich nicht, aber im Geschäft ist sie jetzt bestimmt nicht mehr. Soll ich ihr was ausrichten?«

»Nein... oder doch. Sag ihr, daß ich angerufen habe und daß sie mich bitte zurückrufen soll.«

»Okay, aber sie kommt normalerweise erst spät.«

»Egal. Ich bin zu Hause. Sag ihr, es ist dringend.«

Sie konnte irgendwohin gegangen sein – ins Kino oder

Theater oder zu einem harmlosen Treff mit Freunden. Katrina mochte daran nicht glauben. Sie rief Anna an, weil ihr sonst niemand einfiel, der vielleicht helfen konnte. Sie sagte nur, daß sie eine Bekannte getroffen habe, eine Lesbe, die Stephanie im ›Ziggy's‹ gesehen habe, und verschwieg, daß sie von ihrem Verhältnis wußte. Es tat nichts zur Sache.

»Ich weiß nicht, worauf du hinauswillst«, sagte Anna vorsichtig. »Ich selbst habe sie ein paarmal im ›Ziggy's‹ gesehen. Ich dachte, du wüßtest davon.«

»Erst seit heute. Wir sind uns... also, wir sehen uns nur noch selten. Ich mache mir Sorgen um sie.«

»Oh. Vielleicht hätte ich es dir sagen sollen, aber... hör mal, wo ist das Problem? Du wärst doch nicht so nervös, wenn sie hetero wäre und in der Gegend rumvögeln würde, stimmt's? Sie ist lesbisch. Na und?«

»Aber sie ist meine Tochter.«

Sie wußte im selben Moment, daß es ein lächerlicher Einwand war, und Anna reagierte entsprechend. »Ich bitte dich! Wir sind alle irgend jemands Tochter. Hast du an meine Mutter gedacht, als wir im Bett waren? Oder an deine?«

»Nein, aber... gut, ich habe kein Recht, von Moral zu reden. Aber weiß sie, worauf sie sich eingelassen hat? Ich kenne die Lesbenszene nicht, aber die Vorstellung, daß sie von irgendeiner Ziege vernascht wird, gefällt mir nicht. Ich wollte dich bitten, daß du mir Bescheid sagst, wenn du etwas hörst.«

»Vielleicht.« Annas Tonfall veränderte sich. »Okay, ich hab verstanden. Es gibt Frauen, die immer nach Frischfleisch Ausschau halten – es könnte aber auch sein, daß sie eine gute Beziehung eingeht. Ich werde mich umhören und dich anrufen.«

In dem Zustand, in dem Katrina sich befand, war ihr das nicht genug. »Ich muß es sofort wissen. Könnte es sein, daß sie heute abend im ›Ziggy's‹ ist?«

»Schon möglich. Ich habe sie ein paarmal dort gesehen.«

»Gut. Wo ist der Club genau? Greek Street oder so?«

»Er ist... Halt mal. Du kannst nicht einfach so dort auftauchen, ganz allein.«

»Und wie ich das kann. Wenn du mir die Adresse nicht sagst, ich werde es rausbekommen.«

»Nein! Katrina, sei vernünftig! Stephanie ist erwachsen, und hysterische, ausflippende Eltern sind im ›Ziggy's‹ nicht gern gesehen. Und sowieso kommen nur Mitglieder rein.«

»Aber ich muß es wissen. Das ist alles. Wenn sie sich wohl fühlt, ziehe ich mich zurück und akzeptiere es. Aber wenn sie... Mein Gott, du weißt doch besser als ich, was alles passieren kann. Versuch einfach mal, mich zu verstehen.«

Anna seufzte. »Na gut, aber ich komme mit, und du versprichst mir, daß du schön brav bist. Ich werde dich als Freundin vorstellen – manche Frauen gehen dort oft mit Hetero-Frauen hin, um etwas zu trinken –, und wir werden diskret schauen, ob wir etwas über Stephanie herausfinden. Einen besseren Vorschlag kann ich dir nicht machen, Darling. Wenn du nicht einverstanden bist, rufe ich sofort im ›Ziggy's‹ an und warne sie vor dir.«

»Danke. Ich bin zu Hause.«

»Ich komme so schnell wie möglich vorbei.«

Das ›Ziggy's‹ lag in einem Souterrain, der einzige Hinweis war ein Messingschild an der Hauswand neben einem indischen Restaurant, eine Treppe führte hinunter, vorbei an eingerahmten Fotografien, Madonna neben den Ladies von Llangollen vor ihrem Cottage. Der Club war größer, als Katrina erwartet hatte: ein niedriger Raum mit stillen Nischen und Lampen an der Wand, dunkelbrauner Auslegteppich, Gemälde an den Wänden, auf den Tischen kleine Porzellanvasen mit frischen Blumen. Abgesehen davon, daß es keine Männer gab und die Einrichtung recht geschmackvoll war, hätte es ein x-beliebiger privater Club in London sein können. Anwesend waren überwiegend Geschäftsfrauen, die sich nach der Arbeit bei einem Drink entspannten, und drei junge Mädchen, die Backgammon spielten. Während Anna sie anmeldete und an der Bar etwas zu trinken bestellte, spürte Katrina taxierende Blicke, aber das Interesse galt in erster Linie ihrem Outfit.

»Kannst du sie sehen?« flüsterte Anna.

»Nein, aber sie könnte … Ich kann nicht in alle Ecken sehen.«

»Würde ich dir auch nicht raten.« Sie nickte einer Frau zu, die allein an einem Tisch saß und im *Spectator* las. »Komm, ich werde dich Eunice vorstellen.«

Eunice war knapp sechzig, matronenhaft und redselig. Katrina zwang sich, geduldig zu sein, bis Anna das Gespräch scheinbar unabsichtlich in eine andere Richtung lenkte.

»Ruhig heute«, sagte sie. »Wo sind denn alle?«

»Es ist noch früh.«

»Mmm. Aber Dorothy ist doch sonst immer schon hier.« Und so ging es noch eine Weile, bis sie schließlich einen

Einstieg fand. »Weißt du, wen ich lange nicht mehr gesehen habe? Diese kleine Blondine, die in dem Klamottenladen in Denmark Street arbeitet. Wie hieß sie noch ... Suzanne? Nein, Stephanie.«

»Ich habe sie gesehen.« Eunice wies mit dem Kinn zu der Tür am anderen Ende des Raums. »Sie ist mit Brenda in der Disco.«

Anna stieß Katrina verstohlen mit dem Fuß an. »Ach, ich dachte, sie ist umgezogen oder so etwas. Da fällt mir ein, neulich habe ich Charlotte gesehen. Sie hat den Job in Bath bekommen...«

Katrina versuchte, sich darüber klarzuwerden, wie sie auf die Tatsache reagierte, daß ihre Tochter im Nebenraum mit einer anderen Frau tanzte – so wie sie sie an ihrem achtzehnten Geburtstag beim Tanzen mit einem Mann beobachtet hatte. Wenn Stephanie ihr später erzählt hätte, daß sie im Bett gelandet wären, hätte sie sich wahrscheinlich gefreut und ihr nur gesagt, daß sie aufpassen solle. Weshalb war die Vorstellung, daß eine Frau sie küßt, etwas anderes als die Vorstellung von einem Penis, der in ihr steckt? Es fiel ihr schwer, das zu akzeptieren, aber wenn sie ehrlich war... Eunice stand auf, weil Bekannte von ihr gekommen waren. Anna wartete, bis sie außer Hörweite war.

»Wenn sie mit Brenda Carr zusammen ist, brauchst du keine Angst zu haben«, sagte sie.

»Was für ein Typ ist sie?«

»Brenda?« Anna dachte nach. »So gut kenne ich sie nicht, aber ... Anfang vierzig, Sekretärin eines Spezialisten am Guy's oder an St. Thomas oder ... jedenfalls an einem der großen Universitätskrankenhäuser. Sympathische Frau ...

Ich bin mir ziemlich sicher, sie hat mal erzählt, daß sie bei den Samaritern gearbeitet hat. Stephanie ist bei ihr wirklich gut aufgehoben.«

»Aber sie ist fast so alt wie ich.«

Anna holte tief Luft, nahm Katrinas Hand und drückte so fest, daß Katrina zusammenzuckte. »Noch so eine Bemerkung, nur eine einzige, und es knallt. Hast du verstanden? Wie viele ältere Männer kennst du, die es mit Lolitas treiben? Das heißt nicht, daß Stephanie eine Lolita ist, aber Alter steht hier nicht zur Debatte.« Sie ließ die Hand los. »Außerdem scheinst du vergessen zu haben, daß ich sehr viel jünger bin als du. Ich erinnere mich nicht, daß eine von uns damit Probleme hatte.«

»Ach Scheiße!« Katrina stützte ihre Stirn auf die andere Hand. »Warum mache ich so blöde Bemerkungen, statt es einfach zu akzeptieren?«

»Weil es ein Schock für dich ist«, sagte Anna. »Ich kann das verstehen. Aber du mußt es als tolle Überraschung betrachten. Wenn es nicht funktioniert, mußt du dich jeden Morgen vor den Spiegel stellen und dir sagen: ›Meine Tochter ist eine Lesbe, ich freue mich riesig für sie.‹ Gerade du müßtest das doch schaffen.«

Ein Fetzen Rockmusik drang in die Bar, als die Discotür auf- und wieder zuging. Katrina zog sich weiter in das Dunkel zurück.

»Ist Stephanie gekommen?« fragte Anna.

»Ja.«

»Wahrscheinlich wird sie dich nicht erkennen, aber dir hilft es vielleicht, daß du sie sehen kannst. Und, was hältst du nun davon?«

Ihr allererster Gedanke war, daß Stephanie mit einer anderen Frau Händchen hielt, beider Gesichter waren gerötet, und sie lachten. Sie gingen an die Bar und bestellten etwas, setzten sich auf einen Hocker und warteten auf ihre Drinks, die nach Schorle aussahen. Brenda Carr war groß, trotz der körperlichen Verausgabung noch immer elegant, trug einen dunklen Rock und eine feingestreifte weiße Bluse, deren oberste Knöpfe geöffnet waren. Katrina dachte völlig unpassenderweise, daß sich ihre hohen Absätze nicht zum Tanzen eigneten. Ihr Haar schien dunkelblond in dem gedämpft orangefarbenen Licht, es war kurz, aber schön frisiert, so daß es nichts Burschikoses hatte, und kontrastierte mit Stephanies Wuschelkopf. Als sie auf den Barhocker kletterte, schimmerte ein Goldmedaillon, und Katrina war absurderweise erleichtert, daß sie eine Brille trug.

»Na, was denkst du?« Annas dunkle Augen sahen sie neugierig an.

»Ich weiß nicht... Sie sieht... sehr schick, sehr...« – sie lächelte unwillkürlich – »...ich würde fast sagen, kultiviert aus.«

»Dann sag es. Keine schlechte Eigenschaft bei einer Geliebten.« Anna drehte sich plötzlich um und wandte sich dann wieder an Katrina: »Achtung, ich werd jetzt was unternehmen.«

»Wie bitte?« Anna hatte oft ganz überraschende Dinge getan, damals, als sie zusammen waren – nachts hatte sie an Haustüren gehämmert und war dann lachend davongelaufen, oder sie war in einem Restaurant auf ein Paar zugegangen und hatte den Mann gefragt, ob seine Frau wisse, wo er sei. Katrina war das peinlich gewesen, aber Anna hatte nicht eingesehen, warum sie sich diese Dinge verkneifen sollte. Sie war schon unterwegs zur Bar. Katrina beobachtete sie, halb fasziniert, halb besorgt. Anna sprach mit den beiden, die daraufhin ihre Gläser nahmen und mit ihr zurückkamen.

»Eigentlich mehr als eine Freundin, die ich euch vorstellen wollte«, sagte Anna, als sie den Tisch erreichten. »Ich dachte, es ist besser für alle Beteiligten, wenn ein paar Dinge ausgesprochen werden.« Stephanie guckte nur wortlos.

»Da sind wir.« Anna zog noch zwei Stühle heran. »Katrina, das ist Brenda... Brenda, das ist Katrina.«

»Guten Abend.« Brenda streckte die Hand aus. »Angenehm.« Sie schien irritiert, da Katrina nicht reagierte.

»Was machst du denn hier?« Stephanie hatte sich nicht bewegt, seit sie ihre Mutter erkannt hatte.

»Ich hatte nicht vor... Es war Annas Idee.«

»Stimmt.« Anna wirkte wie eine gutgelaunte Gastgeberin, die sich bemüht, fremden Gästen die Befangenheit zu nehmen. »Jetzt können wir gemeinsam darüber reden, und vielleicht ist es ja gar nicht so schlimm.«

»Entschuldigung«, sagte Brenda verunsichert. »Was ist hier los?«

»Das ist meine Mutter.«

»Oh.« Brenda warf Anna einen vorwurfsvollen Blick zu. »Scheint dir ja richtig Spaß zu machen, für Verwirrung zu sorgen.«

»Ach was.« Anna zeigte auf Stephanie und Katrina. »Die beiden haben eine ernste Kommunikationsstörung, und es wird Zeit, daß das behoben wird.«

»Ich bin solange an der Bar.« Brenda wollte schon gehen.

»Nein, bleib. Katrina hat kein Problem mit dieser Situation. Sie glaubt es nur.«

»Mach dir nichts vor«, sagte Stephanie bitter. »Sie hat eins.«

»Weil du lesbisch bist? Ein bißchen reifer ist sie schon. Sie muß es einfach akzeptieren.«

»Ist das ein Problem?« wollte Brenda von Katrina wissen.

»Ich dachte schon, aber... na ja, es kam so überraschend. Lieber wär mir gewesen, sie hätte was gesagt.«

»Und was hätten Sie dann getan? Sie sagt, daß Sie ihr nicht zuhören.«

»Oje.« Katrina sah ihre Tochter an. »Schon gut. Erzähl ihr ruhig solche Sachen.«

»Noch mal dasselbe für alle, bevor es an der Bar voll wird?« Anna stand auf und nickte Brenda zu. »Du kannst mir beim Tragen helfen.«

Einen Moment befürchtete Katrina, Stephanie würde gehen. Sie war erleichtert, als das nicht passierte. »Setz dich. Es war nicht meine Absicht, daß wir uns treffen. Anna hat dich einfach hergeholt.«

»Aber du bist hergekommen, um mir nachzuspionieren.«

»Nein. Wirklich nicht. Ich wollte mich nur vergewissern, daß es dir gutgeht.«

»Wie hast du's rausgefunden?«

»Das ist doch egal. Jedenfalls nicht über Anna. Sie war mal meine Sekretärin, ich wußte, daß sie lesbisch ist, und ich habe sie gefragt, ob sie mich mitnimmt.« Zum erstenmal seit vielen Jahren empfand Katrina große Zuneigung für ihre Tochter. »Hör mal, ich hab keine Probleme damit – na schön, ich rede es mir vielleicht ein –, ich möchte von dir einfach nur hören, daß du es wirklich so willst. Ich würde mich sehr mies fühlen, wenn es Trotz oder etwas Ähnliches wäre. Ist es so?«

»Nein. Am Anfang vielleicht, aber jetzt nicht mehr.«

»Am Anfang? Wie lange geht das denn schon?«

Stephanie sah sie plötzlich amüsiert an. »Erinnerst du dich an Barbara, die Klassensprecherin? Du hast sie immer gemocht.«

»Ja, stimmt... aber ich wußte nicht...«

»Na ja, so etwas posaunt man ja nicht hinaus.« Sie zuckte mit den Schultern. »Später habe ich ein paarmal mit Jungs geschlafen, aber... ich weiß nicht, woher es kommt. Es ist einfach in mir drin... Ich wollte es dir schon länger sagen.«

Katrina hätte ihr am liebsten von sich erzählt, aber ein gewichtiger Grund hielt sie davon ab. Sie befürchtete plötzlich, Anna könne es Brenda weitererzählen.

»Wo ist hier das Klo?« sagte sie. »Ich muß mal.«

»Dort drüben.« Stephanie zeigte auf eine Tür in der Ecke.

»Bin gleich wieder da.« An der Bar sagte sie im Vorbeigehen: »Wo bleiben die Drinks?«

»Kommen sofort«, sagte Anna. »Wir wollten euch nur ein bißchen allein lassen. Wie läuft's denn?«

»Bis jetzt ganz gut. Brenda, würden Sie uns bitte entschuldigen. Ich habe mit Anna etwas zu besprechen.«

»Wir sehen uns dort drüben wieder.« Sie lächelte. »Ich glaube, jemand hat aus meinem Benimmbuch die Seiten herausgerissen, auf denen Situationen wie diese beschrieben werden.«

»Dann werden wir halt improvisieren müssen. Wir sind

gleich wieder bei euch.« Katrina wartete, bis Brenda sich entfernt hatte, dann fragte sie hastig: »Hast du Brenda von uns erzählt?«

»Nein. Ich fand, daß das nicht meine Sache ist. Hast du Stephanie nichts gesagt?«

»Nein, und ich will es auch nicht.«

Anna guckte mißtrauisch. »Ich hoffe, du hast eine gute Begründung. Sie hat nämlich das Recht, es zu wissen.«

»Ja, aber... aber nicht jetzt. Mein Gott, ich weiß, aber es fällt mir so schwer, darüber zu sprechen. Wenn ich Stephanie von uns erzähle, wird sie glauben, ich akzeptiere sie als Lesbierin nur deswegen, weil mir Kritik nicht zusteht. Sie soll wissen, daß ich ihre Entscheidung respektiere, ihre Unabhängigkeit – von mir. Ich muß das tun. Eines Tages werde ich es ihr sagen, aber im Moment braucht sie... braucht sie eine Mutter, die nicht vergeben muß, weil es hier nicht um Vergebung geht. Mache ich mich verständlich?«

»Findest du dich denn verständlich?«

»Durchaus. Stephanie und Brenda – oder was weiß ich, wer – sollen wissen, daß es ihre Sache ist und daß ich es akzeptiere, weil es wunderbar ist, und nicht nur deswegen, weil ich nicht berechtigt bin, Einwände zu erheben. Und, na ja, ich bin noch nicht soweit, aber ich glaube, ich werde es wunderbar finden, daß meine Tochter liebt. Wen, ist doch ganz egal.«

Anna nickte. »Du machst ziemlich schnell große Fortschritte.«

»Hältst du meine Hand, falls ich stolpere?«

»Du hast sie schon. Komm, wir gehen zurück.«

»Gleich. Ich muß wirklich aufs Klo.«

Die Atmosphäre war deutlich entspannter, als Katrina zurückkam, und sie wußte, daß es vor allem Annas Bemühungen zu verdanken war.

»Wir haben Spielregeln aufgestellt«, rief Anna ihr fröhlich zu. »Na ja, ich jedenfalls, und alle haben sich daran zu halten. Brenda wird uns ihre Lebensgeschichte erzählen, und du und Stephanie, ihr müßt euch dreimal pro Minute anlächeln. Anschließend lese ich euch aus der Hand.«

»Ich habe gehört, daß Anna Ihre Sekretärin war«, sagte Brenda trocken. »Nachträglich mein tief empfundenes Beileid.«

Es wurde noch ein schöner Abend. Stephanie war zuerst nervös, aber ihre Anspannung ließ immer mehr nach. Andere Clubmitglieder kamen und setzten sich zu ihnen, und Katrina fand sich in der angenehmen Gesellschaft kluger Frauen. Einmal, als alle über einen Witz lachten, beugte sie sich zu Stephanie und flüsterte ihr ins Ohr: »Alles okay. Ich finde dich toll.«

Gegen zehn Uhr stand Brenda auf und winkte Stephanie zu sich. Sie standen ein paar Schritte abseits und sprachen miteinander, dann kam Stephanie wieder zurück und erklärte Katrina, daß Brenda mit ihr sprechen wolle.

»Ich habe Stephanie gesagt, sie soll mit Ihnen nach Hause gehen, damit Sie ungestört miteinander reden können. Das ist jetzt wichtig.«

»Was hat sie geantwortet?«

»Sie ist einverstanden.« Brenda zögerte. »Ich habe Ihre Tochter sehr gern, Katrina. Ich weiß, das hier ist nicht Ihre Szene, aber ich kann mir nicht vorstellen, daß jemand wie Sie so dumm ist und uns ablehnt.«

»Natürlich nicht. Es ist nur… Ich habe mich noch immer nicht daran gewöhnt.«

»Dann hilft es vielleicht, wenn Sie für eine Weile mit ihr allein sind. Hat Stephanie Ihnen von Suffolk erzählt?«

»Nein.«

»Ich habe in der Nähe von Lavenham ein Cottage gemietet, wir wollen am Samstag für eine Woche dorthin fahren, dann kann ich Aquarelle malen und mit Ihrer Tochter ins Bett gehen.« Sie musterte Katrina scharf. »Sie können es ihr natürlich nicht verbieten, aber es ist ganz wichtig, daß Sie es auch gar nicht wollen.«

»Bestimmt nicht«, versprach sie. »Und vielen Dank, daß Sie sie überredet haben, nach Hause zu kommen.«

»Alles Gute, und hoffentlich sehen wir uns mal wieder.«

Katrina bestand darauf, daß Anna mitkam – ein Schiedsrichter erschien ihr ratsam –, und bei einem Chinesen in der Edgware Road nahmen sie sich noch etwas zu essen mit. Zu Hause schoben sie alles in die Mikrowelle, klärten dann, wer was bekam, und tranken dazu eine Flasche Valpolicella. Anna verfügte über einen endlosen Vorrat an Geschichten, mit denen sie jedes Schweigen überbrücken konnte, ja sie verstand es überhaupt, die Situation zu entschärfen. Um Mitternacht sagte sie schließlich, daß sie aufbrechen müsse.

»Du kannst im Gästezimmer schlafen«, schlug Katrina vor.

»Nein, nein«, sagte sie entschlossen. »Ihr habt ein paar persönliche Dinge zu regeln.«

Draußen in der Diele umarmte Katrina sie. »Tausend Dank. Kann ich dich anrufen, wenn ich dich brauche?«

»Sicher, aber diese Geschichte könnt ihr nur ganz allein

auseinanderklamüsern. So, und wo kriege ich um diese Uhrzeit noch ein Taxi her?«

»Der Portier soll dir eins rufen. Ich spendier's dir.«

»Vielen Dank. Ach ja, frag Stephanie doch mal, was diese Stellen an ihrem Handgelenk bedeuten.«

»Was? Das ist mir gar nicht aufgefallen.«

»Mir aber.« Sie küßte sie. »Gute Nacht.«

Katrina fühlte sich ausgelaugt, als sie das Wohnzimmer wieder betrat. Vor lauter Panik, mißverstanden zu werden, wußte sie nicht, was sie sagen sollte. Auch Stephanie schwieg zuerst, dann sagte sie nur: »Toll, diese Anna.«

»Ja. Brenda finde ich auch sehr sympathisch.«

»Gut. Das dürfte es erleichtern.« Sie spielte mit einer zerknüllten Papierserviette.

»Gibt es noch etwas, wovon ich nichts weiß?« sagte Katrina.

»Was?« Stephanie sah die Richtung ihres Blicks. »Das ist schon lange her.«

»Aber du hast es versucht?«

»Ja. Mit dem Sicherheitsschlüssel. Du hast überhaupt nichts gemerkt.«

»Ach du liebe Scheiße!« Katrina kniete vor ihr, nahm Stephanies Hände. »Es tut mir leid, es tut mir so furchtbar, furchtbar leid. Ich werde dich tausendmal um Entschuldigung bitten müssen! Ob dir das reicht? Mir bestimmt nicht. Mein Gott, was für eine Rabenmutter ich bin!«

»Hör auf!« protestierte Stephanie. »Genau das ist es. Du machst immer gleich so ein Drama aus allem. Kannst du nicht wie ein normaler Mensch mit mir reden? Früher ging es doch.«

Katrina preßte die Hand auf ihre Lippen. »Ich werd's versuchen. Hau mich, wenn ich rückfällig werde. Es scheint richtig eine Angewohnheit von mir geworden zu sein.«

»Gut. Und ich werd dir gleich was sagen. Ich finde das echt super, daß du ins ›Ziggy's‹ gekommen bist und Brenda so nett behandelt hast. Danke!« Zum erstenmal seit Stephanies Kindheit umarmten sie einander mit echter Zuneigung.

Am nächsten Tag erklärte Stephanie sich bereit, wieder zu Hause zu wohnen, und organisierte ihren Umzug. Beide verhielten sich zuerst ganz vorsichtig, Katrina aus Nervosität, Stephanie aus Skepsis. Sie brauchten regelrechte Waffenstillstandsabkommen, und mit Humor gelang es ihnen, über ihren Groll hinwegzukommen. Zwei Tage lang sichteten sie die Trümmer, aber beide hatten den Wunsch, die Ruinen wiederaufzubauen. Die Gefahr, besonders für Katrina, bestand darin, allzu bemüht zu wirken, allzuviel besprechen zu wollen, doch beide wußten, wann es Zeit war, sich zurückzuziehen und sich, bei weit geöffneter Tür, dem eigenen Leben zuzuwenden. Die Woche Suffolk kam gerade recht. Sie brauchten eine Weile Abstand. Katrina bat Stephanie, Brenda von ihr zu grüßen und ihr auszurichten, daß sie irgendwann nach ihrer Rückkehr zum Abendessen eingeladen sei.

Und inmitten dieses ganzen Durcheinanders wurde Katrina klar, daß sie Leonards Liebe zu Teresa nunmehr akzeptieren konnte. Sie hatten ausschließlich an sich gedacht, und eine Heirat wäre der reinste Egoismus. Als sie mit ihm telefonierte, sagte sie nichts, sondern überlegte nur, was er wohl dachte. Wenn er wieder da wäre, würde sie ihre neue Beziehung zu Stephanie als Vorwand nehmen, sich zurückzuziehen. Alles andere brauchte sich nicht zu verändern. Der Gedanke amüsierte sie, daß am Ende vielleicht eine Beziehung à la Bloomsbury herauskommen würde – freie Liebe unter Intellektuellen. Es erschien ihr durchaus vorstellbar, sich mit Leonards Frau zu treffen, die in einem Kreis gebildeter, kultivierter Erwachsener verkehrte. Aus einer spontanen Laune heraus rief sie Marion an und lud sie zu einem Besuch ein, solange Stephanie verreist war. Sie würde ihr alles erzählen, und vielleicht hatten sie sogar die Chance, einander wieder als Freunde zu begegnen. Später dachte sie, welche Ironie es war, daß sie sich ursprünglich von den besten Motiven hatte leiten lassen.

# *Fünf*

Angehörige der Mittelschicht verüben selten einen Mord. Sie bedienen sich raffinierterer und subtilerer Methoden, um Rache zu nehmen. Daß Katrina Darcy jemanden umbrachte, war in vielerlei Hinsicht das Resultat einer Verkettung unglücklicher Umstände, vielleicht sogar Zufall. Diese Sichtweise mag fatalistisch sein, aber wir haben es ja ständig mit Zufällen zu tun. Hätten wir nicht jene Party besucht, diesen Job angenommen, dieses bestimmte Haus gekauft, wären wir nie dem Menschen begegnet, der unser Liebhaber, Freund oder Rivale wurde, und alles wäre ganz anders gekommen. Solche Ereignisse ziehen ihre Kreise, unabhängig von uns, bis sie Menschen berühren, von denen wir nie etwas wissen werden. Zwei amerikanische Professoren, von denen der eine noch nie in England gewesen war, würden sehr erschrocken reagieren, wenn man ihnen erklärte, daß der Tod einer Frau, zehntausend Kilometer von ihnen entfernt, mit einer von ihnen getroffenen Entscheidung zusammenhing. Dieser Todesfall ließ sich jedoch auf sie zurückführen, wie auch auf zahllose andere Menschen, deren Lebenswege sich fatalerweise kreuzten. Jede Begegnung mit einem Fremden hält furchtbare Risiken bereit.

Am Samstag vormittag, Stephanie war inzwischen abgefahren, fühlte sich Katrina sehr einsam, vor allem während des Telefongesprächs mit Leonard. Es lief ganz gut in Cardiff, aber er vermißte sie. Sie machte eine vage Andeutung, daß sie über vieles zu reden hätten, ein winziger Schritt hin zu dem, was sie ihm sagen mußte, doch es erleichterte sie, daß sie den Verlust akzeptieren konnte. Welchen Verlust denn? Warum sollte sie nicht auch weiterhin einen wunderbaren Geliebten haben, und wer wußte schon, was die Zukunft bringen würde. Als ihr plötzlich der Gedanke kam, daß Teresa unerwartet sterben könnte, hatte sie sofort ein schlechtes Gewissen, denn sie sagte sich, daß eine Sache, die man sich intensiv genug wünschte, auch eintrat. Um sich abzulenken, machte sie einen langen Spaziergang, fast um den ganzen Hyde Park herum, dachte sich ein Essen für den Abend mit Brenda aus und notierte Ideen für ihre Kolumne. Sie fühlte sich sehr, sehr einsam.

Marion wollte am Montag abend vorbeikommen, und Katrina nahm sich vor, sich dankbar zu zeigen. Ihr Gespräch hatte sich im nachhinein als Segen herausgestellt. Hätte Marion ihr nicht von Stephanie erzählt, hätte Katrina sie vielleicht für immer verloren, und außerdem war sie zu der Erkenntnis gelangt, daß eine Ehe mit Leonard vermutlich ein großer Fehler wäre, eine Beziehung, die auf Schuldgefühlen beruhen würde. So konnte sie ihn behalten, konnte lernen, ihre Tochter zu lieben – und vielleicht eine neue, unerwartete Freundschaft zu der Frau entwickeln, die ihr früher so viel bedeutet hatte. Voller Vorfreude kaufte sie exotische Snacks ein, füllte die Hausbar auf, polierte das Silber, bezog die Sitzkissen neu, ließ frische Blumen liefern. Marion wollte um sieben Uhr kommen. Katrina war gerade dabei, mit kritischem Blick die Vasen wieder umzustellen, als der Portier anrief und Marion anmeldete. Als sie die Tür öffnete, erklärte sie sich Marions vorsichtige Art mit Nervosität.

»Hallo. Noch immer die Pünktlichkeit in Person, wie ich sehe. Komm rein.« Sie hätte ihr gern einen Kuß auf die Wange gegeben, doch Marion war schon an ihr vorbeigegangen, schritt den Flur entlang und betrat das Wohnzimmer, dessen Großzügigkeit und Designereleganz sie sofort registrierte.

»Ganz was anderes als Heaton Mersey...« Sie hielt inne, als ihr Blick auf ein kleines abstraktes Gemälde fiel. »Ist das ein Howard Hodgkin?«

Katrina lachte. »Den kann ich mir nicht leisten. Es ist von Gillian Ayres, ist aber schon oft für einen Hodgkin gehalten worden. Die Rackhams links und rechts davon sind Originale. Der Gegensatz gefällt mir.«

»Unorthodox, aber es wirkt. Und du warst so was von konventionell.«

»Wirklich? Es ist so lange her.«

Gemeinsame Erinnerungen gaben allem, was sie sagten, einen besonderen Klang. Während Marion Bemerkungen zu anderen Gegenständen in der Wohnung machte, stellte Katrina fest, daß sie darüber nachdachte, wie sehr Marion sich verändert hatte, und daß sie nach Resten jener lebenssprühenden Frau suchte, die sie einmal geliebt hatte. Zeit und Schmerzen hatten sich in ihr Gesicht eingegraben, und die Erinnerung an ihre grazilen Bewegungen stieß sich an der unbeholfenen Art, mit der Marion das linke Bein nachzog. Etwas anderes war ebenfalls verschwunden – ihre selbstbewußte, herausfordernde Art hatte einer gewissen Unruhe Platz gemacht. Vielleicht befürchtete sie Schwierigkeiten. Als Judith hatte sie nie Angst gehabt.

»Ich möchte dir wegen Stephanie danken«, sagte Katrina.

»Habe ich das verdient?«

»Unbedingt. Wenn du mir nichts gesagt hättest... Na ja, ich habe sie dann im ›Ziggy's‹ getroffen. Sie ist mit einer Brenda Carr zusammen, es ist okay. Wirklich. Kennst du sie?«

»Brenda? Ja, wir kennen uns von ›Guy's‹ her.«

»Klar. Ich fand sie sehr sympathisch.«

»Schön. Es muß ... äh, es kann ja keine totale Überraschung gewesen sein, aber wie wirst du damit fertig, daß sie lesbisch ist?«

»Ich werd's schon packen. Ich muß ihr die Möglichkeit geben, ihr Glück allein zu finden.«

»Ja.« Marion war durchs Zimmer gegangen und sah aus dem Fenster. »Tut mir leid, was ich letzte Woche gesagt habe, aber Teresa ist wie meine eigene Tochter und... Man kämpft schließlich um seine Kinder, nicht?«

Katrina nickte. »Du mußt sie sehr gern haben... und du hattest recht.« Sie zögerte. »Ich will nur diesen einen Punkt hinter mich bringen, dann können wir über andere Dinge reden. Vielleicht ist es wegen Stephanie, aber ich kann nicht zulassen, daß Leonard Teresa weh tut. Ich werde einen Weg finden, es ihm zu erklären, wir werden uns mit der gegenwärtigen Situation schon irgendwie arrangieren. Wirklich. Verstehst du?«

Marion blieb am Fenster stehen, drehte sich nicht um. »Das war bestimmt nicht leicht für dich.«

»Nein. Aber du hattest recht, daß du mir die Augen geöffnet hast.« Sie wischte sich eine kleine Träne weg und war dankbar, daß Marion es nicht sah. »So, das war der offizielle Teil. Und jetzt: Was möchtest du trinken? Das Angebot ist ziemlich komplett.«

»Whisky mit Wasser?«

»Und welchen?« Sie ging zur Hausbar. »Teacher's oder Bell's, und wenn du Malt Whiskey bevorzugst, irgendwo steht noch ein Macallan. Es gibt sicher auch noch einen...«

»Hör zu, ich muß dir leider was Unangenehmes sagen.« Marions Tonfall ließ Katrina erschrocken aufblicken. »Was denn?«

Sie seufzte. »Ich habe unterwegs nur daran gedacht, wie ich es dir sagen soll. Als du mich anriefst, hatte ich das Gefühl, du bist bereit...« Marion betrachtete sie teilnahmsvoll. »Judith hat eine Stelle in Los Angeles angeboten bekommen. Sie hat es mir gestern erzählt. Stellvertretende Direktorin einer Hautklinik, die zu den renommiertesten der Welt gehört.«

Katrina begann einzuschenken. »Weiter.«

»Das Angebot kam schon mal vor einem Jahr, aber sie hat abgelehnt, weil sie nicht in die Staaten ziehen wollte. Jetzt hat man sie zum zweitenmal gefragt, und sie akzeptiert. Sie ist überzeugt, daß Leonard mitgeht, weil er sonst den Kontakt zu Teresa verliert. Ich vermute, sie hat recht.«

Um ihre Panik zu verscheuchen, konzentrierte Katrina sich auf den Gedanken, welches der beiden Gläser sie Marion anbieten sollte. »Ich nehme an, sie will, daß du mitgehst.«

»Natürlich.«

»Wie lange dauert der Vertrag?«

»Erst mal fünf Jahre, aber im Grunde unbefristet. Darauf wird es wohl hinauslaufen.«

»Und ab wann?«

»So schnell wie möglich. Katrina, diese ganze Sache ist mir sehr unangenehm.«

»Wieso?« erwiderte sie bitter. »Du hast doch alles, was du willst, oder nicht?«

»Himmel, es ist mir doch nie um mich gegangen. Ich dachte, du hättest das begriffen. Ich wollte dir nicht weh tun.«

»Na, das hast du ja wirklich fabelhaft hingekriegt.« Wut und Zorn stiegen in ihr hoch. Ihr Entschluß, ein neues Verhältnis zu Stephanie aufzubauen, hatte sich auf das Versprechen gestützt, die Beziehung zu Leonard fortsetzen zu können, und zwar zu Bedingungen, die ihr akzeptabel erschienen waren. Jetzt fühlte sie sich hintergangen. Eine kalte Dusche zur Unzeit.

»Katrina, es tut mir wirklich furchtbar leid. Glaub mir, ich wußte nichts davon. Ich... wär sonst nicht gekommen.«

Katrina, den Blick noch immer starr auf die Flaschen gerichtet, verkrampfte sich, als sie Marion näher kommen hörte, und schauderte, als sie eine Hand auf ihrer Schulter spürte. Sofort erinnerte sie sich an Zeiten, in denen sie sich nach dieser körperlichen Berührung gesehnt hatte.

*»Laß mich in Ruhe!«*

Sie warf den Arm mit einer heftigen Bewegung nach hinten, spürte, daß sie Marions Gesicht traf, dann ein Klirren und das Geräusch, mit dem Marion zu Boden fiel. Sie war gegen den Teetisch gestolpert, so daß die Snackschalen herumflogen, und dann mit dem Kopf gegen die Sessellehne gestürzt. Katrina drehte sich um. Marion lag auf dem Fußboden, den Hals unbeschreiblich grotesk verdreht; eine Schwäche, die ihr nach dem Autounfall geblieben war.

»Judith!« Nach fast dreißig Jahren rief sie erschrocken den Namen der Frau aus, die sie geliebt hatte, während sie ihn früher selig vor Glück ausgesprochen oder zärtlich geflüstert hatte. Sie fiel auf die Knie und hielt Marions Kopf, so wie sie ein verletztes Kind getröstet hätte. Ihr Ring hatte Marion neben dem linken Auge getroffen, eine Blutspur lief über die Wange; Katrina wischte sie sanft mit den Fingern weg, als wollte sie gleichzeitig noch andere Schmerzen lindern.

»Komm schon«, flehte sie leise und begann zu weinen. »So was Blödes. Du kannst doch nicht... Ich war doch nur sauer. Aber nicht auf dich. Es ist nicht deine Schuld. Ich wollte dir nicht weh tun. Mach die Augen auf, bitte...« Es dauerte lange, bis sie es akzeptiert hatte.

Sie hätte nie gedacht, daß einem so viele Gedanken gleichzeitig durch den Kopf rasen können. Die Polizei würde wissen wollen, warum Marion in ihrer Wohnung war. Sie hatte den Portier gebeten, sie hochzuschicken, ohne sich groß nach ihr zu erkundigen. Woher kannten sie sich? Und ihr Verhältnis zu Mr. Drummond, Marions Arbeitgeber? Sollte Marion versucht haben, sie deswegen zu erpressen? Vielleicht würde sich jemand erinnern, sie beide auf der ›Queen Mary‹ gesehen zu haben. Irgendwo in Harrow war das Foto, das bewies, daß sie ein Liebespaar gewesen waren. Stephanie würde mit hineingezogen werden. Clubmitglieder vom ›Ziggy's‹ würden verhört werden. Würde die Polizei denken, daß Marion Stephanie verführt hatte, so wie Katrina früher von ihr verführt worden war? Darin könnte man ein starkes Motiv vermuten, und die Tatsache, daß Katrina Stephanies Lebensstil akzeptiert hatte, würde man als vorgetäuscht abtun. Katrina hatte Marion also zu sich nach Hause eingeladen, sie hatten gestritten und... Würde man ihr glauben, daß es ein Unfall gewesen war? Die Angelegenheit hatte die Dramatik einer großen Oper, aber passiert war es in einem exklusiven Apartment, während draußen auf der Straße der Feierabendverkehr vorbeidonnerte, all die Büroangestellten, die in ihre tristen Vororte fuhren, um sich zu Hause mit einem Bier vor den Fernseher zu hauen.

Katrina kam erst wieder zu sich, als sie auf der M4 die Raststätte Membury passierte. Sie erschrak kurz, wußte nicht, was sie tat, was passiert war, wohin sie fuhr. Dann fiel ihr wieder ein, daß sie in ihr Cottage fahren wollte. Aber warum? Der Grund hatte ihr eingeleuchtet, aber ... fast hätte sie in Leigh Delamere angehalten, um die Polizei zu verständigen, doch dann hatte sie sich gesagt, daß sie Zeit brauchte, um zu sich zu kommen, sich Klarheit zu verschaffen über... Tja, was? Schuld? Trauer? Ausflüchte? Um eine Erklärung zu konstruieren? Sich das Leben zu nehmen? Statt dessen, wie auch anders, schrieb sie alles auf.

Am Dienstag vormittag telefonierte Judith Drummond mit einem Sergeant der Polizeiwache von Harrow.

»Was soll das heißen, Sie werden nichts unternehmen?«

»Das habe ich nicht gesagt, Frau Dr. Drummond. Wir werden uns umhören, aber Scotland Yard wird Miss Blake erst dann auf die Liste der vermißten Personen setzen, wenn sie in zehn Tagen nicht wieder aufgetaucht sein sollte. Sie ist über sechzehn und unter fünfundsechzig, war nicht in psychiatrischer Behandlung, das heißt, sie gilt nicht als gefährdet.«

»Auch wenn sie verschwunden ist, ohne uns ein Wort zu sagen?«

»Das tun viele Leute, und meist tauchen sie dann wieder auf.«

»Aber Miss Blake ist das Kindermädchen meiner Tochter! Sie würde sie nie einfach so sitzenlassen. Ich verlange, daß Sie Scotland Yard informieren.«

»Das können wir gern tun, aber ich habe Ihnen erklärt, wie die Dinge liegen.«

»Das ist ja wirklich unglaublich. Ich werde mich an eine andere Stelle wenden.«

»Ich kann Ihnen eine Telefonnummer geben, aber in all diesen Fällen wird so verfahren. Es ist eine ganz normale Prozedur. Aber wenn Sie ... Sie sagen, daß Miss Blake gestern abend eine Bekannte besuchen wollte. Wissen Sie, wer das war?«

»Sie hat mir nichts gesagt. Es geht mich auch nichts an.«

»Wissen Sie die Namen von irgendwelchen Bekannten von Miss Blake?«

»Nein.«

»Haben Sie mal nachgesehen, ob sie ein Adreßbuch hat?«

»Ich schnüffle nicht gern in anderer Leute Dinge herum.«

»Aber Sie wollen sie doch unbedingt finden.« Judith

Drummonds Schweigen ließ Zweifel an ihrem Taktgefühl aufkommen. »Wenn Sie eins finden, könnten wir die darin genannten Personen kontaktieren.«

»Na gut, ich werde mich umsehen, und wenn es eines gibt, rufe ich sie an.«

»Danke. Und was ist mit ihrer Familie?«

»Eine verheiratete Schwester von ihr wohnt in ... ähm, ich glaube, Carlisle oder ... jedenfalls irgendwo in Nordengland. Ich könnte sie anrufen, aber es gibt überhaupt keinen Grund, warum sie plötzlich dorthin gefahren sein sollte, ohne mir etwas davon zu sagen.«

»Die Menschen tun erstaunliche Dinge, Frau Dr. Drummond. In der Zwischenzeit werden wir bei Krankenhäusern anfragen und sämtliche Verkehrsunfälle überprüfen. Wir benötigen eine Beschreibung von ihr. Wie alt ist sie?«

»Dreiundfünfzig, nein, vierundfünfzig. Etwa einsfünfundsiebzig, mittelschlank ... weiße Haare ... und sie hinkt leicht. Sie wurde bei einem Autounfall verletzt.«

»Irgendwelche anderen besonderen Kennzeichen? Nein? Was hatte sie an, als Sie sie das letztemal sahen?«

»Einen Hosenanzug aus braunem Cord, eine grüne, olivgrüne Bluse ... An die Schuhe erinnere ich mich nicht mehr. Es können braune Wildlederschuhe gewesen sein.«

»Irgendwelcher Schmuck?«

»Eine ovale Amethystbrosche. Ein Geburtstagsgeschenk von meinem Mann und mir.«

»Haben Sie ein Foto von ihr aus jüngster Zeit?«

»Irgendwo habe ich bestimmt eins. Sie können es haben.«

»Danke. Und in ihrem Verhalten deutete nichts darauf hin, daß sie möglicherweise Probleme hatte?«

»Überhaupt nichts. Sie wollte diese Bekannte besuchen, dann vermutlich in den Club gehen, in dem sie Mitglied ist, und gegen Mitternacht wollte sie wieder zu Hause sein.«

»Sie hatten das nicht erwähnt. Welcher Club?«

Instinktiv zögerte sie. Marion hatte ihr vor langer Zeit über ihre Vergangenheit erzählt und darüber, daß sie Mitglied im ›Ziggy's‹ sei, aber Judith Drummond hatte ein ausgeprägtes Vorurteil, wie ein Polizist auf das Stichwort Lesbierin reagieren würde.

»Ich weiß nicht.«

»Schade. In ihrem Zimmer könnte es natürlich irgendwelche Hinweise geben.«

»Möglich. Sonst noch etwas?«

»Ich wüßte nicht, abgesehen von dem Foto. Ich kann einen Beamten vorbeischicken.«

»Das ist nicht notwendig. Ich lasse es Ihnen per Kurier zustellen. Und ich möchte noch einmal ganz deutlich sagen, daß ich äußerst beunruhigt bin. Es ist einfach nicht Miss Blakes Art. Ich bin wirklich entsetzt, daß Sie die Sache nicht ernster nehmen.«

»Frau Dr. Drummond, wollen Sie wissen, wie viele Leute jeden Tag in London verschwinden?« fragte er freundlich.

»Das interessiert mich nicht, Sergeant. Bitte melden Sie sich sofort, wenn Sie etwas gefunden haben.«

»Selbstverständlich, und Sie sagen uns Bescheid, falls Sie Miss Blakes Adreßbuch finden.«

Als Judith Drummond auflegte, fiel ihr ein, daß sie sich nicht die Nummer von Scotland Yard hatte geben lassen, um … Aber vielleicht gab es ja irgendwelche Hinweise in Marions Zimmer. Teresa war am Morgen verwirrt gewesen, hatte wissen wollen, wo das Kindermädchen, ihre Freundin, war, während Judith eiligst einen Termin abgesagt hatte, um ihre Tochter waschen, anziehen, mit ihr frühstücken und sie dann zur Schule bringen zu können. Als Erklärung schien ihr nur ein Unfall denkbar, aber dann hätte man im Krankenhaus doch bestimmt ihren Kalender mit ihrer Adresse gefunden und angerufen...

Mit einem unguten Gefühl betrat sie Marions Zimmer. Sie und Leonard hatten diesen Teil ihres Hauses immer als einen Bereich betrachtet, der Marion gehörte und den man nur betreten durfte, wenn man dazu aufgefordert wurde. Die Tatsache, daß sie nicht nur dort eingedrungen war, sondern sogar überlegte, wo Marion ihre persönlichen Dinge aufbewahrte, verstärkte ihre Nervosität. Es gab einen kleinen Sekretär, Teil des Mobiliars, das Marion mitgebracht hatte. Er war aufgeräumt, typisch Marion, aber von einem Adreßbuch war auf den ersten Blick nichts zu sehen. Judith schaute vorsichtig in den Schubfächern nach, fand allerdings nur Briefpapier, Umschläge und eine Postkartensammlung. Schließlich öffnete sie die oberste Schublade. Sie zögerte, als sie die Fotografie sah, dann erkannte sie die wesentlich jüngere Marion. Es war zweifellos eine ältere Aufnahme, aber vielleicht war das andere Mädchen ja eine Freundin, mit der sie noch immer in Verbindung stand. Judith Drummond drehte das Foto um und las, was auf der Rückseite stand, und betrachtete dann wieder das Bild. Der Mund hatte eine so charakteristische Form, und auch der Name war nicht alltäglich... Sie war es tatsächlich.

Sie setzte sich auf das Bett und versuchte zu begreifen. Marion und Katrina Darcy... waren einmal ein Liebespaar gewesen? Die Widmung wies eindeutig darauf hin. Marion hatte aber nie gesagt, daß sie Katrina kannte. Es schien verrückt, aber waren etwa alle drei zusammen...? Judith ging nach unten und wählte die Nummer in Cardiff, die Leonard ihr für den Notfall dagelassen hatte. Mr. Drummond? Vielleicht ist er im Aufenthaltsraum bei einer Tasse Kaffee. Einen Moment, bitte.

»Leonard? Ich bin's. Was zum Teufel ist eigentlich los?«

»Was meinst du?«

»Marion ist verschwunden. Sie ist gestern abend aus dem Haus gegangen und nicht wiedergekommen.«

»Was?« Es klang erschrocken. »Was ist passiert?«

»Du hast keine Ahnung?«

»Natürlich nicht. Wieso sollte ich?«

»Weil... Leonard, ich kann viel ertragen, aber nicht, für dumm verkauft zu werden.«

»Was redest du da?«

»Du weißt nichts von Marion und Katrina Darcy?«

»Katrina?« Ein kurze Pause. »Judith, ist alles in Ordnung mit dir? Mein Gott, du hast doch nichts genommen?«

»Natürlich nicht. Ich will bloß wissen, was hier los ist.«

»Du mußt es mir schon erklären, ich verstehe nämlich Bahnhof. Was hat Katrina damit zu tun, daß Marion nicht nach Hause kommt?«

»Du hast wirklich keine Ahnung?«

»Nein, glaub mir! Und jetzt erzähl schon!«

Sie war sicher, daß er die Wahrheit sagte; er hatte sie noch nie angelogen. »Na schön. Ich verstehe das alles zwar nicht, aber ich habe in Marions Zimmer nach einem Adreßbuch gesucht und ein Foto von den beiden entdeckt.«

»Aber sie kennen sich doch gar nicht.« Er erinnerte sich an die kurze Begegnung in Kensington Gardens, aber das hatte nichts zu bedeuten.

»Sie kennen sich von früher. Wir wissen ja schon lange, daß Marion lesbisch ist. Katrina war das anscheinend auch. Sie hatten ein Verhältnis.«

»Lächerlich.«

»Ich sauge mir das nicht aus den Fingern, Leonard. Gib mir eine Nummer, dann faxe ich dir das Foto und die Rückseite. Vielleicht fällt dir ja eine andere Erklärung ein. Ich bin ziemlich sicher, daß du mich nicht anlügst, also nimm bitte dasselbe von mir an. Tatsache ist, daß Marion verschwunden ist, und ich bin ganz krank vor Sorge.«

»Hast du die Polizei verständigt?«

»Ja, aber die wollen erst nach zehn Tagen die Suche aufnehmen. Wir kennen keine Freunde von Marion. Jedenfalls bis heute. Ich möchte, daß du Katrina anrufst.«

»Aber... Wann wurde das Foto aufgenommen?«

»Der Mode nach zu urteilen, in den Sechzigern. Marion war damals Lehrerin, nicht? Wo kommt Katrina eigentlich her?«

»Aus der Nähe von Manchester.«

»Das wird es sein. Sie müssen sich dort kennengelernt haben, und jetzt gib mir ihre Nummer, oder ruf sie selber an. Ihr beide seid mir im Moment egal, aber Teresa war heute morgen in Tränen aufgelöst.«

»Ich kann noch immer nicht glauben, daß sie irgend etwas weiß.«

»Vielleicht nicht, aber einen Versuch ist es wert.«

Leonard hatte bei Judiths Reaktion zuerst an Hysterie gedacht, einen Zustand, den sie medizinisch definieren konnte, selbst aber vermutlich nie erleben würde. Ihr Angebot, ihm das Foto zu faxen, bewies, daß das Unglaubliche wahr sein konnte. Und wenn Marion verschwunden war, dann stellte sich die Frage, wie Teresa…

»Gut«, sagte er. »Ich melde mich gleich wieder.«

Judith wartete neben dem Telefon, betrachtete wieder das Foto; zwei lachende junge Frauen, in einer ganz anderen Lebensphase, die eine ihre Freundin, die andere eine Bedrohung. Tief in ihr regte sich der Verdacht, daß Leonard etwas wußte, die instinktive Suche des Wissenschaftlers nach empirischen Beweisen, aber immerhin hatte er sich bereit erklärt anzurufen…

»Leonard?«

»Sie meldet sich nicht. Ich habe es bei der Zeitung versucht, in ihrer Wohnung und in ihrem Cottage.«

»Cottage? Ich wußte gar nicht, daß sie eins hat.«

»In Cornwall. Bei Porthcurno.«

»Bist du mal dort gewesen? Na, egal. Versuch's weiter.«

»Natürlich. Hör zu, ich habe mir überlegt, ob ich vorzeitig zurückkommen soll, aber der Kurs ist voll belegt, und sie haben ein paar Veranstaltungen vorbereitet, die ich mit Martin Ross halten soll, sobald er aus den Staaten eintrifft. Ich habe David und Frances Fletcher versprochen – na ja, du kennst sie nicht, aber – wie auch immer, Martin und ich übernachten Freitag bei ihnen, am Samstag mittag gibt es einen Empfang, und abends wird *Black Lilies* gezeigt. Wenn du darauf bestehst, komme ich zurück, aber es würde das Programm ziemlich durcheinanderwerfen.«

»Nicht nötig. Ich wüßte nicht, was du im Moment tun

könntest, außer Katrina anrufen. Ich sag dir Bescheid, falls sich irgend etwas ergibt.«

»Okay. Wie geht's Teresa?«

»Sie ist verwirrt, aber ich kümmere mich um sie. Wie ist die Faxnummer? Du solltest es wirklich mit eigenen Augen sehen. Okay, verstanden. Ich schicke es sofort los.«

In den nächsten zwei Tagen wurde Judiths Sorge durch Teresas wachsende Unruhe noch verstärkt. Wo Marion sei, wo Daddy sei, ob Jaffer – die Stoffgiraffe, Teresas Lieblingsspielzeug – als nächstes verschwinden werde. Judith hätte keinen Schritt vor die Tür machen können, wenn sie nicht eine junge Frau gefunden hätte, der Teresa vertraute und die schon einmal Marion vertreten hatte. Und sie selbst hatte jede Menge Arbeit, die sie nicht verschieben konnte, Privatpatienten, ein Vortrag an der Londoner Universität, ein Interview. Anschließend fuhr sie zum ›Ziggy's‹, mußte sich dort aber – sehr zu ihrem Unmut – sagen lassen, daß man prinzipiell keine Informationen über Clubmitglieder weitergebe.

»Mein Gott, sie arbeitet seit fünf Jahren für mich. Sie ist verschwunden! Ihr kann alles mögliche zugestoßen sein!«

»Wir müssen die Privatsphäre unserer Gäste respektieren. Manche Frauen möchten nicht, daß ihre Mitgliedschaft bekannt wird.«

»Aber sie hat es mir doch selbst gesagt. Sonst wäre ich ja nicht hier, oder?« Sie funkelte die Clubsekretärin an. »Hören Sie, ich habe eine Vermißtenanzeige aufgegeben, der Polizei aber ganz bewußt nicht gesagt, daß sie hier Mitglied ist. Ich werde diese Information allerdings weitergeben, wenn Sie mir keine andere Wahl lassen. Ich will nur wissen, ob sie am Montag abend hier war.«

Die Sekretärin zögerte. »Warten Sie bitte einen Moment.« Judith sah sie mit zwei Frauen hinter der Bar sprechen und dann wieder zurückkommen. »Offenbar war sie nicht hier, sie könnte jedoch kurz hereingeschaut haben, vielleicht haben die Frauen, die ich gefragt habe, sie nur nicht gesehen. Ich werde mich weiter umhören und Sie anrufen, wenn ich etwas höre. Tut mir leid, mehr kann ich im Moment nicht tun.«

»Finden Sie es nicht beunruhigend, daß eines Ihrer Clubmitglieder verschwunden ist?«

»Wir machen uns jedesmal Sorgen, wenn so etwas passiert. Und jetzt geben Sie mir bitte Ihre Telefonnummer...«

Judith nahm eine Visitenkarte aus ihrer Handtasche. »Versuchen Sie es tagsüber zuerst unter der Mobilfunknummer. Ich habe das Handy immer dabei.«

Als sie nach Hause kam, war eine Nachricht von Leonard auf dem Anrufbeantworter. Er habe Katrina Darcy noch immer nicht erreicht. Judith rief ihn zurück.

»Sie ist also auch verschwunden?«

»Sie meldet sich nirgends, und auch beim *Register* weiß niemand, wo sie ist. Sie sind sicher, daß sie am Freitag in die Redaktion kommt. Und nichts von der Polizei?«

»Nein. Der Sergeant sagt immer nur, daß sie irgendwann schon auftauchen wird. Ich habe mich bei Scotland Yard beschwert, sie wollen sie trotzdem erst nächste Woche auf die Suchliste setzen. Ich kann ihnen einfach nicht klarmachen, daß Marion nie und nimmer verschwinden würde.«

»Ich weiß. Also, ich kann am späten Sonntagnachmittag

hier abreisen. Ruf mich an, wenn du mich vorher brauchst. Ich werde unterdessen versuchen, Katrina zu erreichen.«

Angesichts dieses ganzen Durcheinanders war es im Grunde nur eine Lappalie, daß er ohne ein liebevolles Wort zum Schluß auflegte, doch Judith war es schmerzhaft bewußt. Er hatte sie nicht einmal gebeten, Teresa zu grüßen. Wenn Leonard gestorben wäre, es wäre ein schlimmer Verlust gewesen; daß er sich verändert hatte, war einfach nur schlimm, und schuld daran war Katrina Darcy, die Frau, die mit zwei der wichtigsten Menschen in Judith Drummonds Leben geschlafen hatte.

## *Sechs*

Am Freitag abend kurz nach elf wählte Vernon Farrant die Nummer von Kendalls Redaktionsbüro.

»Malcolm, was zum Teufel ist mit Katrina los?«

»Was haben Sie denn gehört?«

»Ich bin in meinem Wahlkreis. Der lokale Sender meldet gerade, daß man ihre Leiche in ihrem Cottage gefunden hat.«

»Ach, das wird also schon vorbereitet? Sie hätten sagen sollen *eine* Leiche. Wir sind noch nicht ganz sicher, daß es Katrina ist.«

»Aber das ist ja grauenhaft. Was ist denn passiert?«

»Wir haben keine Ahnung. Anthony Delamere fliegt gerade runter.«

»Also, wenn es zum Schlimmsten kommt – was ich nicht hoffe –, dann würde ich gern einen Nachruf schreiben. Diese Geschichte ist ja ein entsetzlicher Schock. Schlimme Sache für Sie.«

»Vielen Dank, Vernon. Wir hoffen natürlich alle, daß es gut ausgeht, aber wenn es nicht Katrina ist, dann weiß ich auch nicht, wer es sein sollte.«

»Ich werd mal sehen, ob ich irgend etwas herausfinden kann. Ich werde mit dem Polizeichef sprechen.« Er zögerte. »Es... gibt doch keinen Skandal?«

Kendall hatte sofort geahnt, daß Farrants Anruf einen politischen Hintergrund hatte. »Soweit ich weiß, nein, aber im Grunde tappen wir völlig im dunkeln.« Er ließ eine vielsagende Pause entstehen.

»Na dann, ich verlasse mich darauf, daß Sie mich anrufen, sobald sich irgend etwas ergibt. Katrina ist seit langer Zeit eine unserer bekanntesten Autorinnen.«

»Selbstverständlich. Wir arbeiten schon an einer Erklärung. Katrina würde keine Sonderbehandlung wünschen. Wir melden uns, sobald wir irgendwas herausfinden... was Sie betrifft.«

»Was soll das heißen, was mich betrifft?«

»Als Katrinas Verleger – und als Freund von ihr.«

»Es war eine rein geschäftliche Beziehung, Malcolm. Mehr nicht.«

»Selbstverständlich. Und jetzt entschuldigen Sie mich bitte, Vernon, ich habe einen dringenden Anruf auf der anderen Leitung. Wir hören voneinander.«

Farrant schäumte. Was bildete dieser Kendall sich ein, das Gespräch zu beenden. Und dieses *»was Sie betrifft«* beunruhigte ihn, diese kurze Pause, die anzudeuten schien, daß schon etwas bekannt war oder zumindest vermutet wurde. Er wählte eine andere Nummer.

»Christopher? Hier Vernon. Es könnte sein, daß Katrina Darcy tot ist ... Checken Sie die Agenturmeldungen, ich habe im Moment keine Zeit, es Ihnen zu erklären. Ich werde mich um genauere Einzelheiten kümmern, aber falls sich herausstellt, daß irgendwas nicht ganz koscher ist, werden die Medien anfangen, Schlamm aufzuwühlen, das heißt also, wir müssen den üblichen Leuten eine Stellungnahme zuspielen, sicherheitshalber. Sie wissen ja, worum es geht. Ich hatte nicht damit gerechnet, daß es auf diese Weise hochkommt, aber wir haben ja besprochen, wie wir in diesem Fall reagieren wollen... Unverantwortliches Verhalten, Lügenmärchen, grundlose Verdächtigungen. Weisen Sie darauf hin, daß Katrinas Freunde sich schon länger Sorgen wegen ihres Geisteszustands machen. Sie sprechen mit den Hunden, ich werde mir die Bosse vorknöpfen. Wenn jemand Italien erwähnt, machen Sie ihn fertig. Ich will nicht mit einstweiligen Verfügungen drohen müssen. Konzentrieren Sie sich auf die Sonntagsblätter, es ist ohnehin zu spät, als daß die morgigen Zeitungen etwas anderes als ein paar simple Tatsachen bringen könnten. Nötigenfalls präsentieren Sie ihnen den Staatssekretär und seine Strichjungen. Es wird sowieso Zeit, daß wir diese Geschichte publik machen. Das einzige Problem ist der *Register.* Ich habe soeben mit Kendall telefoniert, und mir scheint, er hat einen Verdacht. Das Dumme ist nur, daß Charlie Taylor nicht nach unserer Pfeife tanzt. Machen Sie Desmond also klar, wir brauchen eine knallharte Story, falls sie irgend etwas... Unschönes bringen. Er weiß, was für ihn auf dem Spiel steht. Ich werde Ihnen einen Nachruf faxen, den Sie an die Nachrichtenagenturen weiterleiten, sobald ihr Tod offiziell bekanntgegeben wird. Wenn sich das Fernsehen meldet, sagen Sie, daß ich morgen mittag Zeit hätte, nach der Eröffnung des Altersheims. Und jetzt an die Arbeit, lassen Sie alles andere liegen!«

Judith Drummond war auf der M4 unterwegs, als im Autoradio die Nachricht kam. Müde und nur halb hinhörend, wurde sie erst bei dem Namen Katrina Darcy aufmerksam.

»... schalten wir um zu Jennie Morrison von Radio West. Jennie, was ist passiert?«

»Die Einzelheiten sind noch immer unklar, Mike, aber ein Polizeisprecher hat bekanntgegeben, daß heute abend in einem Cottage bei Porthcurno die Leiche einer Frau aufgefunden wurde. Er wollte sich nicht dazu äußern, ob es sich um Katrina Darcy handelt, aber von Leuten in der Nachbarschaft habe ich gehört, daß sie das Cottage vor einigen Jahren gekauft hat, und der Wirt eines Pubs hier in der Nähe hat mir gesagt, daß sie schon die ganze Woche hier war.«

»Wer hat die Leiche denn entdeckt, Jennie?«

»Wie es aussieht, ein Reporter, der im Auftrag des *Sunday Register* nach Cornwall gekommen war, um Miss Darcy ausfindig zu machen. Mehr wissen wir im Moment auch nicht.«

»Wissen Sie, wieso er dort hingeschickt wurde?«

»Nach Angaben des Chefs der Agentur, für die dieser Reporter arbeitet, wollte der *Sunday Register* dringend Verbindung mit Katrina Darcy aufnehmen, aber sie ging nicht ans Telefon. Kein Mensch weiß, wieso man glaubte, sie könnte nach Cornwall gefahren sein.«

»Und der Reporter wird vernommen?«

»Ja, er befindet sich zur Zeit auf der Polizeiwache in Penzance.«

»Und Sie wissen noch immer nicht genau, um wen es sich bei der Leiche handelt?«

»Noch immer nicht, Mike, aber die Polizei will so bald wie möglich eine Erklärung abgeben.«

»Vielen Dank, Jennie, wir schalten später noch mal zurück. Ein Sprecher des *Sunday Register* erklärte unterdessen in London, daß sie über die Polizei von der aufgefundenen Leiche gehört hätten, es sei aber noch nicht offiziell bestätigt worden, daß es sich um die bekannte Kolumnistin handle. Ein Mitarbeiter der Zeitung ist unterwegs nach Cornwall, um bei den Ermittlungen behilflich zu sein. Am Telefon habe ich jetzt Julia Westlake, die bekannte Londoner Journalistin. Julia, das klingt ja unglaublich. Wie gut kennen Sie Katrina Darcy?«

»Ich kenne sie sehr gut, Mike. Sie ist eine unserer angesehensten Journalistinnen. Ich kann einfach nicht glauben, daß sie...«

Wütende Scheinwerfer von hinten, und plötzlich merkte Judith Drummond, daß sie mit weniger als fünfzig Stundenkilometern auf der Überholspur dahinschlich. Sie gab Gas, wechselte auf die linke Spur und hielt auf der Standspur an.

»...Vielen Dank, Julia Westlake. Wir müssen hier für einen Moment unterbrechen, sind aber gleich nach dem Wetterbericht wieder da...«

Regen in Hampshire, dachte Judith unwillkürlich, der erste seit Westengland. Hatte der *Register* deswegen mit Leonard sprechen wollen? Von Katrina Darcy hatten sie nichts gesagt, aber es war dringend gewesen. Seit wann wußten sie also von der Leiche? Der erste Anruf war um... es muß gegen halb acht gewesen sein, der zweite eine gute Stunde später. Aber jetzt war es halb zwölf, und offenbar wurde die Geschichte jetzt erst bekannt. Sie überlegte, ob Leonard etwas gehört hatte, aber es war zu spät, um ihn noch anzurufen. Das Auto schaukelte ein wenig, als ein

Reisebus, scheinbar nur wenige Zentimeter entfernt, an ihr vorbeidonnerte. Der Radiosprecher meldete sich wieder, stellte abermals aufgeregte Fragen. Judith Drummond fuhr los. Sie hatte es eilig, nach Hause zu kommen.

Kurz vor Mitternacht landete Delamere auf dem Luftwaffenstützpunkt Culdrose. In der Kommandantur wurde er schon von einem Polizeibeamten erwartet. Kurz hinter Helston rief er Kendall an.

»Ich bin angekommen. Gibt's bei Ihnen was Neues?«

»Irgendwie ist es rausgekommen, denn alle naselang klingelt hier das Telefon. Ich sage den Leuten jedesmal, daß wir noch nicht wissen, ob es tatsächlich Katrina ist, aber mehr wollen sie auch gar nicht hören. Ich glaube zwar nicht, daß die Meute vor morgen früh eintreffen wird, aber die lokalen Radio- und Fernsehsender sind dran, Sie sollten sich also auf ein Empfangskomitee gefaßt machen. Ach übrigens, Sie wohnen im ›Land's End Hotel‹ – dem ehemaligen ›State House‹. Ein paar Reservierungen sind offenbar im letzten Moment storniert worden. Keine Ahnung, ob es was taugt.«

»Ich bin nicht wählerisch.« Delamere schloß die Augen. Jetzt merkte er, wie müde er war. »Ich bin jedenfalls bald da. Ich melde mich dann.«

Während das Auto in hohem Tempo die Hauptstraße nach Penzance entlangfuhr, sah er aus dem Fenster. Es war fast Vollmond, das Meer glitzerte silbrig grau, die Punkte orangefarbener Straßenlaternen am gegenüberliegenden Ufer der Mount's Bay waren gerade eben auszumachen, und über den Bergen in der Ferne hing eine längliche Wolke wie schimmerndes Musselin. Es war eine Nacht für eine

Strandwanderung – so wie auf Zypern damals, als er und Toby und Katrina ein wenig beschwipst *Moonlight Becomes You* gesungen hatten. Es schien ihm eine Ewigkeit her zu sein. Plötzlich fiel das helle Neonlicht einer Tankstelle ins Wageninnere, verstärkt von den grellen Scheinwerfern einer Touristenkneipe.

Der Chauffeur schaltete das blaue Warnlicht an, um schneller durch Penzance zu kommen, dann waren sie wieder auf dunklen Landstraßen, Stille, unterbrochen nur von krächzenden Stimmen im Funkgerät. Delamere konnte auf dem Rücksitz kaum etwas verstehen, doch er schnappte die Wörter »Redruth« und »Krankenwagen« auf und etwas, was sich rätselhafterweise wie »Brei« anhörte. Einmal beugte sich der Beamte vor und sagte: »Drei-neun, bitte melden.« Als sie beim ›Miner's Hammer‹ abbogen, sah Delamere einen hellen Lichtschein in der Dunkelheit vor ihnen. An der Wegeinfahrt neben dem Bauernhof stand ein Polizist, der sein Sprechfunkgerät an die Lippen hielt. Delamere bemerkte einen Mann mit Fernsehkamera, der den Streifenwagen filmte. Sie hielten am Tor, etwa zwanzig Meter dahinter war das Cottage, Mittelpunkt hektischer Betriebsamkeit, die von der Stille ringsum noch betont wurde. Starke Jupiterlampen auf hohen Stativen erfaßten weiße Kittel und silberne Uniformknöpfe. Als Delamere ausstieg, hörte er das Meer, von irgendwoher das Bellen eines Hundes, Stimmengewirr, das Dröhnen eines Generators. Jemand kam auf ihn zu.

»Mr. Delamere? David Cheeseman. Schön, daß Sie so schnell kommen konnten.« Delamere schoß der Gedanke durch den Kopf, daß er ein Alter erreicht hatte, wo Kriminalkommissare jung aussehen. Cheeseman, angetan mit Sporthemd und Freizeitjacke, erinnerte ihn an einen Reporter des *Register,* der gerade dreißig geworden war. Der Schnurrbart sollte ihn vermutlich älter erscheinen lassen.

»Wo ist die Tote?«

»Noch im Haus, Sir. Sind Sie bereit, sie zu identifizieren?«

»Sofern mir das möglich ist. Vielleicht kenne ich sie gar nicht.« Im Scheinwerferlicht wirkte sein gefaßtes Gesicht fast starr. Cheeseman wurde ein wenig nervös.

»Ich möchte Ihnen keine falschen Hoffnungen machen, Sir. Ich kenne Miss Darcy zwar nicht persönlich, aber ich habe sie im Fernsehen gesehen und...«

»Vielen Dank, Herr Kommissar, sehr aufmerksam von Ihnen. Bringen wir es einfach hinter uns.«

»Jawohl, Sir. Es wird uns helfen. Folgen Sie mir bitte.«

Cheeseman zeigte auf den Rover, der mit geöffneten Türen auf dem Kiesweg stand. Ein Beamter pinselte silbriges Pulver auf einige Stellen der Karosserie. »Können Sie bestätigen, daß das Miss Darcys Auto ist? Es ist auf eine Firma zugelassen.«

»Es ist ihr Dienstwagen.«

»Sind irgendwelche anderen Personen mitversichert?«

»Das weiß ich nicht. Meistens sind die Ehepartner von Betriebsangehörigen mitversichert, aber Miss Darcy war nicht verheiratet. Ich kann das überprüfen lassen.«

»Wäre vielleicht sinnvoll.« Als sie das Cottage erreichten, trat ein Mann mit einem Pappkarton aus der Tür. Cheeseman ließ ihn vorbei und rief dann zur Diele hinein: »Harry!«

Ein Kopf zeigte sich an einer Tür. »Sir?«

»Das hier ist Mr. Delamere, Kollege von Miss Darcy. Kann er reinkommen?«

»Ja, aber nichts berühren, Sir!«

Cheeseman blieb an der Zimmertür stehen. Ein Mann in einen Overall kniete am Herd, er wandte ihnen den Rücken zu und verdeckte halb, was auf dem Teppich lag.

»Wenn wir hierherum gehen...« Cheeseman nahm Delamere am Arm und führte ihn. »Solange meine Kollegen von der Spurensicherung noch nicht fertig sind, können wir nicht näher ran, aber Sie müßten sie eigentlich sehen.«

Sosehr Delamere sich auch darauf eingestellt hatte, es war ein schlimmer Moment; er hatte zuviel Hoffnung in die Tatsache gesetzt, daß der Reporter sich nicht mehr an den Ring hatte erinnern können, den er und Toby ihr zum vierzigsten Geburtstag geschenkt hatten. Nicht daß er den Ring sehen mußte, er erkannte Katrina sofort.

»Das ist Katrina Darcy«, sagte er ruhig. Er registrierte, daß Cheeseman ihn noch immer am Arm hielt. »Ich brauche nicht näher heranzutreten.«

»Vielen Dank, Sir. Später ist möglicherweise eine offizielle Identifizierung erforderlich. Wollen Sie sich setzen?«

»Schon gut, ich möchte nur gern nach draußen gehen.«

»Selbstverständlich.«

Delamere bemerkte, daß keiner der Polizisten ihn ansah, während Cheeseman ihn nach draußen geleitete. Sie traten hinaus in das Dunkel. Daß jemand in diesem Moment laut nach einer Taschenlampe rief, empfand er als gefühllose Störung.

»Ich möchte ein paar Minuten allein sein«, sagte er. »Ich gehe bloß bis zum Ende des Gartens.«

»Verstehe, Sir, aber bitte bleiben Sie auf den Wegen.« Cheeseman deutete auf einen Caravan, der auf dem Nachbargrundstück stand. »Ich bin dort in der mobilen Einsatzzentrale, wenn Sie soweit sind.«

Delamere ging um das Cottage herum bis zum Zaun am unteren Ende des Grundstücks. Das Land dahinter fiel sanft ab und endete wenige Meter hinter dem Küstenpfad. Er sah nichts als kobaltblauen Himmel, die Sterne und das Meer – und Katrina Darcys Gesicht, aus unerfindlichen Gründen das Gesicht jener jungen, hübschen Frau, wie er es von ihrer ersten Begegnung her in Erinnerung hatte. Viele Jahre zogen an seinem inneren Auge vorbei, und er spürte, daß großer Zorn in ihm aufstieg. Er stand eine Weile da, bis er schließlich sein Handy herausholte.

»Malcolm, es ist tatsächlich Katrina.«

Schweigen am anderen Ende. »Oh. Ich hatte die ganze Zeit gehofft... Sie haben sie gesehen?«

»Ja.« Delamere schluckte. »Jemand hat ihr einen Schlag auf den Schädel versetzt. Sie hat stark geblutet.«

»Also. Vielen Dank für Ihren Anruf. Haben Sie schon mit der Polizei gesprochen?«

»Nur kurz. Ich werde gleich noch einmal mit Cheeseman sprechen.«

»Hat er sich schon geäußert?«

»Bislang nicht. Die Leute sind überall im Haus, und ich habe einen Hund gehört, aber mit der Suche können sie erst bei Tageslicht anfangen. Ich melde mich, sobald ich Näheres weiß. Haben Sie Stephanie aufgetrieben?«

»Nein, wir versuchen es noch immer. Niemand weiß, wo sie steckt.«

»Wenn Sie sie finden, sagen Sie ihr, daß ich morgen zurück bin. Und rufen Sie Anna Probert an. Ihre Privatnummer steht im Verzeichnis. Also, ich muß jetzt rüber zu Cheeseman. Sehen Sie zu, Malcolm, daß in Ihrer Erklärung die richtigen Dinge stehen. Katrina war wirklich eine gute Journalistin.«

»Ich weiß. Ich kümmere mich darum.«

Als Delamere den Caravan bestieg, beendete Cheeseman gerade ein Telefongespräch. »Unser Pressesprecher läßt mir keine Ruhe. Die meisten Ihrer Kollegen wenden sich an ihn. Der Mann, der die Leiche gefunden hat, hat nicht nur uns verständigt.«

»Das dachte ich mir schon. Übrigens habe ich gerade in unserer Redaktion angerufen. Wir werden eine Erklärung herausgeben. Was haben Sie denn gesagt?«

»Daß die Tote als Miss Katrina Darcy identifiziert wurde und daß wir von einem Mord ausgehen.« Cheeseman deutete auf die Sitzbank. »Tee?«

»Ja bitte.«

Cheeseman ging zur Tür, rief einen Namen und kam wieder zurück. »Wir brauchen eine offizielle Aussage von Ihnen, Mr. Delamere, aber vorher hätte ich gern die Namen der Angehörigen und engen Freunde von Miss Darcy, soweit sie Ihnen bekannt sind. Unseres Wissens gibt es eine Tochter, eine Mutter und einen Bruder. Sie war geschieden?«

»Ja. Schon lange. Sie hatten Kontakt... wegen der Tochter. Er hat eine Wohnung in den Docklands. Hat er sich noch nicht bei Ihnen gemeldet? Er arbeitet bei der *Times,* er müßte also davon gehört haben. Sein Name ist Tom Darcy.«

»Wir werden uns mit ihm in Verbindung setzen. Und sie hat dann nicht wieder geheiratet?«

»Nein, aber kürzlich erzählte sie mir, daß sie es vorhabe. Ein gewisser Leonard Drummond. Zur Zeit Gastdozent an der Universität Cardiff, aber wir haben ihn dort noch nicht ausfindig machen können.«

Cheeseman nickte zufrieden. »Vielen Dank, Mr. Delamere. Das ist ein sehr wertvoller Hinweis für uns.«

»Inwiefern?«

»Ich habe meine Londoner Kollegen gebeten, Miss Darcys Apartment zu durchsuchen. Das ist vor einer Stunde geschehen. Sie haben dort eine zweite Leiche gefunden.« Er hielt inne. Delameres Schock war unübersehbar, aber Cheeseman war neugierig, was er sagen würde.

»Wer... Mein Gott, es ist doch nicht etwa Stephanie?«

»Miss Darcys Tochter? Wie kommen Sie darauf, Sir? Ich habe nicht gesagt, daß es eine weibliche Leiche ist.«

»Weil wir sie in London nicht finden konnten, und...« Delamere kniff die Augen zusammen. »Herr Kommissar, eine gute Bekannte von mir liegt tot in dem Haus dort drüben. Etwas Schrecklicheres kann ich mir im Moment nicht vorstellen – ich bitte Sie daher dringend, mit offenen Karten zu spielen. Also, wer ist es?«

»Das war nicht meine Absicht... Ich...« Cheeseman zögerte. »Meine Londoner Kollegen werden es offiziell bekanntgeben, Ihre Redaktion wird also davon erfahren. Laut Handtascheninhalt... hieß die Betreffende Blake, wohnhaft in Harrow. Meine Kollegen sind sofort zu der Anschrift gefahren, aber es war niemand da. Das Haus gehört einem Leonard Drummond und dessen Frau.«

»Marion Blake?«

»Ich glaube, Judith Marion. Kennen Sie sie?«

»Nein, nur vom Hörensagen. Über Miss Darcy...«

Cheeseman nickte. »Ich möchte, daß das in Ihrer Aussage ebenfalls vorkommt, Sir. Ach ja, noch etwas. Weiß Mrs. Drummond, daß ihr Mann diese Miss Darcy heiraten wollte?«

»Kann ich nicht sagen. Miss Darcy hat mir von ihrer Beziehung erzählt, aber nicht im Detail.«

»Vielen Dank, Mr. Delamere. Wenn Sie Sergeant Drew bitte folgen wollen. Sie wird Ihre Aussage zu Protokoll nehmen.«

Cheeseman war optimistisch, daß sich die Mosaiksteinchen zu einem vertrauten Muster zusammenfügen würden. Mord ist ein banales Verbrechen, mit Standardmotiven, plumpen Methoden, wertlosen Alibis, wenn es denn welche gibt. Die Ermittlungen in einem Betrugsfall können Monate, Jahre dauern, während Mörder oft schon geschnappt werden, wenn die Leiche noch warm ist. Im vorliegenden Fall – wie es aussah, ein klassisches Eifersuchtsdrama – hatte man es allerdings mit einem Mann und drei Frauen zu tun, einer Ehefrau, einer Geliebten und, soweit man das hatte feststellen können, einem Kindermädchen. Zwei Tote, die anderen bislang nicht auffindbar. Eine interessante Variation, aber das Thema war Cheeseman bekannt.

»Setzen Sie sich mit der Polizei von Mid-Glamorgan in Verbindung«, befahl er einem anderen Beamten. »Sie sollen nach einem gewissen Leonard Drummond suchen. Im Anglistik-Institut der Universität Cardiff wird man bestimmt wissen, wo er ist. Sie sollen ihn so lange festhalten, bis wir mit ihm sprechen können. Und was gibt's in London Neues?«

»Unsere Kollegen sind im Haus und warten darauf, daß jemand kommt. Die Nachbarn wissen nichts. Inzwischen wurde bekannt, daß Mrs. Drummond am Dienstag morgen auf dem lokalen Revier erschienen ist, um Miss Blake als vermißt zu melden. Diese soll am Abend zuvor das Haus verlassen haben und dann nicht mehr zurückgekehrt sein.«

»Montag?« Cheeseman runzelte die Stirn. »Wie lange hat die Leiche in Miss Darcys Apartment gelegen? Mehrere Tage, stimmt's? Und Darcys Chef sagt, sie ist die ganze Woche unauffindbar gewesen. Hat Darcy sie also umgebracht und ist dann abgehauen?«

»Möglich, aber aus welchem Grund? Und was ist hier in ihrem Haus passiert?«

»Weiß der Teufel...« – Cheeseman nahm einen Papierstapel vom Tisch – »...falls hier nicht etwas drinsteht. Ich bin erst bei der Hälfte, aber Mr. Drummond kommt darin vor und Mr. Delamere und noch ein paar andere Leute, die wir uns vorknöpfen werden. Sehr aufschlußreich!«

Judith Drummonds Auto kam ins Schleudern, als sie in die Auffahrt einbog und den Kiesweg von einem Polizeifahrzeug blockiert fand. Überall brannte Licht, die Haustür war geöffnet. Judith lief los, und auf der Treppe trat ihr eine Polizistin entgegen.

»Was zum Teufel machen Sie in meinem Haus?«

»Frau Dr. Drummond?«

»Ja. Haben Sie die Tür aufgebrochen?«

»Einen Moment, bitte.« Die Polizistin drehte sich um und

rief in Richtung Wohnzimmertür: »Sir, Frau Dr. Drummond ist da!«

Ein Mann trat mit einem Blick auf seine Uhr aus dem Zimmer. »Guten Abend, Frau Dr. Drummond. Ich bin Inspector William Stephens von der Metropolitan Police. Wir warten schon auf Sie.«

»Sind Sie gewaltsam eingedrungen?«

»Wir haben einen Durchsuchungsbefehl, Frau Dr. Drummond.«

»Mit welcher Begründung?«

»Wir ermitteln in einem Mordfall.«

»Mord?« Sie sah ihn erschrocken an. »Ich verstehe nicht.«

»Ich werde es Ihnen gleich erklären. Würden Sie mir bitte sagen, wo Sie heute abend gewesen sind?«

»Warum wollen Sie das denn wissen?«

»Wir wollen wissen, wo Sie sich aufgehalten haben. Also?«

»Wenn Sie mich verdächtigen, dann möchte ich gern erfahren, worum es geht – und anschließend werde ich mit meinem Anwalt sprechen.«

»Ich will nur wissen, wo Sie heute abend gewesen sind.«

Einen Moment glaubte er, sie werde sich weigern, ihm eine Antwort zu geben, doch dann überlegte sie es sich offenbar anders.

»In Exeter. Ich bin heute morgen losgefahren, um meine Tochter zu meinen Eltern zu bringen. Zufrieden?«

»Für einen Tag ist das eine ziemlich weite Strecke. Würden Sie nicht irgendwo übernachtet haben?«

»Ich habe morgen früh einen Termin in London.«

»Am Samstag?«

»Ja. Ich arbeite oft am Wochenende, genau wie Sie. So,

ich habe Ihre Frage beantwortet, jetzt können Sie meine beantworten. Wer ist ermordet worden?«

Stephens signalisierte der Polizistin, etwas näher an Judith Drummond heranzutreten.

»Sie haben Anfang dieser Woche eine Miss Marion Blake als vermißt gemeldet. Ich muß Ihnen leider mitteilen, daß wir sie gefunden haben.«

Eine halbe Stunde später telefonierte Stephens mit Cheeseman. »Blakes Tod hat sie sehr mitgenommen. Zuerst dachte ich, sie fällt in Ohnmacht.«

»Und Darcys Tod?«

»Davon hatte sie schon im Radio gehört. Sie hat jedenfalls ihren Anwalt angerufen. Sie will erst dann eine Aussage machen, wenn er eingetroffen ist. Bis jetzt wissen wir nur, daß sie in Exeter war.«

»Wann war das?«

»Keine Ahnung. Auf der Autobahn braucht man... etwa drei Stunden. Und von dort nach Land's End, wie lange dauert das?«

»Noch einmal zwei Stunden. Wann war sie wieder in London?«

»Null Uhr dreiundzwanzig. Sobald sie uns die Anschrift ihrer Eltern gegeben hat, können wir nachfragen, wann sie dort losgefahren ist. Haben Sie den Ehemann gefunden?«

»Nein. Die Kollegen in Mid-Glamorgan haben rausbekommen, daß er mit einem amerikanischen Schriftsteller zu Freunden gefahren ist, aber niemand weiß, wo sie wohnen. Offenbar wollen sie dort übernachten, morgen nachmittag werden sie zurück erwartet.«

»Vielleicht taucht er ja früher auf, wenn er hört, was passiert ist. Es sei denn, er hat was zu verbergen. Na, jedenfalls sieht es so aus, als hätte Darcy Blake umgebracht.«

»Sind Sie sicher, daß es Mord ist?«

»Sieht ganz danach aus«, sagte Stephens. »Das Genick ist gebrochen, und an der Schläfe ist eine Wunde, wie von einem Schlag. Stark bewachtes Apartmenthaus, keinerlei Hinweise auf einen Einbruch. Wer hätte es sonst tun sollen? Die Frage ist nur, warum.«

»Eine Rivalin?« fragte Cheeseman.

»Das hab ich mir auch schon überlegt. Und Darcy, wer hat sie umgebracht?«

»Einer meiner Beamten hat angefangen, Wetten anzunehmen. Vierzig Pfund hat er schon beisammen.«

»Er tippt auf die Ehefrau?«

»Erst stand es eins zu eins, jetzt steht es zwei zu eins.«

»Sie scheint mir nicht der Typ dafür zu sein.«

»Manche sehen wirklich nicht so aus. Vor ein paar Jahren gab es hier einen Mord, Täter war ein hochdekorierter Kirchenvorstand. Die Leiche seiner Frau fanden wir im Gewächshaus, sie düngte seine mehrfach ausgezeichneten Tomaten. Jedenfalls bin ich gespannt auf Frau Dr. Drummonds Geschichte. Wir werden sie, wenn nötig, zum Verhör nach Penzance bringen.«

»Okay, und ihr sagt uns Bescheid, falls sich ein Zusammenhang zwischen ihr und Blakes Tod ergibt.«

»Ich hätte da was Interessantes für euch«, sagte Cheeseman. »Man könnte fast sagen, eine Stimme aus dem Reich der Toten.«

# *Sieben*

Die Nachricht an sich gibt es nicht. Eine Nachricht ist das, was jemand veröffentlichen will. Außerdem hat jede Zeitung ihre eigenen Wertvorstellungen und Tendenzen, das heißt, was der eine Redakteur spannend findet, langweilt den anderen. Am Samstag morgen machte die *Sun* mit einer Titelgeschichte von einer Stripperin auf, die behauptete, daß ein englischer Fußballstar der Vater ihres Kindes sei; der *Daily Telegraph* machte mit einer Meinungsumfrage auf, wonach eine knappe Mehrheit der Wähler die Steuerpolitik von Labour mit Skepsis betrachtete. Titelgeschichte des *Guardian* war die geplante Kürzung der Sozialunterstützung für alleinerziehende Mütter. Für die anderen überregionalen Blätter gab es nichts Wichtigeres als den Mord, der, je nach Geschmack der Leser, in mehr oder weniger reißerischen Schlagzeilen präsentiert wurde: SCHOCK: THRILLER-DIVA ERMORDET, MYSTERIÖSER MORD IN CORNWALL, KATE DARCYS LETZTES GEHEIMNIS.

David und Frances Fletcher bezogen die *Times* (MORD AN PROMINENTER JOURNALISTIN SCHOCKIERT FLEET STREET), doch als Drummond zum Frühstück erschien, achtete er nicht auf die Zeitung, die zusammengefaltet auf dem Küchentisch lag. Am Abend zuvor hatten sie endlos über Bücher und Schriftsteller diskutiert, ohne ein einziges Mal den Fernseher einzuschalten, und Frances hörte morgens nie Radio. Drummond begnügte sich mit Kaffee und Toast. Sie sprachen kurz über das Wetter, überlegten, wann er und Martin nach Cardiff zurückfahren sollten, unterhielten sich über die Geschichte der Kirche, deren Ruinen durch das Küchenfenster zu sehen waren, selbstgemachte Orangenkonfitüre oder Pflaumenmus ... Beiläufig griff er zur Zeitung und sah sofort das Foto.

»Leonard, um Himmels willen, was ist los?«

Menschen, die wir kennen, die wir lieben, sollten nicht ermordet werden; so etwas passiert Unbekannten, deren Namen keinen Schmerz in uns auslösen. Wir lesen von ihnen, sind einen Moment erstaunt oder gefesselt und vergessen sie dann, weil diese Menschen außerhalb unseres Lebens standen. Das hier war verrückt – ein echter, persönlicher, intimer Schmerz, von anderen rücksichtslos als Sensation präsentiert.

»Ich muß telefonieren.« Ohne ein Wort der Erklärung lief Leonard hinaus in den Flur und wählte, noch immer ungläubig auf die Zeitung starrend, eine Nummer.

»Hallo?« Eine vorsichtige Männerstimme.

»Mit wem spreche ich?«

»Polizei. Sind Sie Mr. Drummond?«

»Ja. Was machen Sie in meinem Haus?«

»Können Sie mir sagen, wo Sie sind, Sir?«

»Was? Ich bin in... Ewenny... Ich... Ist meine Frau da?«

»Im Moment nicht, Sir. Sie wird gerade vernommen.«

Das Tapetenmuster verschwamm vor seinen Augen, er mußte sich auf den Stuhl neben dem Telefontisch setzen.

»... die genaue Adresse, und bitte bleiben Sie im Haus, bis die Polizei eintrifft. Sind Sie noch da?«

»Was ist denn passiert?« Es schien ihm, als hörte er seine eigene Stimme aus großer Entfernung.

»Dazu kann ich nichts sagen. Ich wiederhole, Sie...«

»Ist mit meiner Tochter alles in Ordnung?«

»Soweit ich weiß, ja.«

»Kann ich mit Marion sprechen, Miss Blake? Das Kindermädchen.«

Ein kurzes Zögern. »Bedaure, Sir. Sie sind offenbar nicht auf dem laufenden...«

Frances stand bei ihm, besorgt und erschrocken beobachtete sie ihn. Sein Blick schien ins Leere zu gehen, sie kniete hin, nahm seine freie Hand, um ihn zu trösten, auch wenn sie nicht wußte, was passiert war.

»Ja ... Verstehe ... Nein ... Vielen Dank ... Pepperpot Cottage... Mr. und Mrs. Fletcher... In der Nähe der Kirche... Selbstverständlich... Ich warte.«

Er legte auf, sein Gesicht wie das eines Kindes, dem unvorstellbarer Schmerz widerfährt, und brach dann in haltloses Schluchzen aus.

»Was ist es ...? Ach, Leonard.« Frances Fletcher nahm ihn in die Arme und rief ihrem Mann zu, der auf der Treppe erschienen war. »David, einen Brandy! In der Speisekammer steht welcher.« Sie strich Drummond über den Kopf, während seine Tränen durch den Stoff ihres Sommerkleids drangen. »Ach, mein Lieber, mein Lieber. Ist es Teresa? Ja, ich bin bei dir... Beruhige dich... Ich bin bei dir, laß alles raus... Ja, so ist's gut.«

Für die Sonntagszeitungen kam jetzt alles darauf an, daß vor Redaktionsschluß keine Anklage erhoben wurde; einen Tag hatten sie noch, denn eine Woche später würde der Fall niemanden mehr interessieren, nur noch die kümmerlichen Reste würden bleiben, die die Tageszeitungen übriggelassen hatten. Insgesamt dreißig Reporter und neun Fotografen saßen an der Story, Plymouth Network News bot einen exklusiven Augenzeugenbericht von Michael Hay an, und drei Männer, die mit Katrina Darcy geschlafen hatten, wollten sich gegen entsprechendes Geld für ein Interview zur Verfügung stellen. Tom Darcy erklärte im Frühstücksfernsehen, daß seine Exfrau eine der besten Figuren im britischen Journalismus gewesen sei. Die Christliche Liga für moralische Erneuerung rief abermals dazu auf, Katrina Darcys obszöne Romane aus allen öffentlichen Bibliotheken zu entfernen. Jeder Zeitung wurde ein Hinweis auf Darcys Verhältnis mit Malcolm Kendall zugespielt, und eine Presseagentur in den Midlands wurde beauftragt, ein Foto von Kendalls Frau zu beschaffen und sie um eine Stellungnahme zu bitten. Vernon Farrant brachte seine Betroffenheit zum Ausdruck und erklärte, es sei ein weiteres tragisches Beispiel für die Gewalt in der modernen Gesellschaft, daß eine Frau, die sich in ihr abgeschiedenes Landhaus zurückziehe, dort nicht mehr sicher sei. Ein Mitglied von ›Ziggy's‹ meldete sich anonym bei drei Zeitungen und schlug vor, eine gewisse Anna Probert zu interviewen…

Der Chefredakteur des *Sunday Register* warf die Nachrichtenübersicht gereizt auf den Tisch. »Alle bringen das, Steve!« sagte Charlie Taylor. »Wir brauchen unsere eigene Story.«

»Wir sind ja schon dabei«, antwortete Hamilton. »Wir wissen aber nur das, was alle anderen auch wissen, also...«

»Dann finden Sie gefälligst etwas, was die anderen nicht wissen!« bellte Taylor. »Sie war eine von uns. Es muß doch etwas geben, was die anderen nicht wissen... Welche Rolle spielt eigentlich die Tote in ihrem Apartment?«

»Nun, sie war bei den Drummonds angestellt, und...«

»Aber sie ist tot! Also, ihr Mörder hat vielleicht auch Katrina umgebracht... Wird Drummonds Frau noch immer vernommen?«

»Soweit ich weiß, ja.«

»Wollen wir hoffen, noch eine ganze Weile. Beschaffen Sie ein Foto von dieser Drummond, sprechen Sie mit Leuten, die sie kennen... Nachbarn, Milchmann, Kollegen, wer auch immer. Verfluchte Scheiße, ich will nicht, daß die *Sunday Times* uns zeigt, wie man professionell arbeitet!« Er drehte sich um, denn es war jemand eingetreten. »Na, Malcolm, wie sieht's aus?«

»Ich habe Carol gesagt, sie soll im Haus bleiben und die Gardinen vorziehen, aber sie wird langsam hysterisch. Die Meute scheint sich auf uns eingeschossen zu haben.«

»Diese Geschichte gibt mehr her als eine Affäre, die seit Jahren beendet ist.«

»Sie wollen es also auch bringen?« fragte Kendall.

»Mal schauen, was sonst noch reinkommt«, sagte Taylor ausweichend. »Falls die anderen es bringen, stehen wir aber ziemlich blöd da, wenn...«

»Eine klare Antwort, Charlie. Ja oder nein?«

»Im Moment kann ich nur mit einem definitiven Vielleicht antworten.«

Kendall warf drei Fotos und einen Hotelprospekt auf den Schreibtisch. »Möglicherweise überlegen Sie's sich ja noch mal.«

Hamilton reckte den Hals, aber Taylor hatte sich die Bilder schon geschnappt. »Wo haben Sie das denn her?«

»Aus ihrem Schreibtisch. Also. Ich werde in dieser Sache ein klares Dementi veröffentlichen, und ich verlange eine Erklärung von Ihnen, aus der hervorgeht, daß ich die Rükkendeckung unseres Blatts habe, falls ich eine Verleumdungsklage anstrenge.«

Taylors Augen funkelten amüsiert. »Ich kann auch mit Carol sprechen, wenn Sie wollen.« Er gab Hamilton die Fotos. »Seite eins. Ich werde es mit der Rechtsabteilung klären.«

Delamere, der darum gebeten hatte, zeitig geweckt zu werden, war der einzige Hotelgast im Frühstücksraum. Land's End, am späten Vormittag erfüllt vom Lärm der Touristen, lag verwaist da. Die Fensterfront auf der einen Seite schluckte das Geräusch der Brandung und das Geschrei der Möwen, die über die Felsen hinwegschossen. Noch wie benommen vor Schmerz über den Verlust eines geliebten Menschen, der vor ihm gestorben war, starrte er auf die Wogen, die gegen den Leuchtturm anrollten und hoch aufspritzten. In der Sonne trat der dunstverhangene Horizont immer klarer hervor. Katrina war tot, und auf welch brutale Weise sie gestorben war, spielte jetzt keine Rolle mehr. In der Nacht, während des Telefongesprächs mit Toby, hatte er endlich geweint, doch der unendliche Zorn, der sich mit seinen Tränen vermischt hatte, steckte noch immer in ihm.

Im Frühstücksfernsehen hatten sie Interviews mit Leuten gebracht, die Katrina kannten, dazu eingeblendet Fotos von ihr, von Buchumschlägen, von den Redaktionsräumen des *Sunday Register* – Bilder, die die Aufmerksamkeit der Zuschauer erregen sollten –, vor den Berichten über die britischen Touristen, die in eine Cholerapanik geraten waren, den Rücktritt eines amerikanischen Politikers, den aktuellen Stand beim Kricketländerspiel ... Der Mensch, den er geliebt hatte, war nur eine Nachrichtenmeldung, die nicht weiter verfolgt würde, wenn sie nicht weitere Dramatik verhieß. Aber es war Heuchelei, ein Gewerbe zu verurteilen, dessen Lohn er akzeptiert hatte, und gleichzeitig zu behaupten, noch immer saubere Hände zu haben. Zumindest die Ideale, an die er einmal geglaubt haben mochte, hatte er gegen amüsierten Zynismus eingetauscht.

Er setzte sich an einen Tisch, holte sein Notizbuch heraus und las noch einmal den Beginn des Beitrags, um den Malcolm Kendall ihn gebeten hatte.

*Ich weiß nicht mehr, wie oft Katrina Darcy und ich unterschiedlicher Meinung waren, und ich bin sicher, sie erwartet jetzt keine respektvollen Lobeshymnen von mir. Als Journalistin arbeitete sie außerordentlich professionell, als Mensch konnte sie unmöglich sein, als Freund war sie loyal. Als Autorin – ich bleibe ihr gegenüber ehrlich – schrieb sie einen wunderbaren Roman, doch dann verkaufte sie sich.*

*Als ich Katrina kennenlernte, wollte sie zum Journalismus zurückkehren; später bedankte sie sich dafür, daß ich ihr behilflich war, aber sie wollte ...*

»Ihr Kaffee, Sir. Die Brötchen kommen gleich.«

»Vielen Dank.« Delamere schenkte der Kellnerin ein dünnes Lächeln, goß Kaffee ein und gab Sahne hinzu. Er war unzufrieden mit seinem Text. Wenn man zu sehr aus dem Herzen schrieb, bestand immer die Gefahr, daß man in Sentimentalität abglitt, daß Aufrichtigkeit sich in Gefühlsduselei verwandelte. Er versuchte, sich Katrina vorzustellen, wie sie neben ihm saß und über seine Formulierungen spottete und ihn warnte, irgend jemand werde das Zeug *Private Eye* zuspielen, er solle nicht so... Draußen vor dem Fenster bewegte sich etwas. Die Gestalt wandte ihm den Rücken zu, und einen Moment bildete er sich ein, daß sie Ähnlichkeit mit ... Die Kellnerin, die mit dem Frühstück kam, sah Delamere verwundert hinterher, während er schon loslief, durch die Eingangshalle, hinaus ins Freie.

»Stephanie!« Seine Stimme gellte durch den stillen Morgen. Sekundenlang starrten sie sich an, dann drehte sie sich um, ging schnell weiter. Er lief über den Parkplatz und erreichte sie in dem Moment, als sie die Autotür aufschloß.

»Halt mich nicht auf, Anthony. Ich muß nach London zurück.«

»Nein.« Er schlug die Tür zu, packte Stephanie so heftig am Handgelenk, daß sie den Schlüssel fallen ließ, bückte sich und hob ihn auf. »Erst sagst du mir, warum du hier bist. Also?«

»Bitte!« Tränen schimmerten in ihren übermüdeten Augen. »Ich muß... Das verstehst du nicht.«

»Dann erklär's mir.« Sie versuchte, ihm den Schlüssel zu entwinden. »Tut mir leid, Stephanie, aber ich lasse dich erst gehen, wenn du es mir erklärt hast.«

»Das ist jetzt egal. Warum bist du überhaupt hier?«

»Wegen Katrina.« Delamere spürte, wie sein Schmerz in ein tiefes, unvorstellbares Dunkel hinabreichte. Stephanie seufzte und machte eine wegwerfende Handbewegung, als wollte sie nicht, daß über dieses Thema gesprochen werde.

»Verdammt noch mal, was ist passiert?«

Stephanie zuckte zusammen, als eine schreiende Möwe dicht neben ihr landete, gierig einen Essensrest aufpickte, den jemand weggeworfen hatte, und dann wieder davonflog. Sie ließ es zu, daß Delamere ihr den Arm um die Schulter legte und mit ihr zu einem niedrigen Mäuerchen ging, hinter dem ein mit Felsblöcken übersäter Abhang steil abfiel. Sie setzten sich nebeneinander und schauten eine Weile schweigend über das silbrig glitzernde hellblaue Wasser.

»Ich bin gestern abend sofort losgeflogen, als wir die Nachricht bekamen«, sagte er schließlich. »Die Polizei hatte die Zeitung informiert. Wir haben dich überall gesucht... um dir Bescheid zu sagen.«

Stephanie öffnete ihre Handtasche und zündete sich, das Feuerzeug hinter der schützenden Hand, eine Zigarette an. Der Rauch wurde sogleich fortgeweht. Sie schluckte, sagte kein Wort. Delamere fiel es schwer, sie anzusehen.

»Seit wann bist du hier?« fragte er.

»Gestern nachmittag.«

»Warst du im Cottage?«

»Ja.« Sie zog an der Zigarette, als könnte sie das davor schützen, mehr sagen zu müssen.

Delamere spielte mit einem Kieselstein. »Wieso bist du eigentlich hierhergekommen?«

»Das ist eine lange Geschichte.«

»Ich habe viel Zeit.«

Sie sah ihn an. »Wenn ich es dir sage, mußt du mich nach London fahren lassen.«

»Weshalb denn?«

»Ich muß es noch jemand anderem sagen ... Versprochen?«

»Na gut.« Er sah keine andere Möglichkeit, als zu lügen. »Aber vorher will ich etwas wissen. Hast du Katrina im Cottage noch gesehen?«

»Ja.«

»Und... lebte sie noch, als du gingst?«

Ganz kurz lächelte sie ihn an, mitfühlend, dann biß sie sich heftig auf die Lippen. »Du willst es wirklich hören. Ich habe dich noch nie so unglücklich gesehen. Verzeih mir.«

Delamere stützte die Ellbogen auf die Knie und rieb sich das Gesicht, als wäre er todmüde. Irgendwo draußen auf dem Meer schickten zwei Fischerboote ein Grußsignal über das Wasser. Die Ahnung, daß er es hier mit einer sensationellen Titelgeschichte zu tun hatte, erfüllte Delamere mit Ekel.

»Du hast gesagt, es ist eine lange Geschichte«, sagte er ruhig.

Sie warf die Zigarette auf die Erde und trat sie aus. »Es gibt so viel, was du nicht weißt. Hat Mami dir erzählt, daß ich lesbisch bin?«

»Nein.«

»Na, du zumindest dürftest keine Probleme damit haben.«

»Hatte sie denn Probleme damit?« fragte er.

»Ich dachte immer, sie weiß es, aber...« Sie fing an, den

brüchigen Lack von den Fingernägeln zu kratzen. »Irgend jemand hat es ihr vor ein paar Wochen erzählt – ich weiß nicht, wer. Dann kreuzte sie im ›Ziggy's‹ auf. Ich war mit meiner Freundin Brenda dort und dachte, sie macht eine Szene. Mami ... schien aber gut draufzusein. Sie war mit Anna Probert gekommen. Weißt du, daß sie...?«

»Ja. Erzähl weiter.«

»Ich hatte das Gefühl, daß Mami es akzeptierte. Brenda schien ihr sogar sympathisch zu sein.« Sie seufzte. »Für mich bedeutete das unglaublich viel. Ich war bereit, wieder zu ihr zu ziehen, und wir verbrachten die schönsten Tage seit langer, langer Zeit. Als ich letzten Samstag mit Brenda wegfuhr, wünschte sie mir alles Gute. Ich hatte geglaubt, sie meint es ehrlich.«

»War es denn nicht so?«

»Nein.« Sie schnipste ein Stückchen blaugrünen Lack weg. »Sie hat mich belogen. Brenda und ich mußten gestern aus Suffolk abreisen, es gab irgendwelche Probleme auf der Arbeit, und man hatte sie gebeten zurückzukommen. Wir fuhren früh los, und ich kam ... so gegen elf zu Hause an. Der Portier hatte Mami die ganze Woche nicht gesehen und wollte wissen, ob sie auch weggefahren war. Mit dem Haufen Post, der sich inzwischen angesammelt hatte, ging ich ins Wohnzimmer. Ich wär beinahe über die Leiche gestolpert.«

Delamere sah sie nicht an. »Marion Blake.«

Stephanie rückte, plötzlich mißtrauisch geworden, ein wenig von ihm ab. »Du willst mich reinlegen, du weißt alles...«

»Nein. Ich weiß nur, was mir die Polizei gestern abend

erzählt hat. Sie sind in das Apartment eingebrochen, nachdem… Woher kanntest du Marion?«

»Sie war mit Brenda befreundet. Ich habe sie im ›Ziggy's‹ gesehen.«

Er versuchte, sich vorzustellen, wie die Situation auf Stephanie gewirkt haben mochte. »Und, was hast du bei ihrem Anblick gedacht?«

»Ist doch sonnenklar. Nur Mami konnte sie reingelassen haben. Sie muß über Anna von ihr gehört haben, und dann hat sie sie eingeladen.«

»Und warum?« fragte Delamere vorsichtig.

»Marion sollte Brenda unter Druck setzen, mit mir Schluß zu machen. Gibt es eine andere Erklärung?«

»Das ist eine gewagte Schlußfolgerung!«

»Fällt dir etwas anderes ein? Also, warum hat sie sie umgebracht?«

»Warum bist du so sicher, daß es so war?«

»Sie lag mit gebrochenem Genick da – zumindest sah es so aus. Und der Couchtisch war umgestürzt, das ganze Zeug auf dem Teppich.« Stephanie hielt sich den Bauch. »Die Leiche war kalt und roch schon. Der Portier hatte Mami seit Montag nachmittag nicht mehr gesehen. Komm schon, Anthony, die Sache ist eindeutig. Sie muß sich mit Marion gestritten haben. Sie hat sie dann umgebracht, und statt die Polizei zu rufen und alles zuzugeben, ist sie weggelaufen.«

Delamere erkannte eine verdrehte, furchtbare Logik in Stephanies Darstellung.

»Aber woher wußtest du, daß Katrina hier war?«

»Ich dachte mir, sie hat bestimmt die Fliege gemacht,

aber ihr Paß lag an seinem üblichen Ort. Als ich im Cottage anrief, war nur der Anrufbeantworter an, aber sie läßt ihn ja immer eingeschaltet, um nicht so oft gestört zu werden.«

»Daraufhin bist du also hierhergefahren?«

»Ja. Es war Wahnsinn. Ein grauenhafter Verkehr auf den Straßen, es war eine Affenhitze, und ich zitterte vor Wut...« Sie hielt einen Schluchzer zurück. »Ich hatte einen tierischen Haß auf sie.«

Der Rest war akademisch. »Wann bist du angekommen?«

»Um fünf? Halb sechs? So etwa. Ich sah ihr Auto, stürmte sofort rein und schrie sie an.«

»Wie hat sie reagiert?«

»Ganz erschrocken. Wollte wissen, wieso ich gekommen war. Ich sagte, daß sie sich das doch denken kann. Daß ich Marion gefunden habe.« Sie schwieg.

»Und dann?« Delamere hakte sanft nach.

Stephanie senkte den Kopf. »Ich weiß nicht mehr genau. Ich warf ihr vor, daß sie mich anlügt, daß sie nicht will, daß ich mein eigenes Leben führe, daß sie, um das zu verhindern, sogar bereit ist, einen Mord zu begehen.«

»Moment mal ... Katrina war kein Mensch, der einen Mord begeht.«

»Wer hätte es denn sonst sein sollen? Alles andere ergibt keinen Sinn. Hast du eine andere Erklärung?«

»Ich glaube, daß es eine andere geben muß, weil es Dinge gibt, von denen du offensichtlich nichts weißt. Erzähl mir den Rest.«

»An vieles kann ich mich nicht mehr erinnern«, sagte Stephanie. »Sie brüllte mich an, daß ihr Leben sinnlos ist oder ruiniert oder... Ich hörte ihr sowieso nicht zu. Dann schlug sie mich, nicht sehr kräftig, aber es tat weh.« Stephanie sah ihn flehend an. »Ich hab's nicht gewollt.«

»Aber du hast zurückgeschlagen?«

»Es war doch niemand sonst da außer mir. Ich weiß eigentlich nur noch, daß ich plötzlich eins von diesen Kaminornamenten in der Hand hielt und überlegte, wo sie denn ist. Da sah ich sie auf dem Boden liegen.« Jetzt flossen die Tränen, unaufhaltsam.

Delamere nahm ihre Hand. »Und warum bist du hierher gekommen?«

»Eigentlich wollte ich nach London zurück, aber ich war zu müde.« Sie zeigte auf das Hotel. »Wir haben hier öfters gegessen ... Ich dachte, ich probier's auf gut Glück, vielleicht haben sie ein Zimmer. Wenn alles belegt gewesen wäre, hätte ich mir eine Pension gesucht. Mein Gepäck war seit Suffolk noch im Auto, man würde mich also für eine Urlauberin halten.«

»Und wo wolltest du jetzt hin, Stephanie?«

»Ich muß mit Brenda sprechen. Danach gehe ich zur Polizei. Ich habe nicht vor...«

»Tut mir leid, aber das geht jetzt nicht mehr.« Delamere stand auf. »Ich werde die Polizei informieren.«

»Aber du hast es mir doch versprochen«, protestierte sie.

»Ich weiß. Es war gelogen. Entschuldige ... Nein!« Er wich ihr aus, als ihre Hand vorschnellte. »Mach keine Dummheiten. Selbst wenn es dir gelingt, hier wegzukommen, ich würde der Polizei eine Beschreibung deines Autos geben, sie würden dich schon erwischen.«

»Du bist doch sonst nie so hart zu mir gewesen.« Wie ein trotziges Kind sah sie ihn an.

»Das bin ich auch jetzt nicht«, erwiderte er. »Du kannst Brenda anrufen, solange wir auf die Polizei warten, und ich werde sie in London aufsuchen, wenn du willst. Ich bin sicher, ihr werdet euch bald sehen können.«

Stephanie schien in sich zusammenzusinken. »Bist du sehr böse auf mich, Anthony?«

Traurig schüttelte er den Kopf. »Dafür liebe ich dich zu lange. Und du weißt, wie sehr ich Katrina geliebt habe. Ich hätte nie...«

Er hielt inne. Er hörte, daß jemand von hinten näher kam. Es war die Kellnerin. »Möchten Sie auf der Terrasse frühstücken, Sir? Es ist wunderschön heute morgen. Für die Dame ebenfalls ein Gedeck?«

Vielleicht hatten sie die Uhr absichtlich nicht aufgezogen, damit man nicht wußte, wie lange man schon im Vernehmungsraum saß. Cheeseman hatte sich bei Delamere entschuldigt, daß es auf der Polizeistation Penzance kein anderes Zimmer gab, in dem sie über seine Aussage sprechen konnten. Er las das Protokoll noch einmal durch, blätterte gelegentlich zurück, als wollte er sich eines Details vergewissern. Hitze und Stimmengewirr drangen durch das halb geöffnete Fenster. Da noch immer keine Anklage erhoben war, lagen die Medienvertreter auf der Lauer, um allerneueste Nachrichten zu ergattern, dramatische Schnappschüsse, irritierte Antworten auf verwirrende Fragen...

Cheeseman legte das Protokoll hin und griff zu einem silbernen Drehbleistift, mit dem er auf den Schreibtisch pochte. »Miss Darcy hat Ihnen also gesagt, daß Miss Blake sie erpressen wollte und...«

»Schauen Sie genau hin«, erwiderte Delamere scharf. »Sie hat nur gesagt, sie wird gewisse Maßnahmen ergreifen, falls Katrina nicht bereit ist, weiterhin Mr. Drummonds Geliebte zu sein und auf eine Ehe mit ihm zu verzichten.«

»Und war Miss Darcy damit einverstanden?«

»Das weiß ich nicht. Sie hat mir gegenüber nie wieder davon gesprochen.«

»Aber offenbar hat sie Miss Blake zu sich eingeladen.« Cheeseman deutete auf ein Fax, das unter seinen Papieren lag. »Laut Bericht meiner Londoner Kollegen erinnerte sich der Portier, daß Miss Blake eintraf und daß Miss Darcy ihn bat, sie hochzuschicken. Das war am frühen Montagabend, danach hat er die beiden nicht mehr gesehen. Wir wissen aber, daß Miss Darcy am nächsten Tag hier gesehen wurde.«

»Allerdings gibt es keinen Beweis für das, was passiert ist«, sagte Delamere.

»Ich glaube doch«, erwiderte Cheeseman. »Miss Blake hat eine Gesichtswunde, und ihr Genick ist gebrochen. Niemand sonst hatte Zutritt zum Apartment. Ich kann es mir also nur so erklären, daß Miss Darcy ihr einen Schlag versetzt hat... und ich denke, wir werden den entsprechenden Beweis schon finden.«

»Was für einen Beweis denn?« fragte Delamere.

»Der Ring, den Miss Darcy an der rechten Hand trug, hat einen großen Stein, der von vier Metallklammern gehalten wird. Ein Beamter ist mit diesem Ring unterwegs nach London, um ihn bei der Obduktion mit Miss Blakes Gesichtswunde zu vergleichen. Wenn es eine Übereinstimmung gibt, dürfte unstrittig sein, wer sie umgebracht hat.«

Delamere verzog das Gesicht. Ein plötzlicher Rückenschmerz durchfuhr ihn. Er war zu müde, um sich mit Cheeseman groß zu streiten.

»Seien Sie mir nicht böse, aber ich glaube es noch immer nicht«, sagte er.

»Wie Sie wollen, Mr. Delamere.«

»Und was geschieht mit Stephanie?«

»Wir werden sie vernehmen, sobald der Rechtsanwalt von Ihrer Zeitung hier eintrifft.« Cheeseman sah auf seine Uhr. »Ich vermute, jeden Moment.«

»Es ist also noch keine Anklage erhoben worden?«

»Noch nicht. Aber es wird wohl nicht zu umgehen sein, wenn sie uns dasselbe erzählt, was sie Ihnen erzählt hat.«

»Wegen Mordes? An ihrer Mutter?«

»Das werden wir sehen.«

Delamere nahm eine Tablettenschachtel aus seiner Jakkentasche. »Könnte ich wohl ein Glas Wasser bekommen?«

Cheeseman nickte dem Polizisten zu, der neben der Tür stand. »Mein Kollege bringt es Ihnen sofort. Vielen Dank, Mr. Delamere. Wenn Sie das Haus durch einen Seiteneingang verlassen wollen, um Ihren Kollegen nicht zu begegnen – das läßt sich machen. Ich brauche wohl kaum darauf hinzuweisen, daß Sie bitte niemandem erzählen, was heute morgen passiert ist.«

»Ja, das weiß ich selbst... aber ich möchte Stephanie noch einmal sehen.«

»Versprechen kann ich Ihnen das nicht, aber wenn es möglich ist... Überlassen Sie das mir. Wo kann ich Sie erreichen?«

»In der nächsten Kneipe... möglichst weit entfernt von meinen Kollegen.«

»Probieren Sie den ›Turk's Head‹ in der Chapel Street. Es ist nur ein paar Minuten bis dorthin, und das Essen ist gut. Ich werde Sie dort anrufen, wenn ich etwas arrangieren kann.«

Während Delamere das Gebäude verließ, wurde Cheeseman auf dem Flur von einem Beamten angesprochen. »Der Rechtsanwalt ist gerade gekommen, Sir.«

»Gut. Weiß London, was hier passiert ist?«

»Nur, daß wir die Tochter vorläufig festgenommen haben.«

»Sagen Sie den Kollegen, daß mit einer Anklageerhebung vermutlich bald zu rechnen ist ... und bestellen Sie Peter vom Pressebüro, daß ich eine offizielle Erklärung abgeben werde. Keine Pressekonferenz. Und sorgen Sie dafür, daß ein Untersuchungsrichter bereitsteht, falls dieser Rechtsanwalt eine Freilassung gegen Kaution verlangt.« Er wollte schon weitergehen, fragte aber noch: »Schon fertig mit Darcys Manuskript?«

»Fast... Gibt da eine interessante Stelle, wo sie sagt, daß sie jemanden getötet hat, und von einer Leiche in ihrer Wohnung spricht.«

»Ja ... Schade, daß sie uns nicht genau beschreibt, was passiert ist. Aber Delamere meint, daß sie von Blake bedroht wurde.«

»Weswegen?«

»Das erzähl ich Ihnen später. Aber ich sag Ihnen was. Ihren Kollegen hat sie eine Wahnsinnsstory geliefert. Liebe, Geld, prominente Namen, Lesbierinnen und ein Mädchen, das seine Mutter umbringt. Ein Fressen für die Boulevardblätter!«

Noch ehe der Prozeß gegen Stephanie Darcy eröffnet wurde, bot ein Agent, der sie angeblich vertrat, zwei Zeitungen ihre Geschichte an. Er erhielt eine Vorschußsumme von insgesamt zehntausend Pfund, bevor sein Betrug aufflog. Stephanie wurde wegen Totschlags zu fünf Jahren verurteilt. Leonard Drummond lebt inzwischen mit Frau und Tochter in Kalifornien, und, Ironie des Schicksals, Brenda Carr und Anna Probert sind ein Liebespaar. Toby Lawrence starb ganz plötzlich an einem Herzanfall, und Anthony Delamere lebt heute allein. Sein Krebs ist wieder zurückgekehrt.

Vernon Farrant konnte dank seines Einflusses Darstellungen lancieren, wonach die Fotos von ihm und Katrina nur eine harmlose, zufällige Begegnung zeigten, zu der es gekommen sei, als er sich mit seiner Frau und den Kindern in Italien aufgehalten habe. Mary Farrant stellte sich bei mehreren Interviews hinter ihren Mann. Er bezeichnete es als absolut unerträglich, daß der *Sunday Register* ihm in einer so tragischen Zeit derart üble Dinge unterstelle. Allerdings werde er darauf verzichten, juristische Schritte zu unternehmen. Die Leser seriöser Zeitungen seien jedoch in der Lage, ihre eigenen Schlüsse zu ziehen.

Wenige Wochen später war Katrina Darcy jedenfalls aus den Schlagzeilen verschwunden.

*Bitte beachten Sie auch die folgenden Seiten*

Robert Richardson

*Von fremder Kinder Hand*

Roman. Aus dem Englischen von Monika Elwenspoek

»An der Weihnachtstafel eines reichen Investmentbankers im ländlichen England sitzen der Hausherr, seine Frau Naomi, deren Brüder Tim und Robert mit Frau respektive Geliebter sowie die verwitwete Schwiegermutter Florence. In einem der Geschenkpakete unter dem Baum ist ein Gewehr. Während des Festes kommt es zum Streit, zu einem Seitensprung und zu einer allgemeinen Abrechnung mit der Vergangenheit. Und diese birgt ein furchtbares, längst begrabenes Geheimnis. Wunderbar gewagt.«
*Sunday Times, London*

»Robert Richardson weiß meisterhaft Spannung zu erzeugen und eine Atmosphäre drohenden Unheils heraufzubeschwören.« *P. D. James*

»Erstklassig. Richardsons bester Roman, noch besser als sein mit dem Crime Writers' Association Award 1985 gekrönter Erstling.« *Birmingham Post*

»Für deutsche Krimi-Fans sozusagen ein fangfrischer Genuß. Richardson kann meisterhaft Spannung aufbauen. Tatort Familie. Richardson ist ein Glücksfall für Krimi-Freunde.«
*Martina I. Kischke/Frankfurter Rundschau*

## *Nicholas Blake im Diogenes Verlag*

NICHOLAS BLAKE ist das Pseudonym, unter dem der berühmte, in Irland geborene Lyriker Cecil Day Lewis (1904–1972) seine psychologischen Kriminalromane schrieb, in denen der Detektiv und Menschenkenner Nigel Strangeways ermittelt.

### *Mein Verbrechen*

Roman. Aus dem Englischen von Eberhard Gauhe

Ich will einen Menschen töten! Dieser Gedanke beherrscht Frank Cairnes, seit er mit ansehen mußte, wie sein Sohn von einem Sportwagen überfahren wurde, dessen Lenker Fahrerflucht beging. Cairnes, von Beruf Kriminalschriftsteller, beschließt, auf eigene Faust zu ermitteln. Sein Tagebuch ist es, das der Leser vor sich hat und das ihn seinerseits zum Ermittler werden läßt: denn die Grenze zwischen Schuld und Unschuld ist nurmehr schwer zu ziehen – bis Nigel Strangeways, ein Detektiv der alten Schule, die entscheidende Spur im Tagebuch ausfindig macht.
Dieser Klassiker des psychologischen Kriminalromans wurde von Claude Chabrol unter dem Titel *Das Biest muß sterben* verfilmt.

»Eine neue Form, die die psychologische Analyse mit dem Puzzlespiel und den Gestus des Authentischen mit dem Augenzwinkern der Metafiktion verbindet. Ein Krimiklassiker.« *Lutz Krützfeldt/Neue Zürcher Zeitung*

### *Eine vertrackte Geschichte*

Roman. Deutsch von Jobst-Christian Rojahn

Nigel Strangeways wird ins abgelegene Somerset entsandt, wo er das Leben des berühmten Fliegers Fergus O'Brien schützen soll. Der draufgängerische Pilot sucht nach ländlicher Abgeschiedenheit – was ihn

jedoch nicht vor Drohbriefen bewahrt. Wer nur trachtet ihm nach dem Leben?
Die Zahl der Verdächtigen ist groß und ein wirklich taugliches Tatmotiv nicht in Sicht, als es zu weiteren Toten kommt...

»Verfügt über all die Tugenden, die der anspruchsvolle Kenner von Kriminalliteratur erwartet: Kultiviertheit, Intelligenz und Sensibilität.«
*The Times Literary Supplement*

## *Ende des Kapitels*

Roman. Deutsch von Nikolaus Stingl

In einem angesehenen englischen Verlagshaus kommt es zu mysteriösen Manipulationen am Manuskript der Erinnerungen eines hohen Militärs. Ein Verleumdungsprozeß steht ins Haus, und die Aufregung steigert sich noch, als eine Bestsellerautorin mit durchgeschnittener Kehle in einem der Büros aufgefunden wird. Doch Wenham & Geraldine ist ein traditionsreicher Verlag, der einen Ruf zu verlieren hat. Vom Tatverdacht ausgenommen sind weder die Firmenleitung selbst noch der Lektor, noch die herstellerische Seite. Die sonderbarsten Interna, unvermutete Emotionen all der Mitarbeiter kommen ans Licht.

»Detektiv Nigel Strangeways löst jeden Fall mit Esprit, Humor und unter Wahrung der Formen, die sich für einen britischen Gentleman geziemen.«
*Facts, Zürich*

»Nicholas Blake ist ein Meister des Detektivromans.«
*The Daily Telegraph, London*

## *Was zu beweisen ist*

Roman. Deutsch von Barbara Rojahn-Deyk

Mord in der Schule. Nicht nur der Lehrer Michael Evans steht unter Tatverdacht. Doch da Evans der geheime Liebhaber der Frau des Direktors ist, steckt er in der Zwickmühle: Um die Spuren, die zu seiner Liebschaft führen und ihn seinen Job kosten könnten, zu verwischen, bringt er sein Alibi in Gefahr. Nigel Strangeways ermittelt wie immer mit psychologischem Scharfblick. Er hat einen Verdacht, doch fehlen die Beweise, um diesen zu erhärten. Es kommt zu einem zweiten Toten, bevor Nigel Strangeways versuchen kann, den Täter in die Ecke zu treiben.

»Nicholas Blake, ein Klassiker, beweist, mit welcher Lakonik und Lockerheit sich wirkliche Spannung aufbauen läßt.«
*Wolfram Knorr / Die Weltwoche, Zürich*

»Alles, was Blake schreibt, fasziniert. Man sollte sich keines seiner Bücher entgehen lassen.«
*Manchester Daily Dispatch*

## Robert Carter
### *Der Bestseller*

Roman. Aus dem Amerikanischen
von Dirk van Gunsteren

Nicholas Barlow, der gebildete Gentleman-Verleger eines kleinen, aber renommierten New Yorker Verlagshauses, unter anderem unbestrittener ›König der Kriminalliteratur‹, steht unversehens einem leibhaftigen Mord gegenüber: Parker Foxcroft, Starlektor preisgekrönter Autoren, zugleich aber rücksichtsloser Schreibtischtäter, literarischer Snob und exzessiver Schürzenjäger, wurde in seinem Büro ermordet. Kaum ein Mitarbeiter im Haus, den Foxcroft nicht in irgendeiner Form beleidigt hätte, ferner gedemütigte Autoren und verschmähte Geliebte, ein trunksüchtiger Dichter und die verbitterte Ehefrau eines Autors, der wegen Foxcroft Selbstmord begangen hat – Verdächtige gibt es eigentlich genug. Aber die Polizei hat sich ausgerechnet auf den Verleger selbst kapriziert, der wenige Tage vor dem Mord eine lautstarke Auseinandersetzung mit seinem Lektor hatte.
So bleibt Barlow keine andere Wahl, als zusammen mit seinem gelähmten Bruder Tim Amateurdetektiv zu spielen, um den Verdacht von sich abzuwenden. Zum Glück muß er sich die Hände dabei nicht allzu schmutzig machen. Denn der Hinweis, der ihn zum wahren Täter führt, ist ein literarischer und kann auch nur von einem literarisch Bewanderten entschlüsselt werden. Dieser Hinweis lautet: John Irving!
Ein Thriller der eleganten, geistreichen Art.

»Das Werk besticht durch Charme, Esprit und Originalität. In der zur Zeit eher tristen Welt der Krimis ist Barlow eine wohltuende Bereicherung.«
*Der Standard, Wien*

# *Barbara Vine im Diogenes Verlag*

## *Die im Dunkeln sieht man doch*

Roman. Aus dem Englischen von
Renate Orth-Guttmann

Der Fall der Vera Hillyard, die kurz nach dem Krieg wegen Mordes zum Tod durch den Strang verurteilt und hingerichtet wurde, wird wieder aufgerollt. Briefe, Interviews, Erinnerungen, alte Photographien fügen sich zu einem Psychogramm, einer Familiensaga des Wahnsinns. Schicht um Schicht entblättert Barbara Vine die Scheinidylle eines englischen Dorfes, löst zähe Knoten familiärer Verflechtungen und entblößt schließlich ein Moralkorsett, dessen psychischer Druck nur noch mit Mord gesprengt werden konnte.

»Barbara Vine ist die beste Thriller-Autorin, die das an Krimi-Schriftstellern nicht eben arme England aufzuweisen hat. Ein Psycho-Thriller der Super-Klasse.« *Frankfurter Rundschau*

## *Es scheint die Sonne noch so schön*

Roman. Deutsch von Renate Orth-Guttmann

Ein langer, heißer Sommer im Jahr 1976. Eine Gruppe junger Leute sammelt sich um Adam, der ein altes Haus in Suffolk geerbt hat. Sorglos leben sie in den Tag hinein, lieben, stehlen, existieren. Zehn Jahre später werden auf dem bizarren Tierfriedhof des Ortes zwei Skelette gefunden – das einer jungen Frau und das eines Säuglings...

»Der Leser glaubt auf jeder zweiten Seite, den Schlüssel zur Lösung des scheinbar kriminellen Mysteriums in Händen zu halten, doch – der Schlüssel paßt nicht, sperrt nicht, klemmt... Keine Frage, dieser Roman ist ein geglückter Thriller, ein famos geglückter, wofür diese Autorin auch bürgt.« *Wiener Zeitung*

## *Das Haus der Stufen*

Roman. Deutsch von
Renate Orth-Guttmann

Eine der großen Lügnerinnen der Welt, nennt Elisabeth die junge Bell. Und trotzdem, oder vielleicht deswegen: noch nie zuvor war Elisabeth von einer Frau dermaßen fasziniert. Selbst als Bells kriminelle Vergangenheit offenkundig wird, kann sich Elisabeth nicht aus ihrer Liebe zu Bell lösen. Immer wieder findet sie Erklärungen und Entschuldigungen für das unglaubliche Verhalten dieser mysteriösen Frau.

»Barbara Vine alias Ruth Rendell ist in der englischsprachigen Welt längst zum Synonym für anspruchsvollste Kriminalliteratur geworden.«
*Österreichischer Rundfunk, Wien*

## *Liebesbeweise*

Roman. Deutsch von
Renate Orth-Guttmann

»*Liebesbeweise* ist Barbara Vines bisher eindringlichster Exkurs in die dunklen Geheimnisse der Obsessionen des Herzens. Dieser Roman betrachtet und prüft mancherlei Arten von Liebe: die romantische Liebe, die elterliche Liebe, die abgöttische Liebe, die besitzergreifende Liebe, die selbstlose Liebe, die erotische Liebe, die platonische Liebe und die kranke Liebe.«
*The New York Times Book Review*

»Wer die englische Autorin kennt, weiß, daß es in *Liebesbeweise* wieder um ein veritables Verbrechen geht, daß dieser Kriminalroman aber in Wirklichkeit wieder ein Reisebericht über eine zerklüftete Landschaft emotionaler Verstrickungen ist. Die Landschaften wechseln bei Barbara Vine, gleich bleibt die suggestive Verführungskraft, mit der sie ihre Leser in immer neue Abgründe zieht. Man wird süchtig...«
*profil, Wien*

## *König Salomons Teppich*

Roman. Deutsch von Renate Orth-Guttmann

Welcher fliegende Teppich trägt uns – wie ehedem Salomon – heute überallhin? Die Londoner U-Bahn! Von ihr aber gibt es Geschichten zu erzählen, die alles andere als märchenhaft sind. Hart und verwegen geht es zu in den Tunneln der Tube, wo die Gesetze der Unterwelt gelten. Eine Geschichte der U-Bahn schreibt der exzentrische Jarvis. Und gleichzeitig steht er einem Haus vor, in dem die unterschiedlichsten Außenseiter Unterschlupf finden, wenn sie nicht gerade in der U-Bahn unterwegs sind.

»Zum geheimnisvollen, bedrohlichen Labyrinth werden die Stationen, Tunnels, Lift- und Luftschächte der Londoner U-Bahn in *König Salomons Teppich*. Barbara Vine, die Superfrau der Crime- und Thrillerwelt, ist in absoluter Hochform. Ergebnis: hochkarätige, bei aller mordsmäßigen Spannung vergnügliche Literatur.« *Cosmopolitan, München*

## *Astas Tagebuch*

Roman. Deutsch von Renate Orth-Guttmann

Einsam im fremden England, vertraut Asta, eine junge Dänin, die Freuden und Nöte ihres Familienalltags einem Tagebuch an: Erziehung der Söhne, Probleme mit dem Mann, ihre Bemühungen um Eigenständigkeit in der anderen Umgebung, das Nahen des Ersten Weltkriegs... Kein leichtes Schicksal, wäre nicht Swanny, ihre Lieblingstochter, die der Mutter treu zur Seite steht. Doch ob Swanny überhaupt Astas Tochter ist? Und könnte es Verbindungen geben zu dem skandalösen Mordprozeß im Fall Roper? Barbara Vine kombiniert meisterhaft ein Familiendrama mit einer Kriminalgeschichte.

»Das bislang Beste aus der Feder von Barbara Vine alias Ruth Rendell.« *Literary Review, London*

## *Keine Nacht dir zu lang*

Roman. Deutsch von Renate Orth-Guttmann

Mehr als laue Gefühle kann Tim Cornish für Frauen nicht aufbringen, und auch die sind vergessen, als er in den Bannkreis des einige Jahre älteren Ivo Steadman gerät. Endlich wird seine Liebe erwidert, und alles könnte wunderbar sein – wenn nicht Tim ausgerechnet in Alaska einer Frau begegnen würde, die sein Innenleben abermals völlig umkrempelt und ihn bis ins Verbrechen treibt. Eine explosive Dreiecksgeschichte, trügerisch und tödlich.

»Barbara Vines Buch wirkt wie eine Droge: Hat man sich einmal darauf eingelassen, läßt es einen bis zum Schluß nicht mehr los.« *Berliner Zeitung*

»Dieser neue subtile Seelen-Krimi von Barbara Vine ist eine faszinierende Dreiecksgeschichte, in der Mord letzten Endes zwangsläufig ist.«
*Brigitte, Hamburg*

## *Schwefelhochzeit*

Roman. Deutsch von Renate Orth-Guttmann

Die alte Dame Stella vererbt ihrer jungen Pflegerin Jenny ein leeres Haus im Moor und ein dunkles Geheimnis. Doch auch Jenny verbirgt etwas, das keiner wissen darf. Das zutiefst beunruhigende Doppelporträt zweier faszinierender, höchst unterschiedlicher Frauen, für die das Paradies der Erinnerung auch eine Hölle ist.

»Barbara Vine versteht es meisterlich, einen schockartigen Höhepunkt zu setzen.«
*Ingeborg Sperl/Der Standard, Wien*

»Barbara Vine ist die Göttin des Kriminalromans. Jedes ihrer Bücher ist neu, intelligent, hervorragend.«
*Donna Leon*

*Der schwarze Falter*

Roman. Deutsch von Renate Orth-Guttmann

Gerald Candless ist so, wie jeder Schriftsteller gern sein möchte: Er sieht gut aus, hat Erfolg, eine aufopferungsvolle Ehefrau, zwei ihn zärtlich liebende Töchter und ein schönes Haus mit Meerblick an der Küste von Devonshire.

Warum aber empfindet seine Frau Ursula bei Geralds Tod einzig ein überwältigendes Gefühl der Befreiung? Und warum entdeckt Sarah, als sie die Lebensgeschichte ihres Vaters schreiben möchte, bei jedem Schritt Hinweise darauf, daß ihr Vater nicht war, was er zu sein schien, ja daß er womöglich sogar unter falschem Namen gelebt hat? Und was hat all das mit jenem lang zurückliegenden Mord in Highbury zu tun?

Lebensträume und gelebte Lügen: Barbara Vine zeichnet ein ebenso naheliegendes wie nuanciertes Bild von verbotener Liebe, falscher Nähe und ersehntem Glück.

»Das Buch ist so genial gebaut, Fiktion und Wahrheit sind derart gekonnt und überzeugend ineinander verwoben, daß die Lösung einen trotz ihrer Zwangsläufigkeit zusammenzucken läßt wie ein Blitzstrahl.«
*Sunday Times, London*

# *Celia Fremlin im Diogenes Verlag*

»Celia Fremlin ist neben Margaret Millar und Patricia Highsmith als wichtigste Vertreterin des modernen Psychothrillers hierzulande noch zu entdecken.«
*Frankfurter Rundschau*

*Klimax*
oder Außerordentliches Beispiel von Mutterliebe. Roman. Aus dem Englischen von Dietrich Stössel

*Wer hat Angst vorm schwarzen Mann?*
Roman. Deutsch von Otto Bayer

*Die Stunden vor Morgengrauen*
Roman. Deutsch von Isabella Nadolny

*Rendezvous mit Gestern*
Roman. Deutsch von Karin Polz

*Die Spinnen-Orchidee*
Roman. Deutsch von Isabella Nadolny

*Onkel Paul*
Roman. Deutsch von Isabella Nadolny

*Ein schöner Tag zum Sterben*
Erzählungen. Deutsch von Ursula Kösters-Roth

*Gibt's ein Baby, das nicht schreit?*
Roman. Deutsch von Isabella Nadolny

*Parasiten-Person*
Roman. Deutsch von Monika Elwenspoek

*Zwielicht*
Roman. Deutsch von Ursula Kösters-Roth

*Die Eifersüchtige*
Roman. Deutsch von Barbara Rojahn-Deyk

*Unruhestifter*
Roman. Deutsch von Monika Elwenspoek

*Der lange Schatten*
Roman. Deutsch von Peter Naujack

*Wetterumschwung*
Geschichten. Deutsch von Barbara Rojahn-Deyk, Ursula Kösters-Roth und Isabella Nadolny

*Gefährliche Gedanken*
Roman. Deutsch von Irene Holicki

*Sieben magere Jahre*
Roman. Deutsch von Monika Elwenspoek

*Das Tudorschloß*
Roman. Deutsch von Otto Bayer

*Vaters Stolz*
Roman. Deutsch von Thomas Stegers

# *Dick Francis im Diogenes Verlag*

»Dick Francis ist der Meister des Thrillers.«
*Der Spiegel, Hamburg*

*Todsicher*
Roman. Aus dem Englischen von Tony Westermayr

*Rufmord*
Roman. Deutsch von Peter Naujack

*Nervensache*
Ein Sid-Halley-Roman. Deutsch von Tony Westermayr

*Blindflug*
Roman. Deutsch von Tony Westermayr

*Schnappschuß*
Roman. Deutsch von Norbert Wölfl

*Hilflos*
Roman. Deutsch von Nikolaus Stingl

*Peitsche*
Roman. Deutsch von Nikolaus Stingl

*Rat Race*
Roman. Deutsch von Michaela Link

*Knochenbruch*
Roman. Deutsch von Michaela Link

*Gefilmt*
Roman. Deutsch von Malte Krutzsch

*Schlittenfahrt*
Roman. Deutsch von Jobst-Christian Rojahn

*Zuschlag*
Roman. Deutsch von Ruth Keen

*Versteck*
Roman. Deutsch von Malte Krutzsch

*Galopp*
Roman. Deutsch von Ursula Goldschmidt und Nikolaus Stingl

*Handicap*
Ein Sid-Halley-Roman. Deutsch von Jobst-Christian Rojahn

*Reflex*
Roman. Deutsch von Monika Kamper

*Fehlstart*
Roman. Deutsch von Malte Krutzsch

*Banker*
Roman. Deutsch von Malte Krutzsch

*Gefahr*
Roman. Deutsch von Malte Krutzsch

*Weinprobe*
Roman. Deutsch von Malte Krutzsch

*Ausgestochen*
Roman. Deutsch von Malte Krutzsch

*Festgenagelt*
Roman. Deutsch von Malte Krutzsch

*Gegenzug*
Roman. Deutsch von Malte Krutzsch

*Unbestechlich*
Roman. Deutsch von Jobst-Christian Rojahn

*Außenseiter*
Roman. Deutsch von Gerald Jung

*Comeback*
Roman. Deutsch von Malte Krutzsch

*Sporen*
Roman. Deutsch von Malte Krutzsch

*Lunte*
Roman. Deutsch von Malte Krutzsch

*Zügellos*
Roman. Deutsch von Malte Krutzsch

*Favorit*
Ein Sid-Halley-Roman. Deutsch von Malte Krutzsch

*Verrechnet*
Roman. Deutsch von Malte Krutzsch

*Rivalen*
Roman. Deutsch von Malte Krutzsch

*Risiko*
Roman. Deutsch von Michaela Link